Gina Holmes

# *Wo mein Gestern dein Heute berührt*

francke

**Über die Autorin:**
Gina Holmes ist gelernte Krankenschwester und begann ihre schriftstellerische Laufbahn mit dem Schreiben von Zeitschriftenartikeln und Kurzgeschichten. Die Autorin, deren Debütroman *Wo mein Gestern dein Heute berührt* ist, lebt mit ihrem Mann und ihren 5 Kindern in Virginia.

Bibliografische Information Der Deutschen Bibliothek
Die Deutsche Bibliothek verzeichnet diese Publikation in der Deutschen Nationalbibliografie; detaillierte bibliografische Daten sind im Internet über http://dnb.ddb.de abrufbar.

ISBN 978-3-86827-364-9

Crossing Oceans, German

Deutsch von Angela Klein-Esselborn
Umschlagbild: © shutterstock / BlueOrange Studio
Umschlaggestaltung: Verlag der Francke-Buchhandlung GmbH / Christian Heinritz
Satz: Verlag der Francke-Buchhandlung GmbH
Druck und Bindung: CPI Moravia Books, Korneuburg

www.francke-buch.de

# 1

Nichts lässt einen Fluss so anschwellen und das Überqueren so schwierig werden wie ein guter, kräftiger Regen.

Nur wenige hundert Meter von dem Zuhause entfernt, das nie wieder zu betreten ich mir geschworen hatte, setzte ich mich auf die glatte Oberfläche eines Felsbrockens. Ich hatte meine Jeans hochgekrempelt, hielt meine Zehen ins kalte Wasser und dachte darüber nach, wie tief und breit der Fluss durch die Regenfälle der letzten Zeit geworden war.

Vielleicht könnte ja auch die Beziehung zu meinem Vater neue Dimensionen erreichen, nachdem wir nun erst mal den Sturm überstanden hatten. In sechs Jahren kann viel passieren. Möglicherweise war seine Liebe zu mir in den Jahren meiner Abwesenheit von zu Hause gewachsen. Vielleicht würde er mich wie den verlorenen Sohn mit offenen Armen empfangen. Und gemeinsam würden wir um all das weinen, was zwischen uns geschehen war – oder was wir versäumt hatten.

Vielleicht. Vielleicht. Vielleicht.

*Es wird alles gut werden*, sagte ich mir selbst, während ich mit meinem Fuß einen feuchten, moosbedeckten Zweig abtastete.

„Was ist denn so komisch, Mami?"

Isabellas Stimme ließ mich zusammenzucken. Ich traute mich nicht, zuzugeben, dass das, was meine Fünfjährige als fröhlichen Gesichtsausdruck deutete, in Wirklichkeit eine Grimasse war. Sie würde dann natürlich sofort den Grund dafür wissen wollen. „Nichts, Süße."

Sie warf einen Kiesel in Richtung Fluss, aber statt auf dem Wasser landete er klirrend auf einem Stück Schiefer. „So hast du ausgesehen ..." Sie verzog ihren Mund zu einem gezwungenen Lächeln.

Sanft kniff ich ihr in die Wange.

„Du bist wunderschön, Mami."

„Danke, Schatz. Du auch."

„Ja, das bin ich."

Darüber musste ich lächeln. Ich lächelte so ziemlich über alles, was sie sagte oder tat.

„Mami, wieso sind wir hierher gefahren und nicht zu Cowpa?"

*Cowpa* war Isabellas Bezeichnung für Großeltern beiderlei Geschlechts. Ich hätte sie wohl schon längst korrigieren sollen, aber ich fand diesen seltsamen Namen liebenswert. Außerdem, überlegte ich, würde sie auch ohne mein Zutun schon allzu bald der Babysprache entwachsen. Ich ertappte mich dabei, wie ich mich fragte, welche Lektionen sie wohl sonst noch in meiner Abwesenheit lernen würde.

Der Gedanke überwältigte mich, aber ich gestattete mir nicht, vor meiner Tochter zu weinen. Es kam für mich nicht in Frage, meine Last auf ihren zarten Schultern abzuladen. In letzter Zeit mochte ich mein Leben vielleicht kaum mehr im Griff haben, aber beschützen konnte ich sie noch. Nichts war wichtiger als das.

„Das war mein Ort zum Träumen und Nachdenken, als ich noch ein kleines Mädchen war. Ich wollte ihn dir zeigen, falls du auch manchmal nachdenken möchtest." Ich atmete den vertrauten Duft der Gegend ein – eine Mischung aus feuchtem Laub, Kiefernnadeln und Erde – und beobachtete meine Umgebung. Dieselben Bäume. Dieselben Geräusche. An diesem Fleckchen Erde veränderte sich kaum je etwas. Darum liebte ich diesen Ort so. Besonders jetzt.

Hier, auf diesem harten, unnachgiebigen Stein, hatte ich mein halbes Leben verbracht und versucht, die Welt zu verstehen. Den Verlust meiner Mutter. Die Vernachlässigung durch meinen Vater. Die manchmal süßen, aber oft auch schmerzlichen Worte meines Ex-Freundes David. Genau hier hatte ich zum ersten Mal mit Gott gesprochen und ihn gebeten, mir meine Mutter nicht wegzunehmen. Und ich hatte mit ihm gehadert, als er es doch tat.

Isabella hüpfte auf einem Bein. „Worüber hast du hier nachgedacht?"

Ich bewegte meine Zehen durchs Wasser und sah zu, wie Tropfen an meinen rosa lackierten Zehennägeln abperlten. „Na ja, als ich noch klein war, dachte ich ständig daran, Frösche und Grashüpfer zu fangen, und fragte mich, ob ich jemals eine beste Freundin finden würde, mit der ich Geheimnisse austauschen könnte."

„Hast du deine beste Freundin gefunden?" Eine Kiefernnadel baumelte an einer von Isabellas Locken.

Mein Herz schmerzte, so sehr liebte ich mein kleines Mädchen. „Ja, Süße. Dich."

Sie schenkte mir ihr bezauberndes Lächeln, zog den Fremdkörper aus ihrem Haar, untersuchte ihn und warf ihn in den Fluss. Ich schöpfte eine Hand voll kühles Wasser und ließ es durch meine Finger rinnen wie das Leben, das ich gerade hinter mir gelassen hatte – meine Atelierwohnung, die sich nie wie ein Zuhause angefühlt hatte, die Karriereleiter, die ich gerade erst zu erklimmen begonnen hatte, meine Kollegen, die nie zu den engen Freunden geworden waren, nach denen ich mich gesehnt hatte. All das war nun so endgültig vorbei, als ob es nie existiert hätte.

Meine Tochter betrachtete mich etwas skeptisch. „Ich will gehen."

Das Rauschen der Natur erstarb. Ich hörte nur noch das feine Ticken meiner Armbanduhr, die mich daran erinnerte, wie kurz unsere Zeit bemessen ist. Beim Aufstehen redete ich mir gut zu, dass ich das tun konnte, wozu ich hergekommen war. Für Isabella würde ich es tun können. Ich schlüpfte mit meinen nassen Füßen in meine Birkenstock-Sandalen, klopfte meinen Hosenboden ab und nahm das pummelige Händchen meiner Tochter.

Ich musste mich dazu zwingen, einen Fuß vor den anderen zu setzen, vorbei an meinem Auto, den gewundenen Waldweg entlang.

Ein vertrauter Palisadenzaun mit ineinander verflochtenen lilafarbenen Trichterwinden kam in Sicht. Ich umklammerte Isabellas Hand und fühlte mich plötzlich eher wie ein Kind als wie eine Mutter.

Mit einer Hand auf dem Herzen blieb ich stehen und nahm das alles in mich auf. Ich hatte vergessen, wie wunderschön das Zuhause meiner Kindheit war und wie sehr ich es vermisst hatte. Die Erinnerung daran, wie ich barfuß durch diesen Garten gerannt war und mich übermütig in den Teich gestürzt hatte, erfüllte mich mit Freude … bis mein Blick auf den kleinen Hohlraum unter der Treppe fiel. Wie oft hatte ich mich, getroffen von den Worten meines Vaters, unter den Stufen versteckt? Zu oft. Die Freude in mir erstarb.

Isabella sah erwartungsvoll zu mir hoch und ich fand die Kraft, meinen Weg fortzusetzen. Die Geister der Vergangenheit blieben zurück, als mir der Duft von Rosen entgegenschlug, und mit ihm eine Welle der widersprüchlichsten Gefühle.

Was, wenn mein Vater mich nicht empfangen würde? Oder schlimmer noch, wenn er meine Tochter nicht akzeptierte? Ich war mir sicher, dass Mama Peg sie in die Arme schließen würde – aber er? Es war für ihn schon ein Ding der Unmöglichkeit gewesen, mich zu akzeptieren.

Aber vielleicht könnte ein so hinreißendes Wesen wie Isabella sein eiskaltes Herz zum Schmelzen bringen.

Auf der zweiten Treppenstufe hielt ich inne und blickte zurück auf den Weg, den wir gekommen waren. Ich spürte einen unbändigen Drang, umzukehren. Doch Isabella hopste ungeduldig auf ihren Fußballen und zog mich weiter.

Als wir endlich auf der Veranda standen, hockte ich mich in Augenhöhe vor sie. „Bist du bereit, deinen Großvater und deine Urgroßmutter kennenzulernen?"

Ihre Augen hatten die Farbe von Ahornsirup und ihr sehnsuchtsvoller Blick sprach Bände. „Jane hat einen Cowpa, Natalie hat einen Cowpa, Carter hat zwei Cowpas, und …" Ihr Blick sagte, *Soll ich noch mehr erzählen?*

„Schon gut, ich habe verstanden." Ich erhob mich und wollte anklopfen, doch Isabella war schneller. Dann stampfte sie ungeduldig mit dem Fuß auf und wollte erneut anklopfen.

Ich schnappte nach ihrer Hand. „Gib ihnen ein klein wenig Zeit."

Der übergroße Kranz aus Wildblumen schwankte, als sich die Tür knarrend öffnete. Eine ältere Frau mit dichtem grauem Haar, das zu einem Knoten gewunden war, stand vor uns. Aus ihrer Nase ragten Sauerstoffschläuche. Tiefe Falten zerfurchten ihre ledrige Haut. Ihre Augenbrauen waren stark und buschig, ihre Lippen getrocknet wie Rosinen, und ein süßer, schwerer Parfumduft umgab sie.

Isabella sog erstaunt die Luft ein, aber ich strahlte. „Mama Peg."

Meine Großmutter zwinkerte mir zu, bevor sie ihre Urenkelin aus trüben Augen musterte. „Du musst Bella sein."

Isabella öffnete den Mund, doch heraus kam nur ein seltsames Quieken. Ich weiß nicht, wer in diesem Augenblick erschrockener war: Isabella beim Anblick von Mama Peg, Mama Peg über Isabellas Reaktion, oder ich über das erste Zusammentreffen der beiden.

Mama Peg brach in ein tiefes, herzhaftes Lachen aus, unterbrochen von abgehackten Luftzügen. Isabella wich erschrocken zurück, als erwarte sie, dass meine Großmutter und ihr Sauerstofftank jeden Moment explodieren würden.

Ich musste plötzlich so sehr lachen, dass mir die Tränen die Wangen hinunterliefen. Das schien Isabella zu beruhigen und schon bald lächelte sie schelmisch.

„Ich biete einen erbärmlichen Anblick, meine Kleine, aber vor nicht allzu langer Zeit war ich genauso hübsch wie du", versicherte meine Großmutter Isabella heiter.

Isabella sah mich an, so als solle ich diese lächerliche Behauptung entkräften. Doch ich konnte nur bestätigend nicken. Ich hätte sie darauf vorbereiten sollen.

Mama Peg zog eine wilde Augenbraue in die Höhe. „Ich denke nicht, dass sie mir das glaubt."

Ich rang um Atem und wischte mir die Augen ab. „Ich bin mir ehrlich gesagt auch nicht sicher, ob ich das tue." Ich zwinkerte, um meine Bemerkung etwas abzumildern. Natürlich wusste ich, dass Mama Peg einmal hübsch gewesen war. Das hatte ich auf Fotos gesehen. In meinen Augen war sie es auch immer noch – eine der schönsten Frauen, die ich je gekannt habe, trotz der grausamen Auswirkungen von Tabak und Zeit.

Mama Peg runzelte übertrieben ihre Stirn, was die Falten noch vertiefte. „Genevieve Paige Lucas, du bist noch immer ein ungezogenes Gör."

Ich beugte mich zu ihr und umarmte sie mit aller Kraft. „Ich habe dich vermisst, Oma."

„Ich dich auch, Jenny. Du warst viel zu lange fort." Sie nahm mich fest in die Arme und ließ mich nur zögernd wieder los. Ihre Augen glitzerten feucht, doch sie weigerte sich standhaft, zu weinen. Forschend blickte sie über die Veranda. „Wo ist denn dein Gepäck?"

„Im Auto. Ich hole es später."

Sie blinzelte an mir vorbei zur leeren Auffahrt. „Du hast vor dem Fluss geparkt, nehme ich an."

Ich nickte.

Verständnis leuchtete kurz in ihren Augen auf, dann trat sie einen Schritt zurück und winkte uns ins Haus. Mehr als jeder andere Mensch verstand meine Großmutter mein Bedürfnis, mit der Natur in Verbindung zu bleiben:

Als ich das Haus meines Vaters betrat, bildete sich erneut ein Kloß in meinem Hals. Ich schob Isabella über die Schwelle und blickte mich im Wohnzimmer hastig nach meinem Vater um. Ich beobachtete, wie Isabella die gemütliche Umgebung aufnahm. Läufer schützten den Hartholzboden. Vasen mit Gartenblumen schmückten die mit Spitzendecken belegten Tische. Alles war noch so, wie ich es in Erinnerung hatte … einschließlich des kalten Schauers, der mir über den Rücken lief und der nichts mit der Klimaanlage zu tun hatte.

„Ist das schön, Cowpa!“

Mama Peg schloss die Tür und wandte sich mir zu. „Wie hat das Kind mich genannt?“

„Das ist ihr Wort für Oma …“ Ich räusperte mich. „… und für Opa.“

Meine Großmutter schüttelte den Kopf und beäugte meine Tochter. „Nenn mich Mama Peg. O.k.?“

Ohne zu antworten umrundete Isabella den steinernen Kamin, ganz angetan von dem Portrait, das darüber hing. Eine Frau mit langen, kastanienbraunen Locken, die ihre schmale Taille umspielten, saß im Damensattel auf einem weißen Pferd. Der gemalte Blick meiner Mutter verfolgte mich. Ihr trauriges angedeutetes Lächeln erweckte in mir den Wunsch, sie zu trösten.

Isabella ging so nah heran, wie sie konnte, ohne in den Rauchfang zu steigen. „Das bist du, Mami.“

Mama Peg packte den schwarzen Griff ihres mobilen Sauerstoffbehälters und rollte ihn zu meiner Tochter. „Das ist die Mama deiner Mama. Sie sehen sich ziemlich ähnlich, was?“

Isabella nickte.

„Sie ist gestorben, bevor du auf der Welt warst.“

Mich überkam ein vertrauter Schmerz, während sich die Erinnerungen an die letzten Lebenstage meiner Mutter einen Weg in meine Gedanken bahnten und die angenehmeren Erinnerungen gewaltsam verdrängten.

Isabella zupfte an dem Glitzer auf ihrem T-Shirt. „Wohin geht man denn, wenn man stirbt?“

Ich warf meiner Großmutter einen warnenden Blick zu. „Ach, das ist jetzt nicht so wichtig.“ Ich hatte im Augenblick keine Lust, das zu erklären. „Wo ist denn Papa?“, fragte ich.

Mama Peg ließ die Schultern sinken. „Oben – ganz er selbst.“

„Was hat er gesagt, als du ihm erzählt hast, dass ich komme?“

Ich hielt den Atem an und strich nervös über meinen dicken Haarzopf.

„Du kennst ihn doch. Er …“ Ohne den Satz zu beenden, ging sie in die Küche und wir folgten ihr. Die Gummisohlen ihrer Schuhe schabten über die Fliesen, als sie zur Hintertür schlurfte. Sie zog die Gardine zur Seite und sah hinaus auf den Teich im hinteren Teil des Gartens.

Isabella hob den Deckel eines gläsernen Kerzenbehälters auf der Tischmitte. Die Duftkerze verströmte einen intensiven Vanilleduft.

Ich verzog das Gesicht, weil mir von dem süßlichen Geruch übel wurde, und verschloss die Kerze schnell wieder mit dem Deckel. „Du hast ihm nicht alles erzählt, oder?"

„Ich habe ihm erzählt, dass er eine Enkelin hat."

„Und sonst nichts weiter?"

Ihre Stimme brach. „Natürlich nicht. Eine Mutter sollte ihrem Sohn niemals erzählen müssen …"

„Bella?" Ich unterbrach Mama Peg, bevor sie vor meinem Kind noch mehr sagen konnte, was unangenehme Fragen aufwerfen könnte.

Isabellas Blick flog wie ein Pingpongball interessiert zwischen uns hin und her.

„Schau doch mal, ob du Sweet Pea findest." Mir durchzuckte der Gedanke, dass die Katze vielleicht schon gar nicht mehr am Leben war – und das, obwohl ich doch mit aller Macht das Thema Tod meiden wollte. Ich senkte meine Stimme, obwohl Isabella nicht weiter entfernt stand als Mama Peg. „Ist der Kater noch …?"

„Am Leben?" Kichernd ließ sie die Gardine sinken und drehte sich zu mir um. „Seine Königliche Sturheit weigert sich, sein siebtes Leben endlich auszuhauchen. Du scheinst wirklich mit aller Gewalt das Thema wechseln zu wollen, wenn du deine süße Kleine sogar auf die Suche nach diesem mörderischen Monster schicken willst."

Isabellas Augen weiteten sich vor Schreck.

„Kein Monster." Ich strich über ihre weichen Locken. „Nur ein Kätzchen."

Mama Peg hustete abgehackt und wurde ganz grau im Gesicht. Ich rieb ihr den Rücken. Ihr Polyesteroberteil hinterließ ein unangenehmes Gefühl auf meiner Haut. Als ihr Husten abebbte, nahm sie sich eine Serviette von dem Stapel auf dem Tisch und wischte sich den Mund ab. „Dieser Teufel im Katzenfell kratzt die Kleine blutig."

„Sie fängt ihn doch sowieso nicht."

„Du vergisst wohl, dass sechs Jahre vergangen sind. Er ist mittlerweile alt und langsam."

Ich dachte daran, was der alte missmutige Kater meiner Isabella antun konnte, wenn sie versuchte, ihn zu fangen. Ich nahm Isabellas Hände und beugte mich auf Augenhöhe zu ihr hinab. „Such ihn ruhig, Bella, aber komm ihm nicht zu nahe. Er hat schlechte Laune und scharfe Krallen, mit denen er dir ein großes Aua verpassen kann."

Sie versprach zu gehorchen und machte sich auf die Jagd.

„Sie ist tapferer, als du es in dem Alter warst", sagte Mama Peg.

„Wer wäre das nicht?" Ich war nie so ein furchtloses Kind gewesen wie Isabella. Sie betrachtete alles und jeden als Sonnenstrahl, der nur dazu da war, sie zu wärmen. Egal, wie oft ich ihr nahebringen wollte, dass nicht jeder nur ihr Bestes im Sinn hatte, sie wollte mir nicht glauben. Schließlich liebte sie doch alles und jeden – warum sollte sie dann nicht auch von allen geliebt werden?

Mama Peg ordnete die dünnen Schläuche, die über ihren Ohren entlang liefen. „Wann erzählst du es deinem Vater?"

Ich ging zum Herd und nahm den Wasserkessel hoch. Da er schwer und offensichtlich schon mit Wasser gefüllt war, stellte ich ihn wieder ab und drehte die Gasflamme auf.

„Ich will erst sehen, wie er sie behandelt."

„Natürlich wird er sie lieben. Sie ist ein Teil von dir. Teil deiner Mutter."

Der altbekannte Dolch bohrte sich wieder in meine Brust. „Seit Mama nicht mehr da ist, liebt er gar nichts mehr."

„Das stimmt nicht", flüsterte Mama Peg, als könne die leise Stimme ihrer Lüge irgendwie Wahrheit einhauchen. „Er ist ein guter Mensch, Jenny."

Eine plötzliche Schwere überkam mich und ich zog einen Stuhl unter dem Tisch hervor. „Ein guter Mensch mit einem verhärteten Herzen."

Sie goss etwas Tee in die Tassen. „Wenn einem etwas genommen wird, was man liebt, verändert man sich mitunter."

Ich verschränkte die Arme.

Sie wandte den Blick ab. „Aber das brauche ich dir ja nicht zu sagen, schätze ich."

„Das ist wohl wahr."

„Wenn dir die Art nicht gefällt, wie er mit ihr umgeht – was machst du dann?"

Diese Frage hatte mich in den vergangenen beiden Wochen kaum schlafen lassen. Im Moment war es die wichtigste Frage in meiner Welt.

„Ich bin nicht ihr einziger Elternteil."

„Jetzt wäre es wohl an der Zeit, mir zu verraten, wer ihr Vater ist." Mama Peg hob mein Kinn und zwang mich, sie anzusehen. „Als wenn ich es nicht schon wüsste ..."

Mein Gesicht brannte und ich öffnete meinen Mund, um seinen Namen auszusprechen, doch er blieb mir im Hals stecken – gehindert durch den Damm, der die Tränen eines halben Jahrzehnts zurückhielt. „Ich habe es ihm nie erzählt."

Das Gesicht von Mama Peg verlor auch noch den letzten Rest Farbe. Ich spürte regelrecht, wie ihr Herz aus Sorge um mich zerbrach. „Ach Jenny."

Ich war überzeugt, ihre Verachtung zu verdienen, doch sie schlang mir ihre Arme um die Schultern und erdrückte mich fast mit ihrem üppigen Körper. Ihr Blumenparfüm und ihre Liebe hüllten mich ein. Erleichterung überkam mich.

„Ich habe ihn! Ich habe ihn!" Das Trappeln von Füßen begleitete das entzückte Kreischen meiner Tochter.

Mama Peg ließ mich los und wir waren gespannt, was Isabella uns so Aufregendes zu berichten hätte. Sie erschien in der Tür und zog meinen Vater an ihrer Hand herein.

Sein kurzes gewelltes Haar war mittlerweile eher grau als braun. Sein Poloshirt hatte er ordentlich in seine Hose mit Bügelfalte gestopft und um seine schmale Taille trug er einen Ledergürtel. Es würde mir eher gelingen, Chinesisch zu verstehen, als seine Gefühle an seiner stoischen Miene abzulesen.

Ich grub meine Fingernägel nervös in meine Handflächen und hatte das Bedürfnis, mich zu setzen, als ich merkte, dass ich ja bereits saß. Mein Vater musterte mich rasch. Ich beobachtete die Falten um seine Augen herum. Verkniff er sich ein Lächeln? Und wenn, war es dann aus Selbstgefälligkeit, weil ich wieder zurück nach Hause kam, oder aus Freude, dass er mich nach so langer Zeit wiedersah? Oder bildete ich mir alles nur ein?

Ohne ein Wort ging er zum Küchenkalender an der Wand und blätterte darin.

Mama Peg sah mich peinlich berührt an. „Was zum Kuckuck macht er da?"

Er drehte sich um und setzte ein hinterlistiges Grinsen auf. „Ich schaue gerade mal nach, ob wir heute schon Sankt Nimmerleinstag haben."

Sein Gesichtsausdruck zeigte, dass er ein Lachen von mir erwartete, aber ich konnte nur mit offenem Mund dasitzen.

„Wenn ich mich recht entsinne, wolltest du erst am Sankt Nimmerleinstag wiederkommen."

Obwohl ich mir fest vorgenommen hatte, mir meine üblichen Erwiderungen zu sparen, öffnete sich mein Mund wie von selbst. „Schon klar. Ich verstehe, was du mir sagen willst."

Zu meiner Überraschung fuhr er fort. „Nach sechs Jahren Funkstille hast du also nun beschlossen, mir meine Enkelin vorzustellen. Wie überaus freundlich von dir! Ich nehme an, du bist hier, weil du pleite bist?"

Meine Gedanken sprangen zurück zu der Zeit, als ich von zu Hause fortgegangen war, und dann zu dem Tag, an dem ich meinem Vater am Telefon unter Tränen erzählt hatte, dass ich schwanger war. Nach einem fünfminütigen Vortrag über die Sünden und Folgen der Unzucht legte ich wortlos auf und rief nie wieder an.

Danach tauchte seine Nummer vierzehn Tage lang jeden Tag auf dem Display meines Telefons auf. Da ich keine weiteren Beschimpfungen ertragen konnte, nahm ich weder ab noch rief zurück. Nach mehrmonatigem Schweigen leuchtete die Nummer wieder auf. Diesmal nahm ich ab, doch am anderen Ende der Leitung war meine Großmutter, nicht mein Vater. Nie wieder mein Vater.

„Unterstellungen waren ja schon immer dein Spezialgebiet." Kaum waren die Worte aus meinem Mund, wollte ich sie zurücknehmen. Warum wedelte ich mit einem roten Tuch vor diesem Stier herum statt mit der weißen Flagge, wie ich es mir vorgenommen hatte?

Das schrille Pfeifen des Wasserkessels durchbrach das unbehagliche Schweigen. Mama Peg eilte zum Herd und zerrte den Kessel auf eine kühle Platte.

Mein Vater hockte sich vor Isabella hin. „Weißt du, wer ich bin, junge Dame?"

Sie wägte die Frage ab und sah unsicher zu mir herüber. „Mein Papi?"

Ich zuckte wegen ihrer unerwarteten Antwort zusammen. Der eisige Blick, den mein Vater mir zuwarf, hätte ein ganzes Meer gefrieren können.

„Das ist dein *Opa*", brachte ich mit Mühe hervor.

Sie sah bewundernd zu ihm hinauf und schlang dann ihre pummeligen Ärmchen um seinen Hals.

Erleichtert atmete ich aus, als er ihre Umarmung erwiderte. Dann stand er auf. Auf seinem Gesicht breitete sich erneut die emotionale Leere aus, die ich seit Mamas Tod darauf zu sehen gewohnt war.

Er räusperte sich und zog seine ohnehin schon ordentliche Gürtelschnalle glatt. „Ich glaube, Sweet Pea ist gerade hier vorbeigelaufen."

Isabella sah sich suchend um. Mein Vater zeigte aufs Wohnzimmer, und weg war sie, ohne zu begreifen, dass sie an der Nase herumgeführt wurde.

„Sie weiß nicht, wer ihr Vater ist?" Er starrte mich an, während ich die Tränen der Enttäuschung zurückdrängte. Ich hielt den Mund, aus Angst, wieder etwas Unbedachtes zu sagen, und offenbar ging es ihm genauso. Nach ein paar langen Sekunden schnappte er sich einen Schlüsselbund vom Wandhaken, blickte mich noch einmal finster an und schlug die Tür hinter sich zu.

# 2

Ich lag schon fast zwei Stunden im Bett, doch der Schlaf wollte sich nicht einstellen. Ich zählte die Umdrehungen des Deckenventilators und fragte mich, wie ich David beibringen sollte, dass er eine fünfjährige Tochter hatte. So unmöglich es mir damals vorgekommen war, die Worte *ich bin schwanger* auszusprechen, so viel schlimmer war es jetzt, nachdem er Isabellas erstes Lächeln, den ersten Schritt, das erste Wort verpasst hatte. Würde er mich hassen? Ich hatte es verdient.

Ich drehte mich auf den Bauch, stützte mich auf die Ellenbogen und sah auf zu dem gerahmten Kunstwerk, das seit langem meine Rock-Poster ersetzt hatte. Ein junges Paar schlenderte händchenhaltend einen sonnenüberfluteten Strand entlang. Ich verfluchte ihr Glück und drehte mich wieder um.

Ich zerknüllte eine Ecke meines Kissens und ging in Gedanken die Ausreden durch …

*Weißt du noch, David, der Abend damals im Auto? Ich wollte es dir gerade erzählen, als du mit mir Schluss machtest. Du sagtest, das mit uns könne nicht funktionieren. Du hast mir erzählt, unsere Väter kämen niemals miteinander klar. Du hast mir gesagt, du teiltest nicht meinen Wunsch nach einer Familie. Wie hätte ich da dir sagen können, dass du Vater wirst?*

*Als unsere Kleine geboren war, habe ich dich aus dem Krankenhaus angerufen, während ich sie im Arm hielt. Ich konnte es kaum erwarten, dir zu zeigen, was wir zustande gebracht hatten, doch dein Anrufbeantworter sprang an und ich hörte: „David und Lindsey Preston können Ihren Anruf gerade nicht entgegennehmen …“ Ich wusste nicht, dass du geheiratet hattest. Es war doch noch nicht mal ein Jahr her, seit wir uns getrennt hatten. Du kannst dir meinen Schock nicht vorstellen, das Gefühl des Verratenseins, den Schmerz … ich wollte dir keine Probleme bereiten … ich konnte nicht …*

Ich beendete den Versuch eines Nickerchens und einer Verteidigungsrede und zwang mich, aufzustehen.

Trotz der Last meiner Sorgen entspannte ich mich merklich, als der Duft von gebratenen Hähnchen und gebackenen Brötchen durch das Haus wehte. Die Kochkünste meiner Großmutter verhießen Gutes.

Ich ging um den Esstisch herum und verteilte die Teller. Plötzlich berührte mich eine Hand an der Schulter und ich hätte vor Schreck beinahe die letzten beiden Teller fallen lassen. Sie schlugen mit lautem Geklirr aneinander. Als ich über die Schulter blickte, sah ich einen blonden Mann, der mich mit einem Stirnrunzeln musterte.

„Tut mir leid, Jenny. Ich wollte dir keine Angst einjagen."

Er war ein Mann, den ein Mädchen normalerweise nicht so schnell vergessen würde, aber ich konnte mich beim besten Willen nicht an ihn erinnern.

„Du hast mich erschreckt", sagte ich.

„Wow, du siehst immer noch genauso aus."

Genauso wie wann? Verzweifelt durchforschte ich meine Erinnerung. Groß, schlank, etwa mein Alter …

„Du weißt nicht mehr, wer ich bin, oder?"

„Tut mir leid", sagte ich, und es tat mir wirklich leid.

Er nahm mir die Teller ab, ging um den Tisch herum und stellte sie hin. „Wir waren zusammen in Hargrove. In derselben Abschlussklasse."

Ich zermarterte mir das Hirn.

„Ich fasse es nicht, dass du dich nicht an mich erinnerst." Er sagte es mit einem humorvollen Glitzern in den Augen, das ich nicht verstand. „Und wie ist es jetzt?" Er plusterte die Backen auf, als hätte er den Mund voll Wasser, und ließ dann langsam die Luft wieder entweichen.

Ich fühlte mich plötzlich etwas unsicher in seiner Gegenwart und trat einen Schritt zurück. Vielleicht war er ja einfach von der Straße hier hereinspaziert. Vielleicht war ja nicht ich diejenige, die verwirrt war.

Er runzelte wieder die Stirn und streckte eine Hand aus, als wolle er mich am Weglaufen hindern. „Ich bin's, Craig Allen."

Ich musterte ihn von Kopf bis Fuß. Trotz seines weiten blauen Football-Shirts ließ sich erkennen, dass er gut gebaut war. Der einzige Craig Allen, den ich gekannt hatte, war ein aufgedunsener Junge gewesen, schüchtern und pickelig. Das konnte er nicht sein. Ich erforschte seine Augen und erkannte, dass sie noch immer das gleiche lebendige Haselnussbraun hatten wie damals, als sie unter dicken Fettschichten hervorlugten.

„Du hast aber abgenommen", brachte ich hervor.

Er kicherte. „Meinst du?"

Ich errötete. „Was machst du eigentlich hier?"

„Ich wohne hier."

„Ja?"

„Ich habe das Loft gemietet."

„Loft?"

„Die Wohnung über der Scheune."

„Über der Scheune ist eine Wohnung?"

„Du solltest wirklich mehr mit deiner Familie in Verbindung bleiben."

An seinem Grinsen erkannte ich, dass seine Worte als Scherz gemeint waren, aber die Wahrheit, die sie in sich trugen, schmerzte mich.

„Danke für den Hinweis, Craig. Schön, dich wiederzusehen."

„Ich danke *dir* fürs Tischdecken. Normalerweise ist das meine Aufgabe."

Ich wusste zwar, dass es irrational war, aber ich spürte einen Stich Eifersucht. Hier war ein Mann in meinem Alter, der im Haus meines Vaters wohnte, bei meiner Familie aß und *meinen* Tisch deckte. Es war, als habe er meinen Platz eingenommen. Ich wusste natürlich, dass das Leben hier auch ohne mich weitergegangen war, doch das alles war mir im Moment einfach zu viel. Ich presste meine Lippen zusammen und bekämpfte den plötzlichen Wunsch, zu schreien. Craig zu schlagen. Etwas kaputt zu machen.

Wir saßen uns gegenüber, Craig und ich, dazu Mama Peg an einem Ende des rechteckigen Tisches und mein Vater am anderen. Isabella zog ihren Stuhl so nah an seinen heran, dass er für seinen rechten Ellenbogen kaum noch Platz hatte.

Eiswürfel klirrten in meinem Glas, als ich einen Schluck süßen Tee trank. „Bella, mach deinem Großvater etwas mehr Platz."

Sie sah mich böse an. Ich stemmte mich hoch, um aufzustehen, doch Mama Peg packte mich am Arm. „Das macht ihm sicher nichts aus. Oder, Jack?"

Mein Vater starrte sie mit zusammengepressten Lippen an. „Nein, überhaupt nicht."

Isabella grinste triumphierend zu mir herüber. Das gedämpfte Licht des Kronleuchters warf seltsame Schatten auf ihre Gesichtszüge und ließ sie wie ein fremdes Kind erscheinen.

Mit meiner Gabel ordnete ich die Erbsen auf meinem Teller zu einem finsteren Gesicht.

Das Klappern von Besteck und ein gelegentliches Husten von Mama Peg waren die einzigen Geräusche beim Essen. Craig warf Isabella neugierige Blicke zu, während ich wiederum ihm neugierige Blicke zuwarf. Düsteres Schweigen lastete auf dem Raum, und irgendwann hielt ich es nicht mehr aus. Ich schob meinen unberührten Teller zur Seite.

„Und, Craig, wie ist es dir denn in den letzten Jahren so ergangen?"

Er war gerade dabei gewesen, eine ordentliche Portion Kartoffelbrei zum Mund zu führen, hielt aber gerade noch inne und sah mich an. „Richtig gut. Ich habe jetzt mein eigenes Unternehmen. Landschaftsgestaltung."

„So etwas wie Rasenmähen und so?"

Seine Stirn legte sich in Falten. „Ähm, nein. Dafür habe ich meine Leute. Ich bin eher ein Künstler und Gestalter."

„Ah, du schneidest Tierformen aus Hecken? Das hat mir schon immer …"

Mama Peg und mein Vater tauschten einen vielsagenden Blick. Craig sah mich an, als müsse er abwägen, ob ich Scherze mache oder einfach nur begriffsstutzig sei. Sein gereizter Ton und die roten Flecken auf seinem Hals sagten mir, dass ich übers Ziel hinausgeschossen war. „Nicht unbedingt. Ich bin Landschaftsarchitekt."

Es passte mir nicht, dass er beleidigt war, aber um des lieben Friedens willen entschuldigte ich mich.

Wieder senkte sich Stille über den Raum, bis Isabella fragte, ob sie aufstehen dürfe. Sie hatte fast ihren ganzen Teller leer gegessen, bis auf ein paar vereinzelte Erbsen und ein Brötchen.

Ihr Kinderkoffer lehnte an der Ahornkommode. Sie nahm ihn am Griff, zerrte ihn verkehrt herum über den Teppich, sodass die kleinen schwarzen Räder nutzlos zur Decke zeigten. Ich wollte gerade etwas dazu sagen, überlegte es mir aber anders.

Sie räumte ihre Spielsachen aus, wodurch die drückende Stille etwas aufgelockert wurde. Mama Peg griff nach dem Glaskrug mit Tee und Craig räusperte sich missbilligend. Ihre Blicke trafen sich. Verschnupft stellte sie den Krug wieder ab. Der Tee wirbelte heftig im Inneren herum und ein Spritzer Tee lief an der Außenseite der Kanne hinab.

Ich nahm den Krug, schenkte ihr noch ein Glas ein und blickte Craig fragend an, während ich den Krug abstellte.

Craig verschränkte die Arme und starrte meine Großmutter an. „Genießen Sie Ihr letztes Glas von dem echten Zeug, Peggy. Ab jetzt gibt es nur noch teeinfreien Tee."

Seit wann war er denn der Hüter meiner Großmutter? Ich knallte meine Leinenserviette auf den Tisch. „Sie ist eine erwachsene Frau. Wenn sie den ganzen Krug austrinken will, dann ..."

„Jenny", begann Mama Peg.

„Nichts da! Wofür hält er sich eigentlich?"

Schuldbewusst stellte sie das Glas ab. „Er tut nur, worum ich ihn gebeten habe."

Mein Zorn wich der Verwirrung. „Was?"

„Der Arzt meinte, ich solle nur ein Glas pro Tag trinken – wegen meines Herzrasens."

Ich wandte mich zu Craig. „Herzrasen?"

„Die Medikamente machen deine Großmutter ganz unruhig, und wenn sie dann noch zu viel Koffein oder Tee zu sich nimmt, bekommt sie Herzrasen. Der Arzt hat gesagt, wenn sie keinen Herzschrittmacher haben will, dann darf sie nur ein Glas Tee am Tag trinken. Sie bat mich, ihr zu helfen, darauf zu achten."

Mein Magen verkrampfte sich und ich ärgerte mich darüber, dass ich so dumm gewesen war.

Mein Hals war wie zugeschnürt. Alles, was ich in den vergangenen sechs Jahren durchgemacht hatte, lastete plötzlich so schwer auf mir, dass ich kaum mehr atmen konnte. Verräterische Tränen verschleierten mir den Blick. Als ich meinen Mund öffnete, um eine Ausrede für meine Tränen zu finden, kam nur ein ersticktes Schluchzen heraus.

Ich schämte mich und rannte hinaus.

Unschlüssig, wohin ich mich zurückziehen sollte, lehnte ich mich draußen an die Hauswand. Ich weinte über meine Lebensumstände. Lachte über mich selbst. Fragte mich, ob das Erste, das ich verlieren würde, mein Verstand wäre.

Nach wenigen Minuten stand Craig neben mir. „He, tut mir leid", sagte er.

Da ich zweifellos mittlerweile schöne Waschbäraugen hatte, versuchte ich, mir den nassen schwarzen Lidschatten wegzuwischen. Jetzt verunzierten schwarze Spuren meine Finger. „Was tut dir leid?"

„Ich habe keine Ahnung. Ich sage einfach immer irgendetwas, womit ich die Frauen aufrege." Er steckte die Hände in die Jeanstaschen.

„Es lag nicht an dir. Ich mache gerade eine Menge durch und benehme mich absolut unmöglich. Ich bin diejenige, die sich entschuldigen sollte."

Er atmete hörbar erleichtert aus. „Willst du darüber reden?"

Da fiel mir eine Begebenheit vor vielen Jahren ein, als er mich dasselbe gefragt hatte. In der neunten Klasse. Ich hatte gerade erfahren, dass ich nicht in die Cheerleader-Gruppe aufgenommen worden war. Ich stand an der Absperrkette zum Fußballfeld. Während meine Klassenkameraden plauderten und lachten, weinte ich stumm in meinen Ärmel hinein. Ich hatte gedacht, niemand hätte es bemerkt.

Der jüngere Craig hatte mich damals gefragt, ob ich darüber reden wollte, genau wie jetzt. Ich schüttelte den Kopf. Ich wollte darüber reden, bloß nicht mit ihm.

Genau wie jetzt.

„Danke, Craig." Ich wurde ihm gegenüber etwas milder und erinnerte mich daran, dass sich das wahre Wesen eines Menschen nicht verändert. Der anteilnehmende Junge, der er damals gewesen war, war noch immer Teil des Mannes, der hier vor mir stand. „Es ist etwas sehr Persönliches."

„Hat es etwas mit deinem Vater zu tun?"

„Eigentlich eher mit Isabellas Vater."

„David Preston."

Ich erstarrte. „Woher weißt du das?"

„Das ist keine Kunst. Ihr seid doch miteinander ausgegangen."

Scham überkam mich und ich sah zu Boden. „Du denkst jetzt bestimmt, ich …"

Vorsichtig hob er mein Kinn und wartete, bis ich seinen Blick erwiderte. „Ich denke, du bist bestimmt sehr stark."

Ich schnaubte. „Ja, echt stark."

„Du erziehst ein Kind allein. Ich könnte das bestimmt nicht."

„Du würdest staunen, was du alles kannst, wenn du musst.“

„Einfach wird das nicht gewesen sein.“

„Einfach? Nein, ganz gewiss nicht.“ Erneut spürte ich das Gewicht der Verantwortung. „Ich habe mehr als einmal gegen Geld Blut gespendet, um Windeln zu kaufen, und hoffe, nie mehr in meinem Leben Nudelfertiggerichte sehen zu müssen.“

„Siehst du, Jenny. Du bist eine bewundernswerte Frau. Nicht alle sind so stark.“

„Wenn ich wirklich so bewundernswert wäre, hätte ich es all’ die Jahre nicht unter Beweis stellen müssen.“

# 3

Ich legte mich zu Isabella, bis sie eingeschlafen war, und ging dann wieder hinunter. Mama Peg hatte es sich in ihrem Polstersessel bequem gemacht. Auf ihren Füßen traten die Venen wie Regenwürmer hervor. Das bedeutete, dass ihre Beine geschwollen waren und vermutlich schmerzten. Aber wenn ich sie fragte, würde sie das natürlich abstreiten.

Ohne die Augen vom Fernseher abzuwenden, tastete sie auf dem Beistelltisch nach einem Kaffeebecher, der auf einem Untersetzer von *Reader's Digest* stand. In der Fernsehkomödie *I Love Lucy* quengelte Lucy Ricardo gerade an ihrem Mann Ricky herum, was meine Großmutter so hypnotisierte, als hätte sie die Folge nicht schon tausendmal gesehen.

Die unterste Treppenstufe knarrte unter meinem Gewicht. Mama Peg richtete die Fernbedienung auf den Fernseher, stellte den Ton ab und drehte sich zu mir um.

„Hallo", sagte ich.

„Hallo, mein Kind. Dein Vater sitzt auf der Veranda und raucht seine Abendpfeife."

Ich ließ mich auf dem Zweiersofa nieder. Sie räusperte sich und sah mich erwartungsvoll an.

„Was ist?"

„Ich sagte, dein Vater ist auf der Veranda."

„Aha."

„Allein."

*Oh.* „Wie ist seine Stimmung?"

„Seit er wusste, dass ihr kommt, war er ganz begeistert."

Ich dachte, dass sie wohl dringend die Gläser ihrer rosaroten Brille putzen müsste, sagte aber nichts. Sie schaute nach vorne und stellte den Ton wieder an. Ricky rief „Oh Lucy!", was ich als Aufforderung verstand zu gehen.

Das Knarren und Ächzen der Haustür fand Widerhall in meinen Empfindungen.

Mein Vater zog die Pfeife von den Lippen und sah zu mir herüber. „Kannst du das mal eben ausschalten?“ Er deutete auf die Verandalampe, deren Licht durch flatternde Motten jeder Größe gedämpft wurde. Ich wandte mich wieder um, drehte den Schalter aus und gesellte mich zu ihm.

Er saß noch immer in demselben Schaukelstuhl wie an den meisten Sommerabenden, an die ich mich erinnern konnte. Der Mond tauchte ihn in sanftes Licht, verbarg das Grau und die Falten und ließ ihn wie den Mann aussehen, den ich einst Papa genannt hatte.

Ich setzte mich auf die Verandaschaukel und wand meine Finger um die kühle Metallkette, an der sie hing. Der süße Duft von Pfeifentabak erfüllte mich mit Nostalgie. Ich hatte ihm nie gesagt, wie sehr ich diesen Duft liebte. „Rauch das Zeug nur weiter …“, ich deutete mit dem Kinn auf seine Pfeife, „… dann schleppst du auch bald so einen Tank mit dir herum wie deine Frau Mama.“

Er schnaubte amüsiert. „Da gibt es einen großen Unterschied zwischen dem hier und zwei Päckchen Pall Mall am Tag.“

Sweet Pea kam die Stufen herauf und rieb sich schnurrend am Hosenbein meines Vaters.

Ich zeigte auf den Kater. „Ich glaube, du sollst ihn streicheln.“

„Nein danke. Meine Finger sind mir noch etwas wert.“ Er verscheuchte Sweet Pea mit seinem Fuß.

Mit aufgestelltem Fell fauchte der Kater missbilligend. Sweet Pea musste in der Ferne etwas gehört haben, denn sein Kopf ruckte zum Garten und er schlich sich in die Nacht davon.

Wir sagten eine Zeit lang gar nichts und ließen uns von einem Grillenchor unterhalten. „Ich hatte ganz vergessen, wie laut die Dinger sein können.“

Mein Vater schaukelte vor und zurück, als wäre er sich nicht der Spannung bewusst, die zwischen uns stand wie eine steinerne Wand. „Welche Dinger?“

„Die Grillen.“

„Ich glaube, ich blende sie einfach aus.“ Er klopfte mit der Seite seiner Pfeife an die Armlehne und steckte sie sich wieder in den Mund.

„Darin bist du gut.“

„Fangen wir schon wieder an zu streiten, Genevieve?“

„Es ist nicht deine Schuld. Das mit dem Überhören und Ausblenden ist bei Männern so üblich.“ Ich zwinkerte, damit er wusste, dass ich einen Scherz machte. Oder zumindest vorgab, einen zu machen.

„Wohl wahr. Ich frage mich, warum Gott uns so gestaltet hat.“

„Eine Bewältigungsstrategie, nehme ich an.“ Ich fing an, die Schaukel in Bewegung zu setzen. Warme Luft streichelte meine Wangen und schob mir die Haarsträhnen aus dem Gesicht. „Ich wette, Eva war wortgewandt.“

Eine Eule schrie. Ich forschte in der Dunkelheit nach der Reflektion ihrer Augen, doch das einzig Sichtbare waren die Umrisse der Baumkronen, die sich vor einer samtblauen Leinwand wiegten.

„Muss sie wohl.“ Mein Vater starrte den Halbmond an, als unterhalte er sich mit ihm anstatt mit mir. „Sie und ihr Mann hatten bloß ein paar Millionen Sachen zu benennen.“

„Ich wette, 90 Prozent der Namen stammen von Eva.“

Als er aufhörte zu schaukeln, setzte mein Herz für einen Augenblick aus. „Willst du mir erzählen, was vor fünf Jahren und neun Monaten geschah?“

Ich wollte es wirklich.

Und ich wollte es wirklich nicht.

Ich stellte meine Füße auf die Veranda, sodass die Schaukel abrupt anhielt und mir etwas schlecht wurde. „Ich glaube ja.“

Und so tat ich es.

Ich erzählte ihm, dass ich ganz fest vorgehabt hatte, das Richtige zu tun, mich für die Ehe aufzusparen, doch als Mama starb, litt ich so sehr, und David war einfach nur da. Natürlich ließ ich die wirklich wichtigen Details aus. Ich erzählte ihm nicht, dass ich so wütend auf Gott gewesen war, dass es mich nicht mehr kümmerte, ob ich gegen seine Gebote verstieß. Vielmehr wollte ich sogar gegen so viele verstoßen, wie ich nur konnte. Ich erzählte meinem Vater nicht, dass Davids Berührung mir als wirksame, wenngleich vorübergehende Betäubung diente. Und wenn es nur für die kurze Zeit war, in der wir miteinander schliefen – ich dachte nicht an das Leiden meiner Mutter. Ich konnte für kurze Zeit vergessen, dass der Mensch, der mich am besten kannte und am meisten liebte, nicht mehr da war.

Mit einer so vorsichtigen Bewegung, als wate er durch Vaseline, legte mein Vater seine Pfeife aufrecht neben seine nackten Füße. „Plagen dich die Mücken?“ Er starrte geradeaus in die Nacht.

„Noch nicht." Ich erforschte sein Gesicht und seine Körpersprache nach Anzeichen unterdrückten Zorns.

„Ich meine ja immer noch, wir sollten hier draußen ein paar Fackeln aufstellen."

„Sie passen sicher gut zu dem viereinhalb Meter hohen Totempfahl, den ich dir zu Weihnachten schenke."

„Ich kann es kaum abwarten."

Wollten wir wirklich um das ganz Offensichtliche herumreden? Ich entschied mich dagegen, denn es zerriss mich schier. „Wollen wir weiter nur Smalltalk machen, Papa?"

Er legte seinen Kopf an die Stuhllehne und bedachte mich mit einem Blick, der nicht einmal vom Mondschein gemildert wurde. „Was soll ich sagen, Genevieve? Dass ich von dir enttäuscht bin? Okay, ich bin enttäuscht von dir. Als ich dir das letzte Mal meine ehrliche Meinung gesagt habe, hast du aufgelegt und ich habe fast sechs Jahre nichts von dir gehört."

„Vielleicht könntest du dir deinen Vortrag diesmal sparen und ..."

„Ich habe ein gemeinsames Enkelkind mit einem Mann, der deine Mutter umgebracht hat. Soll ich mich darüber freuen?" Die Sehnen seiner Hände traten hervor, als er die Armlehne seines Schaukelstuhls umklammerte.

Ich wartete darauf, dass er fortfuhr, doch er blieb still. Nach den längsten fünf Minuten meines Lebens fing er wenigstens wieder an zu schaukeln.

„Nun?"

„Was nun?", fauchte er. „Sein Vater hat deine Mutter umgebracht."

Ich zuckte zusammen. Sein flammender Zorn war in den vergangenen sechs Jahren nicht um ein Grad abgekühlt. „Das stimmt nicht so ganz. Er war nicht mal ihr Arzt."

Seine Nasenflügel flatterten, seine Lippen wurden schmal und sein Atem entwich in kurzen, zornigen Stößen. „Sie hat ihm vertraut. Er hätte sie zu einem Spezialisten schicken müssen. Er wusste, dass er versagt hatte. Er hätte es bloß zuzugeben brauchen. Er hätte wenigstens sagen können, dass es ihm leid tut." Er sprach abgehackt und eine Oktave höher als normal.

„Papa ..."

„Hast du es bloß gemacht, um mich zu ärgern?"

Ich hatte fälschlicherweise angenommen, er wäre den Tränen nahe. Aber es war Zorn, der sich in seiner Stimme bemerkbar machte, nicht Traurigkeit. „Was?“

„Hast du es …“

Durch meine Blutbahnen spritzte Lava. „Ich habe dich verstanden“, brauste ich auf. „Du meinst, ob ich nur deshalb schwanger geworden bin, mein Leben tausendfach schwieriger gemacht habe und ein Kind in die Welt setzte, das ich allein erziehen muss, nur um dich zu *ärgern?* Ist *das* deine Frage?“

Er schnaubte ärgerlich, erhob sich und marschierte den Schotterweg entlang. Ich sah ihm nach, wie er in die Nacht hinaus ging, bis eine graue Wolke den Mond bedeckte. Ich konnte ihn nicht mehr sehen. Das war mir nur recht, denn ich wollte ihn auch nicht mehr sehen.

# 4

Der Duft von gebratenem Schinken weckte mich auf. Doch als ich versuchte, meinen Kopf vom Kissen zu heben, war er so schwer wie ein Betonklotz. Die helle Morgensonne stach durch die Schlitze der hölzernen Fensterläden direkt in meine Augen. Ich blinzelte und sah alles um mich herum in goldenen Lichtringen und wie mit einem Schleier verhüllt.

Für einen kurzen Augenblick lang war ich wieder ein Kind. Ich war acht Jahre alt, spindeldürr mit einem langen Zopf, und jeder Traum barg in sich große Abenteuer und Möglichkeiten. Schnell setzte ich mich im Bett auf. Wenn ich schon wieder den Bus verpasste, würde Mama mich umbringen.

Doch halt, etwas stimmte nicht. Ich rieb mir den Schlaf aus den Augen. Der Hello-Kitty-Rucksack auf meiner Kommode gehörte nicht mir, sondern meiner eigenen Tochter.

Ich seufzte und trottete ins Bad.

Nach dem Duschen und Anziehen ging ich hinunter. Bei dem Anblick, der sich mir dort bot, wurde mir ganz warm ums Herz. Isabella saß in ihrem Schlafanzug am Küchentisch, die Zungenspitze lugte aus einem Mundwinkel und sie war ganz versunken darin, mit einem dicken blauen Buntstift ein Bild auszumalen.

Als ich hereinkam, blickte sie kurz auf und machte sich dann wieder an ihre Arbeit. Mama Peg schenkte sich erst eine Tasse Kaffee ein, bevor sie mir ihre Aufmerksamkeit schenkte.

„Solltest du das Koffein nicht bleiben lassen?“, fragte ich.

„Er ist *koffeinfrei.*“ Sie sagte es so, als schmecke er widerlicher als Abwasser. „Tut mir leid, dass ich die ganze Familie mitleiden lasse, aber Hurrikan Craig ist heute hier durchgefegt.“

Ihr melodramatischer Ton brachte mich zum Lachen. „So darfst du wirklich nicht über deinen *Vater* reden.“

„Ha, ha! Ein guter Witz!“ Sie rümpfte die Nase und nahm einen Schluck von ihrem koffeinfreien Kaffee.

Ich holte mir einen Becher aus dem Schrank, schenkte mir auch etwas ein und gab noch einen Schuss Kaffeesahne hinzu. Mama Peg schob ihren Stuhl zurück.

„Setz dich, Kind. Ich mache dir einen Teller fertig."

Auf dem Herd stand eine gusseiserne Pfanne, die noch eingefettet war, und auf einem Teller daneben lag ein Berg Speckscheiben. Mein Magen knurrte, und zum ersten Mal seit Wochen verspürte ich Hunger statt Übelkeit.

Ich setzte mich neben meine Tochter und begutachtete das Bild, das sie gerade ausmalte – Aschenputtel, die auf dem Ball mit ihrem Prinzen tanzt. Isabella malte ihr Ballkleid in Purpurrot und seinen Anzug in Marineblau. Sie war sehr sorgfältig – nur selten übermalte sie die Linien.

„Bells, das machst du richtig gut."

Sie verbiss sich ein Lächeln und malte Aschenputtels Schuhe zitronengelb aus.

Ich sah an ihr vorbei zu einem Bäumchen im Garten. Seine Zweige strotzten vor dunkelgrünen Blättern und kleinen, hellen Äpfeln. Ich drehte mich lächelnd zu meiner Großmutter um. „Mamas Baum trägt Früchte!"

Sie folgte meinem Blick. „Ja, das ist doch was, nicht wahr? Das macht er jetzt zum ersten Mal. Ich habe ihr gesagt, das Ding würde niemals Früchte hervorbringen, wenn sie keine andere Art anpflanzt, damit er fremdbestäubt wird. Doch sie hat Recht behalten. Ich hätte etwas mehr Glauben haben müssen."

Mir kamen Bilder meiner Mutter in den Sinn, wie sie mit ihrem hageren Gesicht und ihren knochigen Fingern die Erde mit dem Spaten bearbeitete. Ich wünschte, sie könnte ihn jetzt sehen. „Ich fand es damals sehr seltsam, dass sie sich noch die Zeit nahm, das Bäumchen zu pflanzen, als sie schon wusste, dass sie bald sterben würde."

Mama Peg legte das Küchentuch zur Seite und sah gedankenverloren zur Decke. „Der wahre Sinn des Lebens ist es, Bäume zu pflanzen, unter deren Schatten man selbst niemals sitzen kann ... so etwas in der Art."

Ich dachte einen Augenblick darüber nach. „Wow! Stammt das von dir?"

Sie schüttelte den Kopf. „So tiefschürfend bin ich nicht. Ich habe es nur ein, zwei Mal gehört und es ist hängen geblieben."

Ich streichelte Isabellas weiche Wange. „Hast du schon gefrühstückt?"

Nach einer Minute des Schweigens antwortete Mama Peg für sie. „Sie hatte zwei Pfannkuchen, vier Scheiben Schinken und anderthalb Gläser Orangensaft."

Ich beugte mich über Isabellas Nacken und küsste sie, wobei ich grunzende Geräusche machte. Sie bekam einen Lachanfall.

Kurz darauf stellte mir meine Großmutter drei dampfende Pfannkuchen, mehrere Scheiben Schinken und ein Glas Orangensaft hin. „Wie hast du geschlafen, mein Kind?"

Ich tränkte meine Pfannkuchen in Ahornsirup. „Ausgesprochen gut. Wo ist Papa?"

Ich musste warten, bis ihr Hustenanfall abgeklungen war, um meine Antwort zu erhalten. „Vermutlich noch im Bett. Er ist spät gekommen."

Ahornsirup und Butter spielten eine köstliche Melodie in meinem Mund. Ich schluckte den Bissen hinunter und trank einen Schluck Saft. Sein bitterer Geschmack beendete die Sinfonie und nahm mir den Appetit. „Wie spät?"

„Um zwei."

Ein Stück Speck versuchte in meiner Lunge statt in meinem Magen zu landen, wodurch ich so stark husten musste, dass ich meinte, mir müssten die Augen aus dem Kopf springen.

„Reck die Hände über den Kopf", sagte Mama Peg.

Ich ignorierte ihren Rat und trank stattdessen noch einen Schluck.

„Alles klar, Mami?"

Ich rang um Atem, dann antwortete ich Isabella: „Ja, geht schon. Ich habe dir deine Kleider bei uns im Zimmer auf das Bett gelegt. Komm, tu mir den Gefallen und zieh dich an, ja?"

Sie klappte ihr Malbuch ohne Widerrede zu und mich durchflutete Dankbarkeit. Erst als ich sie auf der Treppe hörte, fragte ich meine Großmutter: „Warum kam er denn so spät?"

„Was ist gestern Abend zwischen euch beiden vorgefallen?" Sie durchbohrte mich mit einem Blick aus ihren trüben Augen.

„Ich habe es ihm erzählt."

„Von Isabella oder von …"

„Nur von Bella."

Sie nickte, als sei sie mit meiner Entscheidung einverstanden. „Du wirfst also eine Granate nach der anderen ab, anstatt die Riesenbombe platzen zu lassen. Das ist wahrscheinlich klug."

„Wenn ich ihm alles hätte erzählen wollen, hätte ich wahrscheinlich schreiend hinter ihm her rennen müssen."

„Er ist weggegangen?"

„Tut er das nicht immer?"

Ich erhielt ein schiefes Lächeln zur Antwort. „Du solltest dein eigenes Glashaus erst mal verlassen, bevor du seins mit Steinen bewirfst."

Das saß. Vielleicht war ich ihm ähnlicher, als ich wahrhaben wollte. Da mir dieser Gedanke nicht gefiel, wischte ich ihn beiseite. „Ich frage mich, wo er vier Stunden lang war."

„Frühstücke erst mal fertig."

Ich hatte zwar keine Lust mehr zu essen, pikste ihr zuliebe aber die Gabel in ein weiteres Stück Pfannkuchen.

Sie schnappte sich ein angebissenes Stück Speck von meinem Teller und steckte es sich in den Mund. „Bei ihm weiß man nie. Er könnte weit gelaufen sein, oder im Kanu eingeschlafen, oder ..."

Die Schritte meines Vaters ließen sie innehalten. Er kam zur Tür herein. Seine Unterlippe war doppelt so dick wie die Oberlippe und sein linkes Nasenloch blutverkrustet. Mama Peg und ich wechselten einen Blick.

Ich vergaß, dass ich eigentlich nicht mehr mit ihm redete. „Was ist denn mit dir passiert?"

Er ging zum Schrank und holte sich einen Kaffeebecher. „Was soll mit mir passiert sein?"

Mama Peg hustete, dann deutete sie auf seinen Mund. „Dein Gesicht."

Er schenkte sich betont langsam einen Kaffee ein.

„Was hast du bloß gemacht, Jack!" Sie schüttelte den Kopf, als kenne sie die Antwort bereits.

Mir wurde ganz heiß. „Sag mir bitte, das hatte nichts mit den Prestons zu tun." Sein Schweigen verschlug mir den Atem. „Oh nein, Papa."

Als er uns sein Gesicht zuwandte, bemerkte ich eine lange Schramme auf seiner rechten Wange.

Mein Schrecken vergrößerte sich. „Was hast du denn gemacht?"

Mama Pegs Gesicht wurde noch grauer als sonst. Sie stand auf. „Jack?"

Sein Blick haftete am Linoleumboden. „Ich habe ihn zur Rede gestellt."

„Davids Vater?" Das konnte doch nicht wahr sein. „Schon wieder?"

„Er soll zugeben …" Er hielt inne, als er mich mit seinen blutunterlaufenen Augen anschaute. „Er streitet es noch immer ab. Obwohl wir ein gemeinsames Enkelkind haben, weigert er sich, das Richtige zu tun."

In meinen Schläfen pochte das Blut. „Sag bitte, dass du nichts von Bella erzählt hast. Sag es mir. Sag es mir!" Ich schrie mittlerweile. Meine körperlichen Reaktionen schienen ganz losgelöst zu sein von meinem Verstand, der hoch über dem Ganzen schwebte und in blankem Entsetzen zuschaute. „David weiß es doch nicht. Du weißt doch, dass ich ihm noch nichts erzählt habe. Wie konntest du bloß!"

Mein Vater ließ den Kopf hängen und bedeckte sein Gesicht mit beiden Händen.

„Jesus, hilf uns!" Mama Peg betete laut, während ich mir meinen Schlüssel schnappte und zur Hintertür hinausjagte.

# 5

Ich raste mit dem Auto die Kiesauffahrt zum Haus hinunter, die holprige Straße entlang und über die einspurige Brücke, die in die Stadt führte. Ich suchte die Radiosender ab, übersprang die Talkshows, die Country Musik, und landete schließlich beim Rap, der zornig und laut meine Stimmung traf.

Ich versuchte mir gut zuzureden, dass ich früh genug dran war, um Dr. Preston noch vor seinem Sohn anzutreffen. Es war Samstag, und wenn ich mich recht entsann, machte der Erzfeind meines Vaters keine Morgenvisite wie an den Werktagen, sondern übertrug diese Aufgabe einem seiner Assistenzärzte, damit er ausschlafen konnte. Wie oft hatte ich ihn großspurig sagen hören: *„Nach so vielen Dienstjahren als Arzt steht mir jetzt auch mal mein Wochenende zu."*

Obwohl ich selten mit meinem Vater einer Meinung war, neigte ich in diesem Fall doch dazu, dass Dr. Preston mit Fug und Recht einen Dämpfer verdient hatte. Ich hasste ihn nicht so, wie mein Vater es tat, und machte ihn auch nicht zum Sündenbock für den Tod meiner Mutter, doch sein hochmütiges Verhalten war mir zuwider.

Als Mama gestorben war, wollte mein Vater Vergeltung, indem er Schadenersatz forderte. Doch er war Strafverteidiger gewesen und hatte eine solche Abscheu gegen das System entwickelt, dass er sich geschworen hatte, nach seiner Pensionierung nie wieder freiwillig einen Fuß in einen Gerichtssaal zu setzen. Ich hatte ihn mehr als einmal sagen hören, dass er einen Menschen ebenso gut umbringen könne, wie eine Klage gegen ihn anzustreben. Ich hatte keinen Zweifel, dass er Dr. Preston gerne umgebracht hätte, doch zum Glück für sie beide verbot ihnen das die Bibel.

Natürlich hatte Gott auch gesagt, dass wir unsere Feinde lieben sollen, aber wann immer ich meinen Vater daran erinnert hatte, brachte mir das nur eine kalte Schulter und noch kältere Blicke ein. Mein Vater, der Heuchler. Gehorsam der Bibel gegenüber war er nur, wenn es ihm in den Kram passte. Er verhielt sich egoistisch Gott gegenüber und auch mir gegenüber.

Als meine Mutter starb, zog er sich in seine eigene Welt zurück. Über unserem Haus und über mir lag ein Schatten. Hatte er sich darum gekümmert, wie es mir mit dem Verlust ging? Wenn ja, dann hatte er es nicht zu erkennen gegeben. Wenn er nicht gerade brüllte, bestrafte er mich durch Schweigen. Bei der Beerdigung meiner Mutter begrub ich nicht nur einen Elternteil, sondern gleich zwei.

Und jetzt das! Was fiel ihm ein, Isabellas Existenz auf diese Art preiszugeben! Ich konnte mir genau ausmalen, wie er bei Dr. Preston auf der Veranda gestanden und gebrüllt hatte, er solle herauskommen. Vermutlich hatte er die Worte ausgespien, mit hochrotem Gesicht und Augen, die fast aus ihren Höhlen traten. Hatte er so auch Isabellas Namen gefaucht? Bei dem Gedanken daran biss ich die Zähne zusammen. Meine Tochter war ein wertvoller Schatz, nicht etwas, das man wie ein Schimpfwort ausspie.

Plötzlich wurde mein Mund trocken. Ich tastete auf dem Beifahrersitz unter meiner Tasche und einem Stapel CDs nach einer Flasche Wasser, die ich im Auto gelassen hatte. Ich klemmte sie mir zwischen die Oberschenkel, um den Verschluss zu öffnen, und behielt eine Hand am Steuer, das durch die Unebenheiten der Landstraße vibrierte. Ich trank gierig. Es war warm, aber zumindest war es flüssig.

Als ich auf die geteerte Hauptverkehrsstraße zufuhr, begann ich mich zu fragen, wie ich mit David reden sollte, wenn ich noch nicht einmal wusste, wo er wohnte. Von Mama Peg hatte ich erfahren, dass er eine Art Berater geworden war, ein Versicherungsstatistiker. Also würde er an einem Samstag wohl eher zu Hause sein.

Ich wusste natürlich nicht, wo sein Haus war, aber bei dem kleinen Vermögen, das seine Großeltern ihm hinterlassen hatten, wäre es sicher ganz zauberhaft und stünde in einer wohlhabenden Gegend, die ich mir nie leisten könnte. Und auch nicht wollte. Sein Geschmack war mir immer zu extravagant gewesen und meiner ihm zu schlicht.

Er pflegte immer zu sagen: „*Wenn du einen Traum hast, dann trau' dich, groß zu träumen. Du willst ein Häuschen – ich baue dir ein Schloss.*" Ich wollte kein Schloss. Ich fand seine Träume zu groß. Mit meinen kleineren fühlte ich mich wohler.

Nie im Leben hätte ich mir träumen lassen, dass ich einmal der große böse Wolf in Davids Märchen sein würde. Eigentlich hatte ich seine Prinzessin sein wollen. Aber er hatte eine andere erwählt. Selbst nach all der Zeit kehrte bei dem Gedanken daran der stechende Schmerz der Zurückweisung wieder. Ich wusste, das war nicht rational gedacht, aber Gefühle kümmern sich selten darum.

Ich bog scharf nach rechts in die Elm-Road ein. Das stickige Auto mit den geschlossenen Fenstern und der abgestandenen Luft behagte mir irgendwie, aber als ich mich einem großen, staubigen Haus näherte, auf dessen Veranda ein alter Mann im Schaukelstuhl saß, hatte ich plötzlich Lust, den Frieden zu stören. Ich öffnete die vorderen Fenster, drehte die Musik noch lauter auf und freute mich an dem finsteren Blick, den er mir hinterherwarf.

Der warme Wind strich mir über die Wangen und löste einzelne Strähnen aus meinem vormals ordentlichen Zopf. Ich kippte den Rückspiegel herunter und betrachtete mein Spiegelbild. Langes, ungebändigtes Haar hing teilweise im Zopf, teilweise flatterte es mir in mein ovales Gesicht. Ich zog das Haargummi heraus und fuhr mit den Fingern durch meine Haare, um sie zu entwirren. Der Wind erledigte den Rest. Lange krause Locken flogen um mich herum wie Drachenschwänze.

Meine Lippen waren so rot, als hätte ich großzügig Lippenstift aufgetragen. Ich lächelte mein wildes Spiegelbild an. Doch es lächelte nicht zurück. Meine Figur, Gesicht und Eigenarten hatte ich zwar von meiner Mutter geerbt, aber eines war ganz unverkennbar von meinem Vater. Meine Augen. Grau und missbilligend sahen sie mich unter meinen langen Wimpern hervor an.

Ich schob den Spiegel wieder zurück und drehte die Musik leiser.

Mir wurde übel, als ich durch die Windschutzscheibe die immer höher steigende Sonne betrachtete. Was wäre, wenn ich zu spät zu David käme? Die Uhr am Armaturenbrett zeigte 9 Uhr. Die gefürchtete Unterredung zwischen Vater und Sohn könnte bereits stattgefunden haben oder jeden Moment stattfinden. Ich konnte sie schon fast hören.

*„David, ich habe Neuigkeiten, mein Sohn. Erinnerst du dich noch an das Mädchen, mit dem du befreundet warst, das ich nicht ausstehen konnte? Du weißt doch, ihre Mutter ist gestorben und ihr verrückter Vater beschuldigt mich seitdem, sie ermordet zu haben. Er hat immer gesagt, er werde es mir heimzahlen. Das ist ihm nun gelungen.“*

Da ich es leid war, meine Gedanken und meine Haare verrückt spielen zu lassen, schloss ich die Fenster wieder und grübelte über einem

Schlachtplan. Bestimmt wusste die halbe Stadt, wo David wohnte. Ich fuhr an Theodores Café vorbei, das eher wie Teds Truck Stop aussah – ein langes, nichtssagendes Gebäude, das einst weiß gewesen war, mittlerweile aber vergilbt von Sonne und Alter.

Theodore war Davids Onkel. Davids Onkel müsste doch Davids Adresse haben, oder? Ich warf einen Blick in den Rückspiegel, sah nur eine leere Straße mit ungepflegten, grasbewachsenen Rändern, trat auf die Bremse und setzte mit quietschenden Reifen zurück. Auf dem vollen Parkplatz gab es nur noch eine Lücke zwischen zwei Pickups, in die ich mich hineinquetschte.

Der Inhaber Theodore Preston, eher bekannt als Onkel Ted, war Dr. Prestons Stiefbruder. Theodores Café war zwar ein Etablissement ohne jede Klasse, doch Ted verdiente viel Geld damit. Er wohnte zwei Häuser von seinem Herrn Bruder entfernt und hatte jeden Luxus aufzuweisen, in dem auch Dr. Preston schwelgte – einen Mercedes, ein Ferienhaus –, wirklich alles, bis auf seine Überheblichkeit.

Das so genannte Café war ein merkwürdiger Laden mit Vinyltischdecken, Schulstühlen und Plastikblumen in angeschlagenen Vasen. Ein Spielzeug-Erdmännchen wachte über eine klapprige Kasse, und das ganze Lokal strotzte vor Fettflecken und Zigarettenrauch. Aber was es an Atmosphäre ermangelte, machte Ted mit seinen Kochkünsten wett.

Während Frühstücksgäste beim Reden weiche Brötchen und Soße in sich hineinschaufelten, stand ich unruhig an einer Theke voller Männer, die auf Barhockern saßen, Kaffee tranken und die Kleinanzeigen lasen.

Ich fragte die Bedienung nach Ted. Sie steckte sich einen Stift in den Haarknoten und verschwand in der Küche.

Onkel Ted tauchte auf. Er setzte seine Papiermütze ab und brachte einen kahlen, schweißglänzenden Kopf zum Vorschein. Er hielt mir zur Begrüßung eine Hand entgegen und sagte, den Zahnstocher noch im Mundwinkel: „Jenny Lucas, wie schön, dass du wieder in der Stadt bist!“

Ich konnte an seinem Gesicht ablesen, dass das Wort *entsetzlich* besser gepasst hätte.

„Ich versuche, David zu finden.“

Er lutschte an seinem Zahnstocher und sah mich an, ohne zu zwinkern. Im Hintergrund klirrte Geschirr und hinter der Küchentür hörte man jemand brüllen, jemand anderes solle sich endlich in Bewegung setzen.

Er saugte an dem Holz. „Du weißt schon, dass er verheiratet ist?"

„Ja, weiß ich."

„Glücklich verheiratet."

„Hör mal, Ted, ich will keine Unruhe stiften. Ich habe nur etwas von David, das er sehr wahrscheinlich sehen möchte."

So wie Ted mich anschaute, hatte ich den Eindruck, er ahnte, was dieses Etwas war.

Das ältere Paar, das am Tisch hinter mir gesessen hatte, zog zwei Dollar Trinkgeld hervor, nahm die Rechnung und schlurfte zum Zahlen an die Kasse. Ted nahm einen nassen Wischlappen, ging rasch zum Tisch und räumte zwei Becher und mehrere leere Milchdöschen weg, die sie stehen gelassen hatten. Er wischte den Tisch ab und deutete mit einer einladenden Geste darauf. „Bitte schön."

„Ich kann wirklich nicht …"

„Du kannst David wirklich nicht mit leerem Magen besuchen."

Ich warf ihm einen flehenden Blick zu, den er ungerührt ignorierte. Du meine Güte. Kein Wunder, dass der Mann reich war.

Als ich mich setzte, richtete er sich triumphierend auf. „Da du praktisch zur Familie gehörst, nehme ich die Bestellung persönlich entgegen."

Ach du liebe Zeit. „Ich nehme ein Toastbrötchen und ein Glas Wasser."

Er verschränkte die Arme und starrte mich vernichtend an. „Willst du nun seine Adresse oder nicht?"

Ich sah auf meine Uhr. „Was empfiehlst du mir denn?"

„Na, das ist doch schon besser. Ich mache dir einen Stapel Pfannkuchen mit Speck und Wurst."

Mein Magen beschwerte sich bei dem Gedanken daran.

„Wie möchtest du die Eier?"

„Eier?"

Er hob seine grau melierten Augenbrauen.

„Ich lasse mich überraschen."

„Du liebst wohl Überraschungen, was? Davids Frau Lindsey ganz gewiss nicht."

„Sag ihnen nicht, dass ich komme, okay?"

„Sag ihnen nicht, dass du die Adresse von mir hast." Damit kritzelte er etwas auf die Rückseite meiner Rechnung und legte sie auf den Tisch.

Ohne auf das Essen zu warten, las ich die Adresse, die Ted aufgeschrieben hatte – 43 Sweet Mountain Court –, bezahlte die acht Dollar und zweiundvierzig Cent und ließ beim Hinausgehen vernehmlich die Glocke über der Glastür klingeln.

Ich stand vor einem prächtigen Haus mit Steinfassade mitten in einer Sackgasse, umgeben von gepflegten Buchsbaumhecken und anderen prächtigen Häusern mit Steinfassaden. Mein pochendes Herz drohte mir aus der Brust zu springen. Sicher zum tausendsten Mal wischte ich mir meine feuchten Handflächen an der Jeans ab.

Jede Minute, die ich noch zögerte, bedeutete eine weitere Gelegenheit, dass sein Telefon klingeln konnte. Dass David durch jemand anderen von Isabella erfahren würde. Der Gedanke war unerträglich.

Mein Autoschlüssel klimperte gegen mein Handy, als ich ihn in die Tasche warf. Ich hängte sie mir über die Schulter. Ich sog die feuchte Sommerluft tief ein und versuchte, meine Nerven durch langsames Ausatmen zu beruhigen. Doch sie weigerten sich standhaft, und die Nervosität klebte weiter wie ein großer Blutegel an mir.

Ich redete mir gut zu … linker Fuß … rechter Fuß … linker Fuß … rechter. Ich konnte es. Ich musste es. Ich nahm all meinen Mut zusammen, drückte auf die Klingel und klopfte obendrein auch noch an.

In der Wartezeit verschränkte ich nervös die Hände, fuhr mit dem kleinen Finger über den glatten Opal an meinem zierlichen Ring und über die gezackte goldene Einfassung. Noch ein Klopfen und weiteres Warten. Ich sah zur Garage hinüber. Ein Tor stand offen und ich erspähte ein glänzendes Infiniti Coupé.

Die Morgensonne, die nichts von dem Sturm mitbekam, der sich in meinem Inneren zusammenbraute, umgab mich mit Wärme, für die ich aber in diesem Moment unempfänglich war. Vielleicht waren David und Lindsey hinterm Haus, arbeiteten im Garten, sonnten sich auf der Terrasse … saßen in zusammenpassenden Schaukelstühlen auf der Veranda, hielten Händchen und teilten ihre Geheimnisse. Bei diesen Gedanken zuckte ich zusammen.

Als ich über den weichen, gepflegten Rasen hinters Haus ging, malte ich mir aus, wie ein älterer David die Tageszeitung las, während ihm seine hübsche Frau bewundernd die Arme um die Taille schlang – und ihre langen Locken ergossen sich über ihn wie ein Schal aus gesponnenem Gold. Die Intensität des Hasses auf eine Frau, die ich bisher nicht kannte, erschreckte mich.

Das Holztor des Sichtschutzzauns war angelehnt und ich steckte meinen Kopf hindurch. Zu meiner Überraschung stand auf der anderen Seite ein englischer Garten in voller Blüte. Ich trat ein, um besser sehen zu können, und bewunderte seine Schönheit. Steinpfade führten zu verschnörkelten Eisenbänken. Verzierte Rankgitter strotzten vor blühenden Kletterpflanzen … und dann entdeckte ich einen seltenen Anblick, der mir den Atem raubte.

Große, schneeweiße Kirschblüten überzogen ansonsten kahle Zweige. Unerhört. Anmutig. … Verkehrt. Der Baum war ein Frühblüher – und jetzt war Sommer. Ich starrte ihn an und fragte mich, ob ich wirklich da war oder ob ich träumte.

Vielleicht lag ich ja tief schlafend in meiner Stadtwohnung. Der Wecker würde bald klingeln und ich würde die Decke aufschlagen, die Füße auf den weichen Chenilleteppich stellen, mein Kostüm anziehen und Isabella wecken.

Vielleicht war ich ja gar nicht zu meinem Vater gefahren. Vielleicht hatte ich ja gar keinen Grund dafür. Vielleicht gab es nur Isabella und mich, uns beide, die sonst niemanden brauchten. Ich stünde jetzt nicht in Davids Garten und würde ihm bald erzählen, dass er eine Tochter hat. Und ich wäre nicht todkrank.

Hoffnung keimte auf und ich lächelte verträumt.

Als ich die Blüten betrachtete, die auf der Rinde hafteten, überkam mich ein Déjà-vu-Gefühl. Ich kramte in meinem Gedächtnis und versuchte, mir die Erinnerung ins Bewusstsein zu rufen. Mit einem Windhauch zog ein süßer Duft an mir vorüber. Vage vertraut. Sehr tröstlich. Ein Popcorn-Baum. So hatte ich ihn als Kind genannt. Popcorn-Baum.

Eine Mücke landete auf mir. Ich schlug sie tot und spürte den Schmerz. Ich berührte das verschmierte Rot auf meinem Arm und führte die Fingerspitzen an meine Nase. Sie rochen nach Blut, rostig und echt. Kein Traum. Keine Chance.

Deprimiert suchte ich den Garten nach Anzeichen menschlichen Lebens ab. Vorbei an den Prunkwinden, die ihre Münder öffneten, um den Sonnenschein zu trinken, dem Lavendel, der sich nach einer Melodie wiegte, die nur er selbst hören konnte, und vorbei an der Krähe, die mich von einer Wetterfahne auf einem kleinen Schuppen herab anstarrte.

Und da, ganz am hinteren Ende des Gartens, lag ein Mann auf einer Hängematte zwischen zwei Ahornbäumen. Neben ihm stand eine Tasse im Gras, ein aufgeschlagenes *Wall Street Journal* flatterte im Wind und wurde von seiner schlaffen, energielosen Hand gehalten.

Sein Hinterkopf war mir zugewandt, mit Locken im selben Farbton wie Isabellas. Unwillkürlich fasste ich an mein Herz und hielt den Atem an.

David.

Er lag so still da, dass ich mich allmählich fragte, ob er lebendig war. Aus seiner Richtung war ein Grunzen zu hören, als ihm die Zeitung aus den Fingern rutschte. Als er sich zu mir umdrehte, schien mein Blut zu gefrieren. Doch seine Augen waren noch geschlossen. Ich atmete erleichtert aus.

Ich hatte ihn seit dem Abend, als er mit mir Schluss gemacht hatte, nicht mehr gesehen. Mir tat das Herz weh, als ich die vertrauten Konturen seines Gesichts betrachtete, die Lippen, die ich so gern geküsst hatte. Die ich sogar jetzt gerne geküsst hätte. Vor allem jetzt.

Ein plötzlicher Windstoß pustete Kirschblüten von den Zweigen. Sie schwebten durch die Luft wie Feenstaub. Weich, duftig … zauberhaft, wie sie nach links und rechts wirbelten und flatterten. Ich streckte meine Hand weit geöffnet aus, doch nicht eine einzige landete auf meiner Handfläche.

Nicht eine einzige.

Von wechselnden Winden getragen, fielen sie stattdessen auf David. Seine Augen zuckten. Ich versuchte mich zu rühren, mich zurückzuziehen, doch meine Füße waren wie festgewachsen. Als er seine Augen öffnete, setzte mein Herz vor Schreck kurz aus. Er lächelte, als sei mein Anblick nach der ganzen Zeit das Natürlichste der Welt. Ein warmes Lächeln. Vertraut und freundlich. Und dann riss er die Augen auf und setzte sich abrupt hin. Das Lächeln wich einem Ausdruck der Beunruhigung.

Wir waren einen Augenblick reglos und nahmen einander in Augenschein – David auf seiner Hängematte in seinem wunderschönen Garten, umgeben von Blumen, Vögeln und süßen Düften, und ich, ein Eindringling, der in seinem Garten herumschlich und eine Axt verborgen hielt, scharf und einsatzbereit. Ein einziger Hieb dieser Axt würde seine Frau fällen.

Davids Blick wanderte von mir zum hinteren Teil seines Hauses. Vom Fenster aus beobachtete uns eine dunkelhaarige Frau. David starrte sie an. Sie starrte mich an.

# 6

Die Frau verschwand vom Fenster. Voller Panik und ganz blass drehte sich David zu mir um. „Jenny, was machst du denn hier?"

„Wir müssen reden."

„Hättest du nicht anrufen können?"

„Das ist nichts, was man am Telefon beredet."

„Du weißt aber, dass ich verheiratet bin, oder?" Er hielt seine linke Hand hoch. Der Goldring an seinem Finger funkelte in der Sonne. „Seit fünf Jahren."

Die Eifersucht schmerzte gewaltig, als ich ein Lächeln hervorwürgte. „Das ist ja toll." Ein Windstoß brachte den weißen Blütenteppich durcheinander und peitschte mir die Haare in die Augen. Hastig schob ich sie zur Seite und wünschte mir, ich hätte einen Augenblick Zeit gehabt, um meine Haare zusammenzubinden und mich selbst zusammenzureißen.

„David?", rief eine Frau mit sanfter Stimme von der Hintertür. Das war nicht die Lindsey, die ich mir ausgemalt hatte, mit blonden Locken und einer Traumfigur. Sie hatte glänzendes schwarzes Haar und einen geraden Haarschnitt, der besser nach Manhattan gepasst hätte. Sie kam näher und ihre Rehaugen flatterten zwischen David und mir hin und her.

Ihre langen Khaki-Shorts endeten über ihren knochigen Knien. In einem Abendkleid hätte ihre bleiche Haut vielleicht durchscheinend und leuchtend gewirkt, aber bei Tageslicht sah sie so aus, als bräuchte sie einfach mal ein Sonnenbad.

Insgesamt war ich die Attraktivere von uns beiden, aber das brachte keine Genugtuung. Vielmehr schmerzhafte Neugier. Welche Tugend besaß sie, die sie liebenswert machte und die ich nicht hatte?

David schien sich rasch gefangen zu haben. Er stand auf und hinter ihm klirrten die Ketten der Hängematte. „Lindsey, das ist Genevieve Lucas. Jenny, das ist meine Frau."

Sie drehte sich zu mir um und begutachtete mich. Nach einem Augenblick überkam sie die Erkenntnis, die in dem Ausruf mündete: „Deine Tanzpartnerin beim Abschlussball!"

Als ich David einen Blick zuwarf, sah er wieder seine Frau an. „Genau, Sweetie."

*Sweetie* hatte er mich auch oft genannt, doch ihr gegenüber triefte das Wort nur so von Liebenswürdigkeit. Ich streckte ihr schwach die Hand entgegen. „Schön, Sie kennenzulernen."

„Sie sollten mal das Erinnerungsbuch mit den Andenken an die High School sehen, das ich David gemacht habe. Ich habe es ihm zum Geburtstag geschenkt. Ihr Tanzballfoto ist auch darin." Sie musterte mich so rasch, dass ich es nicht gemerkt hätte, wenn ich auch nur einmal geblinzelt hätte. „Sie sahen so hübsch aus in diesem grünen Kleid. So hübsch, dass ich das Foto fast …" – sie malte Anführungszeichen in die Luft – „… *aus Versehen* verloren hätte."

David verlagerte sein Gewicht von einem Bein auf das andere. Wangen und Hals waren rot gesprenkelt. „Was führt dich hierher, Genevieve?"

Ich atmete tief ein und deutete auf den Glas-Eisen-Tisch auf der gepflasterten Terrasse. „Können wir uns setzen?"

„Geht es schon wieder um deine Mutter?" Er verschränkte die Arme. „Dein Vater muss endlich mal weitergehen."

Die Überheblichkeit, die seinen Vater bei uns daheim so verhasst machte, leuchtete auch aus Davids Augen wie zwei Flammen, die ich gerne gelöscht hätte. Ich merkte, wie meine Nasenflügel zuckten. „Würdest du weitergehen können, wenn du meintest, die Nachlässigkeit eines anderen hätte den Tod *deiner* Frau verursacht?"

Lindsey befingerte einen Knopf an ihrer Bluse und rieb ihn geistesabwesend wie ein Kind, das den Zipfel seiner Kuscheldecke festhielt. „Wovon redet sie da, David?"

Er starrte mich an, während er mit ihr sprach. „Mein Vater hat angeblich …"

„Nicht *angeblich*", warf ich ein.

„Genevieves Vater zufolge hat mein Vater ihrer Mutter eine Fehldiagnose gestellt. Aber er war nicht einmal ihr behandelnder Arzt." Er sagte es so, als wäre die Anschuldigung so unbedeutend wie eine Fliege, die er einfach so wegwischen konnte.

Das brachte mich auf, während ich hier auf grünem Gras stand und sich die Kolibris von wunderschönen Blumen nährten. Was wusste er denn davon, wie es war, den meistgeliebten Menschen der Welt zu verlieren? Was wusste er denn von Leid? Er, dessen Herz noch nie gebrochen worden war. Er, dessen Eltern beide noch atmeten. Er, der vermutlich ein hohes Alter erreichen würde. „Er hätte darauf bestehen müssen, dass sie sich gründlicher untersuchen lässt."

David öffnete den Mund, um zu protestieren, aber ich schnitt ihm das Wort ab. Ich wandte mich an Lindsey und gab mir wirklich alle Mühe, meine Hände nicht zu Fäusten zu ballen und meine Stimme nicht zu erheben. Doch wie jedes Mal, wenn ich mich beleidigt fühlte, war ein Schalter umgelegt worden und ich hatte meine Worte nicht mehr unter Kontrolle. „Ihr Schwiegervater hat meiner Mutter erzählt, ihre Müdigkeit und Kopfschmerzen kämen von einer Blutarmut. Ohne eine einzige Untersuchung verschrieb er ihr Ibuprofen und Eisentabletten, die sie treu und brav einnahm. Sechs Wochen später wurde bei ihr ein Hirntumor diagnostiziert. Drei Monate danach starb sie."

Lindsey warf David einen flehenden Blick zu.

Er war mehr darauf konzentriert, mich in Grund und Boden zu reden, als ihr den Anker zu bieten oder die Erklärung abzugeben, die sie sich wünschte. „Jenny, was willst du denn? Ich habe schon tausendmal gesagt: was vorüber ist, ist vorüber."

„Alles, was mein Vater jemals wollte, war eine Entschuldigung."

„Richtig. Er will, dass wir sie von den Toten auferstehen lassen."

Ich gab David eine Ohrfeige und spürte den Schmerz in meiner Hand. Entsetzt über mein Verhalten drückte ich mir die Hand an meine Brust, damit sie nicht gegen meinen Willen wieder ausschlug.

Lindsey sah verwirrt und unsicher aus und trat einen Schritt zurück. David hielt meine andere Faust fest. „Du kommst hierher, beschuldigst meinen Vater und schlägst mich?"

Ich zog mich los und rieb mir das Handgelenk. Heiße Tränen der Scham rannen mein Gesicht hinab. „David, es tut mir leid."

Sein Gesichtsausdruck wurde nicht weicher. „Ich bin es leid, wie viel Kummer deine Familie meiner schon bereitet hat. Ich hatte gedacht, nachdem wir uns getrennt hatten, hätten wir uns den Rest des Lebens aus dem Weg gehen können. Die Welt ist so groß. Man sollte doch meinen, du hättest in deiner Ecke bleiben können."

Ich wischte mir die Tränen ab. „Nichts lieber als das …"

„Dann mach es auch", zischte er. „Geh. Ich habe dich nicht hierher gebeten. Ich bin verheiratet, Jenny. Verheiratet. Es wird Zeit, dass ihr weitergeht, du und dein Vater."

Ich lachte bitter auf. „Glaubst du wirklich, ich bin noch nicht über dich hinweg? Ich war schon über dich hinweg, als ich damals die Autotür zugeschlagen hatte. Ihr Prestons glaubt wirklich, ihr seid etwas Besonderes."

„Ich will, dass du jetzt gehst. Du regst meine Frau auf."

Als Lindsey erwähnt wurde, sah sie peinlich berührt aus.

Ein winziger Schmetterling landete auf der Hängematte, auf der David gelegen hatte, und endlich fiel mir Isabella ein.

Es ging hier doch nicht um mich oder David oder Lindsey oder meine Mutter oder unsere Väter. Es ging um sie. Dieser Idiot war ihr Papa. Ich musste Schadensbegrenzung betreiben. Ihr zuliebe.

„Hört mal, es tut mir leid. Ich bin nicht hierher gekommen, um dich zu schlagen oder deine Familie zu beschuldigen. Ich bin hierher gekommen …"

„Spar dir das." David rieb sich den roten Fleck, den ich auf seiner Wange hinterlassen hatte.

„Na gut", spie ich zurück. „Du bist sowieso nicht gut genug für sie."

Er wirbelte herum, schnappte sich Kaffeebecher und Zeitung und marschierte ins Haus.

Lindsey starrte mich unsicher an. „Für wen?"

„Das ist jetzt auch schon egal", erwiderte ich. Sollte es ihm doch sein Vater erzählen. Oder niemand. Es war mir sowas von egal. Wenn David herausfand, dass er Vater geworden war, war das Letzte, das ich wollte, dass er an der Erziehung meiner heißgeliebten Tochter beteiligt war. Es war besser für sie, mein nur halb anwesender Vater zog sie auf als dieser Trottel.

# 7

Nackte Barbiepuppen lagen über den Couchtisch verstreut, neben einem Stapel Puppenkleider. Isabella war nirgends zu sehen. Ich horchte nach ihr, vernahm jedoch nur das entfernte Summen des alten Kühlschranks. Kein Lachen, kein Tapsen von Füßen. Seltsamerweise war es still im Haus.

Der Buick meines Vaters stand in der Einfahrt, und Mama Peg verließ wegen ihrer Kurzatmigkeit kaum noch das Haus. Daher fragte ich mich, ob sie sich mittlerweile vormittags zu einem Nickerchen hinlegten.

Wäre meine Mutter noch am Leben, würde sie mir ihr einfühlsames Ohr leihen, während ich über Davids Worte jammern könnte, die alte Wunden aufgerissen hatten, die noch immer nicht richtig verheilt waren. Ich könnte ihr erzählen, dass ich seine Zurückweisung noch ganz genauso grob empfand wie damals, als er mir gesagt hatte, dass er mich nicht liebe. Doch ich hatte mich längst daran gewöhnt, ohne den Trost meiner Eltern auszukommen. Früher hatte ich mit Gott geredet, aber nie war er mir weiter entfernt gewesen als in den Wochen nach meiner Diagnose.

Isabella war die Einzige gewesen, die mir damals geben konnte, was ich brauchte – Liebe, Angenommensein und so viele liebevolle Umarmungen, wie ich brauchte, um meinen Schmerz zu lindern. Nichts auf der Welt tröstete mich so sehr wie ihr warmer Atem auf meiner Haut, ihre weiche Wange an meiner, und die einzigen Worte dieser Welt, die ich nicht anzuzweifeln brauchte: „Ich habe dich lieb, Mami."

Meine Sandalen klapperten über den Holzboden, als ich weiter ins Haus hineinging und nach ihr rief. Mama Peg's tonlose Stimme aus der Küche zischte *Pscht*. Ich ging dem krächzenden Geräusch nach und fand sie in der Küche. Vor ihr lagen eine aufgeschlagene Bibel und ein Notizbuch. Das Frühstücksgeschirr war abgewaschen und weggeräumt. Der Limonenduft des Geschirrspülmittels hing hoch in der Luft.

Sie sah zu mir auf und legte ihren Stift auf den Tisch. „Sie macht ein Nickerchen."

„Sie macht seit zwei Jahren keinen Mittagsschlaf mehr."

„Ich glaube, der Vormittag heute hat sie aufgewühlt."

Ich verzog das Gesicht. Bei dem Gedanken daran, wie die Auseinandersetzung heute Morgen zwischen meinem Vater und mir bei meiner kleinen Tochter angekommen sein musste, fühlte ich mich zum zweiten Mal innerhalb einer Stunde beschämt. Ich versuchte die Stimme in meinem Kopf zu ignorieren, die mit mir schimpfte. „Meinst du, ich soll mal nach ihr schauen?"

Sie schüttelte den Kopf, sodass sich die Sauerstoffschläuche heftig hin- und herbewegten. „Habe ich eben. Sie schnarcht selig."

„Sie hört sich an wie Papa, wenn sie schläft."

„Er hat mich damals wahnsinnig gemacht, wenn er zwischen seinem Vater und mir geschlafen hat."

Ich zog einen Stuhl vom Tisch, was ein kratzendes Geräusch verursachte. Mama Peg verzog das Gesicht über die Streifen, die ich auf dem Boden hinterließ.

Mit meinem Fuß wischte ich sie fort und setzte mich ihr gegenüber. „Ihr habt ihn bei euch schlafen lassen? Du hast mich doch immer gewarnt, so etwas zuzulassen."

„Jack hat sich bis zum sechsten Lebensjahr geweigert, alleine zu schlafen. Was glaubst du wohl, warum ich versucht habe, dich zu warnen?"

Ich grinste. „Ist er deswegen ein Einzelkind geblieben?"

Sie zupfte sich den Saum ihrer Bluse zurecht. „Du wirst lachen, aber so ist es. Und siehst du – Bella ist es ja auch."

„Das hat aber nichts damit zu tun. Ich dachte, wenn ich noch einmal Mutter werden will, möchte ich es richtig machen."

Ihre dünnen Lippen verzogen sich abwärts, als ich ansprach, was niemals sein würde.

Ich riss eine zerfledderte Ecke aus dem Notizbuch und rollte sie zwischen meinen Fingern. „Zu schade, dass sie nie Geschwister haben wird."

„Dadurch wird sie unabhängiger", erwiderte sie. „Außerdem weißt du ja gar nicht, ob sie ein Einzelkind bleibt. David könnte ja noch für Geschwister sorgen."

Ich zerknüllte das Papier zu einer winzigen Kugel und wagte es nicht, dem Blick meiner Großmutter zu begegnen.

„Hast du ihn gefunden?", fragte sie schließlich.

Ich nickte langsam.
„Und?"
Ich legte die Papierkugel auf den Tisch und zupfte eine weitere Papierecke ab. Auch die rollte ich zu einer Kugel und legte sie neben die erste.
Mama Peg atmete lang und tief ein. „Deinem Gesichtsausdruck nach zu urteilen nehme ich an, es lief nicht sehr gut."
Ich hätte weinen können, doch ich rief mir ins Bewusstsein, dass ich mich schon lange genug selbst bedauert hatte. Es war höchste Zeit, meine Tochter an die erste Stelle zu setzen. Ihre Zukunft hing von meinen Entscheidungen ab. Von meinem Handeln.
„Da tippst du richtig. Er ist ein echter Trottel", flüsterte ich.
„Liegt wohl in der Familie", sagte sie sachlich. „Kaum zu glauben, dass in den Adern unseres Engelchens das Blut der Prestons fließt."
Ich rupfte noch einen Fetzen Papier ab, ohne zu antworten. Ich rollte ihn zusammen und legte ihn zu meinem Vorrat.
Gerade wollte ich noch ein Stück Papier abreißen, als eine warme, zittrige Hand meine Hand festhielt. „Hast du ihm also von Bella erzählt, bevor dir sein Vater zuvorkommen konnte?"
Ich blickte in die trüben Augen meiner Großmutter. „Er weiß es noch immer nicht."
Sie verzog ihr Gesicht und ihre unzähligen Falten ließen sie für einen Moment aussehen wie eine Dörrpflaume. „Was? Warum denn nicht, um Himmels willen?"
„Er ist so ausfällig gewesen. Ich konnte es ihm nicht sagen."
„Ausfällig? Oder wütend?"
Ich zuckte die Achseln. „Woher soll ich denn wissen, dass er sich ihr gegenüber nicht genauso verhält?"
„Und weshalb nimmst du an, dass er es sein könnte? Es ist nicht deine Aufgabe, die Ergebnisse zu steuern, sondern nur, die Botschaft zu überbringen. Er hat das Recht zu wissen, dass er Vater geworden ist."
„Er hasst mich."
Sie drückte meine Hand. „Es spielt keine Rolle, ob er dich hasst, oder Jack, oder mich. Er ist ihr Vater. *Ihr Vater*, Jenny. Wenn er *sie* liebt, kommt es einzig und allein darauf an."
„Sein Vater wird es ihm erzählen", murmelte ich. „Ich bin mir sicher, dass er es wohl schon gemacht hat."

„Er hätte es von dir erfahren sollen."

Ich entzog ihr meine Hand, legte die Arme und mich und fror plötzlich. „Er hätte mich einfach reden lassen sollen. Außerdem will ich nicht, dass meine Tochter in dieser Familie aufwächst."

„Das ist nicht deine Entscheidung."

Nicht meine Entscheidung? Hautkrebs zu bekommen war nicht meine Entscheidung. Kopfschmerzen, Erschöpfung, Herzrasen und Stimmungsschwankungen waren nicht meine Entscheidung. Davids Bruch mit mir war nicht meine Entscheidung. Das Sterben meiner Mutter war nicht meine Entscheidung. Mama Pegs Gesundheitszustand war nicht meine Entscheidung. Aber das hier? Das gehörte zu den wenigen Dingen, die meine Entscheidung *waren*. „Sie ist meine Tochter. Solange ich atme, kann ich über ihre Zukunft entscheiden."

Ich sah auf das Häufchen winziger Papierkugeln, die ich gemacht hatte, dann schloss ich meine Augen. *Es ist an der Zeit*, sagte ich zu mir. Nach monatelanger Sorge darüber, was für meine Tochter das Beste wäre, hatten sich alle Möglichkeiten in Luft aufgelöst, bis auf eine. Ich wusste jetzt, wie Isabellas Zukunft aussehen würde, und es war Zeit, dem Schicksal auf die Sprünge zu helfen.

Ich stand auf und wischte die Papierkugeln in meine Hand.

„Wohin gehst du?", fragte Mama Peg.

„Ich erzähle es Papa."

„Erzählst ihm was?"

Ich ging zur Spüle und warf die Kügelchen in den Müllbehälter. Dann drehte ich mich um. „Was wohl?"

Sie bekam einen Hustenanfall. Ich nahm ein Glas vom Abtropfgitter, füllte es mit Leitungswasser, stellte es vor sie und machte mich dann auf die Suche nach meinem Vater. Kurz vor der Treppe wollte ich schon nach ihm rufen, erinnerte mich jedoch daran, dass Isabella schlief.

Vor der Schlafzimmertür meines Vaters ballte ich die Hand zur Faust und klopfte leise an. Es war nicht überraschend, dass keine Antwort kam. Natürlich war er nicht in seinem Zimmer. Er benutzte es nur zum Anziehen und Schlafen. Meist war er in seinem Arbeitszimmer und brachte sich das Banjospielen bei, oder im Hobbykeller, wo er malte oder es vielmehr versuchte. Die Kunst lag ihm noch weniger als die Musik.

Ich ging wieder hinunter, wo Mama Peg auf mich wartete. Ihre Haut war aschfahl und ihr Atem ging schwerer als sonst. „Du darfst es ihm heute nicht sagen", brachte sie abgehackt während ihres Hustenanfalls hervor. Ihre Lippen waren blau umrandet.

„Du siehst nicht gut aus", sagte ich.

„Das habe ich auch schon bemerkt."

„Ich meine, noch schlechter als sonst."

Eine Autotür wurde zugeschlagen und wir drehten beide den Kopf zur Auffahrt vor dem Haus. Ich ging zum Fenster, zog die Gardine zurück und sah einen blauen Pickup mit der weißen Aufschrift *Allen Landschaftsbau* vor dem Haus stehen.

„Wer ist da?", fragte Mama Peg.

„Craig."

Sie runzelte die Stirn. „Was macht er denn jetzt schon daheim?"

Er hatte sich an den Transporter gelehnt und telefonierte mit seinem Handy.

Ich zuckte die Achseln, ließ die Gardine sinken und drehte mich um. „Meinst du, Papa ist im Keller?"

„Hast du mir nicht zugehört?"

„Ich darf es ihm nicht erzählen. Warum nicht?"

Sie hielt sich am Treppengeländer fest. „Alles hat seine Zeit."

Ich stieß verärgert die Luft aus. „Erst schimpfst du mit mir, weil ich es ihm nicht sage. Dann verlangst du von mir, ich *soll* es ihm noch nicht sagen."

Sie öffnete den Mund, um etwas zu erwidern, doch heraus kam nur ein abgehacktes Husten. Das hielt so lange an, dass ihre Gesichtsfarbe in ein bedrohliches Violett überging. Mit der einen Hand schob ich ihren Sauerstofftank, mit der anderen führte ich sie zu einem Stuhl. Ihre Haut wurde wieder rosig, als sie mehrmals tief die Luft einsog.

Ich setzte mich auf die Armlehne und rieb ihren Rücken. „Falls du vergessen hast, dass meine Tage gezählt sind, erinnere ich dich daran. Ich habe keine andere Wahl. Ich brauche von Papa das Versprechen, dass er sich um Isabella kümmert. Ich weiß, dass er nicht der beste aller Väter ist, aber zumindest wird er sie nicht misshandeln und sie mit allem Lebensnotwendigen versorgen. Ich muss jetzt meine Angelegenheit ordnen. Ich muss es ihm sagen."

Als sie wieder anfing zu husten, ging ich durch die Küche und die Treppe hinunter in Richtung Hobbykeller. Im Gegensatz zu der Treppe, die nach oben führte, knarrte auf dieser mehr als nur die letzte

Stufe. Jede zweite schrie förmlich unter mir auf. Das Geräusch war vertraut und tröstlich. Ich hatte mir vor langer Zeit gemerkt, welche unter meinem Gewicht laut aufschrien und welche nur leise ächzten.

Unten empfing mich eine Woge sanfter Musik. Es war ein Lied, das mein Herz einen Schlag aussetzen ließ: „Sea of Love." Es war das Lied meiner Mutter, oder vielmehr meiner Eltern. Dazu hatten sie auf ihrem Abschlussball getanzt und dann auf ihrer Hochzeit. Es war auch das Lied, das mein Vater leise gesummt hatte, als er sich über den Sarg meiner Mutter beugte, um sie ein letztes Mal zu küssen.

Mein Magen verknotete sich, als mir einfiel, welcher Tag heute war. Der 10. Juli – der sechste Todestag meiner Mutter.

Ich schlich mich zur Tür, die einen Spalt offen stand, und spähte hinein. Ein tragbarer CD-Spieler stand auf einem rustikalen Holzregal und berieselte meinen Vater mit der traurigen Melodie.

Er hatte mir den Rücken zugewandt und ich konnte die Leinwand erkennen, die er bemalte. Das Portrait war bestenfalls amateurhaft. Wenn er das Kleid der Frau nicht lavendelfarben gemalt hätte, hätte ich womöglich nicht gewusst, dass sie es war. Meine Mutter hatte Lavendel geliebt, und lavendelfarben war auch das Kleid gewesen, in dem wir sie beigesetzt hatten. Der Anblick meines Vaters, wie er sie aufs Neue betrauerte, überflutete mich mit meinen eigenen unverarbeiteten Gefühlen. Trauer zerrte an meinem Herzen wie Stacheldraht. Warum hatte sie uns so früh verlassen müssen? Dadurch war alles in unserer Familie, das vorher richtig gewesen war, falsch geworden.

Hinter mir knarrten Stufen, aber ich konnte meine Augen nicht von meinem Vater abwenden. Craig flüsterte meinen Namen, doch ich reagierte nicht. Seine Hände legten sich auf meine Schultern und drehten mich um. Ich hatte nicht gemerkt, dass ich weinte, bis er mir die Tränen vom Gesicht wischte. Meine Schultern zitterten, als er mich an sich zog. Es war so tröstlich zu spüren, wie sich sein Brustkorb hob und senkte und seine starken Arme sich um meine Schultern legten. Er roch nach Tannen und harter Arbeit. Auch das tröstete mich irgendwie.

Als ich mich losmachte, erhaschte ich einen Funken Enttäuschung in seinem Blick.

„Tut mir leid."

„Mir tut es leid, dass es dir leid tut." Er zog mich erneut an sich und hielt mich fest.

Ich klopfte ihm zweimal auf den Rücken, um eindeutig freundschaftliche Gefühle zu signalisieren, und trat einen Schritt zurück. „Warum bist du nicht an der Arbeit?“ Ich sah durch die angelehnte Tür zu meinem Vater. Er malte weiter, entweder weil er uns nicht bemerkt hatte, oder weil er uns ignorierte.

Craig fuhr sich mit der Hand durch sein Haar, sodass es hochstand. „Ich weiß, dass heute ein schlimmer Tag für deinen Vater ist. Ich wollte einfach mal kurz nach ihm sehen.“

Als Craig den Todestag erwähnte, fühlte ich mich nur noch schlimmer, weil ich ihn vergessen hatte. Er rieb sich den Nacken und spähte zu meinem Vater hinein. „Immerhin ist er dieses Jahr überhaupt aufgestanden.“

Es war seltsam, dass dieser Mann, der ein entfernter Bekannter von mir gewesen war, jetzt so innig mit meiner Familie und mit mir verbunden war. Es kam mir mehr als nur ein bisschen sonderbar vor, dass Craig sich bei meiner Familie niedergelassen hatte, während die meisten Gleichaltrigen ihr Zuhause längst verlassen hatten oder es zumindest beabsichtigten. Mich packte die Neugierde. Ich musste wissen, was für eine Abmachung er hier getroffen hatte. Außerdem, sagte ich mir, würde er wohl eine Weile hier bleiben. Um meiner Tochter willen musste ich mehr über ihn erfahren. „Hast du Zeit für einen Kaffee?“, fragte ich ihn.

Meine Frage brachte ihn wohl aus der Fassung, denn er warf einen Blick auf seine Uhr. „Ich brauche mindestens drei weitere Stunden für mein laufendes Projekt. Ich habe zugesagt, es noch heute unter Dach und Fach zu bringen. Wie wäre es, wenn ich dich und Bella nach der Arbeit zum Essen einlade?“

„Wenn es eine Pizza bei Pizza Hut ist, dann abgemacht“, erwiderte ich.

Er schlug sich mit der Hand auf die Brust, als sei er angeschossen worden. „Nur für euch werde ich diese Tortur über mich ergehen lassen. Ich sage der alten Dame Bescheid, dass sie nicht für uns zu kochen braucht.“

Normalerweise brachte mich jemand, der meine liebe Großmutter als *alte Dame* bezeichnete, auf die Palme, aber Craig sagte es mit viel Zuneigung.

Er verabschiedete sich von mir, lief die Treppe hoch, wobei er immer zwei Stufen auf einmal nahm, und verschwand aus meinem Sichtfeld.

Natürlich dämmerte mir, dass Craig womöglich mehr als geschwisterliche Gefühle für mich hegte. Diese Vermutung hatte ich schon an der High School gehabt, wenn ich mich im Klassenraum umgedreht hatte und feststellte, dass er mich anstarrte.

Er war gutaussehend, intelligent, fleißig und alles andere, was ich mir von einem Mann wünschen würde, aber romantische Gefühle waren das Letzte, was eine sterbende Frau gebrauchen konnte. Und das Letzte, was ein junger Mann in den besten Jahren brauchte, war, sich in eine sterbenskranke Frau zu verlieben. Ich beschloss um seinetwillen, ihm beim Essen alles zu erzählen.

Was meinen Vater anging, musste die Wahrheit noch warten. Ich lehnte mich mit der Schulter an den Türrahmen und beobachtete ihn. „Sea of Love – *Meer der Liebe*" verklang. Er legte den Farbpinsel auf die Staffelei, ging zum CD-Spieler und drückte die Taste.

Das Lied begann von vorn.

# 8

Ich stand neben Craig, der intensiv die Speisekarte von Pizza Hut studierte.

„Ohne Belag oder mit Peperoni?“, fragte ich Isabella und nahm ihr Gesicht zwischen meine Hände, damit sie mich ansah.

„Peperoni!“ Sie zappelte so aufgeregt herum, dass man hätte denken können, sie müsse auf die Toilette, wenn ich nicht gerade erst mit ihr dort gewesen wäre.

Die junge Bedienung zupfte sich einen losen Faden von ihrem roten Polohemd und wartete ab.

Ich trat vor und bestellte ein Familienmenü. „Willst du sonst noch etwas außer Pizza?“, wandte ich mich an Craig.

Er legte den Kopf schräg, als wolle er das abwägen. „Nein“, sagte er schließlich. Die Bedienung stellte drei Pappbecher auf die Theke, eine Plakette mit der Nummer dreiundzwanzig und einen Becher mit Goldtalern. Den schnappte sich Isabella, beugte sich darüber und schüttelte ihn. Sie trödelte hinter uns her, als Craig und ich auf eine freie Sitzgruppe direkt vor uns zu gingen. Ich füllte Isabellas Taschen mit den Spielmarken.

Isabella hatte unter ihrem linken Auge einen dunklen Fleck wie eine indianische Kriegsbemalung. Ich leckte meinen Daumen ab und wischte ihr den Fleck weg, bevor sie protestieren konnte. „Soll ich mit dir kommen?“

Natürlich kannte ich die Antwort. Sie wollte meinen Beistand in der Kinderecke von Pizza Hut genauso dringend wie ich den ihren im Dekoladen. Sie murmelte etwas, das ich nicht verstand, und schon war sie weg.

Craig hielt die Hand hoch, auf die eine Angestellte beim Hereinkommen einen Stempel gedrückt hatte. „Unsichtbare Tinte – das ist ja cool!“

Ich sah zu, wie schmutzige weiße Socken am unteren Ende der Röhrenrutsche auftauchten und gleich darauf der kleine Junge, der sie trug. Als er mich anschaute, winkte ich ihm verschmitzt zu. Schüchtern sah er sich um, winkte etwas unsicher zurück und rannte davon. „Bella findet das alles hier cool."

Überall um uns herum kreischten spielende Kinder. Craig blickte sich um und schüttelte den Kopf. „Das ist ja wie Las Vegas für Kinder."

Ich stellte unsere kleine Plastiknummer in die Tischmitte und schnappte mir die Becher. „Komm, wir holen uns was zu trinken."

Craig ging mit mir zur Zapfstation für Softdrinks. Sein Blick wanderte rasch von den älteren Kindern, die virtuell Wasserski fuhren, zu dem kleinen Jungen, der ganz beglückt auf einem elektrischen Schaukelpferd ritt. Ein asiatisches Mädchen zischte auf uns zu und hätte Craig beinahe umgerannt. Er fing sie auf, bevor sie mit ihm zusammenstoßen konnte. Sie murmelte eine Entschuldigung, zog sich los und verfolgte ein blondes Mädchen etwa in ihrem Alter.

Er blickte sich um. „Wo ist Bella?"

Ich zapfte für Isabella einen Becher Hawaii-Punsch und sah zu, wie die Eiswürfel in der aufsteigenden roten Flüssigkeit schwappten. „Hier irgendwo. Ich mache mir keine allzu großen Gedanken. Man kommt hier nicht raus ohne den passenden Zahlencode. Sie hat bestimmt ihren Spaß. Außerdem lungern überall Mütter mit Adleraugen herum."

Ich füllte meinen eigenen Becher mit Sprite und Craig holte sich eine Coke. Ich drückte auf jeden Becher einen Deckel und Craig steckte die Strohhalme hinein.

Gerade als wir unsere Getränke auf den Tisch stellten, tauchte Isabella wie ein Stehaufmännchen vor uns auf, trank einen Schluck von ihrem Punsch, knallte drei Reihen Gewinnscheine auf ihren Platz und sauste wieder davon.

Craig zwinkerte mich an und Grübchen erschienen auf seinen unrasierten Wangen.

„Was ist?"

„Was soll sein?"

„Warum grinst du so? Habe ich etwas im Gesicht?" Ich betupfte meine Mundwinkel mit meinen Fingerspitzen.

„Bloß eine Nase."

„Dann schau mich bitte nicht mehr so an. Du machst mich ganz nervös."

Er sah etwas verlegen auf seine Hände und fuhr mit dem Daumen über seine Handknöchel. „Ich habe nie verstanden, was du an Preston fandest. Er war so ein Langweiler."

Mein erster Gedanke war, dass Craig ein noch größerer Langweiler gewesen war als David – übergewichtig, akneübersät und schüchtern –, aber ich hielt es nicht für besonders nett, das zu sagen. „Wahrscheinlich habe ich mich dem Erstbesten an den Hals geworfen, der mich beachtet hatte. Damals habe ich nach Beachtung gelechzt."

„Du und nach Beachtung gelechzt? Das ist ja kaum zu glauben. Du warst das hübscheste Mädchen der ganzen Schule."

In seinen Augen erkannte ich mein Spiegelbild. Darin sah ich hübscher aus, als mir lieb war. Mama Peg hatte mir vor langer Zeit erklärt, ich werde wissen, dass ein Mann mich liebte, wenn ich mich selbst in seinen Augen sehen könnte. Das war Unsinn, klar, aber mein Magen flatterte trotzdem. Ich löste meinen Blick von ihm und trank einen Schluck. Ich spürte, wie sich die kalte Flüssigkeit ihren Weg vom Hals bis in meinen leeren Magen bahnte. „Wie um alles in der Welt bist du eigentlich bei meinem Vater gelandet?"

„Du weißt doch bestimmt noch, dass meine Mutter uns verlassen hatte, als ich noch klein war?"

Ich erinnerte mich zwar nicht mehr, nickte aber trotzdem.

„Blieben also nur mein Vater und ich. Er tat nichts außer zu arbeiten, zu trinken und sich gelegentlich mit einer Wasserstoffblondine zu vergnügen. Ich bin ziemlich einsam aufgewachsen. Als ich mein Studium abbrach, fing er an, Miete von mir zu verlangen. Also ging ich fort."

Hinter uns weinte ein Kleinkind. Ich warf einen Blick über die Schulter und sah, wie der Vater die Kleine von der Mutter entgegennahm. Ich drehte mich wieder um. „Wo liegt denn der Unterschied, ob du deinem Vater Miete bezahlst oder meinem?"

„Mein Vater hat versucht, mir mehr abzuknöpfen, als er monatlich für die Hypothek zurückbezahlen musste."

„Nett", sagte ich, wohl wissend, dass es überhaupt nicht nett war.

„Es war sein Versuch, mich wieder aufs College zu zwingen, aber ich wollte nicht mehr hin. Er dachte, wenn ich keinen Abschluss mache, ende ich wie er. Das war wohl das Letzte, was wir beide wollten. Wie dem auch sei – eines Tages fielst du mir plötzlich wieder ein. Ich fragte mich, was wohl aus dir geworden war. Ich fuhr zu eurem Haus in der Hoffnung, du hättest mit Preston Schluss gemacht, und …" Seine

Wangen wurden dunkelrot. „Wie der Zufall es wollte, hing ein Schild ‚Zu vermieten‘ an der Scheune.

Also habe ich zwar nicht meine Freundin Jenny gefunden, aber wenigstens eine anständige Unterkunft, die nur ein Drittel von dem kostete, was mein alter Herr mir in Rechnung stellte. Dein Vater hat mich dazu überredet, mit der Landschaftsgestaltung anzufangen. Dabei habe ich übrigens abgenommen. Wer braucht schon ein Fitnessstudio, wenn er den ganzen Tag Erde schaufelt und Äste schleppt? Ich mag deinen Vater und Mama Peg. Sie sind für mich zu der Familie geworden, die ich mir gewünscht hätte. Ich weiß, dass ich eines Tages weiterziehen muss, aber ich kann mir im Moment nicht vorstellen, sie zu verlassen."

Ich fühlte mich in die Ecke gedrängt und räusperte mich. „Na ja, vielleicht empfindet irgendjemand ja genauso gegenüber deinem Vater, weil er nicht die ganze Geschichte kennt."

Als er mit seinen schwieligen Fingern über meine Hand strich, gefiel mir seine Berührung mehr, als mir lieb war. „Ganz ruhig, Jenny. Ich verurteile dich ja nicht. Es ist eine Menge passiert, von dem ich nichts weiß."

Die Bedienung nahm die Nummer von unserem Tisch und stellte uns eine Peperoni-Pizza und einen Stapel Pappteller hin.

Als sie ging, legte Craig ein dampfendes Pizza-Dreieck auf einen Teller, stellte ihn vor mich und nahm sich selbst auch eins.

Ich sah mich nach Isabella um und entdeckte sie bei einer Kleinkindversion eines Videospiels. Sie klatschte aufgeregt in die Hände und zog einige Gewinnscheine aus dem Gerät, die wie eine Papierzunge hervorlugten.

„Was ist denn zwischen dir und David vorgefallen?"

Ich versuchte, meinen Schmerz nicht zu zeigen, und lehnte mich zurück. „Tja, im Grunde genommen hat er mir bloß gesagt, dass er mich nicht liebt."

Craig schüttelte den Kopf. „Wow."

*Wow*, genau.

„War das, bevor oder nachdem er das Kind gezeugt hatte?"

„Dreimal darfst du raten."

Er zupfte ein Stück Peperoni ab. „Du hast ihn wirklich geliebt, was?"

„Ja."

„Hat er sich irgendwie um sie gekümmert?"

Ich schüttelte den Kopf und fühlte mich elend.

„Mensch, was für ein Trottel. Wenn ich euch beide hätte, würde ich niemals …"

„Er wusste es nicht", flüsterte ich.

Craigs Augenbrauen schnellten in die Höhe.

Ich riss ein Stück Serviette ab und rollte es zwischen meinen Fingern. „Ich nehme an, mittlerweile weiß er es. Mein Vater hat es seinem Vater gestern Abend erzählt."

„Wolltest du nicht, dass er es erfährt?"

„Ich wollte es ihm eigentlich lieber selbst sagen." Ich biss ein Stückchen von meiner Pizza ab.

Isabellas Wangen glühten rot, als sie sich neben mich auf ihren Stuhl plumpsen ließ und in großen Zügen trank. Ich gab ihr ein Stück Pizza.

„Mami, ich habe einen neuen Freund."

„Echt?" Ich nahm noch einen Bissen.

Sie sprach mit dem Mund voll Käse und Teigrand. „Hm-hm. Er heißt Jimmy. Wir wollen heiraten."

Craig starrte sie so missbilligend an, dass ich nicht länger zu ihm hinübersehen konnte, ohne lachen zu müssen. Daher konzentrierte ich mich auf Isabella und versuchte, zumindest den Anschein zu erwecken, als nehme ich ihre Verlobung ernst. „Na dann, herzlichen Glückwunsch, Süße."

Während Isabella ihre Pizza verschlang, warf Craig mir einen Blick zu, der mich fragte, was ich zu tun gedenke. Als ich nichts sagte, verschränkte er die Arme. „Du bist noch etwas zu jung, um dich für Jungs zu interessieren, oder?"

Sie stibitzte sich ein Stück Peperoni von seiner halb aufgegessenen Pizza.

Mir blieb angesichts dieser Ungezogenheit der Mund offen stehen. „Bella!"

„Ach, das ist nicht schlimm, Peperoniwurst macht sowieso dick." Craig tätschelte seinen Bauch. „Nimm dir ruhig alle Scheiben."

Im Handumdrehen hatte Isabella sich auch noch die restlichen beiden Scheiben genommen. „Mami, heiratest du Craig?"

Meine Tochter hatte sich in letzter Zeit sehr mit dem Thema Hochzeit befasst. Daher brachte mich ihre Frage nicht aus der Fassung. „Nein, Schatz, Craig und ich sind bloß Freunde."

„Du heiratest wohl nie!“

Craig heftete seinen Blick auf sie, während er von seiner Coke trank. „Warum glaubst du, dass deine Mutter niemals heiratet?“

„Weil sie keinen richtigen Freund hat.“ Isabella stemmte die Hände in die Seiten und verdrehte die Augen. „Man braucht nämlich einen Freund zum Heiraten, weißt du!“

Ich zupfte an meinem Käse. „Sei nicht so ungezogen. Nicht jeder muss verheiratet sein, Bella. Nicht jeder braucht das, um glücklich zu sein.“

„Aber du bist doch gar nicht glücklich.“

Ich hustete gekünstelt. „Natürlich bin ich glücklich, du Dummerchen.“

„Nein, bist du nicht. Du weinst zu viel.“

Ich traute mich nicht, Craig anzuschauen, während Isabella meine Geheimnisse preisgab. „Hör mal“, sagte ich bemüht heiter, „wir gehen ungefähr in zwanzig Minuten. Willst du deine restlichen Münzen haben?“ Sie stopfte sich das letzte Stück Teig in den Mund und streckte die Hände aus. Ich drückte ihr die letzten Taler in die Hand. „Steck sie zu den anderen in deine Tasche.“

Isabella rannte davon, während Craig mich mit so viel Mitgefühl musterte, dass es kaum auszuhalten war. „Ich weine wirklich nicht die ganze Zeit.“

„Möchtest du darüber reden?“

„Das fragst du oft.“

Mit seinem kleinen Finger berührte er meinen. „Soll ich damit aufhören?“

„Ich werde sterben“, flüsterte ich.

Seine ungerührte Miene verriet mir, dass er es bereits wusste. Seltsamerweise fühlte ich mich nicht verraten, sondern nur erleichtert. „Sie hat es dir erzählt.“

„Sie war wirklich am Boden zerstört. Sie musste mit jemandem reden.“

Bis dahin hatte ich nicht daran gedacht, wie belastend das Geheimnis für meine Großmutter gewesen sein musste. „Wie hat sie es aufgenommen?“

„Diese Nachricht hat sie in die Knie gezwungen.“

Ich schloss die Augen.

„Ist schon okay, Jenny. Wir müssen sowieso alle von Zeit zu Zeit auf die Knie gehen."

„Du hörst dich schon genauso an wie sie."

„Danke. Nächstes Mal darf ich dich also etwas schöner ausführen?"

Seine Frage verschlug mir die Sprache.

„Na?"

„Hast du den Verstand verloren, Craig? Ich sterbe bald. Mir bleibt höchstens noch ein Jahr, wahrscheinlich weniger."

„Hast du eine zweite Meinung eingeholt?"

„Ja. Eine zweite, eine dritte ... eine fünfte. Der Krebs hat sich bereits in meiner Leber, meinen Knochen und meinem Lymphsystem ausgebreitet. Jetzt gibt es keine Heilung mehr. Sie könnten mein Leben mit einer Chemotherapie zwar um ein paar Monate verlängern, doch in der zusätzlichen Zeit würde ich lediglich meinen Mageninhalt ausleeren und den Abfluss mit meinen Haarbüscheln verstopfen."

Er betrachtete den Zopf auf meiner Schulter. „Ist es dieselbe Krebsart wie bei deiner Mutter?"

Ich lächelte bitter. „Sollte man meinen – aber nein. Sie hatte einen Hirntumor. Meiner begann als Hautkrebs. Ich bat den Arzt, einen Leberfleck auf meiner Schulter zu untersuchen, und plötzlich kommen mir die Ärzte mit Biopsien, Blut- und Knochenuntersuchungen, und teilen mir mit, dass ich meinen nächsten Geburtstag nicht erleben werde. Nein, Mamis und meine Krebsart haben nichts miteinander zu tun. Es ist so, als ob zwei Mitglieder einer Familie an unterschiedlichen Enden der Erde vom Blitz getroffen werden. Das nenne ich Glück, was?"

Er beugte sich so weit vor, dass ich meinte, er wolle mich küssen. Sein Atem strich warm über meine Lippen. „Magst du Sushi?"

Mein Herz klopfte in doppelter Geschwindigkeit. „Hör mal, Craig, die Verabredung aus Mitleid weiß ich zu schätzen, aber ehrlich gesagt beschäftigt mich jetzt einzig und allein Bellas Wohlergehen, wenn ich nicht mehr da bin. Wir sollten nicht alles komplizierter machen, als es ohnehin schon ist. Was kommt denn bestenfalls dabei heraus, wenn wir miteinander ausgehen? Wir verlieben uns und dann bricht es dir das Herz, wenn ich sterbe. Willst du das?"

„Du verliebst dich in mich? Ich kann mir etwas Schlimmeres vorstellen."

„Ich habe etwas gegen Selbstquälerei."

Er lehnte sich zurück. „Hey, ich rede doch nicht davon, etwas kompliziert zu machen. Ich genieße einfach deine Gesellschaft. Schon immer. Niemand weiß, wie viel Zeit uns noch bleibt, Jenny. Wenn du ab und zu mal ausgehen willst, bin ich ein ganz passabler Begleiter. Man sollte die Sonne genießen, solange sie scheint. Das ist alles, was ich damit sagen wollte."

Als ich den Blick senkte, bemerkte ich, wie sein Daumen wieder über seine Fingerknöchel strich. Seine Gefühle waren leichter zu lesen als ein Bilderbuch. Ich wollte ihn nicht verletzen, und wenn ich nicht so todkrank wäre, würde ich mich in ihn verlieben, sofort, unverzüglich, aber …

Bevor ich den Gedanken zu Ende denken konnte, sprang er wie von der Tarantel gestochen auf. Er rannte zu Isabella hinüber, die wild einen Schläger schwang und versuchte, die Köpfe von Plastikmaulwürfen zu treffen. Sie holte immer ein klein wenig zu spät aus und schlug dann ins Leere.

Craig nahm ihre Hände in seine, zwinkerte ihr zu und leitete sie an, jedes künstliche Nagetier zu treffen, sobald es sich mit dem Kopf aus seinem Loch herauswagte. Isabella quietschte vor Freude, als am Ende des Spiels Gewinnkarten herauskamen. Ich beobachtete sie. Ein Lächeln umspielte meine Lippen und ich gestattete mir, mir auszumalen, wie unser Leben hätte sein können.

# 9

Isabella und ich lagen im Bett. Wir hatten uns unter mehrere Lagen Decken gekuschelt. Ich trug ein dünnes Flanellhemd und sie ein langes Baumwollnachthemd. Die Abendtemperatur fühlte sich mehr nach Herbst an als nach Sommer. Daher hatten meine Großmutter und ich beschlossen, nicht die Klimaanlage zu bemühen und stattdessen die Fenster zu öffnen.

Die Temperatur des Zimmers erinnerte mich an meine Campingreisen als Kind – an die frische kühle Luft, die aus meinem Schlafsack einen Unterschlupf machte, den ich nie wieder verlassen wollte.

Isabella legte mir ihre Handfläche auf die Wange. „Danke, Mami, dass ihr mich mitgenommen habt zu Pizza Hut."

„Gerne, Bell. Schön, dass es dir Spaß gemacht hat."

Sie hob ihren Finger vor ihre Augen und bewunderte das Schmuckstück, gegen das sie ihre Gewinnscheine eingetauscht hatte – ein pinkfarbener Spinnenring. Sie sah durch ihre langen Wimpern zu mir auf. „Das nächste Mal spare ich für etwas Größeres."

Das sagte sie jedes Mal, aber die Versuchung erwies sich immer als zu groß, wenn es dann ans Aussuchen ging. „Ich weiß, du kannst es schaffen."

Sie drückte mich ganz fest. „Du hübsche Mama."

Ich küsste ihre Stirn. „Du hübsche Bella. Ich habe dich so lieb."

„Mehr als alles andere?"

„Und wie!"

Sie beugte ihren Kopf etwas zurück, um mich anzuschauen, und ihre Augen waren kaum mehr als Schlitze.

Ich umarmte sie und zog sie noch näher an mich. „Bella, magst du Craig? "

„Hmhm. Vielleicht heirate ich ihn statt Jimmy. "

„Er ist richtig nett, oder?"

Sie nickte. „Ist er mein Papa?"

„Nein, Süße, er ist nicht dein Papa."

„Könnte er aber, oder?"

„Glaub mir einfach."

„Habe ich einen Papa?"

„Gott."

„Ich meine, einen Menschen-Papa?"

„Ja."

„Hat er mich lieb?"

Ich schloss die Augen und vergrub mein Gesicht in ihren Locken. „Das hätte er bestimmt, wenn er wüsste, dass es dich gibt."

„Ich hätte ihn auch lieb", flüsterte sie in einem so verletzlichen Ton, dass ich fast weinen musste.

Mein Gewissen zeigte wieder einmal mit seinem anklagenden Finger auf mich. Ich hatte den Menschen, den ich am meisten liebte, Isabella, dessen beraubt, was sie sich am meisten wünschte: einen Papi. Bisher hatte ich nie verstanden, warum es in der Bibel hieß, dass die Sünden der Väter sich auf die Kinder auswirken. Ich hatte es immer als ungerecht empfunden, dass Gott die Unschuldigen für die Sünden ihrer Eltern bestraft. Jetzt ging mir auf, dass es keine Drohung war, sondern eine Warnung.

„Was hältst du davon, wenn wir eine Geschichte lesen?", brachte ich hervor, obwohl meine Kehle wie zugeschnürt war.

Sie rieb mein Ohrläppchen zwischen Daumen und Zeigefinger, wie sie es als Kleinkind getan hatte. *„Peterchens Mondfahrt."*

Ich beugte mich über die Bettkante, zog den Rucksack darunter hervor und holte ein abgegriffenes Exemplar dieses Kinderbuchklassikers heraus. Der Buchrücken wurde nur noch von einem Streifen silbernen Isolierbands zusammengehalten, an den Rändern lugten Fäden hervor wie an einem abgetragenen Kleidungsstück.

Ich zog die Decke um Isabellas Schultern. Sie schob sie wieder herunter bis über ihre Hüften und legte ihre Wange auf meine Brust. Mein Herz klopfte ihr entgegen, als ich die erste Seite aufschlug und anfing zu lesen.

Als ich zum „Flug nach der Sternenwiese" kam, flatterten ihre Augenlider wie Schmetterlinge, dann schlossen sie sich. Leise klappte ich das Buch zu und erzählte den Rest aus dem Gedächtnis.

Dabei wanderten meine Gedanken zu David und spulten die grässlichen Ereignisse des Vormittags erneut ab. Er hatte überreagiert, keine Frage, ich aber auch. Der Unterschied war, dass ich gewusst hatte, was auf dem Spiel stand – oder vielmehr wer –, und trotzdem hatte ich den falschen Weg eingeschlagen.

Als Isabella fest eingeschlafen war, krabbelte ich aus dem Bett und ging auf meine Knie. Ich legte die Stirn auf die Matratze und sprach mit Gott über mein Dilemma.

Acht Stunden später wachte ich fröstelnd, mit verspanntem Nacken und steifen Beinen und ohne die Spur einer göttlichen Antwort auf. Statt Isabella lag nur noch eine zusammengeknüllte Decke im Bett. Ich folgte der Melodie ihres Lachens und ging die Treppe hinunter. Dort sah ich sie wie eine Reiterin auf Craigs Rücken sitzen, ihm die Fersen in die Seiten treten und ihn lauthals zur Eile antreiben.

Ich fragte mich, wie lange seine armen Knie schon den Holzboden hatten aushalten müssen.

Isabella winkte mir zu, woraufhin sie das Gleichgewicht verlor und zu Boden plumpste. Sie verzog zornig ihr Gesicht. „Deinetwegen bin ich hingefallen!"

„*Meinet*wegen?"

Ihr Zorn richtete sich oft gegen die Falschen, aber er hielt nie länger an, als es dauerte, ein Streichholz auszupusten. Augenblicklich hellte sich ihre Miene wieder auf. „Hast du das gesehen, Mami? Ich bin ein Cowgirl!" Sie kam zu mir gerannt und umarmte meine Beine.

Über ihre Begeisterung musste ich lächeln. „Ich habe es gesehen."

Craig stand auf und wischte sich die Hosenbeine ab.

Ich ließ meinen Blick über sein Flanellhemd gleiten, das halb aus seiner verblichenen Jeans heraushing. „Danke, dass du dich um sie gekümmert hast."

Mein Vater tauchte mit einem Kaffeebecher in der Hand aus der Küche auf und stellte sich neben mich. Er trank einen Schluck und verzog das Gesicht, da er offenbar von dem koffeinfreien Kaffee genauso wenig begeistert war wie Mama Peg.

Ich lächelte ihn zaghaft an. „Hallo Papa. Geht's dir besser?"

Er seufzte und beobachtete Isabella. „Ich habe versucht, Pferdchen mit ihr zu spielen wie mit dir früher, aber meine Knie sind kaputt, fürchte ich."

„Ich kann mich nicht erinnern, dass du das je gemacht hast."

Er drehte sich ruckartig zu mir um. „Machst du Witze? Zwischen deinem fünften und achten Geburtstag war ich dein Ein-Mann-Rodeo. Lustig, dass das Gedächtnis in Parkposition bleibt, während es mit dem Körper im Eiltempo bergab geht." Er trank noch einen Schluck. „Dein Vater wird alt, Jenny."

Isabella ging zu ihm und nahm seine Hände. „Schon in Ordnung, Cowpa. Ich hab dich trotzdem lieb."

Er hob sie hoch und sie umklammerte ihn mit ihren Beinchen. Sie sahen so vertraut miteinander aus, als habe sie ihr ganzes Leben auf seinem Arm verbracht, und in diesem Augenblick wusste ich, dass es ihr gut gehen würde. Er liebte sie und sie liebte ihn.

Aus dem Augenwinkel merkte ich, dass Craig mich beobachtete. „Du machst es ja schon wieder", sagte ich.

Er errötete. „Tut mir leid. Es ist nicht einfach, eine Frau wie dich nicht anzuschauen."

Isabella zappelte und wollte wieder auf den Boden. Als mein Vater sie absetzte, rannte sie zu Craig und rief: „Können wir jetzt gehen?"

Ich sah ihn fragend an. „Wohin gehen?"

„Schwimmen."

„Wollen wir deine Mami nicht erst frühstücken lassen?", fragte mein Vater.

Aber ich fand im Moment nichts so unattraktiv wie essen. Die wenigen Male, in denen ich Appetit hatte, wurde er normalerweise von Übelkeit begleitet. „Vergiss das Frühstück. Lass uns schwimmen gehen."

Auf Papas Stirn bildeten sich tiefe Sorgenfalten, als er seinen Blick über mich gleiten ließ. „Jenny, du nimmst zu sehr ab."

Mein Herz wurde mir schwer. Ich war zwar dünn, aber nicht zu dünn. Wenn meine Größe S ihm jetzt schon Sorgen bereitete, wie viel mehr dann erst meine Größe XXS in sechs Monaten? „Mir geht es gut, Papa." Nach der Kirche würde ich vielleicht im Supermarkt vorbeifahren und mir ein paar Päckchen Energie-Trinknahrung holen. Wenn mir schon übel wurde, sobald etwas meine Speiseröhre hinabrutschte, konnte ich mir auch das Höchstmaß an Nährwerten und Kalorien zuführen, das ich für mein Geld bekam.

„Bist du magersüchtig?"

Ich war so schockiert und peinlich berührt, dass mir die Worte fehlten. Es war doch nicht zu fassen, dass er das vor Craig und meiner Tochter herausposaunte. Ich war dünn, war immer schon dünn gewesen, und ja, in den vergangenen Monaten hatte mich meine Appetitlosigkeit weitere fünf Kilo gekostet, aber ich war noch lange kein Skelett.

„Mir geht es gut", sagte ich kühl. „Komm, Bella, wir machen uns fertig für die Kirche. Heute Nachmittag gehen wir schwimmen. Versprochen."

Isabella in ihrem rot-weiß-gepunkteten Einteiler und ich in meinem unauffällig schwarzen Badeanzug standen nebeneinander auf der Veranda und schauten auf das schönste Stück Land, das man in Duncan County haben konnte.

Jahrhundertealte Tannen, Eichen und Platanen säumten den Lake Lucas an drei Seiten. Die vierte war gerodet und diente uns als abschüssiger Garten. Ein viereinhalb Meter langer Steg teilte das Wasser. An einem Pfosten war ein verwittertes Kanu festgebunden und dümpelte auf dem Wasser.

Die Sonnenstrahlen, die sich über die gekräuselten kleinen Wellen ergossen, erinnerten an goldene Tücher, die in einer Brise flattern. In der Ferne zogen sich verschwommene blaue Berggipfel am Horizont entlang.

Als ich noch jünger war, hatten mein Vater und ich darüber gestritten, ob das Gewässer in unserem Garten ein Teich oder ein See wäre. Wir konnten uns nie richtig einigen und bezeichneten es daraufhin als Lucas-See und „der Teich da hinten".

Ich sog die frische Luft tief in meine Lunge, während Isabella mit ihren rosa Zehennägeln wackelte und auf ihrer Unterlippe nagte. Ihre Augen waren vor Vorfreude weit aufgerissen. „In dem Riesenbecken wollen wir schwimmen?"

„Es ist ein See."

Ohne ein weiteres Wort rannte sie los. Ihr Strandlaken, das über ihrer Schulter drapiert gewesen war, fiel zu Boden, ihre Locken hopsten auf ihren gebräunten Schultern. Ich warf mein Handtuch dazu und rannte hinter ihr her. Die Schwimmkurse zweier Sommer hatten sie furchtlos gemacht – bewirkten jedoch das Gegenteil bei mir.

Bevor ich sie einholen konnte, lief sie ins Wasser, bis es ihr zu den Schienbeinen ging. Ich versuchte zu rufen, doch ihr Name blieb mir im Halse stecken. Plötzlich blieb sie stehen, kreischte, drehte sich erschrocken zu mir um und rannte wieder hinaus.

Mit klopfendem Herzen lief ich zu ihr. „Was ist los?"

Sie stand kurz vorm Weinen. „Im Pool ist etwas Ekliges."

„Hast du es berührt?"

Sie zeigte nach unten. „Da unten. Es ist ganz glitschig, wie geschmolzenes Eis."

Ich entspannte mich. Schokoeis mit Marshmallows, ohne Zweifel. „Spatzi, das ist kein Pool. Es ist ein See. Der Boden besteht aus Lehm und hier drinnen leben Fische und andere Lebewesen."

Ihre kalten, nassen Arme legten sich wie ein Schraubstock um meine Beine. Sie sah zum Wasser, als habe sie gerade erfahren, dass das Ungeheuer von Loch Ness darin hauste.

„Es ist alles in Ordnung. Alles darin ist harmlos. Es sind Geschöpfe Gottes." Ihr Griff wurde noch fester. „Es ist wie in einem Riesenaquarium." Ich rieb ihr den Rücken und wünschte, ich könnte immer da sein, um sie so zu trösten.

Ihre Brust hob und senkte sich sehr schnell und ich wusste, bald würden die Tränen fließen.

Ich sah zur Veranda hinüber, wo Mama Peg und mein Vater in Schaukelstühlen saßen. Die Fliegengittertür öffnete sich quietschend und heraus kam Craig in einer aquamarinblauen Badehose. Ich versuchte, meinen Blick von den Muskeln und seiner behaarten Brust loszureißen. Wow, hatte er sich verändert!

„He, meine Damen, schaut mal her!"

Isabella warf ihren Kopf herum, als Craig mit Höchstgeschwindigkeit den Garten hinunterrannte. Er ergriff das Seil, das von einem dicken Eichenast herabhing, der über das Wasser ragte, schwang sich wie Tarzan über das Wasser und ließ los.

Ein lautes Platschen ertönte, und da, wo er eingetaucht war, gab es große Wellen.

Isabella stand der Mund offen. „Hast du das gesehen?", fragte sie, ohne den Blick von dem bewegten Wasser zu nehmen.

Craigs Kopf schob sich aus dem Wasser und seine Haare klebten ihm am Schädel wie eine blonde Badehaube. Über sein grinsendes Gesicht rann das Wasser. „Versuch es auch mal, Bella. Ich fange dich auf."

„Sie hat Angst ...", fing ich an, aber Isabella rannte schon los. Als sie das Seil erreichte, blieb sie stehen, schnappte sich das eine Ende und ging langsam rückwärts, so weit sie konnte. Sie hielt es fest, nahm Anlauf und schwang sich auf Craig zu.

„Bell, nein!", brüllte ich, doch es war schon zu spät. Sie war bereits in der Luft.

„Fang mich auf!", brüllte sie absolut furchtlos und voller Begeisterung.

Sie strampelte mit den Beinen in der Luft, als bewege sie ein Fahrrad vorwärts, und Craig streckte die Arme nach ihr aus. Ich hielt die Luft an und war mir nicht sicher, ob ich schreien oder lachen sollte.

Ich sah zu Mama Peg und meinem Vater, die aufgehört hatten zu schaukeln und mit fröhlichem Lächeln zusahen. Plötzlich erstarb ihr Lächeln und mir fuhr die Angst in die Glieder. Als mein Vater aufsprang, wusste ich, dass etwas schiefgelaufen war. Ich drehte mich blitzschnell um und sah weder Craig noch Isabella. „Papa?", formten meine Lippen den Hilferuf.

Während ich wie festgewachsen dastand, preschte mein Vater an mir vorbei. Bevor ich noch eins und eins zusammenzählen konnte, tauchte er schon in das Wasser. Als ich sah, wie Craig ohne meine Tochter auftauchte und ihm Blut aus der Nase rann, überschüttete mich die Panik mit Adrenalin. Trotz dieser Angst waren meine Gedanken doch noch klar genug zu erkennen, dass ich besser vom Land aus nach ihr Ausschau hielt.

Warum hatte ich sie nicht aufgehalten? Was hatte ich mir dabei gedacht? Als sich die Wellen allmählich glätteten, verlor ich beinahe den Verstand.

Sowohl mein Vater als auch Craig tauchten auf ... wieder ohne meine Tochter.

Mir blieb das Herz stehen, und das einzige Geräusch, das ich hören konnte, waren meine angestrengten, schnellen Atemzüge. „Bella!" Ich suchte das Gewässer ab, sah jedoch bloß Wellen, die Craig und mein Vater durch ihre heftigen Armbewegungen erzeugten.

„Jesus! Bitte hilf, Jesus!" Mama Pegs drängende Gebete, die sich wie ein Wehklagen ihrer Brust entrissen, gaben das Flehen meines Herzens wider. Ich drehte mich nicht zu ihr um, aus Angst, dass ich sonst Bella übersehen könnte. Wenn ich mich jetzt umdrehte, würde ich sie vielleicht nie wiedersehen.

Der See, der nur Augenblicke zuvor ruhig dagelegen hatte, war plötzlich bedrohlich – dunkel und tief. Sekunden kamen mir vor wie Stunden. Mein Herz schrie *Mein Kind ertrinkt!* Jede Sekunde verringerte Bellas Chancen aufs Überleben.

Mit weit aufgerissenen Augen bewegte ich meinen Kopf vor und zurück, auf der verzweifelten Suche nach einem Schatten direkt unter der Oberfläche, ein paar Luftblasen … nach allem Möglichen. Wenn sie dicht unter der Wasseroberfläche wäre, müsste ich einen Schimmer ihres bunten Badeanzugs sehen. Aber ich sah nichts. Ich konnte nicht hier auf dem Trockenen stehen, während sich die Lunge meiner Tochter mit Wasser füllte.

Etwas Braunes bewegte sich über das Wasser, und ich meinte schon, ihre Haare entdeckt zu haben, doch es war nur ein Ast. Während ich so hilflos dastand, grub ich meine Fingernägel in die Handflächen. Craig brüllte irgendetwas, aber ich konnte seine Worte nicht verstehen. Meine Verzweiflung überwältigte mich, ich sank auf die Knie und schrie aus Leibeskräften ihren Namen. Was hatte ich mir dabei gedacht, als ich …?

Ob es irrational war oder nicht, ich musste etwas tun. Ich stand auf, lief zum Stegrand und glitt ins Wasser. So schnell, wie ich konnte, schwamm ich zur Seemitte und tauchte unter. Zu meiner Panik kam noch der Kälteschock. Ich hatte die Augen zwar geöffnet, sah aber nichts als trübes Braun. Wie wild durchkämmte ich das Wasser mit meinen Fingern. Als ich etwas in der Größe eines Ärmchens ergriff, hielt ich es mit aller Kraft fest und tauchte an die Oberfläche.

Ich schnappte gierig nach Luft, während mir die Sonne in die Augen stach. Ich betrachtete den Arm, den ich festgehalten hatte, und wurde beinahe ohnmächtig, als ich erkannte, dass es lediglich ein glatter Ast war. Gerade wollte ich wieder unter Wasser gehen, als mein Vater mit einem Bündel auftauchte, das ich zunächst nicht erkennen konnte. Hastig wischte ich mir das Wasser aus den Augen.

Es war ein kleiner Körper. *Isabella.*

Ich hielt den Atem an und erkundete ihr blasses Gesicht nach einem

Lebenszeichen. Sie öffnete nicht die Augen und ich befürchtete schon das Schlimmste … da erklang ihr Geschrei.

Zum zweiten Mal in meinem Leben war es das schönste Geräusch, das ich je gehört hatte.

# 10

Isabella klammerte sich an meinen Hals wie an eine Boje. Ich wickelte sie in das Strandlaken, das über meinen Schultern lag. Ihre Beine lagen schlaff auf meinen, ihr Wangenknochen drückte schwer auf mein pochendes Herz. Sie fühlte sich kalt und nass an, aber ich konnte sie nicht fest genug halten. Ihre Tränen waren schließlich versiegt. Sie war zwar sehr mitgenommen, schien aber äußerlich unversehrt. Doch ich würde nach diesem Ereignis nie mehr dieselbe sein.

Craig saß auf der obersten Stufe der Treppe zur Veranda, drückte einen zerknüllten Waschlappen an seine Nase und sah auf den See hinaus. Mehrmals wanderte sein ernster Blick von dem Seil, von dem sich Isabella geschwungen hatte, zu der Stelle hin, an der sie untergegangen waren. Als er schließlich zu uns hinübersah, kniff Isabella die Augen zusammen und drehte ihr Gesicht weg.

„Bella, Süße, es tut mir so leid." Er entschuldigte sich mindestens zum zehnten Mal.

Sie barg ihr Gesicht an meinem Brustbein. Ich dankte Gott für ihren warmen Atem auf meiner Haut.

Ich spürte die Schwingungen ihrer gedämpften Stimme, als sie Craig vorhielt: „Du hast gesagt, du fängst mich auf."

Zumindest sprach sie jetzt mit ihm direkt, doch sein Gesichtsausdruck wurde nur noch düsterer, während er sich frisches Blut aus dem Gesicht wischte. „Wollte ich auch. Allerdings – dein Fuß hat mich getroffen."

„Ich habe versucht zu schwimmen, aber du hast mich gestoßen", flüsterte sie.

Craig sah mich an – nicht als Mann, sondern wie ein verletzlicher kleiner Junge. Ich merkte, wie gerne ich ihm auf meinem Schoß Platz gemacht hätte. Eingewickelt in mein Strandtuch, gleich neben Isabella. Ich hätte ihn gerne gehalten, so wie er mich im Keller gehalten hatte.

Ich küsste Isabellas Stirn. „Es war doch keine Absicht. Als du ihn mit dem Fuß getroffen hast, tat ihm das weh. Darauf hat sein Körper einfach reagiert."

Craig starrte Isabellas Hinterkopf an. Ich spürte seine Gewissensbisse, als wären sie meine eigenen. „Craig, wir wissen doch alle, dass es nicht deine Schuld war. Sie …“

„Und ob das seine Schuld war“, sagte mein Vater, der gerade mit einer vor Kälte beschlagenen Dose Cola in der Hand aus der Küche kam. „Und unter allen Umständen wird er dafür büßen müssen.“

Isabella sah auf. Mama Peg saß zu unserer Rechten, Papa stellte den Schaukelstuhl links von uns hin. „Ich habe alles von hier aus mit angesehen. Du hast ihm klar und deutlich gesagt, er soll dich auffangen, und er hat es ganz eindeutig nicht getan.“

Isabella schob schmollend die Unterlippe vor und nickte.

Mama Peg, von der ich dachte, sie sei eingeschlafen, hob den Kopf und fing wieder an zu schaukeln. „Nicht nur das, sondern er hat dich auch gebissen.“

Isabella traten die Augen aus dem Kopf. „Er hat mich gebissen?“

„Das habe ich auch gesehen.“ Papa nickte.

Craig verzog verwirrt das Gesicht.

Ich zwinkerte ihm zu. „Er hat dir die Nase abgebissen!“

Sie berührte ihr Gesicht. „Aber sie ist doch noch da.“

„Nur weil du schlau genug warst, sie zu packen und wieder anzukleben.“

„Echt?“

„Zuerst hast du sie dir allerdings auf die Stirn geklebt.“ Ich drückte meine Nase hoch. „Das sah richtig gruselig aus, aber dann hast du die richtige Stelle gefunden.“ Ich hätte am liebsten gegrinst, blieb aber ernst. „Als du versucht hast, ans Ufer zu schwimmen, weißt du, was er da gemacht hat? Er hat gewartet, bis deine Fingerspitzen das Gras berührten, dann hat er dich an den Beinen gepackt und dich mitten in den See geschleudert.“

„Und dann dieses Lachen …“, fügte mein Vater hinzu.

Ich nickte in seine Richtung. „Oh ja, er hat die ganze Zeit gelacht.“

Mama Peg schüttelte in gespielter Abscheu den Kopf über den armen Craig. „Ein wahnsinniges Lachen. Das grässlichste Gegacker, das ich je gehört habe. Davon habe ich richtig Ohrenschmerzen bekommen.“

Isabella drehte sich um und schaute Craig böse an.

Er kannte weder unser Spiel noch dessen Sinn, war aber klug genug, ruhig zu sein.

Mama Peg schaukelte weiter, wobei die Holzkufen ihres Schaukelstuhles bei jeder Bewegung an ihren Sauerstofftank stießen. „Da kam eine liebe Wasserschildkröte und hat versucht, dich auf ihrem Rücken zu befördern, aber dieser Halunke hat sie regelrecht aus dem Wasser geschleudert."

Isabella schüttelte den Kopf. „Man darf keine Tiere quälen, Craig."

„Nein", sagte er nüchtern, „darf man nicht."

Ihr Blick ruhte kurz auf ihm. Dann wandte sich Isabella an meinen Vater: „Und eine Wal-Dame hat mich gefragt, ob sie mir helfen könne, aber Craig hat ihr einfach die Augen ausgestochen!"

Craig verzog das Gesicht. „Ich bin wohl ein ziemlich mieser Typ."

„Ganz mies", stimmte sie zu.

„Was habe ich sonst noch gemacht?"

Sie biss sich auf die Lippen und dachte nach. „Dann hat ein einbeiniger Mann mit einem dreibeinigen Hund versucht, mir zu helfen, aber du hast sie einfach in den See geworfen."

Craig verzog skeptisch eine Augenbraue. „Ein einbeiniger Mann mit einem dreibeinigen Hund?"

Isabella krabbelte von meinem Schoß und setzte sich neben Craig. Er warf mir über die Schulter ein zaghaftes Lächeln zu.

„Und dann hat Cowpa die Hand nach uns ausgestreckt, um uns beide zu retten, aber du hast sie auch ins Wasser geworfen."

Craig schüttelte in gespieltem Entsetzen über sein eigenes grässliches Verhalten den Kopf. „Oh ja, mit ihrem Sauerstofftank ist sie direkt auf den Boden gesunken, aber ich habe einfach nur gelacht und gelacht."

Isabella lehnte sich an seine Schulter. „Wie ein gruseliger Oberbösewicht."

Mama Peg blinzelte mir zu, während Papa den See angrinste.

Craig drückte Isabellas Schulter. „Es war wirklich keine Absicht von mir, Bella."

„Weiß ich", erwiderte sie.

„Kannst du mir verzeihen?"

Sie sagte nichts, oder wenn doch, konnte ich es nicht hören. Sie küsste seinen Arm. „Ich gehe nie wieder schwimmen."

Craig führte diabolisch seine Fingerspitzen aneinander. „Dann hat mein böser böser Plan ja funktioniert."

Wir alle saßen eine ganze Zeit schweigend da und blickten auf den

See hinaus, der versucht hatte, mir meine Tochter zu nehmen. Die Oberfläche spiegelte den mittlerweile bedrohlich aussehenden Himmel wider. Wolken schienen auf dem Wasser zu schweben, bis kleine Wellen sie auseinandertrieben und ans Ufer schwappten. Ich hatte gar nicht gemerkt, dass Isabella auf Craigs Arm eingeschlafen war, bis er sie hochhob und sie wie ein Kleinkind wiegte. Ich erhob mich und hielt ihnen die Tür auf.

„Ich lege sie hin." Isabellas Arm baumelte herab.

Ich küsste ihren Kopf und bedankte mich bei ihm.

Mama Peg stand auf und schnappte sich den Griff ihres Sauerstofftanks. „Es wird höchste Zeit, dass ich auch ein Nickerchen mache, wenn niemand mehr etwas braucht." Sie legte meinem Vater eine Hand auf die Schulter. „Alles in Ordnung, Jack?"

Er schaute zu ihr auf. „Sofern alles in Ordnung sein kann, nachdem ich beinahe die Enkelin verloren hätte, von der ich gerade erst erfahren habe."

Sie klopfte ihm auf die Schulter und ging hinter Craig ins Haus.

Als die Tür zuschlug, fragte ich mich, ob mein Vater sich auch zurückziehen würde. Doch er wandte sich zu mir. „Mir war gar nicht aufgefallen, wie sehr mir die Kleine am Herzen liegt, bis wir sie heute beinahe verloren hätten."

Da kam mir der Gedanke, dass es jetzt an der Zeit sein könnte, ihm von meiner Diagnose zu erzählen. Es war unverzeihlich, wenn er sich später dieses Gespräch in Erinnerung riefe und ihm wieder einfiele, dass ich geschwiegen hatte. Außerdem wusste ich, dass meine Last danach erheblich leichter sein würde und wir dann Isabellas Zukunft planen könnten. Ich hörte auf zu schaukeln und begann an meinen Nägeln zu kauen. „Papa?"

„Jenny?" Seine Stimme klang aufmerksam und ernst.

Mir wurde ganz schwach zumute. „Ich muss dir etwas sagen."

„Du bist aber nicht schwanger, oder?"

„Sehr witzig."

„Nicht so richtig."

„Nein, nicht so richtig", stimmte ich zu.

„Was ist denn?"

„Wir haben eine Menge durchgemacht."

Er betrachtete den See. „Allerdings."

„Es tut mir leid, dass ich so von daheim weggegangen bin, wie ich es getan habe.“

„Tut mir leid, dass du das Gefühl hattest, du müsstest es. Ich dachte, ich hätte es besser machen können.“

„War schon okay von dir.“

„Du könntest niemals lügen, auch wenn dein Leben davon abhinge.“

Ich atmete die feuchte Luft ein. „Na ja, wahrscheinlich hättest du es wirklich etwas besser machen können.“

„Das klingt doch schon eher nach meiner Tochter.“

Ich hätte jetzt eine Wirbelsäule aus Stahl gebraucht, aber meine fühlte sich eher wie Alufolie an. Wie konnte ich einem Mann, der bereits seine Frau verloren hatte, beibringen, dass er jetzt auch noch sein einziges Kind verlieren würde? Es war einfach zu grausam.

„Wenn ich noch einmal von vorne anfangen könnte, Jenny, würde ich gerne ein Vater sein, zu dem du mit allem kommen kannst.“

Die Worte schossen aus meinem Mund wie eine Kugel, die auf sein Herz zielte. „Ich werde bald sterben.“

Seine Gesichtszüge verhärteten sich und seine Lippen wurden zu einer einzigen dünnen Linie. „Was hast du?“

„Krebs, Papa.“

Er schloss die Augen. „Denselben wie deine Mutter?“

„Nein.“

„Hast du eine zweite Meinung eingeholt?“

„Fünf Diagnosen. Alle gleich.“

„Sie müssen doch etwas tun können. Irgendeine Behandlung, Operation …“

„Der Krebs ist schon zu weit fortgeschritten.“

„Chemo, Bestrahlung …“

„Es ist schon im Stadium 4“, sagte ich und dachte daran, wie er vor nicht allzu langer Zeit genau diese Worte für die Prognose meiner Mutter verwendet hatte. „Tut mir leid, Papa.“

Er lehnte seinen Kopf wieder ans Holz und starrte zum Himmel hinauf, als wolle er Gott herausfordern. „Wie lange noch, Jenny? Wie viel Zeit hast du noch?“

„Monate.“

Er nickte langsam. Ich fragte mich, wie er das aufnehmen werde … bis er wie eine leblose Puppe vom Stuhl rutschte. Seine Knie schlugen auf den Verandaboden auf. Mein erster Gedanke war, er könne einen Herzinfarkt erlitten haben, doch dann hörte ich, wie er vor Qual laut aufheulte.

Wenn uns jemand beobachtet hätte, hätte er die Tränen gesehen, die als natürliche Reaktion auf die Trauer meines Vaters meine Wangen hinunterliefen. Es waren Tränen des Schmerzes, ja, aber so schrecklich es klingen mag, es waren auch Tränen der Freude. Denn zum ersten Mal in meinem Leben wusste ich – wusste ich wirklich –, dass mein Vater mich liebte.

Er liebte mich.

# 11

Da Mama Peg und Isabella ein Schläfchen hielten und Papa in seinem Keller Schmerz in Wasserfarbe verwandelte, blieb ich allein auf der Veranda zurück und überdachte mein Schicksal. Meine Zukunft erschien mir im Moment wie eine Horde Geier, die mich umkreiste und darauf wartete, mein Fleisch zerfetzen zu können. Wie sehr wünschte ich mir, ich könnte mal einen oder zwei Tage vergessen, dass ich todkrank war. Vergessen, dass meine Tochter bald ohne Mutter wäre, mein Vater ohne Tochter und mein Körper ohne Seele.

Der Himmel trug einen unheilverheißenden Farbton zur Schau, wodurch der normalerweise lebendige grüne Garten aussah wie ein verblichenes Foto, das zu lange an der Sonne gelegen hat. Es blühten zwar Blumen, doch der Geruch von Erde und Moos hing in der Luft und erinnerte mehr an den Herbst als an den Sommer. Ich fragte mich, ob ich den Herbst noch erleben würde.

Ungebetene Bilder schlichen sich in meine Gedanken – braungelbe Blätter, die auf meinen Sarg flatterten, der gerade heruntergelassen wurde. Meine immerzu weinende Tochter in dem schwarzen Kleid, das ich ihr schon gekauft hatte.

Heiser schrie ein Rabe und versetzte mich vom Grab wieder unter die Lebenden. Ich hielt nach ihm Ausschau und erspähte ihn neben einem verrottenden Baumstumpf. Er blinzelte mich mit einem teilnahmslosen Auge an und wandte sich dann dem Trampelpfad zu, der ins Gehölz führte – und den ich angelegt hatte.

Ich erhob mich, wischte meine sandigen Hände an meinen Baumwollshorts ab, ging den Pfad entlang und fragte mich, ob es wohl das letzte Mal wäre.

Geradeaus markierte ein Farnbüschel die Stelle, wo David und ich abgebogen waren, um uns heimlich zu küssen und später noch viel mehr anzustellen. Als ich durch das Farnkraut ging, streiften seine gezahnten Blätter meine Beine, was sich anfühlte, als krabbelten Insekten auf meiner Haut. Rasch ging ich weiter und hielt dann inne, um über meine Beine zu streichen.

Als ich zu einer hoch aufragenden Eiche kam, lehnte ich meine Stirn an die raue Rinde. Ich rief mir einen noch nicht so weit entfernten Tag in Erinnerung, als ich mich mit dem Rücken gegen den Baum gelehnt und David seine Lippen zum ersten Mal auf meine gedrückt hatte. Abgesehen von der Geburt meiner Tochter war es der glücklichste Tag meines Lebens gewesen. Der Junge, den ich liebte, liebte auch mich ... das hatte ich zumindest gedacht.

Damals war David mein Fels gewesen. Der einzige Mensch außer Mama Peg, der mich nicht im Stich gelassen hatte. Jedes Mal, wenn mein Vater oder jemand anderer mich verletzt hatte, war er da, mit einem offenen Ohr und einer starken Schulter zum Ausweinen. Gelassen und nüchtern, wie er war, brachte ihn nichts aus der Fassung. Er war all das, was ich nicht war – selbstbewusst, ruhig und verlässlich.

Ich nehme an, ich war damals so verliebt in David, dass ich davon ausging, dass er es selbstverständlich auch war. Offenbar war aber nichts weiter von der Wahrheit entfernt gewesen. In wenigen Monaten jedenfalls hatte Lindsey es geschafft, ein Feuer in seinem Herzen zu entfachen, was ich in drei Jahren nicht geschafft hatte. Der Gedanke daran, dass er aufs College gegangen war, Lindsey kennengelernt und sie in kürzerer Zeit geheiratet hatte, als ich sein Kind austragen konnte, schmerzte noch immer sehr.

Ich strich mit der Hand über den Baumstamm. Meine Fingerspitzen fuhren die Rinde nach, bis sie eine Vertiefung ertasteten. Mein Blick fand das Herz, das ich als Teenager geritzt hatte. *GL + DP*.

Das Geräusch zurückschwingender Äste war ganz in der Nähe zu vernehmen. Ich drehte mich um. Craig hatte zwei gekühlte Flaschen in der Hand und Sweet Pea im Schlepptau.

Craig gab mir eine Coke. „Ich habe dich in diese Richtung gehen sehen und dachte, du hättest vielleicht gern etwas Gesellschaft."

Die Plastikflasche lag kühl in meiner warmen Hand. „Gesellschaft wäre toll."

Sweet Pea miaute und täuschte Unschuld vor. „Du machst mir nichts vor."

Mit angelegten Ohren grinste er mich an.

Craigs Blick flog von den Initialen am Baum zu mir. „Ist es das, was ich denke?"

„Hey, das ist schon lange her." Ich trank einen Schluck.

Er starrte die Initialen ausgiebig an. „Ich könnte das Ding binnen einer Stunde gemulcht haben, wenn du willst."

„Es wäre verlockend", erwiderte ich, „aber der Baum kann ja nichts dafür."

Er nahm einen Schluck von seinem Getränk. „Ich wette, du weißt nicht, dass damals viele von uns hier herumlungerten."

Zu Schulzeiten hatten David und ich oft Sprudelflaschen, Bierdosen und Zigarettenkippen auf dem Boden liegen sehen, aber nie jemanden auf frischer Tat ertappt. „Ich wusste, dass jemand hier war."

Er streckte mir seine Hand entgegen.

Ich zögerte, denn ich wollte keine romantischen Gefühle nähren. Schließlich gab ich dem überwältigenden Wunsch nach, berührt zu werden.

Beim Gehen nahm ich die Umgebung in mich auf und die Nähe zur Natur beruhigte mich auf vertraute Weise. Craig strich wieder und wieder mit seinem rauen Daumen über meinen Ringfinger und betrachtete mein Profil, als sei er ein Kunstliebhaber und ich ein Monet. Er drückte meine Hand. „Du siehst aus, als wärest du ganz weit weg."

„Ich habe nur nachgedacht."

„Worüber?"

„Nicht der Rede wert."

Er lehnte sich zu mir. „Kann ich dich mal etwas fragen?"

Ich hob die Augenbrauen.

„Wie fühlt es sich an, wenn man …?"

„Todkrank ist?", ergänzte ich den Satz.

Er bekam einen traurigen Gesichtsausdruck und nickte langsam.

Ich hätte ihn dafür küssen können, dass er so direkt mit dem Thema umging, das alle anderen umschifften, aber über das ich so unbedingt sprechen musste. „Ich habe Angst", sagte ich.

Craig haftete seinen Blick auf die verrottenden Tannennadeln auf dem Weg. „Auf goldenen Straßen spazieren zu gehen – das klingt doch gut."

„Manchmal …" Scham verschloss mir die Lippen.

Als er mich ansah, sagte mir irgendetwas in seinem Blick, dass er kein Urteil fällen würde, egal was ich sagte. „Manchmal frage ich mich, ob es den Himmel wirklich gibt oder ob ich einfach … na ja … aufhöre zu existieren."

„Es gibt einen Himmel, Jenny."

Mir wurde ganz warm, als ich die Gewissheit in seiner Stimme hörte. „Meistens weiß ich das ja auch."

Als wir weitergingen, hörten wir ein Grollen aus den Wolken über uns, aber es fiel kein Tropfen Regen. Ich hoffte, das Grollen war nichts weiter als bloßes Getöse. Craig schenkte ihm keinerlei Beachtung. Er blieb abrupt stehen und nahm auch noch meine andere Hand. Wenn ich mich nicht sowieso schon gefühlt hätte, als würde ich durch Treibsand waten, wäre ich dieser vertrauten Geste ausgewichen. Doch ich war zu ausgelaugt, um etwas anderes tun zu können, als einfach dazustehen.

„Was ist los?", fragte ich.

Er hielt seinen Blick auf meine Hände gerichtet. „Damals an der High School war ich ein bisschen in dich verknallt."

„Wirklich?"

Er versuchte ein Lächeln. Die Kombination von Stärke und Zerbrechlichkeit, die ich in seinen Augen sah, verwirrte mich noch mehr. „Ich glaube, ich bin es heute noch."

Ich fand es schlimm, dass ich das nicht erwidern konnte, aber es wäre weitaus grausamer gewesen, ihm falsche Hoffnungen zu machen. „Es gibt doch nichts Schöneres, als zu warten, bis eine Frau auf dem Sterbebett liegt, um ihr seine Gefühle zu gestehen."

„Ich war schon immer ein Spätzünder."

„Ja, aber das ist wirklich mehr als spät, David."

Sein Gesicht wurde lang und sofort fiel mir mein Fehler auf. Hitze durchströmte mich. „Craig, es tut mir leid."

„Schon gut."

Ein kalter Tropfen fiel auf mein Gesicht. Craig und ich sahen beide hoch.

Er wischte den Tropfen von meinem Nasenrücken und nahm dann wieder meine Hand. „Lass uns zurückgehen."

Wir machten uns wieder auf den Weg und ignorierten die paar Tropfen, die uns auf den Kopf fielen.

Eine Mücke umkreiste Craigs Kopf. Er verscheuchte sie. „Wenn ich wüsste, ich hätte nur noch wenige Monate zu leben, würde ich wohl versuchen, alles hineinzupacken, was ich schon immer tun wollte."

„Zum Beispiel?"

„Zuallererst ein Baseballspiel der Braves vom besten Sitzplatz aus ansehen und dabei eine große Portion klebrige Nachos essen."

„Warte nicht, bis du todkrank bist." Die Intensität meines Tonfalls überraschte mich.

„Jenny?"

Ich wandte mich ihm zu, ohne meinen Gang zu verlangsamen.

„Ich hasse deine Krankheit."

„Ich auch."

„Wenn du nicht ...?" Er schenkte mir einen zärtlichen Blick, der die Frage für ihn beendete.

Ich lehnte mich an seine Schulter, während wir rasch weiterliefen. „Dann würde ich über dich herfallen wie ..."

„... ein Löwe über eine Gazelle?", schlug er vor.

„Ich wollte etwas nehmen, das weniger abgedroschen klingt." Ich stolperte über eine Wurzel.

Er hielt mich am Arm fest. „Eine Ameise über eine Zuckerspur?"

Ich kicherte. „Ja, genau so."

Der Himmel öffnete unvermittelt seine Pforten und überschüttete uns mit Wasser. Anstatt nach Hause zu rennen, blieben wir stehen, hielten unser Gesicht nach oben in den Regenguss und ließen das Wasser über unsere Köpfe und Körper laufen. Mir war kalt, ich war nass und fror etwas, aber ich musste unentwegt lächeln, obwohl ich keine Ahnung hatte, worüber.

Ich wandte mich Craig zu und hatte das Gefühl, aus der Realität getreten und in einem Kinofilm gelandet zu sein. Wir standen einfach nur da und sahen einander an, als gäbe es etwas, das gesagt werden müsse, bevor der Augenblick vorüber wäre.

Der Regen machte sein Haar dunkel und sein Hemd klebte an ihm wie eine Frischhaltefolie. „Wir müssen nach Hause, bevor du krank wirst."

„Ja, müssen wir", stimmte ich zu.

„Hast du schon mal im Regen getanzt?"

„Noch nie."

Er lächelte verschmitzt. „Man sollte die Sonne genießen, solange sie scheint."

„Die Sonne scheint doch gar nicht."

„Du weißt, wie ich das meine."

„Ist das derselbe Mann wie der, der einer alten Dame mit Emphysemen im Endstadium gesagt hat, sie darf keinen echten Kaffee trinken?“

Er ließ den Kopf übertrieben schuldbewusst hängen. „Ein Punkt für dich.“ Unter seinen nassen blonden Wimpern hervor sah er mich an. „Genevieve Lucas?“

„Craig Allen?“

„Darf ich um diesen Tanz bitten?“ Er hielt mir seine offene Handfläche entgegen. Und ich ergriff sie.

# 12

Sonnenstrahlen stachen herein. Ich schirmte meine schmerzenden Augen ab und versuchte meinen Kopf zu heben, doch er wollte sich nicht regen. Mein Baumwollschlafanzug fühlte sich auf meiner empfindlichen Haut eher wie Sackleinen an. Selbst die Haare taten mir weh. Der Schweiß rann mir die Schläfen hinab, als ich mein Gesicht tiefer ins feuchte Kissen grub. Warum war es denn so heiß? Als ich meine Stirn berührte, merkte ich, dass es nicht mein Zimmer war, das vor Hitze glühte. Ich war es.

Mein erster Gedanke war, dass Craig und ich im Regen getanzt hatten. Wir hätten nicht so leichtsinnig sein sollen. Dann fiel mir wieder ein, welche Symptome der Onkologe für die nähere Zukunft angekündigt hatte: hohes Fieber, das einige Stunden bis zu einer Woche anhalten konnte, Erschöpfung, Kurzatmigkeit, Juckreiz, Schmerzen, Gelbsucht, Schwäche, Schwellungen, Infektionen …

*Das ist also der Beginn.*

Was wäre, wenn ich zu lange gewartet hätte, bevor ich mit meinem Vater über Isabella sprach? Was wäre, wenn ich genau hier in diesem Bett sterben würde, ohne ihre Zukunft abgesichert zu haben? Es gab noch so viel, was ich ihr beibringen musste, und es gab noch so viel zu erzählen.

Mit steigender Panik zwang ich meinen bleischweren Kopf vom Kissen hoch und öffnete den Mund, um Hilfe herbeizurufen. Meine ausgedörrten Lippen klebten aufeinander und mein Schädel fühlte sich an, als werde er unablässig von Stiefeln mit Stahlkappen getreten. Ich sank zurück aufs Kissen. Da ich eine ganze Zeit, die mir vorkam wie Stunden, nichts anderes tun konnte als blinzeln, lag ich einfach da. Isabellas Lachen klang durchs Haus. Wieder und wieder rief sie nach mir. Ich versuchte zu antworten, brachte jedoch nur ein heiseres Flüstern zustande.

Endlich tappten kleine Füße die Treppe hinauf. Mit ihrem rosa Sommerkleid stürmte sie ins Zimmer und ihre Locken hüpften um ihren Kopf herum. Sie grinste mich an. „Guten Morgen, meine schöne Mama."

Ich versuchte zurückzulächeln, doch vor lauter Schmerz schnitt ich eine Grimasse. Mit vor Schreck verzerrter Miene rannte sie aus dem Zimmer. Gleich darauf kehrte sie zurück und zog meinen Vater an der Hand hinter sich her. Ich zwinkerte und versuchte, ihn klar zu erkennen. Sein Gesicht blieb verschwommen.

„Jenny?" Er legte seine kühle Hand auf meine Stirn und riss sie gleich wieder zurück. „Ach du lieber Gott."

Ich wollte sagen, „alles in Ordnung", murmelte stattdessen jedoch etwas völlig Unverständliches. *Ich träume wohl,* dachte ich. *Oder ich sterbe.*

Ich wusste, es musste Letzteres sein, als mich die starken Arme Gottes zu den Wolken hoch hinauf hoben, hoch hinauf in den Himmel. Doch als ich mich schon dem Tod ergeben wollte, wurde ich von meiner ruhigen Wolke in einen entsetzlich kalten Ozean hinabgelassen. Eisige Wellen schwappten über meinen Körper, während sich ein Wasserfall über mich ergoss. Ich legte meinen Kopf zurück, um davon zu trinken.

Als ich aufblickte, sah ich nicht den König der Könige auf mich herabschauen, sondern den besorgten Blick meines Vaters. Überrascht erkannte ich, dass ich nicht in himmlischen Gewässern badete, sondern mit meinem Schlafanzug in meiner eigenen Löwenfußbadewanne. Mein Vater hielt einen Plastikbecher in der Hand und kippte ihn aus. Kaltes Wasser lief mir über den Kopf und meinen Körper. Ich zitterte heftig. Er tauchte den Becher in das flache Wasser und hielt ihn mir wieder über den Kopf. „Nein, Papa, bitte nicht noch einmal."

Wasser schwappte aus dem vollen Becher, als er ihn auf den Boden stellte. Er nahm das große Handtuch, das über dem Waschbecken lag, und hielt es mir auf.

Ich stemmte mich hoch und stieg aus der kalten Badewanne ins Warme. Als ich mir die Gänsehaut wegrubbelte, sah ich, dass Isabella in einer Ecke meines Zimmers kauerte und weinte.

Dunkelheit umfing mich, als ich die Augen öffnete. Ich hob meinen Kopf und war erleichtert, dass er weder schwer war noch pochte. Auf meiner Kommode stand eine Uhr: Es war neun Uhr abends. Ich ächzte, weil ich den ganzen Tag verschlafen hatte.

Ich betrachtete das Satin-Nachthemd, das ich jetzt trug. Wann hatte ich es angezogen? Ich streichelte den glatten fliederfarbenen Stoff und dachte daran, wann ich das Nachthemd das letzte Mal getragen hatte.

„Zieh das aus!“ Der zornige Ton meines Vaters schockierte mich.

Meine Mutter, die kaum noch stehen konnte, ergriff erstaunlich schnell seine Hand. „Nein, Jack.“

„Aber sie wühlt in deinen Sachen herum, als wärest du schon …“

„Sie ist meine Tochter. Sie macht das, was alle Töchter machen. Hör auf, allen das Schlechteste zu unterstellen.“

Mein Vater sah mich an und verzog das Gesicht. Ich starrte trotzig zurück, weigerte mich zu weinen, wollte nicht, dass es mir etwas ausmachte. Ich hatte nichts Verkehrtes getan.

Als er sich neben meine Mutter und mich aufs Bett setzte, sank die Matratze ein. Er streckte seine Hand nach mir aus, doch ich zog mich zurück und klammerte mich stattdessen an sie – roch ihren ungesund süßlichen Atem, spürte ihr Herz durch ihren Brustkorb klopfen.

„Jack, ist schon okay.“ Ihre Stimme klang wie ein Reibeisen. „Du bist nur aufgewühlt. Sie versteht es. Geh mal deine Pfeife rauchen und lass mich mit unserer Tochter reden.“

Er küsste sie so zärtlich, dass ich mich peinlich berührt abwenden musste.

Als er die Treppe hinunterging, legte sie mir eine Hand auf die Wange und summte die Melodie, die sie mir seit frühester Kindheit vorgesungen hatte. Ich versuchte, bei der Berührung ihrer mageren Finger nicht zusammenzuzucken. Sie waren gelber als die meiner kettenrauchenden Großmutter.

Das Lied war zu Ende. „Jenny, kümmere dich um deinen Vater. Er liebt dich mehr, als du ahnen kannst.“

Ich verdrehte die Augen. „Das weiß man bei ihm nie.“

„Eines Tages hast du selbst ein Kind, und dann verstehst du, wie sehr wir beide dich lieben.“

Ich, der traurige, verwirrte Teenager fuhr ihr mit der Hand durchs dünner werdende Haar, als wäre sie das Kind und ich die Mutter. Als ich meine Hand aus ihrem Haar löste, hafteten ein paar braune Haarsträhnen daran. Ich hätte sie am liebsten abgeschüttelt und wäre kreischend aus dem Zimmer gerannt. Stattdessen legte ich meine Wange auf ihre und summte ihr das Lied vor …

In der Zimmerecke regte sich etwas. Erschrocken schlug ich meine Hand auf meine Brust und zog die Luft ein.

„Ich bin's nur, Schatz." Mein Vater schaltete die Lampe neben sich ein. Weiches Licht ergoss sich ins Zimmer. Er trug keine sorgfältig gebügelte Hose und ein Hemd mit Kragen, sondern ein verknittertes weißes T-Shirt und eine Schlafanzughose. Die grauen Stoppeln auf seinen Wangen und seinem Kinn sagten mir, dass mehr Zeit vergangen war, als ich ursprünglich gedacht hatte.

„Wie lange habe ich geschlafen?", fragte ich und fühlte mich plötzlich orientierungslos.

Er musterte mich mit einem besorgten Blick. „Anderthalb Tage."

Als ich darüber nachdachte, überkam mich Traurigkeit. Da ich nur noch so wenig Zeit hatte, war jeder einzelne verlorene Tag ein Tag zu viel.

Als er sich vorbeugte, warf die Lampe einen goldenen Lichtschimmer auf sein Gesicht, was mich an Engel und meine Fieberträume erinnerte.

Er kratzte sich das Kinn. „Ich wollte dich zur Notaufnahme bringen, aber deine Großmutter hat sich dagegen gewehrt."

„Ich glaube nicht, dass ich drei Stunden in einem Wartezimmer überlebt hätte."

„Das hat sie auch gesagt, und sie hatte das gute Argument, dass dort jede Menge kranker Leute sitzen würden. Wohl nicht der richtige Ort für jemanden mit einem angegriffenen Immunsystem." Er rieb seine Augen mit den Handflächen, wie er es immer tat, bevor er ins Bett ging. „Wir haben den Notdienst angerufen. Wir sollten dir Tylenol geben und ihnen versprechen, dass wir dich dort hinbringen, wenn das Fieber nicht innerhalb weniger Stunden sinken würde. Doch durch das Bad und das Tylenol ist es Gott sei Dank wirklich gesunken."

„Wie lange sitzt du schon hier?", fragte ich.

Er stand auf, kam zu mir, legte seine Hand auf meinen Kopf und seufzte. „Eine ganze Weile." Als Tränen in seinen Augen schimmerten, überkam mich eine große Liebe zu ihm.

Er trat einen Schritt zurück. „Ich habe dir für nächsten Montag einen Termin im Krebszentrum gemacht – um 9 Uhr. Das ist doch nicht zu früh, oder?"

Ich starrte ihn an. „Warum hast du das getan?“

„Hör mal, Jenny, ich weiß ja, dass du schon ein paar Meinungen eingeholt hast.“

„Fünf. Und alle stimmen darin überein, dass ich sterbenskrank bin.“

„Dann kommt es auf eine weitere doch auch nicht mehr an. Vielleicht haben sie dort neuere Behandlungsmethoden, irgendeine Versuchsmethode, die helfen könnte.“

„Oder sie könnten mir meine letzten Monate noch mehr zur Qual machen“, stieß ich gereizt aus.

„Wer weiß. Sie könnten dein Leben um ein paar Wochen oder gar Monate verlängern.“

„Um welchen Preis?“

„Vielleicht ist es doch gar nicht so schlimm, wie du denkst.“

Ich verschränkte die Arme und kam mir vor wie ein trotziges kleines Kind. „Ich gehe nicht hin.“

Er stand mit wutverzerrter Miene auf und zeigte anklagend mit seinem Finger in meine Richtung. „Sei nicht so egoistisch, Genevieve! Es geht nicht nur um dich. Was ist denn mit uns? Was ist mit der Kleinen? Sie braucht eine Mutter.“

Ich schob seinen Finger zur Seite. „Ganz egal, was ich mache, ich sterbe auf jeden Fall. Ich will nicht, dass Isabellas letzte Erinnerungen an mich so sind wie meine Erinnerungen an Mama – ein kahlköpfiges Skelett, das über der Toilettenschüssel hängt.“

Er kehrte mir den Rücken zu und beobachtete mich im Kommodenspiegel. „Du weißt doch gar nicht, ob es so kommen wird. Du schuldest uns einen Versuch.“

Zorn stieg in mir hoch. Ich zitterte, als ich mich erhob. „Ich weiß es nicht? Machst du Witze? Wenn es jemand weiß, dann ich! Du tust gerade so, als hätte ich nicht mitbekommen, wie Mama gestorben ist. Du wolltest es immer so aussehen lassen, als sei sie würdevoll gestorben, aber das ist sie nicht. Sie wollte die Behandlungen nicht. Ich habe mitbekommen, wie sie es dir mehr als einmal gesagt hat, aber das hat dich nicht gekümmert. Du hast sie dorthin gejagt. Ihren letzten Lebensmonat hat sie damit verbracht, dass sie sich aus dem Bett beugte und sich in einen Mülleimer erbrach. Sie hatte keine Haare mehr. Sie war bloß noch Haut und Knochen. Weißt du, wie furchterregend das für mich war? Weißt du das? Das soll meine Tochter nicht mitmachen müssen, bloß damit …“

Das Knarren von Bodendielen ließ mich innehalten. Wir drehten uns beide zur Tür um. Mama Peg schaffte es nicht die Treppe herauf – also musste es Isabella sein. In der Stille konnte ich das Patschen ihrer nackten Füßchen hören. Sie tauchte im Türrahmen auf und hatte Cocoa, ihren Stoffkoala, im Arm. Sie trug einen Baumwollschlafanzug und sah ein wenig verknittert aus, so als sei sie aus tiefem Schlaf erwacht. „Ihr seid zu laut."

Ich zwang mich zu einem Lächeln. „Tut mir leid, Süße."

Mein Vater würdigte mich keines Blickes, als er aus dem Zimmer ging, blieb aber kurz stehen, um Isabella einen Kuss auf den Kopf zu drücken. „Nacht, Schatz."

# 13

Wie oft tun wir im Leben Dinge, nicht weil es uns damit besser geht, sondern weil es anderen damit besser geht. Ich tat ein bisschen von beidem, als ich *Jane Eyre* las und dabei einen Schluck Flüssignahrung hinunter zwang. Statt des versprochenen cremigen Vanillearomas wäre *kreidige Vitamine* eine bessere Beschreibung gewesen. Zumindest war das Buch gut.

Mama Peg rief nach mir. „Jenny, du hast Besuch."

Ich legte das Buch zur Seite, stellte die Dose auf den Tisch und ging zur Tür.

Dort stand Lindsey Preston mit unruhigem Blick und einer teuren Markentasche über ihrer schmalen Schulter. Ihr Anblick verschlug mir den Atem. An Mama Pegs verwirrtem Gesichtsausdruck konnte ich ablesen, dass sie sich fragte, wen genau sie da ins Haus gelassen hatte.

„Lindsey, das ist ja eine Überraschung." Ich schob mir die Haare über die Schulter und ging auf sie zu. Zwei Wochen war es schon her, seit mein Vater sich mit Dr. Preston angelegt und verraten hatte, dass es Isabella gab. Ich hatte mir eingeredet, dass es David wohl gleichgültig sei, weil er sich bislang nicht gemeldet hatte. Anscheinend lag ich daneben.

Lindsey strich sich nervös die Haare hinters Ohr, wo ein Smaragdohrstecker in einem anmutigen Ohrläppchen schimmerte. Ich fragte mich, ob David ihr die Ohrringe geschenkt hatte und wie viel anderen Schmuck sie im Laufe der Jahre noch von ihm bekommen hatte.

Sie blickte zu mir, dann auf den Boden. „Schön haben Sie es hier."

Mama Peg sah mich mit hochgezogenen buschigen Augenbrauen an.

„Mama Peg, das ist Lindsey Preston, Davids … Lindsey, das ist Mama Peg."

Sie nickten sich höflich zu.

Ich wandte mich an meine Großmutter, die mir einen Hauch blasser vorkam als noch einen Augenblick zuvor. „Wir setzen uns hinters Haus."

Ich bot Lindsey etwas zu trinken an, was sie ablehnte, und führte sie durchs Haus zur Terrasse. Unterwegs gab sie kurze Kommentare zur Schönheit dieses Möbelstücks oder zum Duft jenes Blumengestecks von sich. Ihre freundliche sanfte Art machte mich zunehmend wütend.

Draußen empfing uns eine laue Brise. Auf der Terrasse standen vier identische weiße Schaukelstühle nebeneinander mit Blick auf den Lake Lucas. Die Baumwipfel reckten sich in den kristallklaren Himmel.

Die Holzdielen ächzten, als wir uns setzten. Lindsey starrte zum See und umklammerte die Tasche auf ihrem Schoß. „Das ist ja ein toller Blick. Wissen Sie, was für ein Glück Sie haben, dass Sie ihn jeden Tag genießen können?"

Ich schlug meine Beine übereinander und folgte ihrem Blick zu den Bergrücken in der Ferne. „Oh ja, ich habe ein Glück!" Ich deutete mit dem Kinn zu der Tasche, die sie umklammert hielt. „Ich stehle sie nicht. Versprochen."

Sie errötete. „Ach so, nein, davor habe ich keine Angst. Ich bin nur etwas nervös." Sie stellte die Tasche neben ihre Füße.

„Trotz der Ohrfeige, die ich Ihrem Mann gegeben habe, bin ich eigentlich ganz nett."

„Ich habe auch mal einen Kerl geschlagen."

Ungläubig ließ ich meinen Blick über ihre zierliche Gestalt wandern.

„Den Typen, mit dem ich vor David zusammen war. Er versuchte sich zu nehmen, was ich ihm nicht geben wollte."

Mitgefühl überkam mich und ich taute etwas auf. „Das muss ja schrecklich für Sie gewesen sein."

Ihre Augen weiteten sich. „Ach du liebe Zeit, nein, nichts in dieser Richtung. Er wollte, dass ich ihm einen Zwanziger gebe. Aber ich hatte die Nase voll von seinem ständigen Schnorren. Ich habe ihm gesagt, er solle sich endlich einen Job suchen. Da schnappte er sich meine Tasche und wühlte darin herum. Ich schlug ihn." Schüchtern blickte sie zur Seite. „Am nächsten Tag war sein Auge kohlrabenschwarz. Er log und erzählte allen, er sei angegriffen worden. Mich hat er verloren, aber ich habe ihm die Lüge gelassen, als Trostpreis."

„Was für ein Trottel", sagte ich und fühlte mich wieder eiskalt. Während ich sie sah, konnte ich nur daran denken, wie sie nachts neben der Liebe meines Lebens lag. Für eine andere Frau wäre das vielleicht kein unüberwindliches Hindernis für eine Freundschaft gewesen. Für mich jedoch sehr wohl.

Sweet Pea sprang auf die Terrasse, setzte sich zu Lindseys Füßen und miaute herzergreifend.

Sie streckte die Hand nach ihm aus. „Hey, süßes Kätzchen."

Ich wünschte, ich könnte sagen, es wäre mir nicht für einen kurzen Moment in den Sinn gekommen, sie in ihr Unglück laufen zu lassen. Doch ich überwand mich und warnte sie. „Das würde ich an Ihrer Stelle nicht tun", sagte ich pflichtbewusst.

„Warum denn nicht?" Sie streichelte ihm trotzdem das Fell und er schnurrte und streckte sich ihrer Hand entgegen. Nachdem sie sein Ohr gekrault hatte, wollte sie ihre Hand wieder zurückziehen. Da schlug Sweet Pea ärgerlich mit seiner Tatze zu.

Sie zuckte zurück. „He!" Über ihren Handrücken zogen sich mehrere rote Schrammen. Sie besah sie sich und warf Sweet Pea einen bösen Blick zu.

Beinahe hätte ich Mitleid bekommen. „Darum nicht", sagte ich. „Alles in Ordnung?"

Sie rieb sich die Hand und nickte. „Geschieht mir ganz recht, weil ich Ihnen nicht geglaubt habe."

Wir schwiegen eine Weile. Lindsey schlug ein Bein über das andere, dann stellte sie den Fuß gleich wieder auf den Boden. Sie starrte zum See, öffnete mehrmals den Mund, sagte aber nichts.

Es wurde Zeit, sie von ihrer Qual zu erlösen. Im Gegensatz zu ihr hatte ich kein Problem damit, das Thema, das in der Luft lag, anzusprechen. „Ich nehme an, Sie wissen von Isabella."

Sie sog tief Luft ein und ihr schmaler Brustkorb hob und senkte sich, so als müsse sie erst genug Mut einatmen. „Kann ich Ihnen etwas Persönliches erzählen?"

Es gab zwar nichts, was ich noch weniger gewollt hätte, doch ich nickte zustimmend. Dabei hoffte ich inständig, sie gäbe jetzt keine Details von sich, wie David und sie sich kennengelernt und ineinander verliebt hatten.

„Ich habe in den letzten fünf Jahren zwei Kinder verloren."

Das kam überraschend. David hatte mir erzählt, er wolle keine Kinder. Er meinte wohl, nur nicht mit mir. Ich öffnete den Mund, um etwas Passendes zu sagen, aber es kam kein Wort heraus. An dem Schmerz in ihren Augen konnte ich ablesen, dass ein „Das tut mir leid für Sie" nicht einmal annähernd angemessen gewesen wäre.

Sie hielt mühsam Augenkontakt, wandte dann den Blick ab, starrte stattdessen auf ihren Ehering und schob ihn an ihrem knochigen Finger auf und ab. „Ein Kind schaffte es bis ins letzte Drittel. Er hieß Gabriel. Gabriel Matthew Preston. Bei seinem letzten Atemzug hatte ich ihn auf dem Arm."

Sie schloss die Augen und wiegte ihre leeren Arme. Ich kam mir vor wie ein Eindringling, ein Voyeur der schlimmsten Sorte, als ich beobachtete, wie sie um ihr Phantomkind trauerte. Davids Sohn.

„Jenny, er war so winzig. Aber er war schon so perfekt." Als sie aufsah, schmolz ihre Qual und sie sagte etwas resoluter: „Das andere Kind starb im zweiten Drittel. Es hieß Joseph. Joseph ist der Schutzheilige der ungeborenen Kinder. Wussten Sie das?"

Ich schüttelte den Kopf.

„Den Namen habe ich ihm gegeben, bevor ich das wusste. Er war mein erstes Kind." Tränen bahnten sich einen Weg über ihr gerötetes Gesicht. Sie wischte sie weg und schien peinlich berührt von ihrer eigenen Schwäche.

Da waren wir nun – ich, die ich unsicher war, was ich sagen sollte, und sie, die nur Zentimeter und zur selben Zeit doch Kilometer entfernt war. Nach einigen Augenblicken wurde mir das Schweigen zu schwer und ich beschloss, der Situation etwas von ihrer Emotionalität zu nehmen. „Lindsey, ich glaube, das geht mich eigentlich nichts an."

Sie sah zum Haus hinüber. „Darf ich sie sehen?"

Mir gefror das Blut. „Meine Tochter?"

„Als ich erfuhr, dass Sie behaupten, ein Kind von meinem Mann zu haben …"

*Behaupten?* „Ich *behaupte* nicht, dass David ihr Vater ist. David *ist* ihr Vater."

„Ich glaube, da werde ich mir erst sicher sein, wenn ich sie gesehen habe."

Mein Gesicht fing an zu glühen und ich sprang auf. „Ich glaube, Sie sollten jetzt gehen. Man kann mir ja vieles vorwerfen, aber lügen gehört nicht dazu."

„Das sage ich ja auch gar nicht." Sie wollte mich beschwichtigend am Arm berühren.

Ich zuckte zurück. „Wollen Sie einen DNA-Test?"

Sie stand auf, hängte sich ihre Tasche um die Schulter und wirkte plötzlich unerträglich ruhig. Ihr Stuhl schaukelte weiter, als säße sie noch darin. „Das wäre keine schlechte Idee, Jenny. Um Ihrer Tochter willen."

Ich riss energisch die Tür auf, damit sie hindurch ging. „Nur meine Freunde dürfen mich Jenny nennen."

Sie sah zur offenen Tür, machte aber keine Anstalten zu gehen. „Ich glaube, Sie machen da einen Fehler. Selbst wenn Ihre Tochter nicht von David ist, braucht sie doch einen Vater. Es ist ..."

Ich spürte, wie sich meine Fingernägel in meine Handflächen gruben, während sich jeder Muskel meines Körpers anspannte. „Verlassen Sie bitte mein Haus. Isabella *ist* Davids Tochter. Sie ist ein hübsches, liebevolles, bezauberndes Kind. Und nur über meine Leiche werden Sie oder David sie jemals anrühren."

Von der Einfahrt her hörte man, wie eine Autotür zugeschlagen wurde.

Lindsey drehte sich um. „Es ist David. Ich habe ihn gebeten, ein paar Minuten mit Ihnen allein verbringen zu können, bevor er dazukommt."

Da ich mir nicht sicher war, was ich tun oder empfinden sollte, legte ich eine Hand auf meinen Mund und schloss die Augen. Wenn ich sie wieder öffnete, würde das alles hier vielleicht vorüber sein. Und sie wären weg.

„Liebling", hörte ich Lindsey sagen, „es läuft nicht so, wie wir gehofft hatten."

Ich öffnete die Augen.

David war um das Haus herum gekommen und marschierte auf mich zu wie ein Soldat auf dem Weg in die Schlacht. Seine Haare waren untypisch zerzaust und aus seinen Augen sprühte Zorn. Schmerz wogte in mir auf.

„Danke, dass du mir gesagt hast, dass ich Vater bin!"

Das schlechte Gewissen verschloss mir den Mund.

„Wir wollen sie sehen." Es war keine Frage, sondern eine Forderung.

„Das ist nicht so einfach, David. Ich muss sie erst darauf vorbereiten ..."

„Sie ist doch meine Tochter, oder? Das sagen doch du und dein Vater. Ich habe das Recht zu sehen, ob sie wirklich mein Kind ist."

Danach sagte er noch vieles, aber nach dem *ob* bekam ich nichts mehr mit. Es war eine Sache, wenn Lindsey es bezweifelte, aber David wusste doch, was für ein Mädchen ich früher gewesen war. Er wusste, dass mich vor ihm noch keiner angerührt hatte. Wie konnte er es nur wagen, seine Vaterschaft in Frage zu stellen!

Ich erwartete, dass mich der Ärger übermannte. Doch stattdessen überkam mich eine große Ruhe. „Lindsey, David, danke für euren Besuch. Es war schön, euch beide zu sehen. Tut mir leid, aber ich muss mich jetzt wirklich entschuldigen."

Damit ging ich zur Tür, oder versuchte es zumindest. Mit weit aufgerissenen Augen stand Isabella da und versperrte mir den Weg. Hinter meinem Rücken hörte ich, wie Lindsey und David erstaunt die Luft einsogen. Da wusste ich, dass Davids Vaterschaft nie wieder angezweifelt werden würde. Sie war nämlich das genaue Ebenbild ihres Vaters. Das konnte sogar so ein Blinder wie David nicht abstreiten.

Ohne ein Wort nahm ich ihre kleine Hand, führte sie ins Haus und hoffte, sie hätte nicht schon allzu lange dort gestanden. Doch als in ihren schlaftrunkenen Augen Verwunderung und Freude aufleuchteten, wusste ich, dass es doch so gewesen war.

# 14

Wir saßen alle vor dem Fernseher – Mama Peg im Sessel, Craig auf dem Boden zu ihren Füßen, Papa alleine auf dem Zweisitzer und ich auf der Couch mit Isabella auf dem Schoß. Während alle anderen auf den Bildschirm starrten, betrachtete ich die flackernden Schatten an der Wand. Ich hatte keine Lust, mir schöne junge Leute anzuschauen, die das ganze Leben noch vor sich hatten und dumme Talentwettbewerbe austrugen.

Als das Telefon zum zweiten Mal innerhalb von fünf Minuten klingelte, sahen mich alle erwartungsvoll an. Ich las die Rufnummer und war nicht erstaunt, dass erneut Davids Name erschien.

Mama Peg und Craig waren sich einig, dass ich mich mit ihm auseinandersetzen müsste. Je früher, desto besser. Natürlich hatten sie leicht reden. Mein Vater hielt sich in der Sache zwar bedeckt, doch sein höhnisches Lächeln, mit dem er das Telefon bedachte, sprach Bände.

Isabella hatte sich seit der Begegnung am Nachmittag unzählige Male nach David erkundigt, doch offenbar war ihr nicht bewusst, dass er derjenige war, dessen Anrufe ich nicht entgegennahm. Allerdings ließ sich manchmal nur schwer sagen, was sie mitbekam und was nicht.

Als das Telefon weiter klingelte, lehnte sich Isabella an meine Brust und hatte den Blick fest auf einen jungen Latino gerichtet, der Stevie Wonders „My Cherie Amour" sang. Ich spielte mit einer Locke ihres seidigen Haars und gab vor, ganz gebannt auf den Bildschirm zu starren.

„Meine Güte!" Mama Peg hielt energisch die Fernbedienung in die Höhe und stellte den Ton aus. Sie schaltete die Stehlampe neben sich ein. Licht flutete durchs Zimmer. „Du kannst ihn nicht ewig ignorieren!"

Ich barg mein Gesicht in Isabellas Locken und atmete den beruhigenden Duft von Erdbeershampoo ein. „Ich kann es versuchen."

Mein Vater stopfte sich seine Abendpfeife. „Das ist ihre Sache, Mama."

Sie zerfleischte ihn mit ihrem Blick. „David soll nicht für etwas büßen müssen, was sein Vater getan oder auch nicht getan hat."

Mein Vater klatschte seinen Tabaksbeutel auf den Couchtisch und verstreute braune Krümel über die gefliesste Tischplatte. „Das hat nichts damit zu tun, und das weißt du auch."

„Das weiß … ich … eben nicht", hustete sie abgehackt.

Das schrille Klingeln des Telefons verstummte schließlich. Erleichterung überkam mich … bis ich sah, dass Isabella den Hörer ans Ohr hielt und wie ein Honigkuchenpferd strahlte. Mein Herz klopfte heftig, als ich ihr den Hörer aus der Hand riss und auflegte.

„Das war mein Papi!", schrie sie.

Wieder klingelte es. Ich nahm hastig ab und drückte den Hörer so fest an mein Ohr, dass sich der Verschluss meines Ohrrings schmerzhaft in meinen Hals bohrte.

„Ich will sie sehen", sagte David.

Isabella verstand es meisterhaft, mich vorwurfsvoll und bettelnd zugleich anzustarren. Wie konnte ich ihr nur beibringen, dass er niemals der Mann sein würde, der er für uns beide hätte sein sollen.

„Tut mir leid, dass ich so reagiert habe." Trotz seiner Worte klang sein Tonfall nicht nach Reue.

„Tut es das?"

„Mach es nicht noch schwerer. Ich habe Mist gebaut. Aber Jenny, du hast noch viel größeren Mist gebaut. Warum hast du mir nichts gesagt?"

„Sie sitzt auf meinem Schoß und hört zu. Jetzt ist nicht die richtige Zeit."

„Die Zeit läuft davon", murmelte Mama Peg.

Davids Atem hallte schwer in meinem Ohr wider. „Lindsey will, dass Isabella uns besucht."

Ich hielt den Hörer noch fester umklammert. „Sie ist nicht Lindseys Tochter – sondern meine."

„Du meinst unsere."

„Du glaubst mir also jetzt?"

„Sie sieht mir ähnlich, und du weißt es."

Isabellas Herz schlug nah an meinem. Ich hob sie hoch und machte Craig Zeichen. „Kannst du mit ihr hinausgehen?"

Er wollte sich vom Boden erheben.

Mama Peg legte ihm eine zitternde Hand auf die Schulter. „Wag es nicht. Dieses Gespräch geht das kleine Mädchen mehr an als uns alle hier. Sie hat ein Recht darauf, ihren Vater kennenzulernen."

Entnervt stand ich auf und drehte ihnen den Rücken zu. „Du darfst sie sehen, aber auf jeden Fall nur du. Ist ja schön, dass Lindsey sich so für sie interessiert, aber zuerst soll Bella *dich* kennenlernen."

„Kann sie hierher kommen?" Sein Ton war jetzt sanfter, fast schon bittend.

Ich erschauderte bei dem Gedanken, noch einmal zu Davids Haus zu gehen und mich dem perfekten Leben zu stellen, das er sich dort ohne mich aufgebaut hatte.

„Bitte." Sein Ton war jetzt aufrichtig demütig.

Mich überkam der überwältigende Wunsch, ihn spüren zu lassen, wie es sich anfühlte, etwas nicht zu bekommen, was man sich wünschte. Wie befriedigend wäre es, zur Abwechslung mal *sein* Herz zu brechen.

Ich öffnete den Mund, um etwas zu sagen, das ihn genauso verletzen würde, wie er mich verletzt hatte, aber irgendetwas in meinem Inneren flüsterte: *Sieh dir deine Tochter an.*

Langsam drehte ich mich um. Das Licht, das mir aus ihren Augen entgegenstrahlte, vertrieb die Dunkelheit, die sich in meiner Seele ausgebreitet hatte. Wieder einmal wurde ich daran erinnert, dass mein eigener Wunsch kein bisschen wichtig war. Es ging nur um ihre Zukunft, nicht um meine. Ich hielt den Hörer zu und hockte mich neben sie. „Bella, willst du mal für einen Nachmittag zu David gehen?"

Sie quiekte vor Vergnügen so laut, dass die Scheiben hätten zerspringen müssen. Missmutig richtete ich mich wieder auf. „Ich nehme an, du hast das gehört."

Sein Lachen klang so melodisch wie das einer Hyäne.

„Du kannst sie morgen gegen Mittag abholen." Kaum hatte ich die Worte ausgesprochen, bedauerte ich sie auch schon.

Bevor ich auflegen konnte, schlang Isabella ihre Arme um meine Beine. Prüfend sah ich in die Gesichter, die mich beobachteten. Der zustimmende Blick von Mama Peg und Craig, kombiniert mit der blendenden Freude, die aus den Augen meiner Tochter strahlte, sagten mir, dass ich die richtige Entscheidung getroffen hatte. Der Schmerz in meiner Seele sprach jedoch eine andere Sprache.

Mein Vater schnappte sich seine Pfeife und schlich sich davon. Wenige Sekunden später knallte die Hintertür zu.

Isabellas breites Grinsen drohte ihr Gesicht zu spalten, wodurch ich mich nur noch schlimmer fühlte. Was war los mit mir? Ich war ihre Mutter. Ich müsste mich doch für sie freuen!

Mama Peg musterte mich eine Weile. Dann fragte sie Craig: „Könntest du Bella heute eine Gutenachtgeschichte vorlesen? Ich glaube, Jenny braucht etwas frische Luft." Mit diesen Worten richtete sie die Fernbedienung auf den Fernseher und das Zimmer wurde wieder vom Jubel der Zuschauer erfüllt.

Craig stand auf.

„Du musst nicht", sagte ich, hoffte aber, dass er es doch machen würde. Meine Tochter zuzudecken, während sie aufgeregt von David plapperte, war mehr, als ich im Moment ertragen konnte.

„Es ist das Mindeste, was er tun kann, nachdem er euch beide beinahe umgebracht hätte", sagte Mama Peg gleichmütig, während sie weiter auf den Bildschirm schaute.

Craig hielt sich das Kreuz, als habe ihm jemand einen Stich in den Rücken versetzt. „Sie weiß sehr genau, wo sie das Messer ansetzen muss, was?"

Ich schüttelte den Kopf über Mama Pegs schrägen Humor.

Er nahm meine Hand. „Es tut mir echt leid, dass ich so lange mit dir draußen im Regen war."

„Das hast du schon tausend Mal gesagt. Und ich habe dir versichert, dass ich sowieso krank werde, egal, ob ich im Regen tanze oder meine restlichen Tage in Quarantäne verbringe. Das war es wert."

Er lächelte.

Mama Peg räusperte sich. „Da könnte man auch genauso gut mit dem Fallschirm aus einem Flugzeug springen, ohne an der Reißleine zu ziehen, weil man ja sowieso irgendwann stirbt."

Craig schüttelte den Kopf, als ich ihm meine Finger entzog. Er wandte sich zu Isabella um, die im Schneidersitz auf dem Teppich saß und aufgeregt vor und zurück schaukelte. „Komm, wir suchen ein Buch aus, Dornröschen."

Craig verschwand die Treppe hinauf und Isabella blieb ihm hüpfend auf den Fersen. Mama Peg schaltete den Fernseher wieder auf stumm und drehte sich mit einem Gesichtsausdruck zu mir, der sehr nach einer Standpauke aussah.

Ohne ihr eine Gelegenheit zum Reden zu geben, sagte ich: „Du hattest recht. Ich brauche frische Luft." Damit schlüpfte ich zur Hintertür hinaus, um mich zu meinem Vater zu gesellen. Ausnahmsweise war mir die Aussicht, in seiner Gegenwart zu sein, einmal angenehmer.

Als ich an die warme Abendluft kam, brachte mir ein Grillenchor ein Ständchen. Papa hielt gerade die Feuerzeugflamme in den Pfeifenkopf und warf mir einen Blick zu. Er zog an der Pfeife und entfachte eine kleine Glut.

Als ich mich setzte, umhüllte mich eine Rauchwolke. Ich sog die berauschende Vanille-Apfel-Mischung seines Lieblingstabaks ein.

Er schaukelte vor und zurück. „Sie ist ein liebes Mädchen", sagte er mit seinem Pfeifenstiel im Mund.

„Das Beste, was mir je gelungen ist", stimmte ich zu.

„Genau das habe ich über dich auch immer gesagt."

Ich riss die Augen auf. „Wirklich?"

Er zog die Pfeife aus dem Mund. „Tu doch nicht so überrascht! Glaubst du, deine Mutter und ich hätten dich nicht so geliebt, wie du deine Tochter liebst?"

Ein Windhauch ließ die Azaleen rascheln und lenkte den Pfeifenrauch in die andere Richtung. Der Wind erstarb. Mein Vater lehnte seinen Kopf an die Lehne des Schaukelstuhls und blies einen länglichen Rauchkringel in die Luft. „Mich erfreut nicht gerade der Gedanke, dass ich mit diesem Mann eine gemeinsame Enkelin habe."

Ich täuschte Interesse an meinen Fingernägeln vor. „Dr. Preston ist eher ein *Großvater* als ein *Cowpa*. Und außerdem – dass Isabella ihn vielleicht gern haben könnte, bedeutet noch lange nicht, dass sie dich nicht mehr gern hat." Mir fiel auf, dass ich mehr zu mir selbst sprach als zu ihm. „Papa, du musst um Bellas willen irgendwie mit ihm zurechtkommen."

„Das schaffe ich nicht, Jenny. Er hat es zu verantworten, dass deine Mutter jetzt nicht mit uns hier auf der Veranda sitzt."

Ich konzentrierte mich weiterhin auf meine Fingernägel anstatt auf ihn. „Du wirst ihm vergeben müssen."

„Wirst du sie von David großziehen lassen?"

Endlich schaute ich auf und war erleichtert, dass sein Blick fest auf den See geheftet war. „Ich weiß nicht. Er ist ihr Vater. Du siehst ja, wie sie auf ihn fliegt."

Ich sehnte mich nach väterlicher Weisheit – irgendeinem tröstlichen Spruch, mit dem die bittere Pille, nicht nur meinen Mann, sondern womöglich auch noch meine Tochter an Lindsey abzugeben, leichter zu schlucken wäre. Mein Vater zog ausgiebig an seiner Pfeife und nickte.

Ich zog meine Beine an und stellte sie auf die Sitzfläche. „Was ist, wenn sie ihn lieber hat als mich?“

„*Ihn* lieber hat als *dich*?“ Er machte ein Gesicht, als hätte ich die dümmste Frage aller Zeiten gestellt. „Er mag ja ihr Vater sein, aber er ist immer noch ein Preston.“

Ich lachte über seinen Scherz, aber auch darüber, wie befreit ich mich plötzlich fühlte. Ich war heimgekehrt, um für Isabella eine Familie zu finden, und vielleicht war es mir ja gelungen. Das einzige Problem war die Fehde zwischen meinem Vater und Dr. Preston. Um Isabellas willen musste sie endlich beigelegt werden.

„Papa?“

„Ich habe keine Antwort für dich“, sagte er.

„Du weißt ja noch nicht mal, was ich fragen wollte.“

„Ist egal. Ich habe immer noch keine Antworten. Früher dachte ich, es gäbe auf alles eine Antwort, aber je älter ich werde, desto mehr geht mir auf, wie wenig ich eigentlich weiß.“

„Ich möchte dich um etwas bitten, und das ist keine Kleinigkeit.“

„Was es auch sein mag, ich mache es, wenn du mir versprichst, ins Krebszentrum zu gehen.“

„Das schon wieder“, stieß ich ärgerlich hervor. „Sind wir nicht auf diesem Thema lange genug herumgeritten?“

„Nur einen Termin. Um mehr bitte ich dich gar nicht.“

Zorn stieg in mir auf, wurde aber bald von der Traurigkeit ersetzt, die das eigentliche Gefühl war, das mich bestimmte. „Jedes Mal, wenn ich zu einem neuen Arzt gehe, nehme ich mir zwar vor, nicht wieder Hoffnung aufkeimen zu lassen, doch ich tue es trotzdem. Ich wünsche mir dann verzweifelt, dass dieser Arzt vielleicht, ganz vielleicht ein geheimes Heilmittel in der Hinterhand hat.“ Ich umfasste meine Knie noch fester. „Träume für meine Zukunft – eine Zukunft, die ich niemals haben werde – erfüllten meine Gedanken, doch jedes Mal gehe ich mit zerbrochener Hoffnung und einer Broschüre über Sterbebetreuung nach Hause. Das kann ich nicht noch einmal durchmachen, Papa. Ich kann es nicht.“

Mein Vater hatte den Kopf so tief gebeugt, dass ich sein Gesicht nicht sehen konnte. Ich ging zu ihm und schlang meine Arme um seine bebenden Schultern. Er zog mich auf seinen Schoß wie damals, als ich noch ein kleines Kind war.

Ich legte meinen Kopf an ihn und horchte auf seinen Herzschlag – das gleichmäßige, tröstliche Geräusch eines Trommelschlags, das mich in meiner Kindheit immer eingeschläfert hatte. Der Duft des Pfeifentabaks vermischte sich mit seinem Old-Spice-Deo und dem Weichspüler, den Mama Peg für seine Kleidung verwendete. Für mich war es eine himmlische Kombination.

Ich schob alle Sorgen aus meinem Kopf und gab mich ganz meinen Kindheitserinnerungen hin, als er mich genau so auf der Veranda geschaukelt hatte. Tief in meinem Inneren stiegen Bilder der Zeiten auf, als ich mich in meiner kleinen Welt voller Umarmungen, Hoffnung und dem vollständigen Fehlen von Verantwortlichkeit rundum sicher gefühlt hatte. Ich nahm meinen Kopf von seiner Schulter und sah ihm geradewegs in die Augen. „Papa, versprich mir, dass du wenigstens versuchen wirst, mit den Prestons klarzukommen."

Er schob mich von seinem Schoß. „Jenny, selbst wenn mein Leben davon abhinge, glaube ich nicht, dass ich es könnte."

Ich weiß nicht, warum mich seine Sturheit so überraschte. Er war schon immer so gewesen. „Aber wenn du anderen nicht vergibst, wie soll dir der himmlische Vater dann vergeben? Dein Leben hängt davon ab, Papa."

Er sah mich an. „Ah, wir werfen jetzt also mit Bibelzitaten um uns? ‚Du Heuchler! Zieh zuerst den Balken aus deinem Auge; danach sieh zu, wie du den Splitter aus deines Bruders Auge ziehst.'"

Die Grillen wurden lauter und mein Kopf begann zu pochen. „Trotz des Balkens in meinem Auge kann ich aber erkennen, dass du weit mehr als einen Splitter in deinem Auge hast. Ignoriere ihn nur weiter, dann wirst du eines Tages ganz blind."

Er stand auf und schnappte sich seine Pfeife von der Armlehne. „Ich wünschte, es wäre so."

# 15

Isabella und ich saßen nebeneinander auf den Stufen zur vorderen Veranda und warteten auf David. Die Mittagssonne goss ihre goldenen Strahlen über sie, während allein über mir eine düstere Wolke zu hängen schien. Ich hob mein Glas an die Lippen und trank einen Schluck. Eine kalte Flüssigkeit traf auf meine Zunge und belästigte mich mit einem ranzigen und süßen Geschmack. Ich wusste zwar, dass der schlechte Geschmack allein durch meine Geschmacksknospen hervorgerufen wurde, die durch die Krankheit beeinträchtigt waren, konnte mich jedoch nicht zum Hinunterschlucken zwingen. Ich beugte mich über die Hortensien und spuckte den Tee hinein.

In letzter Zeit konnte alles Mögliche meinen Gaumen beleidigen. Dieses Symptom, das ich nicht vorhergesehen hatte, war mir ein größerer Dorn im Auge als die immer stärker werdende Erschöpfung. Übelkeit stieg in mir hoch, als ich die Eiswürfel in meinem restlichen Tee schwimmen sah, dessen Farbe mich an Campingtoiletten erinnerte. Damit ich ihn mir nicht mehr ansehen musste, kippte ich den Tee aus und sah, wie er in der durstigen Erde verschwand. Ich wandte mich zu Isabella um.

Ihr rechtes Knie zappelte wie ein Presslufthammer, während sie wie gebannt auf die Schotterstraße blickte und ihren Stoffkoala an sich drückte.

Ich drehte ihr Gesicht zu mir her. „Wie lautet meine Handynummer?"

Sie hielt mir den Bär vor die Nase und deutete auf die Nummern, die ich mit Textilstift auf das kleine T-Shirt geschrieben hatte.

„Nur falls du Cocoa mal verlierst ..."

Sie drückte ihn sich fest an die Brust. „Ich verliere ihn nicht. Er ist doch mein Freund!"

Obwohl mir so übel war, schaffte es ihre Antwort doch, mir ein Lächeln zu entlocken. „Ich weiß, dass du *versuchst,* ihn nicht zu verlieren, aber für alle Fälle hat David meine Nummer und wir sehen uns um drei Uhr wieder, komme was da wolle."

Sie sah durch mich hindurch.

„Bella, hörst du mir zu?"

Ihr Blick wanderte von mir wieder auf die stille, verlassene Straße. „Wie spät ist es jetzt, Mami?"

„Zwei Minuten später als das letzte Mal, als du gefragt hast."

„Meinst du, er hat mich vergessen?"

„Wer könnte dich jemals vergessen?"

Die Sonne wurde von ihrem weißen Kleid abgestrahlt und hüllte sie in einen goldenen Lichtschleier, als sie sich vorbeugte, um sich ein Erdbröckchen aus ihren Sandalen zu wischen. Sie sah aus wie eine kleine Braut, die auf ihren Bräutigam wartet. Ich erkannte schon fast die Frau, die sie einmal werden würde, und fragte mich, ob Gott mich bei ihrer Hochzeit aus dem Himmel zuschauen lassen würde. Dafür hätte ich alles gegeben.

In meinem Inneren rumorte es. „Du rufst mich an, wenn irgendetwas schiefläuft. Denke daran. Wenn du dich unwohl fühlst oder Angst hast oder …"

Sie seufzte auf.

„Er wird schon kommen, Baby."

„Ich weiß." Ihre Wangen röteten sich, als sie eine Knitterfalte aus ihrem Rock strich. „Glaubst du, mein Kleid gefällt ihm?"

Ich streichelte mit dem Handrücken ihre weiche Wange. „Meine hübsche Bella, selbst wenn du einen Kartoffelsack anhättest, wärest du wunderschön. Und außerdem lieben wir dich, egal wie du aussiehst."

Schielend zerquetschte sie etwas vor ihrer Nase, das nur sie sehen konnte. Da sie sich solche Gedanken machte, warf ich selbst jetzt auch etwas unruhig einen Blick auf meine Uhr. David hatte wirklich Verspätung. Ich nahm das Handy, das neben mir auf der Stufe lag, und sah nach, ob ich einen Anruf verpasst hatte. Nichts. Wenn er sie im Stich ließe …

Eine Bewegung über uns erregte meine Aufmerksamkeit. Ich sah hoch. Vom Dach über der Veranda hing eine gläserne Vogeltränke, gefüllt mit Nektar. Daneben flatterte ein Kolibri, der seinen schmalen Schnabel in die glitzernde rote Flüssigkeit tunkte. Ich wollte gerade Isabella auf ihn aufmerksam machen, da schrie sie:

„Er ist da!" Sie sprang auf und ließ ihren Koala mit dem Gesicht voran in feuchte Gartenerde fallen.

Der Infiniti Coupé, den ich in Davids Garage gesehen hatte, fuhr vor und ließ Kies und Erde zur Seite spritzen. Er parkte am Ende der Auffahrt und hupte zwei Mal, genau wie damals, als wir noch befreundet gewesen waren. Zum ersten Mal verstand ich, warum das meinen Vater immer zur Weißglut gebracht hatte. Ich winkte David herbei.

Als er die Autotür zuschlug, rannte Isabella auf ihn zu, als kenne sie ihn schon ihr ganzes Leben lang. Ihr Lächeln war so breit wie nie zuvor. In ihren Augen zeigte sich keine Spur von Angst oder Schrecken. „Papi!"

Er breitete die Arme aus und sie sprang hinein. Er küsste ihre Stirn, während ich versuchte, nicht zusammenzuzucken.

Einen Augenblick später drehte Isabella sich zu mir um. „Ich habe dich auch lieb, Mami."

Ich war peinlich berührt und wurde rot. Augenscheinlich waren meine Eifersucht und Unsicherheit sogar für meine kleine Tochter offenkundig. „Ach Süße, das weiß ich doch. Ist schon in Ordnung. Du hast so viel Liebe, die du verschenken kannst."

David setzte sie sich auf die Hüfte. „Danke, Jenny. Bis gegen vier dann."

Ich verschränkte die Arme. „Du meinst wohl drei Uhr."

Sein verschmitztes Grinsen hätte noch vor wenigen Jahren mein Herz zum Flattern gebracht. Jetzt allerdings nicht. „Ich meine es so, David."

Isabella verfolgte unseren Wortwechsel derart intensiv, dass sich meine aufgewühlte Miene wieder glättete und meine Stimme ihre Schärfe verlor. „Viel Spaß, Süße." Ich küsste sie auf die Wange und fragte David: „Willst du ihren Autositz?"

Er drückte seine Nase an Isabellas, wodurch sie lachen musste und ich erschauderte. „Ich glaube nicht. Wir kommen gut klar, oder, Prinzessin?"

Sie sah ihn bewundernd an und nickte. „Ich bin kein Baby mehr, Mama."

Was war aus der *Mami* geworden? „Ein Kindersitz ist gesetzlich vorgeschrieben."

Er ließ sie hinunter und strich sich seine khakifarbene Hose glatt. „Na dann brauche ich wohl einen."

„Zu *ihrer* Sicherheit, wohlgemerkt."

Er blähte die Nasenflügel auf. „Habe ich etwas anderes behauptet?"

Es kostete mich all meine Überwindung, keine spitze Bemerkung zu machen. Er befestigte den Kindersitz in der Mitte der Rückbank und schnallte Isabella an. Als ich den beiden nachsah, war mir, als führe David mit meinem Herzen auf der Rückbank davon.

Ich hob die Hand, um meiner Tochter nachzuwinken, doch sie sah nach vorn, nicht zurück. Das war eine gesunde Reaktion auf das Leben, die ihr in den kommenden Monaten gute Dienste leisten würde. Was aber nicht bedeutete, dass es mich nicht schmerzte. Was war aus den Zeiten geworden, als niemand außer mir sie hochnehmen durfte? Als sie Zeter und Mordio schrie, wenn ich zur Arbeit musste und sie mit einem Babysitter zurückließ?

Ich sah auf den Boden und entdeckte Cocoa. Ich bückte mich und hob ihn auf. Ich wollte noch Isabella hinterher rufen, aber Davids Auto war schon außer Sichtweite. Ich wischte den Dreck von der Bärennase. „Ich wette, sie vermisst dich, noch bevor die erste Stunde um ist." Er starrte mich mit seinen ausdruckslosen Augen an und war ebenso wenig überzeugt wie ich. Ich drückte ihn an meine Brust und atmete Isabellas Duft ein, der noch in seinem Plüschfell hing.

Auf der untersten Verandastufe entdeckte ich einen grauen Klumpen. Als ich ihn näher betrachtete, erkannte ich eine spitze Nase mit Tasthaaren daran. Ein Schauer lief mir über die Schulter. Eine tote Maus. Unser halbjährliches Geschenk von Sweet Pea. Er miaute mich vom Weg her an.

„Danke für den Kadaver", sagte ich zu ihm. „Du hast ja eine seltsame Art, deine Zuneigung zu zeigen."

Der Kater rannte zum See und ich ging ins Haus.

Das Telefon klingelte nur einmal, bevor jemand abnahm. „Jenny!", brüllte Mama Peg aus der Küche.

*Isabella.* Ich sprang auf und ließ das Tagebuch, in dem ich gerade schrieb, zu Boden fallen. Irgendetwas stimmte nicht. Ich wusste es. Ich hätte sie nicht mit ihm fahren lassen sollen.

Bevor ich ans Telefon kommen konnte, nahm Mama Peg den Hörer vom Ohr und legte auf. „Das war David. Er bringt Bella heim."

Ich sah auf die Uhr. Es war erst zwei. „Was ist denn passiert?“ Ich sah sie eindringlich an und versuchte, ihre Körpersprache zu deuten.

Sie zögerte. „Das hat er nicht gesagt, aber ich konnte sie im Hintergrund weinen hören.“

Adrenalin rauschte durch mein Blut. „Wimmern oder Heulen?“

„Sie hörte sich sehr aufgebracht an.“

„Aufgebracht oder außer sich?“

Die Augen meiner Großmutter gaben mir die Antwort, noch bevor sie den Mund öffnen konnte. „Untröstlich.“

Mein Magen zog sich zusammen, als mir tausend Möglichkeiten durch den Kopf rasten, eine grässlicher als die andere. „Also, ist sie verletzt? Hat er gesagt, warum sie so …“

„Er sagt, ihr ist nichts passiert, sie sei nur total durcheinander. Sie ist auf dem Heimweg.“

Ich riss den Zettel mit Davids Nummer von der Kühlschranktür. Ich nahm das Telefon und wählte, so schnell meine Finger sich bewegen konnten. Lindsey nahm ab.

„Ich möchte mit meiner Tochter sprechen.“

„Jenny? Sie sind unterwegs.“

„Was ist denn passiert?“

„Weiß ich nicht. Wir waren mit ihr am Pool …“

Mein Herz setzte aus. „Was?“

„David wollte ihr das Schwimmen beibringen.“

„Nein“, bettelte ich, als wäre es nicht längst passiert.

„Er hat sie bloß ins niedrige Wasser geworfen. Sie hätte dort stehen können, aber sie geriet in Panik.“

Meine Augen weigerten sich, die Tränen wegzublinzeln, die darin schwammen. Sie musste zu Tode erschrocken gewesen sein. Meine Kleine. Meine arme Kleine. „Ist alles in Ordnung mit ihr?“

„Es ist wirklich nicht so schlimm, wie es sich anhört. Er hat sie sofort herausgezogen.“

Lindseys Ruhe goss Öl in die Flamme meines Zorns. „Sie ist vor zwei Wochen fast ertrunken.“

Schweigen schlug mir entgegen.

Ich begann zu zittern. „Sie wäre fast ertrunken!“

Ich hörte, dass Lindsey aufgeregt zu atmen begann.

„Er hätte wissen müssen, dass sie Angst hatte.“

Lindseys Stimme war bloß noch ein Flüstern. „Er wollte ihr doch nur das Schwimmen beibringen."

„Sie kann doch schon schwimmen. Hat sie ihm das nicht gesagt?"

Mama Peg legte mir eine Hand auf die Schulter. „Schatz, du schreist."

Ich schüttelte sie ab.

„Das wussten wir nicht, Jenny. Es tut mir so leid. Wir wussten es nicht", sagte Lindsey schniefend.

Ich hätte sie am liebsten durch das Telefon hindurch am Kragen gepackt. „Ihr wusstet, dass sie nicht ins Wasser will, Stimmt's? Ich weiß, dass sie es euch gesagt hat."

„Wenn man vom Fahrrad fällt, muss man auch wieder …"

Ich sah Rot und hatte nur noch das schnelle Pulsieren meines Blutes im Ohr. „Seitdem das passiert ist, konnte ich Isabella nicht einmal mehr baden, Sie sind doch wirklich nicht mehr ganz bei Trost …"

Mama Peg nahm mir das Telefon aus der bebenden Hand. Während ich vor Wut zitterte, sagte sie zu Lindsey: „Ich weiß, es war keine Absicht, was immer auch passiert sein mag. Jenny ist einfach etwas aufgebracht."

Ich schnappte mir den Hörer, fauchte hinein und knallte ihn hin auf die Gabel.

Die Minuten zogen sich wie Stunden, während ich darauf wartete, dass mir David meine Tochter zurückbrachte. Im Geiste spielte ich alle möglichen grässlichen Szenarien durch. Isabella, die sich an ihrem Vater festklammerte, dem sie so bereitwillig vertraut hatte, der nach und nach ihre Fingerchen von seiner Schulter löste, um sie ins Wasser zu werfen, ihr ängstliches Schreien, er möge es nicht tun …

Der Gedanke an meine zu Tode erschrockene Tochter raubte mir den Atem und ich hielt mir den Bauch. Was waren das für Menschen, die ein Kind dazu zwangen, etwas zu tun, was es vor Angst erstarren ließ? Keine, die jemals Eltern sein sollten. Welche Zukunft würde Isabella bei ihnen erwarten? Dieses Verhalten war nicht zu entschuldigen. Nicht zu akzeptieren. Absolut nicht zu akzeptieren.

Ich schob die Fliegengittertür auf und ging rasch auf den Rasen vorm Haus, um auf sie zu warten. Vor zwei Wochen hatte es zuletzt geregnet, was man dem Gras ansah. Es knisterte unter meinen Füßen, als ich auf und ab ging, damit mein erster Zorn verrauchte. Je mehr ich umherging, desto aufgeregter wurde ich allerdings. Ich konnte nicht fassen, was er da getan hatte. Ich stellte mir vor, wie meine Tochter wild mit den Armen ruderte, bis ich das Gefühl hatte, selbst zu ertrinken.

Hätte sie jetzt ihr Leben lang mit Vertrauensproblemen zu kämpfen? Auf jeden Fall würde sie innere Narben davontragen. *Ich verbringe mein Leben damit, sie zu beschützen, und er macht das an einem Nachmittag zunichte. Von einem Fahrrad fallen? Was für ein lächerlich dummer Vergleich.*

Noch bevor Davids Wagen ganz zum Stehen gekommen war, ging die hintere Beifahrertür auf. Isabella sprang heraus und rannte auf mich zu. David rief ihr hinterher, aber sie wurde nicht langsamer. Sie warf sich in meine Arme und hätte mich beinahe umgeworfen. Ich hielt sie so fest wie ich konnte, doch das war nicht annähernd fest genug. Irgendwie wollte ich sie wieder so mit mir verschmelzen, wie wir es einst gewesen waren, um sie vor der Welt zu beschützen.

David stieg aus und stellte sich vor mich. „Dreht sie immer so auf?"

Mir schoss das Blut in den Kopf, meine Schläfen pochten und meine Augen fühlten sich an, als seien sie durch zwei Laser ersetzt worden, um ihn auszulöschen. „Vor zwei Wochen wäre sie fast ertrunken, du Depp."

„Das hat sie erwähnt."

„Und trotzdem hast du sie in das Wasser geworfen?"

„Ihr fehlte nur etwas Zutrauen. Ich habe dasselbe erlebt, als ich …"

„Halt den Mund", fuhr ich ihn an.

Er streckte seine Hand nach Isabella aus, doch sie barg ihr Gesicht an meiner Brust. Zum ersten Mal sah David wirklich verletzt aus und nicht hochmütig. Gut.

Er lehnte sich ans Auto. „Woher weißt du denn, was passiert ist?"

„Lindsey." Ich küsste die Tränen von Isabellas Wimpern, bevor es mir dämmerte. „Warum war sie überhaupt da?"

„Was?"

Ich legte mein Kinn auf Isabellas Locken. „Warum war sie da? Du hattest mir versprochen, dass nur du alleine daheim wärest."

„Sie ist meine Frau, und versprochen habe ich gar nichts."

Ich schüttelte voller Abscheu meinen Kopf. „Früher konnte ich mich mal auf dein Wort verlassen."

Als ich mich zum Haus umdrehte, packte er mich am Arm. Ich starrte ihn an, bis er mich losließ.

„Ich habe dich nicht ein einziges Mal belogen“, erwiderte er. „Lindsey kam, weil Isabella sie darum gebeten hatte. Frag sie, wenn du mir nicht glaubst.“ Traurig betrachtete er Isabellas Rücken. „Ich wollte sie nicht erschrecken.“

Isabella zappelte, weil sie hinunter wollte. Ich stellte sie auf den Boden. Ohne sich noch einmal umzudrehen und sich zu verabschieden, rannte sie zum Haus.

„Ich würde ihr niemals absichtlich weh tun, Jenny.“

Isabella knallte die Tür zu und David zuckte zusammen.

Ich presste meine Finger an die Stirn und versuchte, meine sich überschlagenden Gedanken in sinnvolle Worte zu fassen. Ich blickte auf. „Das funktioniert nicht, David.“ Ich drehte mich zur Veranda um.

„Mach das nicht, Genevieve“, rief er mir hinterher.

Ich drehte mich um. „Du hast das gemacht, nicht ich. Du versuchst, sie genau so zu behandeln, wie du mich behandelt hast. Wir hätten beide etwas Besseres verdient.“

Sein Gesichtsausdruck verwandelte ihn in einen Mann, den ich nicht wiedererkannte. „Sie ist meine Tochter und sie *wird* zu meinem Leben gehören. Kämpf nicht gegen mich, Lucas. Du wirst nicht gewinnen.“

Ohne zu antworten, drehte ich mich um, ging ins Haus und ließ ihn mit seiner Drohung allein.

# 16

Der Geruch nach Schweiß und Zedernholz stieg mir in die Nase, unmittelbar bevor mich jemand am Arm berührte. Ich öffnete die Augen und war überrascht, Craig an meinem Bett hocken zu sehen.

Er verzog seine nussbraunen Augen. „Du müsstest mal deine Haare sehen."

Ich hielt eine Hand vor den Mund und hoffte, mein Atem roch nicht so schlecht wie er schmeckte. „Was? So gut?"

„Sagen wir mal, du würdest dir den Titel der Miss North Carolina nicht holen."

„Ich glaube nicht, dass meine Chancen selbst zu meinen besten Zeiten besonders gut standen." Ich setzte mich ganz auf, sah auf den Wecker und stöhnte. Fast Zeit fürs Abendessen. Aus der einen Stunde Mittagsschlaf waren drei geworden und ich hätte immer noch weiter schlafen können. „Warum bist du hier?"

Als er sich setzte, senkte sich die Matratze. Er sah mich so intensiv an, dass mich ein unerwarteter Schauer durchfuhr, und ich musste über meine eigene lächerliche Reaktion grinsen. Wie in aller Welt hatte ich mich mitten im Sterben noch verlieben können? Typisch.

„Wow", sagte er.

„*Was* Wow?", fragte ich.

„Selbst mit deinen Medusa-Haaren siehst du noch wunderschön aus."

Ich verschränkte die Arme und musterte ihn. Er trug ein T-Shirt von John Deere, Shorts und Sportsocken mit Grasflecken, die aus dreckigen Arbeitsschuhen lugten. Ich wollte schon etwas Schlaues über seine Kleidung sagen, hielt mich aber zurück. Er sah nämlich genauso aus, wie ein Mann aussehen sollte.

Er zwinkerte mir zu. „Du siehst zwar ganz schön mitgenommen aus, aber ich würde dennoch jederzeit mit dir das Bett teilen."

Ich merkte, wie ich rot wurde. „Lass das."

Er grinste, bedeckte seinen Mund und hüstelte das Wort *prüde* hervor.

„Das fasse ich als Kompliment auf. Als ich das letzte Mal meine Prüdigkeit abgelegt habe, kam Isabella dabei heraus."

„Das Wort gibt es nicht", meinte er.

„Isabella?"

„Nein, *Prüdigkeit*."

„Doch."

„Ach komm … *Prüdigkeit*?"

„Und ob." Ich bemühte mich, überzeugt zu klingen.

„Sollen wir wetten?"

Ich fuhr mir mit den Fingern durch mein wirres Haar. „Erst bringst du mich in Verruf, indem du ohne Begleitung zu mir ans Bett kommst, und jetzt willst du mit mir wetten?"

Er beugte sich vor, um ein Kissen vom Boden aufzuheben. Seine Shorts standen ihm wirklich gut, aber das durfte mich eigentlich nichts angehen. Dennoch wurden meine Wangen ganz heiß. Als er sich wieder aufrichtete, sah ich weg.

„Hör mal, Mutter Teresa, ich versuche nicht, dich auszunutzen oder dafür zu sorgen, dass du rückfällig wirst." Sein Lächeln verschwand. „Ich bin nicht David, Genevieve."

Ich klammerte mich an meine Decke. „Was soll das heißen?"

„Mir ist wirklich an dir gelegen."

Mein Herz wurde mir schwer. „Früher lag ihm auch etwas an mir."

Craig öffnete den Mund, als wolle er etwas entgegnen, schloss ihn dann aber wieder.

Nach einem Augenblick des Schweigens deutete ich auf seine Füße. „Wie bist du bloß in diesen Dreckdingern an Mama Peg vorbeigekommen?"

Er sah auf seine Schuhe, dann wieder zu mir. „Mist, ich habe ganz vergessen, weshalb ich hierher gekommen bin."

„Und zwar?"

„Ich sollte dir ausrichten, dass Ted unten auf dich wartet."

Ich kannte bloß einen Ted, und der Gedanke daran, dass er hier im Haus war, versetzte mich in meine Kindheit, als ich mich wie Alice im Märchen fühlte, weil ich im Lebensmittelgeschäft auf einen meiner Lehrer traf. „*Onkel* Ted?"

„Er ist nicht mein Onkel, aber ja, genau der."

„Was will er denn?"

„Ich schätze mal, es hat etwas mit der Tochter seines Neffen zu tun."

Ich seufzte. Offensichtlich waren David und Lindsey nicht die einzigen Prestons, mit denen ich mich befassen musste. Ich wusste nicht, weshalb mir nicht schon früher in den Sinn gekommen war, dass Isabella nicht nur David, Lindsey und Dr. Preston beerbte … sondern auch Ted, seine Frau und den Rest der Sippschaft. Ich ließ mich aufs Kissen fallen und zog mir die Decke über den Kopf.

Craig zog sie weg.

Ein Luftzug streifte meine Beine. „Geh weg."

Er packte mich an den Knöcheln und stellte meine Füße auf den Boden.

Ich schlug seine Hände fort. „Schon gut, ich bin jetzt auf."

Ich saß jetzt aufrecht. Er nickte selbstgefällig und schlenderte aus dem Zimmer. Auf seinem Rücken hatte der Schweiß seiner harten Arbeit ein umgedrehtes Herz hinterlassen. Er wollte gerade die Tür hinter sich schließen, da hielt er inne und sah mich noch einmal an. „An deiner Stelle würde ich mir nicht allzu viel Zeit lassen. Dein Vater ist auch unten und liest ihm die Leviten über seinen Bruder."

Beim Gedanken daran, was sich da unten gerade zwischen diesen Montagues und Capulets abspielte, zog sich mir der Magen zusammen. Nachdem ich mir ein spitzenbesetztes frisches T-Shirt angezogen, mein Haar zusammengebunden und in Windeseile gegurgelt hatte, ging ich rasch hinunter, um ein Blutvergießen zu verhindern.

Vom Garten her konnte ich Isabella lachen hören und fragte mich, ob Ted mit ihr spielte. Dieser Gedanke war weder angenehm noch verstörend für mich. Ted war jemand, der einem Kind einen Lutscher schenkte, aber dann einen Vierteldollar erwartete, doch zumindest kam er sich nicht wie ein Halbgott vor so wie sein Bruder.

Als ich unten war, sah ich ihn auf der Couch sitzen. In unserem Wohnzimmer sah er so fehl am Platze aus wie ein Geier in einem Rotkehlchennest. Er trug eine weiße Arbeitshose, in die er ein Hemd mit der Aufschrift *Teds Café* gestopft hatte. Sein kahler Kopf glänzte mehr als sonst, sodass ich mich fragte, ob er ihn speziell für diesen Besuch poliert hatte.

Mein Vater lehnte mit verschränkten Armen am Türrahmen zwischen Küche und Wohnzimmer.

Ted sah mich und sprang auf. „Jenny! Lange nicht gesehen."

Ich bedachte ihn mit einem unverständigen Blick. „Wir haben uns doch vor zwei Wochen erst gesehen."

Mein Vater räusperte sich.

Teds kleine Augen schossen blitzschnell zwischen ihm und mir hin und her, während er nervös lachte. „Wovon redest du da? Ich habe dich nicht mehr gesehen, seit du hier weggezogen bist. Wie viele Jahre ist das jetzt her?"

Ich blinzelte mehrmals und fragte mich, wer von uns denn nun verrückt war. Ich beschloss, dass er es sein musste. „Wir verstecken uns doch nicht vor der Mafia, Ted. Was kann ich für Sie tun?"

Die Augen meines Vaters verengten sich wegen Teds Lüge. Kein Wunder, dass dem Kerl der Schweiß in Strömen übers Gesicht floss. Der eiskalte vernichtende Blick eines Jack Lucas konnte den Teufel persönlich aus der Fassung bringen.

Ted sah Papa an. „Ich war noch niemals Großonkel."

Mein Vater schnaubte. „Diese ganze gottverlassene Stadt nennt ihn ‚Onkel'. Man sollte doch meinen, das müsste reichen."

„Sei nicht so ungehobelt, Jack!", brüllte Mama Peg aus der Küche.

Mein Vater sagte nichts zu seiner Verteidigung, aber er legte seine Stirn noch mehr in Falten.

Ted holte ein zerknülltes Taschentuch aus seiner Tasche und tupfte sich die Stirn ab. „Jenny, können wir mal unter vier Augen reden?"

Die Augen meines Vaters wurden zu noch schmaleren Schlitzen. „Blut ist dicker als Wasser, Genevieve. Vergiss das nie."

Ich schüttelte den Kopf über sein kindisches Benehmen.

Mit finsterer Miene trabte mein Vater in die Küche und ließ uns allein.

Ted seufzte vor Erleichterung. Dann deutete er auf eine fettige braune Tüte, die auf dem Couchtisch lag. „Hast du Hunger? Ich habe ein paar Burger mitgebracht."

Ich stellte überrascht fest, dass sich mir der Magen bei der Erwähnung von Essen nicht umdrehte. „Ein bisschen, danke. Was schulden wir Ihnen?"

Er sah mich ungläubig an. „Ich will sie doch nicht bezahlt haben."

Ich stammelte betroffen ein Dankeschön.

„Ich weiß, dass ich nicht gerade in dem Ruf stehe, großzügig zu sein, aber *so* schlimm bin ich nun auch wieder nicht."

Ich zog eine Augenbraue hoch. „Es ist doch allgemein bekannt, dass nicht einmal Ihre Familie das Essen umsonst bekommt.“

Sein Gesicht lief dunkelrot an. „Ach du meine Güte. Da lege ich meinem Neffen ein-, zweimal eine Rechnung vor, nur um etwas klarzustellen, und da reden die Leute heute noch drüber.“

Mein Magen begann zu knurren. Ich wollte unbedingt ein paar Kalorien aufnehmen, bevor mein Appetit wieder eine zweiwöchige Auszeit nahm. „Was wollen Sie denn, Ted?“

Er zog die Unterlippe ein und kaute darauf herum. „Ich wette, du wusstest nicht, dass die Kleine das einzige Enkelkind der Familie ist. Das einzige.“ Auf seine Stirn trat erneut der Schweiß. „Wir … ich … hätte gerne Gelegenheit, sie kennenzulernen.“

„Wenn Isabella ihre Verwandten von der Preston-Seite kennenlernen will, wenn sie erwachsen ist, dann ist das ihre Entscheidung, aber im Augenblick …“

Er sah noch trauriger aus als an dem Abend, als sein Café ausgeraubt worden war. Er tat mir leid, aber ich konnte meine Entscheidung über Isabellas Zukunft nicht auf Gefühle gründen – nicht auf seine, meine oder sonstige. Und doch *war* er ihr Großonkel und trotz seines Nachnamens ganz in Ordnung.

Ich brauchte Zeit, um das alles zu durchdenken, das Für und Wider aufzulisten, es vielleicht mit Mama Peg und Craig durchzusprechen. Ich wollte alles richtig machen, aber ich hatte die Befürchtung, das Richtige für die Prestons wäre nicht das Richtige für Isabella. Ihr musste meine Hauptsorge gelten. Ich rieb mir die Schläfe und versuchte meine Gedanken zu ordnen. Es funktionierte nicht. Ich konnte nicht klar denken, während er mich beobachtete. „Ted, danke fürs Kommen. Ich weiß, dass Sie an Isabella interessiert sind, aber ich brauche Zeit, um alles abzuwägen.“

Erneut wischte er sich die Stirn ab. „Jenny, diese Familienfehde dauert schon zu lange. Ich weiß, dass mein Bruder bei deiner Mutter einen Fehler gemacht hat. Ich verstehe den Zorn deines Vaters, doch das kleine Mädchen hat mit alledem nichts zu tun. Sie hat es verdient, ihre Familie kennenzulernen. Ihre ganze Verwandtschaft.“

„Ich melde mich.“ Meine Worte klangen merkwürdig und distanziert.

Ted legte mir die Hand auf den Arm. „Da ist noch etwas, das du wissen solltest. David spricht davon, das Sorgerecht zu erstreiten.“

Ich wollte mich irgendwo festhalten, aber da war kein Halt für meine ausgestreckte Hand. „Was?"

„Ich habe versucht, es ihm auszureden. Habe ihm gesagt, wir sollten das unter uns regeln. Dass jede Chance auf Versöhnung vertan ist, wenn die Angelegenheit erst einmal vor Gericht gelandet ist."

Meine Gedanken wirbelten durcheinander. *„Alleiniges* Sorgerecht?"

„Keine Sorge, Jenny. Das bekommt er nicht, glaube ich zumindest. Kein Richter, der seine Sinne beisammen hat, würde ein kleines Mädchen von seiner Mama wegholen."

*Nein*, dachte ich, *aber wenn die Tage der Mutter gezählt waren* ... In der Luft war, so kam es mir vor, nicht mehr ausreichend Sauerstoff. Ich atmete schneller, aber je mehr Luft ich einzuatmen versuchte, desto heftiger drehte sich das Zimmer. „Er würde wirklich versuchen, sie mir wegzunehmen?"

„Ich glaube, er wollte lediglich mitteilen ..."

Ted sagte noch irgendetwas, doch seine Worte trudelten mir im Kopf umher wie eine Buchstabensuppe. Der Boden schwankte unter meinen Füßen. Ich wollte ihn fragen, ob er es auch spürte, doch es kam kein Wort heraus. Ted riss seinen Mund vor Schrecken weit auf und streckte seine Arme nach mir aus ... eine Sekunde zu spät. Ich hörte ein Plumpsen, und dann traf mein Kopf den harten Boden und um mich her wurde es schwarz.

# 17

Die Kombination von Bleichmittel und Alkohol war beißend genug, um den Geruch nach Krankheit und Elend beinahe zu überdecken, der in der Luft hing. Geplapper, durchsetzt mit medizinischen Fachbegriffen, unterlegt von knallenden Schranktüren, klappernden Clogs und piependen Monitoren versetzten mich an einen Ort, an den ich nie freiwillig gekommen wäre – und überspülten mich mit Erinnerungen, die auszulöschen ich alles gegeben hätte.

Mein Vater beugte sich über meine Mutter und drückte seine rosigen, gesunden Lippen auf ihre gesprungenen, blassen. „Halte durch, Schatz. Ich habe kürzlich von einer Klinik in New Mexico gehört. Du überstehst diesen Schub und dann …"

Sie zuckte zusammen und versuchte, ihre Hand an seine Wange zu führen. „Nicht … mehr." Die Worte kamen kaum noch vernehmlich über ihre Lippen getröpfelt.

Er wandte mir sein tränenüberströmtes Gesicht zu. „Jenny, erzähl deiner Mama von den vielversprechenden Sachen, die wir über …"

„Hör auf", zischte ich. „Hat sie deinetwegen nicht schon genug mitgemacht? Schau sie dir an!" Ich zwang ihn mit meinem Blick nieder und gab mir keine Mühe, meine Verachtung ihm gegenüber zu verbergen.

Meine Mutter hatte eine Pumpe mit Morphium zur Verfügung gestellt bekommen, die ihre Schmerzen lindern konnte – wenn mein Vater sie gerade nicht außer Reichweite gestellt hatte. Stattdessen bestand er auf einer täglichen Heilmassage – obwohl die kleinste Berührung für sie schmerzhaft war. Klassische Musik lief in der Nacht, jede Nacht – trotz ihrer Bitte um Ruhe und Frieden. Jetzt reichte es.

Mama Peg stand am Fußende des Bettes und keuchte schlimmer als Darth Vader. „Jack, sag ihr, dass es okay ist, wenn sie geht. Ich glaube, sie wartet auf dein Einverständnis."

Mein Vater und ich drehten uns ruckartig zu meiner Großmutter um. Nur weil ich seinen militärischen Ansatz beim Kampf gegen den Krebs meiner Mutter verabscheute, hieß das noch lange nicht, dass ich wollte, dass sie ganz zu kämpfen aufhörte. Ich wollte vielmehr, dass sie sich gegen die Krankheit wehrte, aber auf ihre Weise.

Sie streckte ihre magere Hand nach mir aus. Ich zuckte zurück. In ihren senffarbenen Augen flackerte Seelenqual auf, vielleicht wegen der Zurückweisung, vielleicht wegen der Schmerzen. Im Zimmer hing ein unangenehmer Geruch nach verfaulendem Obst. Ich wandte angewidert mein Gesicht ab und hasste mich zur selben Zeit für das Ekelgefühl gegenüber meiner Mutter.

„Jenny", flüsterte sie und streckte erneut ihre knochigen Finger aus. Dieses Mal ließ ich die Berührung zu.

„Sag ihr, dass es okay ist." Mama Peg trat ans Bett, beugte sich über Mama und gab ihr einen Kuss auf die Stirn. „Du hast den guten Kampf gekämpft, Audra. Es ist okay. Ich kümmere mich um die beiden. Ich und Jesus. Mach dir keine Sorgen, Liebes. Mach dir keine Sorgen."

Ich dachte, ich hätte in den letzten Wochen so viel geweint, dass der Brunnen längst versiegt sein müsste, doch die Tränen strömten erneut.

*Sag es ihr*, flüsterte mein Gewissen. *Sag es ihr!* schrie es.

Ich schloss die Augen und legte meinen Kopf auf die mittlerweile flache Brust meiner Mutter. Durch das dünne Krankenhaushemd drückten ihre hervorspringenden Rippen an meine Wange. „Mama. Mami. Es ist okay. Ich schaffe das schon." Mir war immer beigebracht worden, dass man nicht lügen soll. Ich würde es ohne sie nicht schaffen. Keiner von uns. Doch ihr in diesem Augenblick die Wahrheit zu sagen, kam mir wie die größere Sünde vor.

Ihre Brust hob und senkte sich schnell. Dann langsam. Schnell. Dann langsam. Flach, dann noch flacher. Die Atemzüge kamen in immer größeren Abständen, jeder so vereinzelt, dass man denken konnte, er wäre der letzte – jedes erneute mühevolle Luftholen war eine Überraschung. Ich zählte zwischen jedem Heben und Senken der Brust, dreißig Sekunden, vierzig, eine Minute, dann zwei …

Mein Mund fühlte sich staubtrocken an. Ich versuchte, mir die Lippen zu lecken, doch meine Zunge blieb am Gaumen kleben. Ich öffnete die

Augen und war über die Leuchtstoffröhren, die mich anstrahlten, nicht überrascht. Eine Brünette in blauer OP-Kleidung hängte einen Beutel mit einer Flüssigkeit an eine Halterung neben meinem Krankenhausbett. Dann sah sie mich an und schnappte nach Luft. Ich bezweifle, dass ihr Staunen noch größer gewesen wäre, wenn ich mit einem Namensschild am Zeh aus der Leichenhalle spaziert wäre. Sie eilte über den Flur und kam bald darauf mit meinem Vater zurück.

„Gott sei Dank", sagte er und stellte sich an mein Bett. Unter seinen Augen lagen dunkle Schatten.

Ich richtete mich auf und zuckte zurück, weil mich die Kanüle in meiner Armbeuge piekte.

„Jenny, leg dich wieder hin." Er untermalte seine Worte mit aufgeregten Gesten.

Ich konnte es nicht ertragen, dass mir ein Mann, welcher auch immer, sagen wollte, was ich zu tun, wie ich zu leben und vor allem wie ich zu sterben hatte. Ich würde meine letzten Tage nicht wie meine Mutter zubringen, egal, wie unwohl er oder sonst jemand sich dabei fühlte.

Ich schwang meine Beine aus dem Bett.

Vor Schreck weiteten sich seine Augen. „Bitte, Jenny, du wirst noch …"

„… sterben? Oh ja, dessen bin ich mir bewusst."

Sein Adamsapfel hob und senkte sich, während er schluckte. „Ich wollte sagen *austrocknen*."

„Ach so", murmelte ich und kam mir vor wie ein Idiot. „Bin ich deswegen ohnmächtig geworden?"

„Vermutlich ja, wobei Ted meint, es war der Schock."

Die Erinnerung ließ mich vor Furcht erzittern. „Er will Isabella."

Mein Vater verzog die Brauen, woraufhin aus den dünnen Linien auf seiner Stirn tief gefurchte Falten wurden. „Ted?"

Ich hätte beinahe gelacht. „Das wäre ja schaurig. Er würde ihr die Rechnung neben die Müslischale knallen und ihr sagen, das Trinkgeld ist nicht inbegriffen."

Er lächelte abgekämpft.

Ein rosa Plastikbecher mit Eiswürfeln stand auf meinem Nachttisch. Ich trank das geschmolzene Wasser, das sich am Boden gesammelt hatte. Nie hatte mir etwas so gut geschmeckt. „Nein, David! Er will das Sorgerecht erstreiten."

Mein Vater setzte sich neben mich, sodass die Matratze unter seinem Gewicht einsank. Ich wartete darauf, dass er etwas in der Art sagte, dass David unfähig zur Kindererziehung wäre, oder sonst eine Beleidigung gegen die Prestons von sich geben würde, aber er sagte nichts.

„Wer wirft denn ein verängstigtes Kind in einen Pool?", wollte ich wissen. „Was für ein Vater macht denn so etwas?"

„Ich streite nicht mit dir." Er nahm mir den Becher aus der Hand. „Jenny, bitte leg dich wieder hin."

Ich deutete mit dem Kinn auf den Beutel mit der Flüssigkeit, die in meine Venen tropfte. „Wie viele habe ich denn schon bekommen?"

Er schielte darauf. „Ich weiß von mindestens drei. Aber natürlich war ich mehrmals weg, um mich um Bella und deine Großmutter zu kümmern. Es können also noch mehr gewesen sein."

Isabella. Sie hatte schon mehr gesehen, als ich beabsichtigt hatte, und das Schlimmste stand ihr erst noch bevor. Ich wollte sie unbedingt in den Arm nehmen. „Wie geht es ihr?"

„Bella? Sie hat Angst, aber wir haben ihr versichert, dass du bald nach Hause kommst."

Natürlich hatte sie Angst. Sie hatte mich höchstens einmal mit einem Schnupfen gesehen. Und jetzt wurde ich ohnmächtig, verbrachte Stunden im Bett und war durcheinander vom Fieber. Ich wollte mir gar nicht ausmalen, was in ihrem Köpfchen vor sich ging. Es würde noch schlimmer werden, bevor es vorbei wäre. Ich musste sie noch besser vor meiner Krankheit abschirmen, hatte aber keine Ahnung wie.

Ich zeigte auf den intravenösen Katheder in meinem Arm. „Sie ziehen doch das Plastikröhrchen heraus, bevor sie den Katheder entfernen, oder?"

„Ja", antwortete er gedehnt. „Ich habe mitbekommen, wie sie den Katheder gelegt haben."

Ich nestelte an einer Ecke des hellen, hauchdünnen Pflasters, mit dem der Katheder überklebt war, riss es ab und zog dann den dünnen Plastikschlauch aus meinem Arm. Meinem Vater blieb der Mund offen stehen und er war einen Augenblick lang vor Verblüffung ganz reglos. Aus der Einstichstelle in meiner Armbeuge kam ein Tropfen Blut. Flüssigkeit, die eigentlich für mich bestimmt gewesen war, tropfte aus dem Plastikschlauch auf den Boden und bildete eine kleine Pfütze.

Gegen den ärztlichen Rat entließ ich mich selbst aus dem Krankenhaus und keine Stunde später küsste ich Bellas Wangen und ließ die vertrauten kalten Blicke meines Vaters über mich ergehen.

# 18

Städte im Süden der USA sind normalerweise für ihre malerische Eigenart und ihre Gastfreundschaft bekannt, vor allem die Kleinstädte. Dazu gehörte auch Tullytown mit seinen sanft geschwungenen Weideflächen, der von Hornsträuchern gesäumten Hauptstraße und einem Riesenschild mit der Aufschrift: „Heimat des weltbesten Süßkartoffelkuchens. Kommen Sie und probieren Sie!" Aber was uns Bewohner wirklich auszeichnete, war nicht unser freundliches Lächeln oder unsere ländliche Ausdrucksweise. Es war die einzigartige Fähigkeit, ein Gerücht schneller zu verbreiten als warmen Apfelsirup.

Es war also nicht besonders erstaunlich, dass David angefahren kam, als ich kaum eine halbe Stunde aus dem Krankenhaus zurück war. Ich glaubte meinem Vater, dass er Ted nichts von meiner Diagnose erzählt hatte. Trotzdem hatte David sie irgendwie herausbekommen. Ob Dr. Preston meine Krankenakte gelesen hatte oder sonst etwas passiert war, war eigentlich egal. Der Schaden war angerichtet.

Am Küchentisch spielte Isabella mit Mama Peg Quartett, während ich zur Hintertür hinausschlüpfte. Eine Feuchtigkeit, die besser für ein Dampfbad geeignet gewesen wäre, verschlug mir den Atem – sowie die Tatsache, dass David Preston so dicht vor mir stand, dass ich seinen Pfefferminzatem riechen konnte.

Aus seinem Blick sprach Traurigkeit. „Warum hast du es mir nicht erzählt?"

Ich musterte ihn und versuchte zu ergründen, ob er wirklich traurig war über die Neuigkeiten oder ob er einfach nur eine überzeugende Show zum Besten gab. Ich kam zu keinem Schluss. „Ist doch egal, oder?"

Er griff nach meiner schlaffen Hand. „Es stimmt also?"

Es hatte keinen Sinn zu antworten. Er besaß vermutlich mehr Informationen über meine Diagnose als ich. Ich entzog mich seinem Griff.

Er betrachtete mich einen Augenblick. „Es tut mir leid."

Als er sanft seine Hand an meine Wange legte, stürzte meine schwache Schutzmauer ein und die Zuneigung, die nicht tief genug vergraben gewesen war, sickerte hindurch. Mein Atem ging schneller und ich gab mich seiner Berührung hin … bis mir Lindsey einfiel. Ich trat einen Schritt zurück. „Was willst du, David?“

„Du weißt doch, was ich will.“

„Warum willst du versuchen, sie mir wegzunehmen?“

Er sah mich fragend an, als wisse er ernstlich nicht, wovon ich da rede.

Sein schamloser Versuch, mich zu hintergehen, machte mich so sehr wütend, dass der Riss in meiner Mauer sogleich wieder verschlossen wurde. „Ted hat mir erzählt, dass du das Sorgerecht erstreiten willst, stimmt das?“

Er schnaubte verächtlich. „Man kann wirklich nicht in diesem Provinznest hier leben, ohne dass alle Welt jeden Schritt von einem mitbekommt.“

Ich schüttelte den Kopf über ihn – und über mich, dass ich beinahe geglaubt hatte, er habe wirklich Mitgefühl. „Du bist so ein Miststück.“

„Was für eine Wahl lässt du mir denn?“

Schweigend standen wir uns gegenüber. David starrte mich an, und ich starrte einen Löwenzahn im Garten an. Wenn nicht irgendwo in der Ferne ein Specht gehämmert hätte, wäre die Stille ohrenbetäubend gewesen.

„Wenn jemand sauer sein sollte, dann ja wohl ich“, sagte David schließlich. „Wann wolltest du mir denn sagen, dass du todkrank bist? Bevor oder nachdem Isabella mit ihren Koffern bei mir vor der Tür gestanden hätte?“

Ich blickte ihn forschend an. „Sie wird nicht bei dir vor der Tür stehen.“

„Du brauchst mich doch, damit ich sie großziehe.“

„Nein, David, brauche ich nicht. Ich brauche gar nichts von dir.“

„Du steckst mein Kind nicht in irgendeine Pflegeeinrichtung.“

„Mama Peg und mein Vater werden sie großziehen.“

Ihm blieb der Mund offen stehen und er drehte sich zum Haus um, als wolle er die Bewohner darin fragen: *Kannst du das fassen?* Er wandte sich wieder zu mir. „Deiner Großmutter ist vermutlich noch weniger Zeit vergönnt als dir.“

„Aber mein Vater kann Isabella noch bis ins Erwachsenenalter hinein begleiten.“

Seine Wangen und sein Hals wurden fleckig. „Sie ist mein Kind. *Mein* Kind!"

Hektisch sah ich zum Fenster. „Sei leise. Sie ist drinnen."

Er hatte die Hände zu Fäusten geballt und seine Lippen so fest aufeinandergepresst, dass sie ganz verschwanden. Sein Blick, den er mir zuwarf, verbarg kaum seine Wut. Ich fragte mich, ob Lindsey ihn jemals so zornig machte oder ob nur ich diese Wirkung auf ihn hatte. Dieser Gedanke verlieh mir ein Machtgefühl, das ich niemals gekannt hatte, als wir noch miteinander befreundet gewesen waren.

„Ich *werde* sie großziehen, wenn du nicht mehr da bist", sagte er.

David hatte nie gelernt, sich mir so zu nähern, dass ich die Zugbrücke meiner Festung für ihn herunterlassen konnte. Wenn er zusammengebrochen wäre und gesagt hätte, er liebte Isabella, oder es tue ihm leid, dass er mich verletzt hätte, oder dass er eine Heidenangst vor dem Vatersein verspüre, oder sonst etwas, das ihn in meinen Augen verletzlich und menschlich gemacht hätte – dann wäre ich sanfter geworden und wir hätten alles freundschaftlich regeln können. Stattdessen griff er mich frontal an und erklärte dies zu einer Schlacht, die nur einer von uns gewinnen konnte.

„Ich bin ihr Vater. Ich habe Rechte."

„Du bist nichts als ein Samenspender."

„Dazu hast *du* mich gemacht."

„Du hast ein Kind, das beinahe mal ertrunken wäre, in einen Pool geworfen."

Er zerrte an dem Knoten seiner Seidenkrawatte. „Das schon wieder? Ich habe doch gesagt, dass es mir leid tut. Wie oft muss ich das denn noch betonen? Es tut mir leid, Jenny. Es tut mir leid. Es tut mir leid. Es tut mir so verflixt leid!"

„Du hast nie ehrlich gesagt, dass es dir leid tut – aber du bist wirklich bemitleidenswert."

Seine Augen verengten sich. „Du hast dich kein bisschen verändert."

Ich wusste, ich hätte es nicht sagen sollen, aber wenn ich mich jetzt entschuldigte, würde er mir den Satz an den Kopf schleudern. Ich betrachtete eingehend den Lack, der sich vom Nagel meines großen Zehs löste.

Mit seinem Zeigefinger hob David mein Kinn, sodass ich ihm in die Augen blicken musste. „Ich kann nichts dafür, dass sie solche Panik vor

Wasser hat. Wenn jemand etwas dafür kann, dann du. Sie war unter deiner Obhut, nicht meiner, als sie beinahe ertrunken wäre. Und nur du kannst etwas dafür, dass ich nicht für sie da sein konnte. Sie gehört zu mir und ich *werde* sie bekommen."

Ich wehrte seine Hand ab. „Sie ist doch kein Besitztum. Die Kleine mag zwar äußerlich dein Ebenbild sein, aber sie kommt ganz nach mir. Wenn du mich hasst, wirst du vielleicht auch sie hassen. Ich kann nicht sterben, ohne zu wissen, dass sie gut aufgehoben ist. Ohne zu wissen, ob nicht vielleicht alles, was sie tut, dich genauso rasend macht wie das, was ich tue. Ohne zu wissen, ob du ihrer nicht vielleicht eines Tages überdrüssig wirst, so wie ich es wurde."

Trotz meiner Wut, trotz meines Wunsches, stark zu bleiben und ihm nicht die Genugtuung zu geben, mich verletzlich zu erleben, kamen mir die Tränen.

Sein Gesichtsausdruck wurde weicher und er legte mir seine Hand auf die nasse Wange. „Jenny, ich hasse dich nicht und ich bin deiner nicht überdrüssig geworden. Wir passten einfach nicht zueinander. Lindsey und ich …"

Ich entzog mich seiner Berührung. „Du bist kein Vater, David."

Wieder wurde sein Blick hart. „Leider doch."

*Leider?*

Er riss die Augen auf. „So habe ich es nicht gemeint."

Ich funkelte ihn an.

„Warum muss bei dir immer alles so dramatisch sein?" Er blickte über meine Schulter zur Haustür. „Ich will sie sehen."

Ich trat zur Seite und versperrte ihm den Weg. „Über das Besuchsrecht können wir später diskutieren."

„Besuchsrecht?" Er lachte. „Oh nein, ich bekomme mehr als nur Besuchsrecht. Sie ist genauso meine Tochter wie deine."

„Nein", sagte ich. „Nicht genauso."

„Mein Vater sagt, du kannst von Glück reden, wenn du diesen Sommer überlebst. Isabella braucht Eltern. Lindsey will Mutter werden. Ich will meine Tochter kennenlernen. Wo liegt das Problem? Ich lasse sie bei dir, bis du nicht mehr da bist, aber wir müssen sie an ein Leben bei Lindsey und mir gewöhnen."

Dass meine Tochter ohne mich würde leben müssen, damit fand ich mich so allmählich ab, aber dass sie eine andere Frau *Mami* nennen würde, ließ meine Eifersucht hell auflodern. Aber mein Widerstand dagegen, dass David und Lindsey sie bekamen, hatte nichts mit Eifersucht zu tun. Wirklich nicht. Ich wollte einfach nur ihr Bestes. „Du kannst das Besuchsrecht haben, aber sie wird bei meiner Familie aufwachsen. Meine Entscheidung steht."

Er packte mich am Arm. Ich versuchte mich loszureißen, doch sein Griff wurde nur noch fester. „Du machst alles kaputt, Genevieve. Ich versuche fair zu sein, aber wenn du mit harten Bandagen spielen willst, dann sei versichert, dass ich gewinnen werde. Ich gewinne immer."

Meine Wangen wurden so heiß, dass man darauf hätte Speck braten können. „Sie ist keine Trophäe. Sie ist meine Tochter."

„Spar dir deine Sprüche. Entweder du fängst an, mich in ihren Augen als guten Kerl hinzustellen und lässt sie regelmäßig zu Lindsey und mir kommen, damit es nicht so ein Schock für sie wird, wenn du stirbst, oder ich zwinge dich dazu. Du weißt ja, dass mein Vater und Richter Hendrickson praktisch Sandkastenfreunde sind. Der wird den Fall nämlich übernehmen. Wenn du mich unter Druck setzt, verlierst du sie sofort."

„Das würdest du nicht wagen." Doch in dem Moment, als ich es aussprach, wusste ich, dass er es tun würde.

„Lindsey und ich kommen sie morgen um neun holen. Bis dahin hast du sie so weit, Jenny, sonst …"

„Droh mir nicht."

„Diese Drohung gedenke ich umzusetzen."

„Verschwinde von meiner Veranda."

„Neun Uhr, Lucas. Dann ist sie fertig."

# 19

Der Mond beschien den Nebel, der vom Lake Lucas aufstieg, wodurch er wie verzaubert wirkte. Ich stand barfuß auf dem Steg, drückte meine Zehen auf das weiche, verwitterte Holz und sah über das Wasser. Eine warme Brise fuhr mir durchs offene Haar und ließ meinen Rock um meine Knöchel flattern. Aus der Ferne muss ich surreal ausgesehen haben – wie eine Märchenfigur, die auf ihren Liebsten wartet, der von einer fast unlösbaren Aufgabe heimkehrt … und genau wie sie kam ich mir vollkommen allein und verloren vor.

Ich fragte mich, ob vielleicht – wenn ich nur fest genug betete und intensiv genug hoffte –, ganz vielleicht, Jesus noch einmal übers Wasser ginge. Als der Mond einen goldenen Pfad auf dem Wasser zeichnete, konnte ich mir lebhaft vorstellen, wie er mit ausgebreiteten Armen auf mich zukam – um mich weit, weit weg zu führen von den Sorgen um die Zukunft. Dann dämmerte mir, dass er das ganz bald wirklich tun würde.

Ich blickte über die Schulter zum Haus und meinte, den Vorhang vor Isabellas Fenster wackeln zu sehen. Doch je länger ich darauf starrte, desto überzeugter war ich davon, dass ich es mir nur eingebildet hatte. Als ich mich wieder umdrehte, merkte ich, wie still die Nacht war. In diese unheimliche Stille hinein erklang das Geräusch der sich öffnenden Hintertür. Ich drehte mich nicht um nach demjenigen, der mir bald Gesellschaft leisten würde. Wenn ich ihn ignorierte, würde er mich vielleicht ganz allein mein Labyrinth aus Gefühlen und Fragen, in dem ich mich verirrt hatte, ordnen lassen.

David würde morgen früh vor meinem Haus stehen und ich konnte mich noch immer nicht entscheiden, ob ich Bella mit ihm gehen lassen oder einen Gerichtsstreit ausfechten sollte. Wenn ich nachgab, war es dann aus Sorge, dass ich meine Tochter ganz verlieren würde? Ich durfte mich nicht von der Angst leiten lassen. Durfte mir von ihr nicht den Verstand trüben lassen – es stand zu viel auf dem Spiel. Aber wenn ich mich dagegen wehrte, dass sie zu ihm ging, war es dann deswegen, weil ich ernsthaft glaubte, er würde sie schlecht behandeln? Oder war es, wie Mama Peg glaubte, meine Art, mich wegen seiner Zurückweisung an ihm zu rächen? Das glaubte ich nicht, aber die Zweifel standen im Raum.

Ich wollte unbedingt das Richtige tun. Das wollte ich so sehr. Die Entscheidungen, die ich jetzt traf, hätten weitreichende Folgen. Wenn David mit meiner kleinen Tochter so wankelmütig wäre wie mit mir – in einem Augenblick liebevoll, im anderen gleichgültig –, wäre ich nicht da, um alles wieder in Ordnung zu bringen.

Ohne auf die losen Haarsträhnen zu achten, die meine Wangen und meinen Hals umwehten, schloss ich die Augen und ließ mein Gesicht von der warmen Luft streicheln … und betete. Ich betete um Klarheit. Ich betete um Gnade. Vor allem betete ich darum, dass ich die richtige Entscheidung für meine Tochter träfe, ganz gleich, was sie mich kostete.

Starke Hände umfassten meine Taille, was mich zusammenschrecken ließ. Ich drehte mich um und stand Craig dicht gegenüber. Sein Atem ließ noch eine Spur des Rotweins, den er zum Abendessen getrunken hatte, erkennen. Ich wartete darauf, dass er etwas sagte, doch er ließ einfach seine Hände auf meiner Taille liegen, so als würden wir gleich anfangen zu tanzen. „In diesem Licht siehst du aus wie ein Engel."

Ich machte mich sachte von ihm los und merkte, wie ich errötete. „Danke."

Er nahm meine Hand, führte sie sich ans Gesicht und ließ meine Handfläche über seine stoppelige Wange streichen. Er hatte den Blick auf mich geheftet und schmiegte sein Gesicht in meine Hand. In diesem Augenblick ging mir auf, wie intensiv Craigs Gefühle für mich bereits waren. Die Tiefe seiner Empfindungen, die ihm unverhüllt ins Gesicht geschrieben standen, brachte mich ganz aus der Fassung. Ich hatte genauso wenig Ahnung, wie ich mit Craig umgehen sollte, wie mit David.

Ich entzog ihm meine Hand, ging zur Kante des Stegs und setzte mich. Ich schob mich so weit vor, bis meine Zehen unter die Oberfläche des lauwarmen Wassers tauchten, und hoffte halbherzig, er würde sich neben mich setzen, aber gleichzeitig auch, er werde zurückgehen und mich meiner Trübsal überlassen.

Sein Arm streifte meinen Ellenbogen, als er sich neben mich setzte. Er verschränkte seine Finger mit meinen und legte unsere vereinten

Hände auf sein Bein. Ich tat nichts, um ihn zu ermutigen oder Widerstand zu leisten. Ich starrte einfach auf den See.

Ein Windhauch kräuselte die Oberfläche und ließ meine goldene Straße verschwimmen. Stattdessen flimmerte der Mondschein wie tausend Glühwürmchen, die am Wasserrand tanzten.

Craig drehte sich zu mir um. „Was denkst du gerade?"

Ich erzählte es ihm.

Er folgte meiner Blickrichtung. „Du hast ja eine blühende Fantasie."

Ich ergriff die Gelegenheit, ihn zu mustern, solange er auf den See blickte. Sein Haar glänzte im Licht des orangefarbenen Mondes rötlichblond, sein Gesichtsausdruck wirkte nachdenklich. „Und was denkst *du*?", fragte ich.

Er sah zu Boden, als sei er ertappt worden. Nach wenigen Sekunden blickte er mich an. „Ernsthaft?"

Ich bedauerte die Frage und nickte.

„Daran, wann ich versuche, dich zu küssen."

Ich bemühte mich um eine Antwort. „Craig, ich ..."

Er erstickte den Rest der Antwort mit einem sanften Kuss. Einen Augenblick lang schmeckte ich die Möglichkeiten, die ich hätte, wenn ich nicht bald sterben müsste. Mir war heiß und kalt zugleich und ich zuckte zurück.

Er grinste mich an wie ein Kind.

Mein Herz pochte. „Mach das nicht noch einmal!"

Er lächelte immer noch. „Oh doch."

Bevor ich noch Einwände vorbringen konnte, löste er sein Versprechen ein. Als er sich zu mir beugte, drehte ich meinen Kopf zur Seite und er bekam meine Haare in den Mund.

Er grunzte. „Du hast lange genug die Rühr-mich-nicht-an-Rolle gespielt. Jetzt sind wir an der Stelle, an der der Kerl das Mädchen kriegen sollte."

Ich entzog ihm meine Hand und trat nach dem Wasser. „Was soll ich denn machen?"

„Zuerst lässt du zu, dass ich dich küsse."

Mein Blick gab ihm zu verstehen, dass ich nicht zu Scherzen aufgelegt war. „Wegen David. Er holt sie morgen ab."

Er sah mich forschend an. „Und das ist schlimm?"

„Er ist kein Vatertyp."

Ich musste seinen Blick nicht sehen, um zu wissen, dass er kritisch war. Sein Ton verriet seine Gefühle vollkommen. „Wegen des Pools?"

Mein Gesicht wurde heiß. „Ja, wegen des Pools."

„Entspann dich, ich frage doch nur."

„Höre ich mich aufgebracht an?"

„Jedes Mal, wenn jemand David erwähnt, hörst du dich aufgebracht an."

Ich tauchte meine Zehen ins Wasser, beobachtete, wie sie herausragten und wieder verschwanden. Nach einer, wie ich fand, angemessenen Pause wechselte ich das Thema. „Wie laufen die Geschäfte?"

„Wow. Das muss die schlechteste Überleitung aller Zeiten gewesen sein. Wärest du Moderatorin, würdest du jetzt gefeuert werden."

Ich nahm meine Füße aus dem Wasser und schlang meine Arme um die gebeugten Knie. Der Windhauch erstarb und die Seeoberfläche wurde glatt wie ein Spiegel. Mein goldener Pfad war wieder da und führte genau dahin, wo Craig und ich saßen. Konnte das ein göttliches Zeichen sein? Wenn ja, gelang es mir nicht, seine Bedeutung zu verstehen.

Craig stieß mich neckend mit der Schulter an. „Okay, du willst also das Thema wechseln – bitte sehr. Die Geschäfte laufen hervorragend. Ich muss wahrscheinlich noch ein, zwei Leute einstellen, damit ich alle Aufträge erledigen kann."

Ich bemühte mich um Begeisterung. „Ist ja toll."

„Ja, aber ich kann dir sagen, die Verantwortung für ein Dutzend Leute macht mir irgendwie auch Angst." Er löste die Riemen seiner Sandalen. Das laute Geräusch des Klettverschlusses schien einige Frösche erschreckt zu haben, denn man hörte ein halbes Dutzend Mal leise *Plopp*. Craig schlüpfte aus den Sandalen und tauchte die Füße ins Wasser. „Es ist schon überwältigend, dass die Jungs sich bei mir ihre Brötchen verdienen. Über die Hälfte sind verheiratet und haben Kinder. Wenn ich es vermassele, stehen sie ohne Arbeit da. Keine Arbeit, kein Essen – so ist das."

Ich tauchte meine Füße wieder in den See und nickte.

Craig schob sich immer dichter an mich heran, bis sich unsere Hüften berührten. Er schob sein Schienbein unter meine Wade und rieb seinen Fuß an meinem. Da ich ungemein verlegen wurde, betrachtete ich eingehend das Muster auf meinem T-Shirt.

„Als Mutter verstehst du bestimmt auch viel von Verantwortung."

Und ob.

Sein großer Zeh strich über meinen. „Hast du schon mal etwas richtig Schlimmes mit Bella gemacht?"

Ich dachte einen Augenblick darüber nach. „Oh ja."

Er lächelte mir ermutigend zu.

„Okay, aber du darfst jetzt nicht denken, dass ich total schrecklich bin."

Er grinste. „Zu spät."

„Als Bella noch ein Säugling war, hatte sie Koliken. Sie hat jede Nacht stundenlang ununterbrochen geschrien. Ich hatte eine Babyschaukel, die zwar zu groß für sie war, aber das Einzige, was sie wirklich beruhigen konnte. Die Gurte waren etwas zu lang. Sie kullerte zur Seite heraus, wenn ich sie nicht richtig mit fest eingerollten Decken abstützte. Na ja, und abgesehen von der Schaukel dachte ich, wir könnte beide etwas zur Ruhe kommen, wenn ich nach der Ferber-Methode vorginge."

Craig blickte mich verständnislos an.

„Weißt du, sie nicht gleich hochnehmen, wenn sie schreit. Nach der Ferber-Methode soll man erst fünf Minuten warten, bis man das schreiende Kind tröstet, dann zehn, und so weiter, bis sie die Nacht durchschlafen, das ist so ungefähr die Idee."

„Das klingt sehr hart."

Ich zuckte die Achseln. „Du würdest anders denken, wenn du es dir die ganze Zeit anhören müsstest. Also, jedenfalls war ich völlig verzweifelt. Ich hätte mich mit Gold überzogen und ein Schlaflied für sie getanzt, wenn ich geglaubt hätte, es würde ihr helfen."

Craig lachte in sich hinein.

„Sie fängt also in ihrer Schaukel an zu schreien", fuhr ich fort. „Ich bin in der Küche und nehme mir vor, sie diesmal nicht gleich herauszunehmen. Und so behalte ich die Uhr im Auge und höre zu, wie sie sich die längsten fünf Minuten meines Lebens die Lunge aus dem Leib plärrt. Schließlich gehe ich ins Wohnzimmer und ..." Ich hielt inne, weil sich mein Magen zusammenzog und ich von Scham erfüllt wurde. „Sie war unter das Gestell gerutscht. Die Riemen hatten sich unter ihren Armen verfangen und sie schaukelte außerhalb der Schaukel."

Craig brach in Lachen aus, ich jedoch nicht.

Er sah mich an. „Ach komm, das ist doch lustig."

Ich verstand sehr wohl, warum er das witzig fand, aber ich konnte es nicht. „Es hätte ebenso gut sein können, dass die Riemen ihr den Hals zuschnüren“, erwiderte ich. „Ich hätte meine Tochter damit umbringen können.“

Craig hörte auf zu lachen und legte mir seinen Arm um die Schulter. Diesmal lehnte ich mich an ihn und nahm seine Wärme und seinen vertrauten Geruch in mich auf.

„Jenny, wir alle machen Fehler. Kein einziger Mensch ist perfekt.“

Ich bemerkte, wie der See seine ganz eigene Symphonie aufführte, wenn auch gedämpfter als sonst. Die Frösche unterhielten sich in ihrem Bariton, die Grillen zirpten leise, und ich meinte sogar in einem fernen Lüftchen das Schilfrohr pfeifen zu hören. Ich fragte mich, ob diese Aufführung schon die ganze Zeit zu hören gewesen war, bloß gedämpft durch meine Angst.

„Wann soll Bella fertig sein?“, fragte er.

Überrascht wandte ich mich zu ihm um. „Ich habe nicht gesagt, dass sie mitfährt.“

Er war verwirrt. „Warum denn nicht?“

Da ging mir auf, was er gerade mit dieser Frage bezweckt hatte. Er hatte es geschafft, dass ich zugeben musste, kein besserer Elternteil als David zu sein. Ich fragte mich, ob es Absicht gewesen war und ob diese Erkenntnis, die nun so sichtbar wie der Mond in der Luft hing, rückgängig gemacht werden konnte. Ich konnte jetzt ganz offensichtlich den Pool-Unfall nicht mehr heranziehen, um mich zu rechtfertigen. Craigs Gesichtsausdruck verriet mir, dass er wusste, dass ich nun selbst zu dieser Erkenntnis gelangt war.

„Kluger Junge“, sagte ich ohne Humor.

„Kluger Mann“, entgegnete er mit einem Augenzwinkern.

„Ich hasse dich.“

„Nein, tust du nicht. Du liebst mich.“

„*Lieben* ist ein starkes Wort.“

Er wackelte mit den Augenbrauen und erwiderte: „Ganz schön stark.“

Wieder lehnte er sich an mich. Ich spürte seinen Atem auf meinen Lippen, als er mich unentwegt ansah. Seine haselnussbraunen Augen hypnotisierten mich, und die Aussicht auf unseren ersten Kuss löste einen unerwarteten Schauer in mir aus. Je länger wir so verharrten, desto intensiver wurde mein Verlangen. Als ich es nicht mehr ertragen konnte, öffnete ich meine Lippen und berührte die Seinen.

Craigs Lippen wanderten von meinem Mund zu meinem Hals. Ich beugte meinen Kopf zurück und genoss seine Zärtlichkeiten. Es schien so, als wollte er mich verschlingen und ich ihn ebenfalls. Ich wollte ihm so nahe sein, wie es nur ging.

Als seine Hand sanft meinen Hals entlang fuhr, ging mir auf, dass ich schon einmal einen solchen Augenblick erlebt hatte – und genau wie damals hatte ich die Wahl, mich der Versuchung zu ergeben oder ihr zu entfliehen. Bevor ich es mir anders überlegen konnte, schob ich ihn von mir und stand schnell auf.

Seine Verwirrung und Enttäuschung standen ihm deutlich ins Gesicht geschrieben. „Jenny, hör auf, vor mir davonzulaufen."

Ich schlang beschützend meine Arme um mich. „Ich muss davonlaufen. Das solltest du auch."

Er schnappte sich meine Hand. „Warum willst du mich nicht?"

Ich versuchte zu lächeln, konnte es aber nicht. „Ich will dich doch. Und wie ich dich will."

„Das verstehe ich nicht."

„Ich habe Angst, dass ich wieder etwas Unüberlegtes tue. Ich bin so was von schwach, Craig."

Er stand auf und barg mein Gesicht in seinen Händen. „Heirate mich."

Mir stockte der Atem. „Was?"

„Es ist keine Sünde, wenn wir verheiratet sind."

Mich überkam eine seltsame Mischung aus Beängstigung und Heiterkeit. „Ich heirate dich doch nicht einfach so, nur damit wir …"

„Nicht nur deswegen. Ich habe mich in dich verliebt, Jenny."

Seine Worte hingen unbehaglich lange in der Luft, während ich versuchte, wieder zur Besinnung zu kommen. „Ich habe dich auch ziemlich lieb, aber …"

„Ich nehme dich beim Wort." Er sank auf ein Knie und nahm meine Hand.

Das war zu viel für mich. Mein Kopf war sowieso schon mit allem möglichen überladen. Es war einfach kein Platz mehr für ein weiteres Anliegen. „Vergiss es."

Unerschrocken fuhr er fort, so als habe ich nicht bereits abgelehnt. „Genevieve Lucas …"

„Ich heirate dich nicht.“

Niedergeschlagen stand er auf. „Wovor hast du Angst? Scheidung? Wenn wir es nicht die kurze Zeit miteinander aushalten, die dir noch bleibt, haben wir wirklich ernsthafte Probleme.“

„Ernsthafte Probleme haben wir sowieso“, erwiderte ich.

Er setzte sich und tauchte seine Füße wieder ins Wasser. „Na ja, ich habe es versucht. Es gibt schlimmere Orte zu sterben als in meinen Armen.“

Ich lachte vor Erleichterung über seinen gutgelaunten Ton. „Auf der Toilette, um nur einen zu nennen.“

Er nahm meine Hand, damit ich mich wieder hinsetzte. „Ja, das wäre schlimmer, aber nur ein bisschen. Hinter dem Steuer wäre ebenfalls ein schlechterer Ort. Denk nur an all die Fußgänger und an andere Autofahrer, ganz zu schweigen von deinen Beifahrern.“

Ich verbiss mir die Tränen, die er nicht sehen sollte, setzte mich neben ihn und legte ihm die Hand auf die Schulter.

Wieder legte er seinen starken Arm um mich. „Lässt du Bella morgen früh mit ihrem Vater fahren?“

Ich seufzte. „Wird wohl das Richtige sein.“

„Das ist es“, meinte er. „Davon bin ich überzeugt.“

Ich bin mir nicht sicher, wie lange Craig und ich dort saßen oder wann wir die unheilvolle Entscheidung trafen, uns hinzulegen und die Augen zu schließen. Ich weiß nur noch, dass es am nächsten Morgen ganz stickig und unangenehm war. Mücken hatten mich zum Frühstück auserwählt und das harte Holz des Steges drückte sich in meine Seite. Craigs Brust hob und senkte sich unter dem Gewicht meines Kopfes.

Ich blinzelte orientierungslos, als ich nicht meinen Deckenventilator sah, sondern die Sonne, die mir entgegenstarrte. Ich hörte es zweimal kurz hintereinander hupen. Bis mir aufging, wo ich war und was das Geräusch bedeutete, war es zu spät. Davids Auto verließ gerade die Einfahrt.

# 20

Als ich bei David anrief, um alles zu erklären, wurde ich mit einem unterkühlten „Ich bin deine Spielchen leid“ begrüßt, woraufhin der Hörer laut aufgeknallt wurde. Meine Hand zitterte, als ich das Telefon wieder in die Station stellte und mich in der Küche an die Arbeitsplatte lehnte.

Craig beobachtete mich nachdenklich. Seine Haare waren noch von der Nacht auf der linken Seite platt gelegen. Sein Hemd hing halb aus seiner Jeans heraus. Bartstoppeln verdunkelten sein Kinn und seine Wangen. „Er kommt schon darüber hinweg, wenn ihm klar wird, dass du verschlafen hast.“

Ich fuhr mit der Zunge über meine rauen ungeputzten Zähne. „Das ist mir egal.“ Meine Worte klangen sogar in meinen eigenen Ohren verkehrt. Natürlich machte es mir etwas aus. Die Zukunft meiner Tochter stand auf dem Spiel. „Das bestärkt mich nur in meiner Meinung, dass er kein Vater sein sollte.“

Craig öffnete den Kühlschrank und holte eine Packung Saft heraus. Er schüttelte ihn kurz und stellte ihn dann neben ein leeres Glas auf der Anrichte. „Jenny, denk doch an deine Erkenntnis von gestern Abend. Seither hat sich nichts verändert.“

Doch, das hatte es. Ich war wieder einmal an das kalte, unnachgiebige Wesen der Prestons erinnert worden. Mit dieser Angst, die mir die Eingeweide auffraß, sollte Isabella nicht die nächsten zwölf Jahre leben. „Dann verbringen wir eben einen Tag vor Gericht, wenn es das ist, was er will. Ich bezweifle ohnehin, dass er gewinnt. Ob er ein Freund der Familie ist oder nicht, kein Richter wird einer sterbenden Mutter ihr Kind wegnehmen.“ Ich hoffte bei Gott, ich hätte recht, während ich zusah, wie Mama Peg und Isabella abwechselnd an einem Lavendelstiel schnupperten.

Craig sah auf die Wanduhr. „Ich kann bleiben, wenn du …“

„Geh“, erwiderte ich. „Ich habe dich schon lange genug aufgehalten.“

Er legte seine Stirn an meine. „Nur mal so fürs Protokoll – das war die beste Nacht meines Lebens. Sie wäre noch schöner gewesen, wenn du meinen Heiratsantrag angenommen hättest."

Da mich der Drang überkam, ihn zu küssen, nahm ich die Orangensaftpackung, füllte das Glas und gab es ihm.

Er leerte es in einem Zug und stellte es ins Spülbecken. „Kann ich noch etwas für dich tun, bevor ich gehe?"

„Bete."

„Habe ich schon."

Ich lag auf der Couch und trug meine Sorgen um Isabellas und meine eigene Zukunft in mein Tagebuch ein. Das Quietschen der Haustür wurde begleitet von dem vertrauten Schrei meiner Tochter. Mit einem randvollen Korb Gartenblumen, der an ihrem pummeligen Arm baumelte, rannte Isabella zu mir und hinterließ eine Spur aus bunten und grünen Blättern. Mama Peg zog ihren Sauerstofftank hinter sich her und hielt alle paar Schritte an, um aufzulesen, was zu Boden gefallen war.

„Schau mal, Mami!" Bella hob den Korb auf meinen Bauch. Obenauf lag eine orange Blüte mit einem zitronengelben Rand. Ich nahm sie heraus und hielt sie ihr hin. „Die hier heißt …"

„Studentenblume", platzte sie heraus.

„Wow, kleines Fräulein Schlaumeier."

„Mama Pig hat es mir schon erzählt."

Meine Großmutter warf Isabella einen seltsamen Blick zu und bekam einen Hustenanfall.

„*Wer* hat es dir erzählt?", fragte ich, nur um es noch einmal von ihr zu hören.

Sie sprach langsam und laut, als sei ich alt und taub. „Ma-ma Pig."

Ich schenkte meiner Großmutter ein süffisantes Lächeln.

Mama Peg blickte meine Tochter mit zusammengezogenen buschigen Augenbrauen an. „Zum letzten Mal – es heißt nicht *Pig*, es heißt *Peg*." Sie drehte sich um und deutete auf ihr polyesterumhülltes Hinterteil. „Seht ihr hier einen Ringelschwanz?" Ihre trüben Augen wanderten von Isabella zu mir.

Ich lachte in mich hinein. „Ein Ringelschwänzchen sehe ich nicht, aber grunzen kannst du schon ganz gut."

Mama Peg drehte sich wieder um. „Macht nur so weiter, dann hetze ich Sweet Pea auf euch beide."

„Du bist doch diejenige, die sich von ihr nicht Cowpa nennen lassen wollte. Du hast dir das also selbst zuzuschreiben." Ich steckte Isabella die Blüte hinters Ohr, legte ihr behutsam die Hand auf die Schultern und himmelte sie übertrieben an. „So. Jetzt siehst du aus wie eine Märchenprinzessin."

Sie öffnete die Augen ganz weit, um sich das von Mama Peg bestätigen zu lassen. Meine Großmutter nickte.

Auf Isabellas Lippen breitete sich ein Lächeln aus. „Das will ich sehen!"

Mein Herz floss über vor Liebe. „Du hast einen Spiegel auf deiner Kommode."

Nach einer halben Sekunde Bedenkzeit raste sie die Treppe hoch.

Mama Peg zeigte auf die Decke über meinen Beinen. „Wir haben mindestens siebenundzwanzig Grad. Dir kann doch nicht kalt sein."

Ich betastete das bunte Häkelgarn und empfand unangemessene Scham. „Ist mir aber."

Sie wedelte mit der Hand, als könne sie mein Frösteln verscheuchen. „Na ja, kein Wunder. Du hast ja auch kein Gramm Isolationsmaterial an dir. Soll ich uns ein paar Eier braten?"

Mir drehte sich der Magen. „Ich hatte schon eine Dose Energienahrung."

Sie befestigte die Schläuche um ihre Ohren. „Davon kannst du doch nicht leben."

Da ich es leid war, das immer wieder mit ihr, meinem Vater und Craig durchzukauen, seufzte ich so laut, dass mein Standpunkt klar werden musste.

Sie steuerte auf die Küche zu. „Dann iss doch zumindest eine Banane."

Im Geiste fuhr ich das Obst mit meinen Lippen nach und befand, dass ich es nicht von mir schleudern wollte. „Ich versuche es." Ich schob die Decke weg und ging hinter ihr her, auch wenn ich alles andere als begeistert war.

Sie holte eine makellose Banane aus dem Drahtkorb und gab sie mir. „Möchtest du einen Kaffee dazu?"

Ich bearbeitete die Schale. „Ich glaube nicht, dass ich ihn bei mir behalten würde."

Sie barg meine Wange in ihrer weichen, zitternden Hand. „Jenny, es ist meine Aufgabe, dich zu umsorgen, da deine Mutter nicht mehr hier ist, aber nur du weißt, was du brauchst. Es liegt an dir, dich dafür einzusetzen."

Sie zog sich zurück und drückte den Einschaltknopf der Kaffeemaschine. Eine dampfende braune Flüssigkeit tropfte heraus, dazu gleichzeitig das Aroma, das ich früher so geliebt hatte und heute kaum noch ertragen konnte.

„Ist der koffeinfrei?" Meine Augen verengten sich zu Schlitzen.

Trotzig warf sie ihr Kinn hoch. „Kommt darauf an."

„Auf was?"

„Ob du mir die Hölle heiß machst, wenn er es nicht ist."

„Ungezogenes Mädchen."

„Erzähl es nicht meinem Vormund."

„Hey, es ist meine Aufgabe, nachzufragen, da deine Mutter nicht mehr hier ist, aber nur du weißt, was du brauchst."

Unter ihren geschlossenen Lippen sah man eine kleine Ausbuchtung, als sie mit ihrer Zunge über ihre Zähne fuhr. „Eine von uns nimmt den Mund heute ganz schön voll!" Nach wenigen Minuten zog sie die Glaskanne hervor und der braune Strom versiegte. Glas klirrte an Keramik, als sie sich eine Tasse einschenkte.

Mit dem Becher in der Hand drehte sie sich um, kam an den Tisch und setzte sich neben mich. „Schön, dich wieder lächeln zu sehen." Sie steckte ihren Löffel in die Zuckerdose und hob ihn gehäuft wieder heraus. „Ich habe Davids berüchtigtes zweimaliges Hupen heute Morgen gehört, während du mit deinem Romeo auf dem Steg gelegen hast."

Ich nickte, sagte aber nichts.

Sie rührte ihren Kaffee um. „Er ist mit quietschenden Reifen aus der Einfahrt gerauscht."

„Ich weiß."

„Du solltest auch wissen, dass er nicht nachgibt. Bist du dir sicher, dass du nicht noch einmal darüber nachdenken willst, ob die Kleine bei ihm aufwächst?"

Ich brach ein Stück Banane ab und steckte es mir in den Mund. „Ich bin mir über gar nichts sicher."

„Ich glaube nicht, dass du die richtige Entscheidung triffst."

Ich brach noch ein Stück ab. „Ich frage nicht nach deiner Meinung."

Sie ließ mich nicht aus den Augen, als sie an ihrem Kaffee nippte. „Also gut."

Wir saßen eine Weile schweigend da, ich aß meine Banane auf, sie schlürfte ihren Kaffee. Schließlich fragte sie: „Was war denn mit dir und Craig da draußen, oder sollte ich das lieber nicht wissen?"

Ein Lächeln umspielte meine Lippen. „Er hat mir einen Heiratsantrag gemacht."

Forschend blickte sie mich über ihren Kaffee hinweg an.

„Warum überrascht dich das nicht?"

Sie stellte ihren Becher auf ein zugeklapptes Kreuzworträtselbuch. „Der Kerl ist eindeutig in dich verliebt. Wie schade, dass er das nicht schon vor ein paar Jahren gemerkt hat."

„Es hätte sowieso keine Rolle gespielt", sagte ich.

Sie verzog in offensichtlichem Missfallen das Gesicht. „Natürlich nicht. Du warst ja so blind vor Liebe zu diesem oberflächlichen Kerl, dass du den Wald vor lauter Bäumen nicht sehen konntest."

„Oberflächlicher Kerl?"

Auch wenn ihr Lachen von Husten unterbrochen war, war es doch Musik in meinen Ohren. Das war es schon immer gewesen.

„Und? Was hast du gesagt?"

Ich streckte mich nach ihrer warmen Tasse aus und hielt sie in meinen Händen. „Ich habe nein gesagt."

„Warum denn?"

„Es wäre zum einen nicht fair, ihn zum Witwer zu machen."

Sie öffnete den Mund, um etwas zu sagen, doch ich fuhr fort: „Außerdem mag ich ihn sehr, aber Liebe braucht Zeit, die ich natürlich nicht habe." Ich ließ den Becher los. „Und überhaupt, schau dir doch mal das Gezerre um Bellas Sorgerecht an. Wenn ich ihn heiraten würde, könnte er auch noch einen Anspruch auf sie geltend machen. Das alles ist doch schon kompliziert genug." Ich hielt inne. „Warum siehst du mich so an?"

„Ich habe dein Gesicht noch nie so rot wie einen Granatapfel gesehen, das ist alles."

Da mir nichts zu meiner Verteidigung einfiel, grunzte ich nur mürrisch.

Sie schüttelte den Kopf und hob ihre Tasse hoch, die einen braunen Ring auf dem dünnen Buchdeckel hinterließ.

„Was hast du heute vor?“, fragte ich.

Sie sah zum Fenster hinaus. „Ich dachte, ich bringe meiner Urenkelin mal etwas über Rosen bei.“

Ich erinnerte mich, wie sie mich Jahrzehnte zuvor durch denselben Garten geführt und mir den Unterschied zwischen einer Edelrose und einer Polyantha-Rose erklärt hatte. Der Gedanke daran, dass Isabella denselben liebevollen Unterricht erhalten würde, bereitete mir unbeschreibliche Freude. „Danke.“

Sie legte eine Hand auf meine und drückte sie sachte. „Ist mir ein Vergnügen, Kindchen. Und du?“

„Ich gehe Mama besuchen.“

Sie zog ihre Hand zurück und umfasste ihren Becher. „Ich bin nicht gerne der Überbringer schlechter Botschaften ...“

„Sehr witzig“, entgegnete ich. „Kann Bella eine Weile bei dir bleiben?“

„Klar, aber meinst du nicht, sie würde gerne mal das Grab ihrer Großmutter sehen?“

Mich ergriff wieder die Kälte. „Ich bin noch nicht bereit, mit ihr über den Tod zu reden.“

„Jenny, das musst du aber bald machen.“

Ich erhob mich vom Stuhl. „Mache ich, nur nicht heute.“

# 21

Der Friedhof von Arlington lag am Ende einer breiten, von Magnolien gesäumten Straße. Meine Autoreifen knirschten über die riesigen Fruchtzapfen, als ich neben einem gewaltigen Eisentor zum Stehen kam.

Ich hatte Mama Peg erzählt, dass ich das Grab meiner Mutter besuchen wolle. Das stimmte, aber es war nicht die ganze Wahrheit. Der Hauptgrund war nämlich, mein eigenes zu besuchen. Ich wusste nicht, ob es normal war, dass ich sehen wollte, wo mein Körper zur letzten Ruhe gebettet wurde, doch normal oder nicht, ich war neugierig auf das Fleckchen Erde, das ich mir gekauft hatte.

Selbst wenn der Grund des Besuches etwas makaber war, zwang er mich doch, an die frische Luft zu gehen, was bestimmt nicht schlecht war. Sie würde meine Laune heben und mir einen Energieschub verpassen, den ich unbedingt brauchte. Außerdem, überlegte ich, war die Sonne gut gegen Depressionen. Selbst wenn sie mich nicht glücklicher machte, bekamen meine Wangen doch eine gesündere Farbe, was die Laune meiner Familie sicher verbessern würde.

Ich schloss die Autotür und drehte mich um. Offenbar verbrachte ich dieser Tage viel Zeit damit, gesünder zu erscheinen, als ich mich tatsächlich fühlte. Ich hatte damit gerechnet, Isabella zuliebe die Schwere meiner Krankheit zu überspielen, doch mir war im Traum nicht eingefallen, dass ich sie von einem so frühen Zeitpunkt an auch zum Wohle meiner Großmutter und meines Vaters verschleiern musste. Ich fragte mich, wie oft meine Mutter dasselbe getan hatte.

Ich ging die gewundene Asphaltstraße entlang. Als ich mich um verschiedene Gräber herum schlängelte, blinzelte ich gegen das gleißende Licht, um die Inschriften auf den Grabsteinen zu lesen, von denen einige so alt waren wie die Stadt selber. Zum ersten Mal ging mir auf, dass ich bald mit Christen aller Zeiten Gemeinschaft haben würde. Mein Blick fiel auf alte, weiße Grabsteine, die wie Dominosteine aufgereiht waren. In einigen Monaten könnte ich mit Königin Esther und Maria

Magdalena Tee trinken, während uns einer dieser gefallenen Soldaten seine Lebensgeschichte erzählte.

Ich lächelte, bis mir einfiel, was meine Mutter hatte erdulden müssen, bevor sie in den Himmel gekommen war. Genau wie sie würde ich auch zuvor den körperlichen Tod erleiden. Mich überkam eine große Schwere, als mir die Vorstellung, wie es sich anfühlen würde, seinen letzten Atemzug zu tun, mein Herz schneller schlagen ließ und meinen Kopf schwindlig machte.

Ich schloss die Augen und schaffte es, den Tod, der mich umgab, auszublenden. Einen Augenblick später konnte ich meine Gedanken wieder darauf lenken, weshalb ich gekommen war. Ich blickte über grasbewachsene Erdhügel in Richtung Grab meiner Mutter. Auf dem beschwerlichen Weg dorthin hätte ich Gelegenheit, meinen Kopf freizubekommen und über die verschiedenen Grabsteine, Urnen und Inschriften nachzudenken, aus denen ich würde aussuchen müssen.

Meine Grabinschrift sollte etwas Tiefsinniges, etwas anderes aussagen – aber nicht zu sehr anders. Etwas, das die Menschen, die es lesen würden, wissen ließ, dass ich geliebt hatte und geliebt worden war. Etwas, das darauf hinwies, dass ich ein echter Mensch mit Hoffnungen und Träumen gewesen war. Vor allem etwas, das auf Gott hindeuten würde, in dessen Hände ich meine Seele befehlen würde.

Ich wollte schöne, poetische Worte, aber eine Schreiberin war ich nicht. Mama Peg könnte etwas Außergewöhnliches zustande bringen, wenn ich ihr diese Aufgabe überließe. Ich hatte ihr noch nicht erzählt, dass ich mir eine Grabstätte gekauft hatte, die so nah wie möglich an Mamas Grab war, wenn auch noch nicht so nah, wie ich es mir gewünscht hätte.

Während ich weiter vor mich hin trottete, stieß ich auf etwas, das mir nie zuvor aufgefallen war – ein Familiengrab, das umgeben war von einer Miniaturausgabe des großen Zauns rings um den Friedhof. Es war ein seltsamer Anblick, dieser Friedhof innerhalb eines Friedhofs. Ich blieb stehen, um ihn zu betrachten.

Zahllose Winter hatten ihren Tribut von dem schwarzen Metallzaun gefordert, doch die abblätternde, verwitterte Oberfläche hatte noch zu seiner geheimnisvollen Anziehungskraft beigetragen. Innerhalb dieser Metallstäbe lagen vier kleine Gräber, alle mit einem steinernen Engel.

Elizabeth Munroe, 1876–1877
Jonathan Munroe, 1878–1880
Julia Munroe, 1884–1884
Caroline Munroe, 1881–1885

Mein Herz war schwer, als ich mir wieder und wieder die Daten durchlas und versuchte, das Ausmaß der Familientragödie zu erfassen.

Als ich das Törchen aufstieß, kitzelten Spinnwebenreste meine Fingerspitzen. Die Angeln protestierten quietschend, weil sie aus dem Winterschlaf geschubst wurden. Der Boden war gesprenkelt von Rostflecken. Ein Teil von mir wollte dieses morbide Stückchen Erde verlassen und das Elend aus der Erinnerung verbannen, aber irgendetwas zog mich weiter.

Ich spürte die Namenszüge jedes einzelnen Kindes nach und trauerte, als habe ich sie gekannt. Ich fragte mich, was zu so einem katastrophalen Verlust in einer Familie geführt hatte. Eine genetisch bedingte Erkrankung, für die wir mittlerweile ein Heilmittel gefunden hatten? Bestimmt hatte es nichts mit finanzieller Not zu tun. Ihre Eltern hatten offensichtlich Geld genug gehabt, um sich eine so aufwändige Familiengrabstätte zu leisten.

Die Engelstatuen, die über jedem kleinen Grab wachten, waren mehr als bloße Ehrungen. Sie waren Meisterwerke der Kunst. Einer blies in ein filigranes Horn, um die Ankunft des Kindes im Himmel zu verkünden. Ein anderer hob seine rundlichen Arme, als wolle er die Seele des ihm Anvertrauten freigeben. Der dritte hob eine Taube über seinen Lockenkopf, damit sie abflöge, und der vierte Engel verschränkte lediglich die Hände in einem Trauergebet.

In der Mitte der vier Grabstätten lag ein gemeißelter Engel zusammengebrochen auf dem Boden. Seine Arme waren um einen Grabstein geschlungen, das Gesicht war als Zeichen der Niederlage verzogen und weinte. Das Kunstwerk war zwar atemberaubend, der Anblick selbst jedoch herzzerreißend. Ich ging näher heran, um die Inschrift auf dem Grab von Betsy Anne Munroe, 1858-1902, zu lesen.

Hier ruht die Mutter von vier verstorbenen Kindern. Keine Frau hat je solches Leid erfahren. Ihr Dasein war erfüllt von nichts als Herzeleid. Ihr Mann starb in einem fremden Land. Vier ihrer sechs

> Kinder wurden ihr vor der Zeit genommen. Der Tod war die einzige Gnade, die Gott ihr je erwies.

Entgeistert stand ich da. Noch nie hatte ich eine so düstere Grabinschrift gelesen. Es musste doch gewiss irgendeine Freude im Leben dieser Frau gegeben haben. Gott war nicht so grausam. Was war denn mit ihren anderen beiden Kindern? Außer ihrer Liebe musste sie doch noch die Schönheit des Herbstes, den Glanz eines Sonnenuntergangs und das Gefühl eines Kusses genossen haben. Ich spürte, wie sich die Klaue ihrer Depression nach mir ausstreckte, und eilte davon. Als sich das Törchen hinter mir mit einem klickenden Geräusch schloss, war ich erleichtert.

Eine Wolke schob sich vor die Sonne und dämpfte ihr Licht. Ich war erschöpft bis auf die Knochen. Wenn ich meinem Ziel nicht schon so nahe gewesen wäre, hätte ich meine Mission vielleicht abgebrochen und wäre wieder ins Bett gekrabbelt … doch genau vor mir erblickte ich das Grab meiner Mutter.

Ich kniete mich aufs Gras und ignorierte den unebenen Boden, der sich in meine bloßen Knie bohrte. Manche fanden es zwar frevlerisch, einen Fuß auf ein Grab zu setzen, geschweige denn darauf zu sitzen, doch für mich war das so nah am Schoß meiner Mutter, wie ich diesseits des Himmels kommen konnte.

Ein halbes Dutzend weißer Rosen, die allenfalls ein paar Tage alt waren, steckten in einem Zementgefäß an ihrem Grabstein. Mein Vater, der ihr zu Lebzeiten selten Blumen geschenkt hatte, stellte sicher, dass sie im Tod immer damit versorgt war. Der Gedanke daran, dass er dasselbe einmal für mich tun könnte, war unwirklich.

Ich spielte an einem Grashalm und blickte über die Schulter, um sicherzugehen, dass niemand in der Nähe war. „Hallo Mama." Ich kam mir dumm vor, weil ich mit ihr redete, wohl wissend, dass sie nicht da unten in der Erde war. Knochen konnten nicht hören. Ich reckte mein Gesicht zum Himmel. „Ich bin bald bei dir." Ein Lächeln kräuselte meine Lippen, als mir so richtig bewusst wurde, dass das mehr als reine Worte waren. Bald würde ich ihre Hand halten. Ihre Küsse auf meiner Wange spüren. Würden wir Hände halten können? Natürlich. Was wäre das für ein Himmel ohne Zuneigung?

Ich konnte es kaum abwarten, ihr von Isabella zu erzählen und davon, dass ich in der Erziehung schließlich vieles genau so wie sie gemacht hatte, obwohl ich das als Jugendliche niemals gedacht hätte. Ich weiß nicht, wie lange ich dort kniete und mich in Tagträumen über unsere Wiedervereinigung erging, aber nach einer Weile bekam ich Nackenschmerzen. Ich schaute noch einmal auf ihren Grabstein.

> Hier liegen die sterblichen Überreste von Audra Ann Lucas, geliebte Ehefrau, Mutter, Tochter, Freundin. Trauert nicht um sie, denn sie lebt.

Als hätte ich die Worte nicht schon tausend Mal gesehen, starrte ich darauf und war fasziniert von ihrer Tiefe. Ich schloss die Augen und ließ die Sonnenstrahlen an meine sonnenentwöhnte Haut dringen. Sie waren so nahrhaft für meine Seele wie Isabellas Küsse oder Mama Pegs Berührungen. Die einfache Freude, frische Luft einzuatmen, die Sonne zu spüren und in der Natur zu sein, die Gott geschaffen hatte, füllte mich mit Staunen. Ich betrachtete die Bäume mit ihren dicken Ästen, das Graspolster unter mir, die weißen, träge dahinziehenden Wolkenfetzen in dem blauen Ozean über mir. Die schiere Erhabenheit all dessen verschlug mir den Atem.

Ich legte mir eine Hand aufs Herz und bestaunte diese Schönheit – sie war so vertraut, und doch fühlte sie sich so neu an. Das alles hatte mir mein Leben lang zur Verfügung gestanden, doch ich hatte es nie richtig zu würdigen gewusst. In diesem Moment wurde mir klar, dass das lediglich die Spitze des Eisbergs all dessen war, was ich über die Jahre einfach so hingenommen hatte.

Der Gedanke machte mich traurig, doch ich musste mich entscheiden. Ich konnte meine Zeit entweder damit zubringen, die Vergangenheit zu bedauern, oder die Gegenwart genießen, nicht jedoch beides. Ich entschied mich für das Jetzt und Hier. Es gab zwar Zeiten, in denen mich die Angst vor dem Unbekannten mit Panik erfüllte, doch in diesem Augenblick, als ich von Sonnenschein und warmen Gedanken umgeben war, merkte ich, wie ich den Tod sogar willkommen heißen konnte.

Ich wünschte, ich hätte dieses seltene friedvolle Gefühl in Flaschen abfüllen können, um daraus zu trinken, wenn ich mich wieder einmal in den Klauen der Depression befand oder meinen letzten Atemzug tat.

Eigentlich gab es da nichts zu fürchten, und doch hatte ich es so oft getan … und ich wusste, ich würde es wieder tun.

Ich stand auf und wischte mir die Erde von den Knien. Beim Blick über die Schulter sah ich einen unberührten Hügel. Meinen Hügel. Die Stelle, an der ich zur letzten Ruhe gebettet würde. Ich wäre die Erste, die diesen neuen Erdboden aufbrechen würde, es sei denn, irgendein unglückliches Geschöpf würde mir den Rang ablaufen. Ich versuchte, mir die Lage der Grabstätte einzuprägen, die ich mir gekauft hatte.

Wie ein Pirat, der einen Schatz sucht, stand ich vor einer Tanne als Orientierungshilfe und ging zehn Schritte nach rechts. Ich blieb an der Stelle stehen, die meine letzte Ruhestätte werden würde. Mir stockte der Atem, als mich ein Gefühl überkam, das mir so fremd war, als sollte ich die Farbe eines Geruchs beschreiben. Ich stand auf meinem eigenen Grab!

Ich weiß nicht warum, aber ich verspürte ein plötzliches Bedürfnis, mich hinzulegen. Doch vorher sah ich mich kurz nach Augenzeugen um, bemerkte aber nur den Farbfleck eines Fußgängers in weiter Ferne, der mich nicht kümmern musste. Ich legte mich in die Richtung, in der mein Leichnam wohl begraben werden würde, und ignorierte die kleinen Ästchen und Steinchen, die in meinen Rücken piekten.

Gras kitzelte meine Wangen, als ich mein Gesicht nach rechts drehte und ein Mausoleum aus behauenem Stein betrachtete. Ich schaute nach links zu einem Baum und beobachtete ein Eichhörnchen, das hinaufhuschte und im Blattwerk verschwand. Dann sah ich zum Himmel und stellte mir vor, dass ich so hinabgelassen werden würde, mit dem Gesicht nach oben – es sei denn, sie ließen den Sarg fallen. Aber das war wohl nicht sehr wahrscheinlich. Über diesen bizarren Gedanken musste ich lachen. *Ich liege auf meinem eigenen Grab*, dachte ich und lachte noch heftiger.

So lag ich eine Weile da und war auf seltsame Weise zufrieden mit meinem Kauf und meinem Ausblick. Ich war nicht weit vom Grab meiner Mutter entfernt, und obwohl ich mir meine Grabstätte näher an der ihren gewünscht hätte, war ich jetzt doch froh, dass sie nicht nebeneinander lagen wie bei jener unglückseligen Familie.

Ich schloss die Augen, bedeckte sie mit den Handflächen und versuchte absolute Dunkelheit herbeizuführen, doch die Sonne fand immer noch einen Weg durch meine Augenlider. Ich hörte leise Schritte und mir ging auf, dass ich so, wie ich hier auf einem Friedhof auf dem Boden lag, mehr als nur ein bisschen verrückt wirken musste. Dennoch entschied ich mich, nicht aufzustehen. Der bevorstehende Tod bewirkt, dass ein Mensch sich nicht mehr so sehr darum kümmert, was andere denken.

Ein vertrauter Geruch zog an mir vorüber und ich drehte mich um, damit der Lufthauch deutlicher wurde. Langsam öffnete ich die Augen und bekam fast einen Herzanfall, als ich sah, wie Craig sich über mich beugte. „Interessante Stelle für ein Nickerchen. Sehr schaurig."

Ich sprang auf und rieb mir das Gras von den Beinen. „Erschreck mich doch nicht so! Was machst du denn hier?"

Das Lächeln verschwand von seinen Lippen. „Mama Peg hat mich gebeten, dich zu suchen. Jenny, David hat angerufen. Er macht es wirklich. Er beantragt das alleinige Sorgerecht!"

Wenn Craig mich nicht in den Arm genommen hätte, wäre ich wohl zusammengebrochen. Seine starken Arme verliehen mir die Kraft, die ich brauchte, um stehenzubleiben. Ich lehnte mich an seine Brust und horchte auf seinen Herzschlag, bis er schließlich einen Schritt zurücktrat.

„Er bekommt es nicht", sagte er. „Aber weißt du, er bekommt vermutlich das Sorgerecht zugesprochen, wenn du …" Er stockte, blickte hinab und dann mit ernster Miene wieder hoch. „Ist das etwa deins?"

Ich nickte. Offenbar wurde ihm erst da schlagartig mein Zustand bewusst, denn alle Farbe wich ihm aus dem Gesicht.

Diesmal waren es meine Arme, die sich nach ihm ausstreckten.

# 22

Wir standen in dem geräumigen Marmorvorraum der größten und meistbeschäftigten Kanzlei des gesamten Duncan County. Davids Anwalt hatte uns hergebeten, um zu sehen, ob wir „diesen ganzen Schlamassel“, wie er sich ausdrückte, nicht irgendwie regeln könnten, anstatt das einem Richter zu überlassen, der gar nicht wusste, wie es in unserem Leben aussah. So wütend ich auch auf David war – der Gedanke, es auf Richter Hendrickson ankommen zu lassen, machte mich nicht so zuversichtlich, wie ich es gerne gehabt hätte. Daher stimmte ich zu, mir zumindest anzuhören, was sie zu sagen hatten.

Gepflegte Damen und Herren gingen ein und aus, während wir darauf warteten, hereingerufen zu werden. Gedämpftes Raunen um uns herum, vermischt mit dem Klackern von Absätzen und gelegentlichem Husten. Isabellas Finger, die ich umklammert hielt, zappelten unruhig. Mein Vater saß neben mir. Mit seinem anthrazitfarbenen Anzug, seinem silbergrauen Haar und der Drahtgestellbrille war mein Vater noch ganz der Anwalt, nur dass er mich heute nicht vertrat. Stattdessen hatte er einen aufstrebenden Staranwalt genommen, den ihm sein früherer Partner empfohlen hatte. Ein Jurist, der offenbar ziemlich beliebt war, denn ihm liefen dauernd alte Freunde über den Weg. Im Augenblick hatte er uns verlassen, um eine hübsche Rothaarige an ihr Auto zu begleiten.

„Papa, danke …“

„Genevieve, es gibt nichts, was ich nicht für dich tun würde.“ Er sah zum zigsten Mal auf die Uhr.

Ich hätte dagegenhalten können, dass es sehr viel gegeben hatte, was er nicht für mich getan hatte. Stattdessen sagte ich: „Ich weiß, wie ungern du jetzt hier bist.“

„Nicht so ungern wie du, da bin ich mir sicher.“ Er sah mich an und aus seinen Augen leuchtete Mitgefühl.

Es war ein Blick, den ich mittlerweile fast so sehr hasste wie den Krebs selbst. Als ich mich umdrehte, sah ich David und Lindsey auf der gegenüberliegenden Seite des Wartezimmers sitzen. Er trug einen teuer wirkenden dreiteiligen Anzug und hatte einen Gesichtsausdruck aufgesetzt, der besagte, er habe eigentlich Besseres zu tun. Im Gegensatz dazu erschien Lindsey mit ihren ordentlich zurückgekämmten Haaren sanft und mild. Ihr rosa Kleid hatte ein Karomuster. Darüber trug sie eine passende Strickjacke. Zweifellos Kaschmir. Vermutlich ein Geschenk ihres vernarrten Ehemannes.

Als mich der Hass überkam, folgte sofort die Scham auf dem Fuße.

Lindseys Rehaugen wanderten überall hin außer in meine Richtung. Ihre mageren Hände umklammerten den Arm ihres Mannes. Ich hasste es, dass sie sich an David, *meinen* David, krallte, als würde sie auf einer tosenden See hin und her geschleudert und nur er könne sie retten. Natürlich hatte ich es genauso gemacht, aber als unser Sturm kam, hatte er einfach meine Finger gelöst und war alleine an Land geschwommen. Wie es aussah, hatte ich mich seither nur mühsam über Wasser gehalten.

Mein Vater rieb sein Ohrläppchen. „Also, denk daran, wir sind einfach hier um zu reden. Um zu sehen, ob wir außerhalb des Gerichtssaals festlegen können, was das Beste für Bella ist … was natürlich ganz bei uns liegt."

„Ich habe verstanden, Papa. Ehrlich. Was ist, wenn sie sich auf keinen Kompromiss einlassen?"

„Dann entscheidet ein Richter."

Mein Herz tat mir weh. „Richter Hendrickson?"

Er gab keine Antwort.

Isabella schüttelte meinen Arm bei dem Versuch, sich loszumachen. Ich wusste, sie wollte zu ihrem Vater, aber ich konnte sie einfach nicht gehen lassen. „Bella, hör auf damit."

Sie verzog das Gesicht, während ihre Hand unter meinem Griff schlaff wurde. „Ich möchte, dass das heute geregelt wird", wandte ich mich wieder an meinen Vater. „Das Letzte, was ich will, ist, dass er das Sorgerecht erwirkt, wenn ich nicht mehr da bin. Sie wird traumatisiert genug sein."

Ruckartig wandte Isabella den Kopf zu mir und ich merkte, was ich getan hatte. Ich war dankbar, dass sie keine Fragen aussprach, wobei ihre Miene ganz klar ausdrückte, dass sie welche hatte. Mein Magen zog sich noch stärker zusammen, als mir aufging, dass ich unser Gespräch nicht weiter hinauszögern konnte.

Mein Vater schlug die Beine übereinander und stellte sie wieder auf den Boden. „Ich bin froh, wenn das Ganze hier vorüber ist. Wenn ich den Namen *Preston* nie wieder hören muss, ist das keine Sekunde zu früh." Der Name triefte wie Gift von seinen Lippen.

Isabella wandte ihren beunruhigten Blick von mir zu ihm. Mir dämmerte, dass sie eine halbe Preston war und es auch wusste. Als mein Vater den Namen so verächtlich ausspie, ließ er sich – in ihren Augen – auch verächtlich über sie aus.

Ich räusperte mich und deutete auf sie in der Hoffnung, er werde diesen Wink mit dem Zaunpfahl verstehen. Stattdessen holte er ein Hustenbonbon aus seiner Jackentasche und warf es mir zu. Ich verdrehte die Augen über seine Begriffsstutzigkeit und gab es ihm zurück.

Am Ende des Ganges öffnete sich eine Tür und ein müde wirkender Mann kam heraus. Unter dem Saum seiner abgetragenen Jeans blitzte etwas Weißes hervor. Lindsey drehte sich nach ihm um und bot mir einen Blick auf ihren Hinterkopf, wo Perlmuttkämme ihren einfachen Zopf hielten.

Isabella riss ihre Hand los und zeigte auf sie. „Ihrer ist anders!"

Lindsey und David drehten sich gleichzeitig zu uns um, als wäre diese Choreografie einstudiert.

Mein Hals wurde ganz heiß, als ich ihren Zeigefinger herunterschob. „Nicht so laut. Was ist anders?"

Sie klopfte sich auf den Hinterkopf. „Meiner ist so dick! Ihrer ist ganz dünn." Sie zog an ihren Haaren und löste den Zopf, den ich ihr am Morgen geflochten hatte. Ich griff nach ihren Händen, um sie aufzuhalten. Mein Gesicht brannte. Dieser Termin heute brachte unseren Tagesablauf durcheinander, was mein normalerweise liebes Kind leicht reizbar machte. Dennoch war ich überrascht und ratlos, als sie anfing zu heulen, als habe sie jemand geschlagen.

„Hör auf damit", flüsterte ich, drückte ihre Hand und wünschte mir ein schwarzes Loch herbei, das mich einsaugen würde. Natürlich musste sie ausgerechnet heute, vor Davids Augen, einen Ausraster bekommen!

Ihr Haar stand nach allen Seiten hin ab, als sie wie verrückt ihren Kopf schüttelte. „Ich will so aussehen wie Lindsey! Dicke Zöpfe sind hässlich. Ich sehe hässlich aus! Häääässlich …"

Ich wollte sie mit aller Gewalt beruhigen. „Schhhh … Ich mache das schon. Sei einfach ruhig."

Sie hörte auf zu brüllen, doch ihr Gesicht verzog sich nur noch grimmiger. Ich hockte mich hinter sie und klemmte ihre schmale Hüfte zwischen meine Knie, damit sie nicht zappelte und ich nicht das Gleichgewicht verlor. Ich fuhr ihr mit den Fingern durchs Haar und machte mich an die Arbeit. Meine Arme fühlten sich an, als würde ich eine 25-Kilo-Hantel heben, während ich versuchte, den nach innen geschlagenen Zopf so hinzubekommen, wie Lindsey ihn trug.

Ich ignorierte meine schmerzenden Muskeln und tat mein Bestes, hatte aber weder das Talent, noch die Energie, den Mozartzopf zu flechten. Mit meinem letzten Rest Energie machte ich Bella den einzigen Zopf, den ich konnte – genau so einen wie den, den sie zuvor auseinandergerupft hatte.

Meine Arme fielen müde an den Seiten herab. „So", sagte ich so zuversichtlich wie möglich.

Sie wollte ihn betasten, doch ich schob ihre Hände wieder herunter. „Nicht anrühren, sonst machst du ihn wieder kaputt."

„Sieht er aus wie ihrer?", fragte sie.

Ich drehte sie zu mir um und schenkte ihr ein schwaches Lächeln. „Er ist so wunderschön wie du."

Als sich ihre Lippen anspannten und ihre Augen zu Schlitzen verengten, wusste ich, dass sie mir auf die Schliche gekommen war. Bevor ich reagieren konnte, hob sie schnell die Hände an den Hinterkopf und ertastete meinen falschen „Mozartzopf".

Wütend verzog sie das Gesicht. Ich wappnete mich gegen den unvermeidlichen Tobsuchtsanfall, doch als sie gerade den Mund öffnete, erschienen vor mir Lindseys dünne Beine. Da mir meine hockende Haltung peinlich war, stand ich auf.

„Tut mir leid, Jenny. Ich konnte nichts dafür … ich ... ich habe nicht gelauscht oder so …" Sie knetete ihre Hände und rang darum, die richtigen Worte zu finden.

Mit verhärteten Gesichtszügen stellte sich mein Vater zwischen uns. „Mrs. Preston, es ist vollkommen unangemessen, dass Sie ein Gespräch mit meiner …"

Ich seufzte. „Papa, bitte."

Er starrte mich an, hielt inne und trat zur Seite.

Lindsey lächelte Isabella schüchtern an. „Ich könnte ihr so eine Frisur machen, wenn Sie möchten."

Damit war offenbar alles vergeben, denn Isabella strahlte sie an. Ich wollte Lindsey etwas Schreckliches, Beleidigendes sagen. Etwas, was sie gedemütigt zu David schleichen lassen würde, aber das gestattete mir mein Gewissen natürlich nicht. „Danke, Lindsey, sehr freundlich, aber ich mache das schon. Sie ist einfach müde, weil …"

„Ach so, schon gut, ich brauche keine Erklärung." Sie spielte an der Perlenkette über ihrem zarten Schlüsselbein. „Ich weiß, wie Kinder sind."

Ich weiß nicht, warum ihre Worte einen Schalter bei mir umlegten – die Annahme, Isabella sei wie andere Kinder, oder die schiere Eifersucht –, jedenfalls konnte ich nicht mehr an mich halten. „Sie wissen vielleicht, wie Kinder sind, aber Sie wissen nicht, wie *Bella* ist."

Sie blinzelte und wirkte nicht erzürnt oder verletzt, sondern verwirrt. Aus irgendeinem Grund heizte das meinen Ärger nur noch weiter an. Warum wollte sie den Hinweis nicht verstehen? Ich hatte meinen Wunsch, sie möge uns alleine lassen, doch nicht verschlüsselt.

Ich zeigte quer über den Flur. „Ich glaube, David will etwas von Ihnen."

Sie drehte sich zu ihrem Mann um, dessen finsterer Blick seine Missbilligung nicht verbarg.

Isabella klimperte mich mit ihren Wimpern an. „Bitte, Mami."

Meine Brust fühlte sich an, als säße jemand darauf. „Ich habe dir doch gesagt, ich werde es schon richten, und das mache ich auch."

Als Lindsey wieder zu David ging, kniete ich mich erneut hinter meine Tochter. Ich hatte keine Ahnung, wie ich etwas bewerkstelligen sollte, das ich zuvor schon nachweislich nicht geschafft hatte. Es war Wahnsinn, und ich wusste es. Ich hätte einfach Lindsey den dummen Zopf flechten lassen sollen. Doch in meinem Kopf wurde die Unfähigkeit, das zu tun, zu einem Beweis für meine gefühlte Unfähigkeit, mich um meine Tochter zu kümmern und ihre Zukunft zu sichern. Lindsey hatte meiner Ansicht nach bereits bewiesen, dass sie Davids Liebe eher verdient hatte als ich. Jetzt würde sie auch noch beweisen, dass sie es eher verdient hatte, die Mutter meines Kindes zu sein.

Isabella verschränkte die Arme. „Warum soll ich nicht hübsch sein?"

Ihre Frage und die Bitterkeit in ihrer Stimme brachten mich aus der Fassung. „Was? Warum sollte ich denn wollen, dass du nicht hübsch bist? Das ist doch unsinnig. Ich kann dir einen schönen Zopf machen. Du wirst schon sehen."

Da alle Augen auf mich gerichtet waren, kam ich mir vor wie eine Nackttänzerin. Ich teilte ihre Haare in Strähnen und versuchte, meinen üblichen Flechtvorgang umzukehren, wobei ich bezweifelte, dass es die gewünschte Wirkung haben würde. Meine Arme zitterten und schmerzten. Nicht nur, dass das, was ich da fabrizierte, keine Ähnlichkeit mit Lindseys Zopf hatte, es sah überhaupt nicht aus wie ein Zopf. Heiße Tränen der Enttäuschung rannen mir das Gesicht hinab.

Ich bedeckte mein Gesicht mit den Händen, wodurch ich meine Niederlage eingestand, und schluchzte hinein. Nach einem Augenblick lugte ich durch die Finger zu meiner Tochter, die sich mir zugewandt hatte.

„Ist schon okay, Mami. Mir gefällt der Zopf. Er ist hübsch."

Ihr Gesichtsausdruck war genauso besorgt wie damals, als sie zusammengekauert in einer Ecke meines Schlafzimmers gesessen hatte, als ich vom Fieber geschüttelt wurde. Das fand ich furchtbar.

Sie neigte den Kopf und legte ihre weiche Hand auf meine Wange. „Ich brauche keinen dünnen Zopf. Keine Sorge, Mami. Ich gehe nicht mit Lindsey weg. Okay? Wein doch nicht."

Ich zwang meine Tränen mit Willenskraft, nicht weiter zu fließen, und täuschte ein Lächeln vor, fest entschlossen, ihre Arglosigkeit und Natürlichkeit besser zu bewahren. „Bells, du solltest einen wunderschönen Zopf haben und du solltest deinen Papi begrüßen." Ich nahm ihre kleine Hand von meinem Gesicht und küsste sie. „Los, geh zu ihnen."

Sie zögerte, doch ich schob sie vorwärts. Als mein Vater und ich fassungslos das Geschehen verfolgten, kam ich mir vor wie Ebenezer Scrooge aus Dickens' *Eine Weihnachtsgeschichte,* der neben dem *Geist der zukünftigen Weihnacht* steht. Isabella ging geradewegs auf Lindsey zu und setzte sich auf ihren Schoß, als kenne sie sie schon ihr Leben lang. Und als wäre nichts zwischen ihnen vorgefallen, plapperte sie David das Ohr ab, während ihr Lindsey mühelos das Haar flocht.

Wie gelähmt sank ich an die Wand. Die drei waren eine Familie geworden, so sehr ich mich auch darum bemüht hatte, sie voneinander fernzuhalten. Es war klar, dass sie einander schon ins Herz geschrieben waren und diese Schriftzüge bleiben würden, egal, ob David und Lindsey sie einmal pro Monat betreuten oder jeden Tag.

Ich dachte über den Gegensatz zwischen der Angst in Bellas Augen noch vor einem Monat und der sorglosen Freude, die sich jetzt auf ihrem Gesicht abzeichnete, nach. Eine Fünfjährige sollte nicht gezwungen sein, den langsamen, schmerzhaften Verfall ihrer Mutter mitzubekommen. Es hatte mich fast umgebracht, die letzten zermürbenden Tage meiner Mutter mitzuerleben, und da war ich viel älter gewesen als Isabella jetzt. Sie hatte etwas Besseres verdient. Sie verdiente eine Mutter und einen Vater. Sie verdiente sie, selbst wenn es umgekehrt nicht der Fall war.

Eine Bürotür ging auf und ein Mann mit Anzug steckte seinen Kopf heraus. Er hob die Hand und winkte Lindsey und David herein.

Mein Vater drückte mir die Schulter. „Hol Bella jetzt lieber mal her. Er unterhält sich erst mal mit ihnen allein und ruft uns dann auch ins Zimmer."

Ich fühlte mich, als hinge ein Mühlstein an meinem Hals, und trottete zu David und Lindsey. Statt meine Tochter abzuholen, brachte ich mühsam hervor: „Sie soll bei euch bleiben. Gebt mir nur noch den Tag morgen, um mich zu verabschieden."

David fiel die Kinnlade herunter.

Lindsey verzog die Augenbrauen. „Jenny, es muss doch nicht ganz oder gar nicht …"

Ich hob die Hand, damit sie nicht weitersprach. „So ist es am besten."

Sie schüttelte den Kopf und öffnete den Mund, um noch etwas zu sagen, doch David schnitt ihr das Wort ab. „Schatz, Jenny weiß schon, was sie tut."

Ich funkelte ihn an, vergaß meine Schwachheit und versuchte, Isabella von Lindseys Schoß zu heben. Zum Glück stand sie auf, bevor ich sie fallen lassen konnte.

Ich verschränkte meine Finger mit Isabellas und beachtete mehr als je zuvor die Form ihrer Hände, das Gefühl ihrer Haut. „Komm, Süße. Ich habe eine Überraschung für dich."

# 23

Isabella schlief während der zweistündigen Fahrt zum Meer, während ich beobachtete, wie sich der Mittelstreifen von Gras in Sand wandelte. Mein Wagen holperte über eine schlecht gepflasterte Straße, ließ die Häuser, die kaum größer waren als Kleiderschränke, vorüberschwanken. Normalerweise hätte ich jetzt jedes Fenster offen und würde es genießen, dass mir die Haare um den Kopf wehten und dass die Last, die ich zu tragen hätte, nicht schwerer wäre als ein Strandlaken.

Heute jedoch war mein Gepäck wesentlich beschwerlicher. Statt sorgenfreier Gedanken an Sandburgen und Sonnenschein lagen mir Erinnerungen, von denen ich mir wünsche, ich hätte sie nie gesammelt, schwer auf der Seele. Ich hätte sie abschütteln und mich lieber darauf konzentrieren sollen, wie ich Isabella nahebringen würde, dass ihre Mutter vermutlich nicht mehr lange genug lebte, um ihr fröhliche Weihnachten zu wünschen. Doch so sehr ich mich auch bemühte, das einzige Gespräch, das mir in den Sinn kam, war dasjenige, das meinem Leben einen Punkt beschert hatte, wo ein Komma hingehört hätte. Wieder und wieder spulten meine Gedanken den Augenblick ab, als ich erfahren hatte, dass ich sterben würde …

Dr. Frederick saß mir in seinem kleinen Sprechzimmer gegenüber. Seine Stimme brach vor Mitgefühl, als er mir mitteilte, dass der Krebs, von dem ich gerade erst erfahren hatte, sich bereits im gesamten Körper ausgebreitet hatte. Ich war todkrank. Selbst wenn ich jede verfügbare Behandlung ausprobieren würde, hatte ich aller Wahrscheinlichkeit nach weniger als ein Jahr zu leben.

„Wunder geschehen jeden Tag, Genevieve. Wir wollen Gott keine Schranken auferlegen. Aber falls Ihr Wunder nicht eintritt, möchten Sie vielleicht anfangen, Vorkehrungen für Ihre Tochter zu treffen, Ihre Dinge zu ordnen …"

*Falls*, wiederholte ich wieder und wieder in meinem Kopf wie ein autistisches Gebet und versuchte, den Rest des Gesagten zu übertönen.

„Es gibt Behandlungen, die Ihnen ein wenig mehr Zeit schenken könnten. Vermutlich sehr wenig. Natürlich würden sie auch Ihre Lebensqualität vermindern. Und es ist selten, dass der Krebs in dem Stadium, in dem Sie sich jetzt befinden, überhaupt darauf anspricht."

*Mund halten!*, wollte ich schreien. *Warum halten Sie nicht einfach den Mund? Ich bin nicht sterbenskrank.* Ich war nahe daran, ihn als Verrückten und Lügner zu bezeichnen und aus dem Zimmer zu rennen.

*Falls. Falls. Falls.*

*Falls was?*, hätte ich fragen sollen. *Falls kein Meteor mit einem radioaktiven Heilmittel aus dem Weltall fällt? Falls kein Standbild zum Leben erwacht und mich mit seinen blutigen Tränen heilt? Falls kein Forscher aus dem Amazonasgebiet auftaucht und eine neu entdeckte krebsheilende Wurzel wie eine Flagge über seinem Kopf schwenkt?*

Ich wusste, was der gute Doktor wirklich meinte: *Falls Sie den Alltag nicht ohne Hoffnung bestehen, haben Sie hier eine Scherbe, an der Sie sich festklammern können. Halten Sie sie aber nicht allzu fest, denn sie könnte Sie schneiden.*

Ich dachte darüber nach, seine Worte gegenüber Isabella zu verwenden, um sie über den Tod aufzuklären, ohne ihr die Hoffnung zu rauben, aber wäre das nicht noch grausamer? Natürlich konnte Gott mich heilen, wenn es ihm gefiele. Er hatte schon größere Wunder getan. Aber genauso, wie ich wusste, dass er die Sonne grün färben konnte, wenn er wollte, erwartete ich doch, dass sie jeden Tag golden aufging. Isabella war mit ihren fünf Jahren jedoch noch nicht die Realistin, die sie zur Selbsterhaltung sein musste.

Ich parkte ein und hob meine kleine Optimistin aus ihrem Kindersitz. Sie legte ihren Kopf auf meine Schulter, ohne auch nur ein Augenlid zu rühren. Mein Herz war voller Liebe, während ich ihr Herz in stetem Rhythmus klopfen spürte. Vom ersten Augenblick an, in dem ich das zarte Pochen ihres kleinen Herzens beim Ultraschall gehört hatte, war ich ganz verzaubert gewesen. Ich sog tief ihre Wärme und den Erdbeerduft ein und dachte bei mir, ohne sie könnte der Himmel kein Paradies sein.

In der Nachmittagsbrise lag ein Salzaroma, das meine Übelkeit eher einzudämmen als zu vergrößern schien. Im Wetterbericht war von einer 90-prozentigen Regenwahrscheinlichkeit die Rede gewesen, was erklärte, warum die Uferpromenade bis auf ein paar Jogger ganz verwaist war. Die Möwen schienen etwas zu wissen, was die Wetterfrösche nicht wussten. Statt landeinwärts zu fliegen, was sie normalerweise vor einem Sturm taten, breiteten sie weit ihre weißen Flügel aus, kreisten am ungestümen Himmel und kreischten. Das Meer antwortete mit einem gleichgültigen Tosen.

Als ich an die Stufen kam, die von der Uferpromenade zum Sand führten, verließ mich mein letztes bisschen Kraft. Ich setzte meine Tochter auf dem Boden ab. Flatternd öffnete sie die Augen. In ihrem Blick lag Verwirrung. Ich nahm sie bei der Hand und führte sie die Holzstufen hinunter.

Als unsere Schritte vom Sand schwerfälliger wurden, rieb sich Isabella den Schlaf aus den Augen und sah zu Boden. Kurz darauf wanderte ihr Blick zur Brandung. Sie bekam große Kulleraugen und hauchte die Worte eher, als dass sie sie aussprach. „So viel Wasser!"

Es war eine Reaktion, die ich nicht nur erwartet, sondern auf die ich mich schon gefreut hatte. Meine Tochter hatte noch nie das Meer gesehen.

„Oh ja, das stimmt", erwiderte ich.

„Ich will aber nicht darin schwimmen."

„Nein, Süße. Machen wir nicht."

Wellen schwappten an den Strand. Schaumkringel glitten auf uns zu, wichen zurück und spülten Muscheln wieder ins Meer hinaus. In den Wellen spiegelte sich das Grau des Himmels, genau wie in dem glitzernden Sand am Ufer. Isabella drehte sich mit offenem Mund zu mir um.

Obwohl die Müdigkeit an mir zerrte, musste ich lächeln. „Das ist toll, was?"

Sie wandte sich wieder dem Wasser zu. „Hört sich an wie Donnern", flüsterte sie.

Ich zog meine Sandalen aus und half ihr bei ihren. Sie schob ihre Hand in meine und so wagten wir uns zur Brandung, in kleinen Schritten, bis das schäumende Wasser über unsere Füße kroch.

„Das kitzelt!", kreischte sie.

Lachend bückte ich mich und hob eine Muschelschale auf. Salzwasser hatte mit der Zeit ihre Rillen geglättet. Ich wischte ein Stück Seetang ab und gab sie ihr. Sie drehte die Muschel in ihrer Hand um und untersuchte sie.

„Sieh dich mal um“, schlug ich vor. „Sie liegen überall.“

Sie ließ den Blick über den muschelübersäten Strand schweifen. „Kann ich ein paar haben?“, fragte sie.

„Natürlich.“

Meine Tochter und ich brachten Stunden damit zu, uns zu überlegen, welche Lebewesen wohl in welchen Muschelschalen lebten, in den Sand zu schreiben, die Brandung über unsere Füße spülen zu lassen und über alles und nichts zu reden. Der Himmel machte seine Drohung nicht wahr, seine Schleusen über uns zu öffnen. Schließlich sagte mir Isabellas Gähnen, dass es Zeit war zu gehen. Ich fand es schrecklich, dass unser wunderschöner Tag schon vorbei war, und noch schrecklicher, wie er enden würde.

„Bells, es wird Zeit.“

Sie runzelte die Stirn und hob eine zerbrochene Miesmuschelschale auf. „Ich will nicht weg.“

„Wir müssen uns jetzt mal wie Erwachsene unterhalten.“

Die schwarze Schale fiel ihr aus der Hand. „Echt?“

Ich nickte.

„Warte mal.“ Sie steckte einen pummeligen Finger in den nassen Sand, zeichnete ein Strichmännchen und sah mit einem scheuen Lächeln auf. „Das bist du, Mami.“

Ich betrachtete ihr grobes Kunstwerk. „Du hast meine Ohrringe vergessen. Du weißt doch, dass ich ohne sie nackt aussehe.“

Sie verzog ihren Mund und stach dann mit dem Daumen Löcher in beide Sandohren. Neben das Bild von mir malte sie einen kleinen Kreis, der ihren Kopf darstellen sollte. Wenn sie ein Bild von mir malte, dann stets mit sich selbst daneben. Doch bevor sie fertig war, wischte das herannahende Wasser mich aus.

Ich starrte auf den Sand, wo noch kurz zuvor mein Portrait gewesen war, und dachte: *Genau so wird es sein.* In wenigen Monaten wäre ich von dieser Erde ausradiert, als hätte es mich nie gegeben. Eine weitere leere Muschelschale.

Unerschrocken trat Isabella zwei Schritte zurück und malte mich neu. Als sie fertig war, legte ich ihr eine Hand auf den Kopf. „Komm,

Süße." Ich schnappte mir unsere Sandalen, ging zum Rand einer Sanddüne und setzte mich.

Ich schlang meine Arme um meine angezogenen Knie und beobachtete, wie meine Tochter dasselbe tat. Da wurde mir zum ersten Mal bewusst, wie oft sie mich einfach imitierte. Von mir sollte sie eigentlich lernen, wie man eine junge Dame wird, aber Lindsey, nicht ich, würde sie durch das Tor zum Frausein geleiten. Ich wurde gepackt von einer kräftezehrenden Mischung aus Traurigkeit und Eifersucht.

Ich sollte diejenige sein, die ihr half, ein Kleid für den Abschlussball auszusuchen; die peinliche Pfiffe von sich gab, während sie über die Bühne schritt und sich ihr Abschlusszeugnis abholte; die ihr Schleierkraut in die Locken steckte, bevor sie den Hochzeitsschleier herabließ. Ich wurde von einer so starken Sehnsucht ergriffen, dass ich sie körperlich spürte. Mein Magen schmerzte, als habe jemand hineingeboxt. Das hätte natürlich weniger weh getan.

Meine Tochter musterte mich aufmerksam, sodass ich versuchte, einen neutralen Gesichtsausdruck aufzusetzen. Wenn es je eine Zeit gab, mich zusammenzureißen, dann war sie jetzt gekommen. Bella mit meinen Tränen zu überschwemmen, hätte sie nur erschreckt und verwirrt.

An diesen Augenblick würde sich Isabella ihr Leben lang erinnern, ihn wieder und wieder in Gedanken durchgehen, ob sie wollte oder nicht. Meine Aufgabe bestand darin, die Erinnerung so erträglich wie möglich zu machen.

Sie rutschte näher heran und ich nahm ihre Hand. Sie fühlte sich kleiner an als zuvor, aber meine auch. Die Wolken, die die Sonne den ganzen Nachmittag bedeckt hatten, begannen sich aufzulösen, wodurch die grauen Schattierungen auf den Wellen in Pink und Violett übergingen. Isabella und ich setzten uns und sahen dem Farbwechsel auf dem Wasser zu. „Wohin geht die Sonne nachts?", fragte sie.

Einen Augenblick lang erwog ich, den Sonnenuntergang als Umschreibung meines Sterbens zu verwenden, doch mein Blick fiel wieder auf den Meereshorizont, bei dem kein Ende zu sehen war.

„Sie geht schlafen, genau wie du."

Sie lehnte ihren Kopf an meinen Arm. „Mir wird kalt."

Ich schlug meine Beine übereinander und hob sie auf meinen Schoß. Ich umfing sie mit meinen Armen und genoss ihre Wärme. Die Meeresluft ließ mich zwar frösteln, doch meine Handflächen wurden vor Aufregung trotzdem feucht.

Isabella schmiegte sich eng an meine Brust.

„Bella, weißt du, dass ich dich lieb habe?"

„Ich weiß. Ich habe dich doch auch lieb."

Ich hielt sie noch fester umschlungen und spürte, wie sie ihre Ärmchen an ihren zierlichen Körper drückte. Sie wand sich, um Luft zum Atmen zu bekommen. Da ich sie so nah wie möglich bei mir haben wollte, lockerte ich meinen Griff gerade so viel, dass sie es noch aushalten konnte. „Du musst mir jetzt mal zuhören."

Sie rutschte von meinem Schoß, als wolle sie weglaufen, doch stattdessen kniete sie sich vor mich und sah mich an, so wie ich es viele Male bei ihr getan hatte. Oh je, wie ich dieses Kind liebte. *Nimm diesen Kelch von mir, Herr. Nimm diesen Kelch.*

„Schau dir mal das Meer an."

Sie zögerte und hielt den Blick auf mich gerichtet, als könne ich verschwinden, wenn sie sich wegdrehte.

„Kannst du die andere Seite sehen?"

Sie schüttelte den Kopf, wodurch ihre Locken, die von der Brise und der Salzluft ganz zerzaust waren, umhersprangen.

„Du kannst die andere Seite nicht sehen, aber es gibt eine. Glaubst du mir das?"

Sie nickte.

„Mami geht bald in den Himmel. Der Himmel ist wie die andere Seite dieses Meeres. Nur weil du ihn nicht sehen kannst, heißt das nicht, dass es ihn nicht gibt."

Sie runzelte die Stirn. „Heute?"

„Nein", erwiderte ich. „Aber ganz bald."

„In einem Schiff?"

Ich schüttelte den Kopf. „Jesus wird mich abholen."

Sie starrte mich einen Augenblick an. „Ich komme mit."

Ich fuhr ihr mit den Fingern über die kühle Wange. „Irgendwann überquerst du auch diesen Ozean, aber nicht mit mir."

Ihre Stirnfalten vertieften sich. „Ich will mit dir gehen."

Ich nahm ihre Hand und küsste sie. „Dein Papi braucht dich in seiner Nähe. Du bleibst bei ihm und Lindsey, bis wir wieder zusammen sein können. Sie kümmern sich gut um dich."

„Nein!“ Sie entriss mir ihre Hand. „Ich will mit dir gehen.“
„Gott sagt, dass ich ohne dich gehen muss.“
Ihre Miene verfinsterte sich. „Dann ist Gott böse.“
„Nein, Süße. Er ist sehr, sehr gut.“
Sie verzog das ganze Gesicht und ihre Unterlippe bebte. „Ich hasse Gott.“
Ich legte ihr meine Hände auf die Schultern und drückte sie. „Bitte, sag so etwas nicht. Denke immer daran, Bella – oftmals verstehen wir nicht, was er tut, aber *er* schon. Wir müssen ihm einfach nur vertrauen.“
Mit einer stoischen Bewegung sog sie ihre Lippen ein und starrte den Sand an. Ich gab ihr eine Minute, um das Gehörte sacken zu lassen. Die krachenden Wellen spielten uns derweil ein Ständchen.
Schließlich sah sie auf. „Wann kommst du wieder?“
„Wenn jemand stirbt, kommt er nicht wieder.“
Tränen liefen ihr über die runden Wangen. „Ich will nicht, dass du stirbst.“
Ich beugte mich vor und küsste ihre Tränen weg. „Ich komme in den Himmel. Freu dich für mich. Dort ist es schön und niemand muss weinen.“
Ihre Schultern bebten. „Ich will mitkommen.“
Lange Zeit hielt ich sie fest. Ihr starkes Schluchzen ließ ihren Körper zittern, bis sie endlich ruhig wurde. Ich lehnte mich zurück und wischte ihr tränenverschmiertes Gesicht ab. „Wir werden nur für eine Weile getrennt sein. Dann bist du an der Reihe, den Ozean zu überqueren, und danach werden wir wieder beisammen sein. Diesmal für immer und ewig.“
Sie sah mir mit einer Intensität in die Augen, wie ich sie noch nie zuvor bei ihr bemerkt hatte, schlang dann ihre Arme um mich und hielt mich fester als je zuvor. „Geh nicht weg, Mami. Bitte verlass mich nicht.“
Ich lehnte mich zurück, um ihr in die Augen zu schauen. „Ich werde dich nie verlassen. Ich werde immer genau hier sein.“ Ich legte meine Hand auf ihr Herz und spürte das zarte Pochen an meiner Handfläche. „Ich warte auf der anderen Seite auf dich, sehe zu, wie du aufwächst … und ich werde dich lieben.“
Auf dem Weg zum Auto sagte Isabella fast nichts. Nun saß sie in

ihrem Kindersitz und das Schweigen hatte das Zepter ganz übernommen, während sie aus dem Fenster starrte. Ihr leerer Blick erinnerte mich an den eines Soldaten nach einem Kampfeinsatz. So sehr ich ihr auch sagen wollte, dass alles gut werden würde, konnte ich doch die Realität nicht ändern.

Nachdem ich eine ganze Zeit auf die unterbrochene weiße Linie gestarrt hatte, die die Straße vor mir teilte, sah ich im Rückspiegel, dass Isabella an der Scheibe lehnte, mit offenem Mund und geschlossenen Augen. So lösten sich alle Sorgen in Bewusstlosigkeit auf.

Ich hatte mich den ganzen Tag ihr zuliebe zusammengerissen. Jetzt war es mir endlich sicher genug, alles herauszulassen, was ich zurückgehalten hatte. Als ich weinte, hörte ich, wie sie sich rührte. Rasch unterdrückte ich meine Tränen und schaute nach hinten, weil ich Angst hatte, ich hätte sie geweckt. Ihre Augen flatterten, dann wurde sie wieder ruhig. Sie war so im Frieden mit sich und ich sehnte mich ebenfalls danach.

Ganz bald, dachte ich, habe ich das auch. Einesteils wünschte ich mir, dieser Tag wäre jetzt, aber der schlimmste Teil meiner Reise stand mir erst noch bevor. Ich hätte alles dafür gegeben, diesen Berg nicht bis zum grausigen Gipfel erklimmen zu müssen. Ich konnte mir nicht vorstellen, wie ich es ohne Isabella an meiner Seite schaffen sollte, aber ich wusste, dass ich es ihr zuliebe schaffen würde. Es gab nichts, was ich ihr zuliebe nicht tun könnte.

# 24

Isabellas letzter Tag rann mir wie Sand durch die Finger. Über dem Haus hing eine Wolke und die Schlafenszeit rückte näher heran. Craig verbrachte den Abend in der Scheune und ließ uns Zeit als Familie. Mama Peg, mein Vater und ich lächelten angestrengt, lungerten um meine Tochter herum, spielten Brettspiele, lachten gekünstelt über ihre einfachen Witze ... vermissten sie, noch bevor sie uns verließ.

Mama Peg bemühte sich, unseren letzten gemeinsamen Abend so besonders wie möglich zu gestalten und verteilte mehrere Vasen mit ihren preisgekrönten Rosen im Wohnzimmer. Sie hatte meinen Vater eine Reihe von Kerzen anzünden lassen, die jetzt rings um den Kamin flackerten und das Zimmer in warmes Licht tauchten. Die Atmosphäre passte besser zu einem romantischen Abend zu zweit als zu einem düsteren Abschied.

Wie Isabella so vor dem Couchtisch hockte und das Gesicht auf die Hände stützte, spiegelten ihre glänzenden Lippen den Kerzenschein wider. Kastanienbraune Locken umrahmten ihr Gesicht. Sie war wunderschön.

*Du machst das Richtige*, sagte ich zu mir, während ich ihr Profil betrachtete. Ich würde sie jederzeit sehen können, und wenn sie mich vermisste, würde ein Anruf genügen. So verkehrt und unnatürlich es sich anfühlte, sich zu verabschieden, war es doch das Beste. Oder, genauer gesagt, zu *ihrem* Besten. Mit dem sprichwörtlichen Messer im Herzen war es ganz gewiss nicht zu meinem Besten.

Ich tröstete mich mit dem Gedanken, dass David und Lindsey versprochen hatten, alles zu tun, um Isabella den Übergang in ihre Obhut zu erleichtern – David hatte es als Politik der offenen Tür bezeichnet. Natürlich traute ich seinem Wort etwa ebenso sehr wie einem Werbeversprechen. Doch Lindsey war ein anderes Kaliber. So wenig ich sie auch mochte, glaubte ich doch, sie würde ihren Einfluss auf David dazu nutzen, dass er sein Versprechen einhielt.

Ich rückte mit meiner bunten Plastikfigur auf dem Spielbrett ein paar Felder weiter, während mein Gewissen mit anklagendem Finger auf mich zeigte. *Wie konntest du, ihre eigene Mutter, dieses hilflose Kind im Stich lassen?*

Ich atmete tief ein und versuchte meine Gedanken zu ordnen. Der Duft von Pfeifenrauch umgab meinen Vater. Ich sah zu ihm hinüber und hoffte, einen Schimmer Mitgefühl und Kraft in seinen Augen zu entdecken, doch er sah mich nicht an. Das überraschte mich nicht. Er hatte seit der Heimfahrt von der Anwaltskanzlei kein Wort mehr mit mir gesprochen.

Das Einzige, was schlimmer war als sein Schweigen, war die Anklage in seinem Blick. Er tat so, als werfe ich meine Tochter den Wölfen vor. Er musste doch wissen, dass ich mich eher selbst den Wölfen vorwerfen würde, als sie allein zu lassen. Doch der Tod würde mich ihr wegnehmen, egal, was wir alle wollten. War es nicht besser, sich jetzt zu verabschieden, bevor ich zum grausigen Schatten der Frau wurde, an die sie sich erinnern sollte? Es war die richtige Entscheidung, ganz gleich, was er dachte. Ja, das war sie.

Und überhaupt bezweifelte ich, dass seine Motivation die Sorge um Isabella war und nicht vielmehr ein Wettstreit mit den Prestons. Nichts als ein übles kleines Spiel aus Selbstsucht und Stolz. Isabella war bloß eine Trophäe, die er verlieren würde. Gott bewahre, dass Jack Lucas seine narzisstischen Motive für einen Augenblick zurückstellte und seine einzige Tochter am schlimmsten Tag ihres Lebens unterstützte. Gott bewahre, dass er sich wie ein Vater verhielte.

Weder Mama Peg noch Craig waren anfangs mit meiner Entscheidung einverstanden, doch zumindest bemühten sie sich zu verstehen, was in mir vorging. Meine Großmutter hatte mich seit gestern bestimmt schon ein Dutzend Mal gefragt, ob ich mir auch sicher sei. Es bedurfte einer ausgesprochenen Erinnerung an Mamas schmerzgeplagte letzte Augenblicke, um sie davon zu überzeugen, dass mein Plan Hand und Fuß hatte.

Isabella zog eine Karte aus einem Stapel in der Mitte des Spielbretts und rückte mit ihrer Spielfigur auf das nächste gelbe Feld. Um ihre Ängste gegenüber David zu zerstreuen, hatte ich ihr am Abend alle möglichen tollen Geschichten über ihn erzählt, an die ich mich erinnern konnte – was nicht viele waren.

Die ersten Worte meines Vaters seit zwei Tagen waren: „Wenn man dir so zuhört, könnte man meinen, diese Flasche wäre ein Held."

Isabella knallte ihre Karte auf den Tisch. „Er ist keine Flasche!"

Mama Peg versuchte zu antworten, doch ein Hustenanfall zerhackte ihre Worte.

Ich warf meinem Vater einen Blick zu, der besagte, dass er zu weit gegangen war. „Nein, Bella, dein Papi ist keine Flasche. Er ist ein sehr kluger Mann."

Isabellas Grinsen bedeutete ein *Na bitte*, woraufhin mein Vater die Augen verdrehte. Er zog noch eine Karte. „Doppel-Blau!" Er schob seine Figur auf das letzte Feld und grinste. „Opa hat schon wieder gewonnen!"

Isabellas Gesicht verzog sich enttäuscht und bald würden die Tränen kommen. „Du hast geschummelt!"

Mama Peg schüttelte den Kopf. „Hättest du sie nicht gewinnen lassen können?"

Ich küsste meine Tochter auf die Wange. „Nur weil jemand gewinnt, ist er noch lange kein Schummler." Ich sah meinen Vater an. „Dann ist er vielleicht ein Fiesling, aber kein Schummler."

„Das heißt", begann mein Vater, „wir wollen an meinem letzten gemeinsamen Abend mit meiner Enkelin noch streiten?"

Ich schnaubte. „Es geht hier wohl bloß um dich, was?"

Isabella verschränkte die Arme und drehte uns allen den Rücken zu.

„Genau wie ihre Mutter", murmelte mein Vater.

Mama Peg bewegte sich schneller, als man es einer Frau in ihrem Gesundheitszustand eigentlich zutrauen würde, und gab ihm über den Tisch hinweg einen Klaps auf die Stirn.

„Aua!" Er hielt sich eine Hand auf die Stelle. „Wofür war das denn?"

Sie funkelte ihn an. „Werde erwachsen."

Craig kam ins Wohnzimmer. Er war schon bettfertig und trug ein weißes T-Shirt und eine Schlafanzughose aus Baumwolle. „Ich wollte nur kurz vorbeikommen und unserer Kleinen viel Glück für ihr bevorstehendes Abenteuer …" Sein Lächeln schwand, als er den Blick über unsere Gesichter schweifen ließ. „Welche Laus ist euch denn über die Leber gelaufen?"

Ich stützte mich ab und stand auf. „Papa hat Isabella bei Candyland geschlagen." Ich sah ihn mit einer Abscheu an, die er hoffentlich bis ins Mark spüren konnte. „Zweimal."

Craig sah ihn mit erhobener Augenbraue an. „Toller Sieg, Mann."

Mama Peg richtete ihre Schläuche. „Ja, wir sind alle stolz auf ihn, wie Sie sich vorstellen können."

Mein Vater seufzte. „Ich halte nichts davon, bei einem Spiel zu mogeln. Egal bei welchem Spiel. Was würde Isabella daraus lernen? Verlieren formt den Charakter mehr als gewinnen!"

Ich nahm das Brett hoch und ließ die Spielfiguren in die Schachtel gleiten. „Dann müsste Bella ja eine Menge Charakter bekommen, bei allem, was sie verlieren wird." Ich setzte den Deckel auf die Schachtel.

„Das liegt alles an dir", sagte er kühl.

Ich klatschte die Schachtel auf den Tisch, sodass die Spielfiguren rappelten. „An mir? Du meinst, es liegt an mir? Du meinst, ich will das alles?"

Craig beugte sich zu mir und legte mir eine Hand auf den Arm. Sein warmer Atem traf mein Ohr. „Nicht jetzt."

Mein Vater schob den Couchtisch fort. „Sie sollte uns nicht verlassen. Es ist verkehrt."

„Warum das denn?" Ich schüttelte Craig ab. „Weil du es sagst? Du bist kein Experte für das, was meine Tochter braucht."

„Warum bist du so wütend auf mich?", fragte er.

„Ich wütend auf *dich*? Du bist schon all die Jahre wütend auf mich, seit Mama gestorben ist."

„Das stimmt nicht."

„Nein?"

Sein Blick irrte durchs Zimmer und verharrte überall, außer bei mir.

Ich lächelte bitter. „Du kannst mich nicht einmal anschauen."

„Ich kann dich anschauen." Er zwang sich, mich eine unbehagliche Sekunde lang anzustarren, um dann gleich wieder wegzusehen.

„Siehst du! Bin ich denn so verabscheuenswert, dass du es nicht einmal aushältst, mich anzusehen?"

Er murmelte etwas, das ich nicht hören konnte, und ging weg. Wie üblich.

Eine Zeit lang standen wir alle schweigend da.

Schließlich nahm Craig Isabella hoch und drückte ihr einen Kuss auf die Stirn. Ihre Beine in den rosa Leggins baumelten in der Luft. „Du wirst es so toll haben bei deinem Papi und Lindsey!"

Isabella bemühte sich sehr, ein Lächeln zu unterdrücken. „Kommst du mich besuchen?", fragte sie.

Er drückte sie fest an sich. „So oft, dass du mich irgendwann nicht mehr sehen kannst."

Auf ihrem Gesicht breitete sich ein ungeniertes Grinsen aus. „Papi hat gesagt, er hat mir ein Prinzessinnenbett gekauft."

Craig zwinkerte ihr zu. „Aber klar doch. Worin soll eine Prinzessin denn sonst schlafen?"

Sie nagte auf ihrer Unterlippe und wirkte genauso verliebt in ihn wie ich. *Wir müssten eine Familie sein*, dachte ich. *Craig, Bella und ich sollten* – ich strich diesen Gedanken, noch bevor er zu Ende gedacht war. Ich durfte nicht träumen. Zumindest nicht für mich selbst.

Ich sah auf die Uhr auf dem Kaminsims. „Es ist schon fast zehn. Wir sollten jetzt alle ins Bett gehen."

Es wurde still wie in einer Leichenhalle.

„Gib Mama Peg und Craig einen Gutenachtkuss."

Das Gute-Nacht-Sagen wurde in die Länge gezogen und immer verdrießlicher. Ich bezweifelte, dass meine Beisetzung so deprimierend werden würde. Ich hörte, wie die Hintertür geöffnet wurde.

„Sie zieht doch nur ein paar Kilometer weg. Du kannst sie doch immer noch sehen", sagte ich.

Mein Vater lehnte sich an den Türrahmen. „Es wird nicht mehr dasselbe sein."

Mein Gesicht wurde ganz heiß. „Warum musst du das machen? Warum musst du alles so …"

„Er hat recht", unterbrach Mama Peg. „Es wird nicht mehr dasselbe sein. Nur weil er dein Vater ist, heißt das noch nicht, dass er sich immer irrt."

Dass sie gegen mich Partei für ihn ergriff, war für mich ein schwerer Schlag. Darauf war ich wirklich nicht vorbereitet. Da ich nicht die notwendige Energie zum Streiten besaß, legte ich diese neuerliche Verletzung auf den ohnehin bereits hohen Stapel. „Bella, gib Cowpa ein Küsschen."

Mein Vater ging vor ihr auf ein Knie, als wolle er einen Heiratsantrag machen. Er nahm ihre Wangen in die Hände, zog ihre Stirn an seine Lippen und küsste sie. „Du kommst uns normalerweise jedes zweite Wochenende besuchen, aber wenn du nach Hause willst, also richtig nach Hause, wenn es dir dort nicht gefällt … wenn es irgendeinen Grund gibt …"

„Ach du meine Güte." Mama Peg zog ihren Sauerstofftank zu ihm hinüber und zog an seinem Ohr.

Er schnitt eine Grimasse. „Ich sage doch nur, wenn sie nicht glücklich ist …"

Sie verdrehte sein Ohrläppchen und brachte ihn zum Schweigen. „Sag dem Kind, dass alles gut wird, dass du sie lieb hast und dass wir sie bald wiedersehen. Und das ist *alles*, was du ihr sagst."

Mein Vater, der sein Ohr aus Mama Pegs Fingern befreite und aufstand, sah aus wie ein kleiner Junge kurz nach einer Tracht Prügel. „Bis bald, Prinzessin."

Ich konnte sehen, wie Craig sich ein Lachen verkniff. Offenbar war das ansteckend, denn auch mir rutschte ein Kichern heraus. Ich biss mir auf die Lippen und drehte mich zur Seite.

„Alles wird gut werden. Hat jeder von euch das verstanden?" Mama Peg suchte mit jedem Einzelnen von uns Augenkontakt. „Alles wird gut werden."

„Komm, Süße." Ich legte Isabella meine Hand auf den Rücken und führte sie die Treppe hinauf.

Sie machte Anstalten, in ihr eigenes Zimmer zu gehen. Ich hielt sie an der Hand fest. „Schlaf heute bei mir."

Sie sah zu Boden, als wäre sie peinlich berührt. Ich hob ihr Kinn, damit sie mich ansah.

„Ich will alleine schlafen", sagte sie zaghaft.

Vor Überraschung zuckte mein Kopf zurück. „Seit wann das denn? Du fragst mich doch jeden Abend, ob du bei mir schlafen darfst."

Sie sah zur Seite und knetete an ihren Lippen. Da ging mir auf, dass sie wahrscheinlich versuchte, sich langsam von mir zurückzuziehen, was vermutlich eine gesunde Reaktion war.

„Na gut, du kannst in deinem eigenen Bett schlafen, wenn du willst – aber können wir erst noch etwas kuscheln?"

Sie dachte nach, dann nickte sie. Ich drehte den kleinen Knopf meiner Nachttischlampe an, wodurch mein Schlafzimmer in goldenes Licht getaucht wurde. Ich zog die Decke vom Bett und klopfte einladend auf das kühle Laken, damit sie hineinkrabbelte. Dann legte ich mich zu ihr.

Wir wickelten uns bis zu unseren Schultern in die Decken. Da lag ich nun Nase an Nase mit meinem Kind, von dem ich noch nie länger als vierundzwanzig Stunden getrennt gewesen war, und fragte mich, wie wir beide das überleben würden. Für mich war das ja eigentlich kein Thema mehr – ich würde sowieso bald sterben. Aber wie würde es ihr ergehen? Sie pustete mir ihren warmen Atem rhythmisch entgegen und man roch noch den Rosenkohl, den wir am Abend gegessen hatten.

„Huch“, sagte ich übertrieben erschrocken. „Wir haben vergessen, uns die Zähne zu putzen!“

Sie wollte schon die Decke zurückschlagen, doch ich hielt ihre Hand fest. „Heute Abend ist das mal in Ordnung.“

Sie entspannte sich.

„Aber Zähneputzen ist wichtig.“

Sie blinzelte mich an. „Ich weiß.“

„Genau wie das Beten. Gott vermisst dich, wenn du nicht mit ihm redest.“

Sie gähnte. „Weiß ich, Mami.“

„Und in die Kirche gehen. Du hast noch so viel zu lernen. Versprich mir, dass du dich gegenüber Lindsey nicht bockig stellst, wenn du gehen sollst. Ich habe mir von ihr versprechen lassen, dass sie dich mitnimmt.“

Wieder gähnte sie. „Okay.“

„Das ist wichtig, Bella.“

„Ich habe doch okay gesagt.“ Sie schloss die Augen, riss sie dann aber wieder auf, als wäre ihr eingefallen, dass das Bügeleisen noch eingeschaltet war und das Haus abfackeln könnte.

„Was ist denn?“, fragte ich aufgeschreckt.

„Ich muss in meinem eigenen Bett schlafen.“

Schweren Herzens strich ich ihr mit dem Handrücken über die Wange. „Ach so, okay.“

Sie krabbelte aus dem Bett und beugte sich über mich. Ihr Gesicht lag im Schatten, während sie mich musterte. „Ich hab dich lieb, Mami.“

„Ich weiß, Süße.“

Ihr trauriges Lächeln sah genau aus wie das meiner Mutter. „Gute Nacht, Mami.“

„Gute Nacht, Kleines. Bis morgen früh.“

Sie blieb im Türrahmen stehen, drehte sich um, sah mich noch einen Augenblick lang an und verschwand um die Ecke.

Als ich allein in meinem Bett lag, drehte ich mich stundenlang hin und her und wehrte mich gegen das Abtauchen in die Bewusstlosigkeit. Irgendwie dachte ich, je schneller ich einschliefe, desto früher würde der Morgen kommen und desto eher wäre meine Kleine weg. Ich hatte nicht gemerkt, dass mich der Schlaf dann doch übermannt hatte, bis ich von einem Kreischen aufgeweckt wurde.

# 25

Blitzartig öffnete ich meine Augen. Ich blinzelte auf die Digitalanzeige meines Weckers – 5 Uhr. Ich stützte mich auf meine Ellenbogen und lauschte. Verschlafen, wie ich war, konnte ich nicht ausmachen, ob das Kreischen echt gewesen war oder ob ich es nur geträumt hatte.

Als ich nichts hörte, nahm ich an, dass es bloß ein Albtraum gewesen war. Ich legte meinen Kopf wieder aufs Kissen. Sirenen in der Ferne, die so gedämpft klangen, dass ich zunächst dachte, ich bilde sie mir ein, ließen mich die Augenlider wieder aufschlagen. Als das Brummen zu einem Heulton wurde, schwang ich alarmiert meine Beine über die Bettkante.

So abgelegen, wie wir vom restlichen Tullytown waren, hörten wir selten Sirenen, wenn überhaupt. Ich stellte meine nackten Füße auf die kühlen Holzplanken und fragte mich, für welchen bemitleidenswerten Nachbarn der Rettungswagen wohl bestimmt war. Als ich meinen Vater gedämpft schreien hörte, blieb mir das Herz stehen. „Jenny!"

Mein einziger Gedanke war, dass er mich brauchte. Ich jagte die Treppe hinunter. Auf der letzten Stufe verdrehte ich mir den Knöchel und spürte einen stechenden Schmerz im Fuß. Ich konnte mich nicht schnell genug mit den Händen abstützen und schlug mit dem Gesicht an die Wand. Doch ich beachtete den Schmerz nicht und wischte mir schnell etwas Feuchtes von der Nase. Mama Peg stand vor ihrem Zimmer im Flur und sah verwirrt aus. Ihr langes rabenschwarzes Haar floss über ihr Nachthemd und ihre Schultern herab. „Was ist denn los?", fragte sie. „Warum blutest du?"

„Alles in Ordnung mit mir. Wo ist Papa?"

Sie blickte sich um und schüttelte den Kopf.

Ich sah an ihr vorbei zur Haustür, die weit offen stand. Panik ergriff mich. War bei uns eingebrochen worden? War der Eindringling noch im Haus? War mein Vater verletzt worden oder … Galle stieg mir in den Hals, als ich das *oder* bedachte. Ich hielt den Atem an und ließ meinen Blick durch den Flur schweifen. „Geh in dein Zimmer und schließ die Tür ab."

Sie bekam ganz große Augen. „Ich lasse dich nicht alleine. Was geht denn hier vor sich?"

Blut tropfte mir auf die Lippen. Ich rieb es mit meinem T-Shirt ab.

Die Sirenen wurden lauter und lauter, bis sie durchs ganze Haus tönten und die Blinklichter alles in ein gespenstisches rotes Licht tauchten. Der Wagen hielt direkt vor unserer Tür. Einem von uns war etwas zugestoßen. Papa? Als mir unser letztes Gespräch wieder einfiel, erschauerte ich.

Ich stürmte zur offenen Tür hinaus und wurde von kühler Luft und den blendenden Lichtern auf dem Krankenwagen empfangen. „Sie ist hier drüben!", schrie Craig irgendwo in der Ferne.

*Sie.*

Die einzige vermisste *sie* war Isabella. Aber sie lag im Bett und schlief.

Die ohrenbetäubenden Sirenen wurden plötzlich stumm. Sanitäter sprangen aus dem Fahrzeug und rannten auf mich zu, als sei ich diejenige, die Hilfe brauchte.

Ich betastete das Blut in meinem Gesicht, schüttelte den Kopf und trat einen Schritt zurück.

Mein Vater stand mitten zwischen Haus und Teich und sah so aus, als sei er Zeuge eines Mordes geworden. „Da drüben!" Er zeigte in Richtung des Sees.

Hinter ihm sah man die kniende Silhouette eines Mannes. Sein Rücken bewegte sich auf und ab, als mache er Liegestütze. Ein Durcheinander aus Verwirrung, Lichtern, Fragen und Schluchzern umgab mich. Nichts davon ergab für mich einen Sinn.

Der kniende Mann brüllte: „Hier drüben!" Craig. Es war Craig.

Jemand schaltete die Scheinwerfer des Krankenwagens ein und tauchte ihn in strahlendes Weiß. Craig beugte sich in einem klatschnassen T-Shirt vornüber. Eine durchnässte, leblose Isabella lag neben ihm auf dem Boden. Irgendwie hatte mein Herz es verstanden, bevor mein Verstand es erfassen konnte. Ich konnte mir keinen Reim auf Isabellas ausgestreckte Arme machen, selbst als die Panik wie Quecksilber durch meine Venen schoss. Ich hörte meinen Atem in kurzen, schnellen Stößen. Warum lag Isabella auf dem Boden?

Als Craig mit der Mund-zu-Mund-Beatmung fortfuhr, verstand ich endlich.

Kreischend rannte ich auf sie zu.

Ich fiel vor meiner Tochter auf die Knie. Craig drückte mit seinem Handballen fortgesetzt auf ihren Brustkorb. Aus ihrem Mund kam Wasser. Dann erbrach sie. Er zog sie in die stabile Seitenlage. Ihr Arm fiel kraftlos zu Boden. Ihre Augen öffneten sich nicht und ihre Brust hob sich nicht. Ein Sanitäter fragte Craig, wie lange Isabella schon so dalag, dann übernahm er. Der andere zog mich mit groben Händen von meiner Tochter fort.

„Nein!", kreischte jemand wieder und immer wieder.

Ich ... ich war es, die da so schrie.

*Hör auf zu schreien*, sagte mir mein Verstand. *Es ist nicht hilfreich. Du kannst ihr damit nicht helfen.* Die Sanitäter versuchten Isabella zu reanimieren, obwohl ich mich panisch an sie klammerte. *Lass sie los. Du bist im Weg. Du wirst sie noch umbringen.* Aber ich konnte nicht. Sie war alles, was ich hatte. Sie war alles, worauf es ankam.

Der Sanitäter zog meinen Arm fort. „Lassen Sie los, damit wir ihr helfen können."

Ich wollte loslassen. Ich versuchte es. Ich konnte nicht. Jemand packte mich um die Taille und riss mich zurück. Ich bekam nur Luft zu fassen, schrie und versuchte, wieder zu ihr zu gelangen.

Ihre Lippen waren schwarz.

Von einem kleinen Fernsehbildschirm kam eintöniges Nachrichtengemurmel. Über uns flackerten die Leuchtstoffröhren des Warteraums der Pädiatrischen Intensivstation. Craig saß neben Mama Peg auf einem der fest montierten Stühle, während mein Vater rastlos aufstand, sich hinsetzte, wieder aufstand. Da ich nicht den Wunsch nach Trost verspürte, ließ ich mich auf dem harten Boden nieder.

Craig rieb sich die Augen mit dem Handballen. Derselben Hand, die meinem Kind das Leben gerettet hatte – falls sie überhaupt noch am Leben war. Über dieses *falls* krümmte ich mich innerlich vor Seelenqual. Alle waren so vereinnahmt von ihrer eigenen Traurigkeit, dass meine nicht weiter beachtet wurde. Als ich so weit war, wieder die ersten verständlichen Worte aussprechen zu können, bat ich Craig zu erzählen, was passiert war.

Er lehnte sich zurück und starrte zur Decke. „Ich bin von irgendetwas aufgewacht. Hörte sich an wie ein Kind, das um Hilfe rief, aber plötzlich war es nicht mehr zu hören. Ich dachte, ich hätte nur geträumt." Er schüttelte den Kopf. „Ich hätte …"

Mama Peg, die noch schwerer atmete als sonst, legte ihm eine Hand auf den Arm.

Er sah auf ihre Hand, reagierte aber nicht. „Jedenfalls habe ich versucht wieder einzuschlafen, aber der Gedanke ließ mich nicht los. Ich nahm an, ich würde nur dann zur Ruhe kommen, wenn ich nachsah. Eigentlich dachte ich nicht … doch kaum war ich draußen, hörte ich ein heftiges Plantschen. Ich rannte, so schnell ich konnte." Er sah mich so gequält an, dass ich seinem Blick nicht standhalten konnte. Ich wollte ihn trösten, hatte ihm aber nichts zu bieten.

Mehrmals atmete er schwer ein und aus, bevor er fortfuhr. „Ich sah, wie sie unterging, und sprang ins Wasser. Es dauerte so lange, sie ans Ufer zu bringen. Ich weiß nicht, wie sie so weit hinauskommen konnte."

Mir war, als käme ich aus der Hölle ins Fegefeuer, als Taubheit den Platz der Traurigkeit einnahm. Ich drehte mich zu meinem Vater um. „Wann bist du …?"

Er hörte auf, hin und her zu laufen und lehnte sich an die Wand. Ich weiß nicht, ob es an dem grellen Licht oder an den Umständen lag, aber er sah so furchtbar alt aus.

„Ich habe Craig um Hilfe rufen gehört und bin rausgerannt. Ich sollte den Notruf wählen. Ich wusste nicht, was passiert war." Er sah mich an und ich hatte den Eindruck, dass er mich zum ersten Mal seit sehr langer Zeit wirklich wahrnahm. „Ich habe nach dir gebrüllt, Jenny, aber du und deine Großmutter habt so einen festen Schlaf."

Ich ließ meinen Kopf auf meine Knie sinken und versuchte es zu verarbeiten. Ein Bild von meiner Tochter, die auf das Wasser eindrosch und panisch nach Luft schnappte, lief wie ein Horrorfilm in meinem Kopf ab. Es war nicht auszuhalten.

Mama Peg schob eine Hand in meine, die andere in Craigs Hand. „Jack, komm, bete mit uns."

Schluchzend und wimmernd bat jeder Einzelne um Heilung für Isabella. Wie oft, fragte ich mich, hatten sie genauso für meine Mutter gebetet? Wie oft hatte ich für mich selbst gebetet? Und doch würde ich sterben.

Als ich an der Reihe war, hielt ich mich nicht mit der vermeintlich wirkungslosen Bitte auf. Aus den schmerzgeplagtesten Tiefen meiner Seele stieg eine einfache Bitte auf – *Hab Erbarmen.*

Anschließend spekulierten wir abwechselnd darüber, warum Isabella wohl in den See gestiegen war. Mein Vater vermutete, sie habe ein letztes Mal darin schwimmen wollen. Mama Peg erwog, es könne eine Art symbolischer Taufe zum Übergang in ihr neues Leben gewesen sein. Craig meinte, sie rebelliere irgendwie.

Mir war klar, dass all diese Theorien daneben lagen. Sie hatte noch immer eine Riesenangst vor dem Ertrinken. Ich hatte sie erst kürzlich dazu überreden können, wieder zu baden statt nur zu duschen. Ich fragte mich, ob sie gedacht hatte, ich schicke sie weg, um sie für irgendetwas zu bestrafen. Und um es wieder gutzumachen, hatte sie sich gezwungen, etwas zu tun, vor dem sie am meisten Angst hatte.

Bei diesem Gedanken wurde mir übel, aber es war der einzige, der einen Sinn ergab.

Wir warteten mindestens eine Stunde, dass jemand käme und uns Auskunft gäbe. Als mein Vater auf dem Gang eine Schwester ansprach, erwiderte sie: „Wir haben entweder Zeit, ihre Enkelin zu retten, oder Ihnen Erklärungen zu geben, aber nicht für beides."

Er ließ sie gehen.

Ich saß immer noch auf dem Boden und umfasste meine Knie. Mama Peg rieb mir den Rücken. „Jenny, setz dich bitte her zu mir. Wer weiß, was da unten alles an Ekelhaftem herumschwirrt. Denk an dein Immunsystem."

„Gut", murmelte ich. „Ich hoffe, dass ich mir etwas einfange."

Mein Vater, der mit seiner Jogginghose und den eleganten Budapester Schuhen ziemlich lächerlich aussah, ging ständig auf und ab. Immer wieder dieselbe Strecke zum Fernseher, wo er kurz stehen blieb, dann zum leeren Zeitschriftenregal. Fernseher. Regal. Fernseher. Regal. Fernseher. Regal. *Klack klack klong. Klack klack klong. Klack klack klong.*

Ich hielt es nicht mehr aus. „Setz dich doch endlich mal hin."

Er ging weiter, als habe er mich nicht gehört.

Ich klopfte mit der flachen Hand auf einen leeren Stuhl.

Mama Peg drückte beschwichtigend meine Schulter. „Jenny, er ist doch auch traurig."

Craig rutschte von seinem Stuhl und setzte sich neben mich. Er legte mir seinen Arm um die Schulter. „Sie wird schon wieder", flüsterte er mir ins Ohr.

Ich sah ihm in die Augen. Rot und geschwollen, wie sie waren, boten sie mir keinen Trost, sondern nur ein Spiegelbild meiner eigenen Angst.

„Wenn sie überlebt, verdankt sie es dir", sagte ich.

Er leckte sich über die trockenen Lippen. „Nein. Es ist ein Wunder, dass ich sie überhaupt gehört habe."

Als es schon so aussah, als würden wir im Warteraum verrotten, erschien ein Mann mit Kittel und Stethoskop um den Hals in der Tür. Ihm gehörte unsere gesamte Aufmerksamkeit. „Ich habe gute und schlechte Neuigkeiten."

*Gute Neuigkeit: sie lebt. Schlechte Neuigkeit: sie hat das Bewusstsein nicht wiedererlangt.*

Er hielt inne und musterte mich. „Was ist denn mit Ihnen passiert?"

Ich zog meine langen Haare über den Blutfleck auf meiner Schulter. „Ich habe mir die Nase blutig geschlagen."

„Brauchen Sie …"

„Bitte, sagen Sie es uns", bat ich ihn.

Er sah genauso mitgenommen aus wie wir. Er kratzte sich seine Bartstoppeln und setzte sich uns gegenüber auf einen freien Stuhl. Er betrachtete mich mit einem Blick, der mich an einen Bassett-Hund erinnerte. „Sind Sie ihre Mutter?"

Mein Magen zog sich zusammen. „Ja."

„Sie ist ein wunderschönes kleines Mädchen."

„Sagen Sie es uns", wiederholte ich.

Wie ein Angeklagter vor Gericht, der die Geschworenen vorsichtig betrachtet, war mein Blick auf jede Nuance seiner Körpersprache ausgerichtet. Als er seine Schultern leicht sacken ließ, hätte ich am liebsten geweint. „Sie ist noch nicht tot, aber bald", platzte ich heraus.

Er sah mich mit einem seltsamen Ausdruck an. „Wir wissen es einfach nicht. Wenn jemand ins Koma fällt, kann es Stunden anhalten, oder Jahre, oder für immer. Wir wissen es einfach nicht."

Tief aus seinem Inneren entfuhr meinem Vater ein Schmerzensschrei und er reckte die Faust zur Decke. „Wie viel kann ich ertragen? Wie viel?" Er bedeckte sein Gesicht mit einer Hand, während die andere, die noch immer zur Faust geballt war, zur Seite hinabsank.

Ruhig wandte sich der Arzt mir wieder zu. „Ich kann nicht ermessen, was Sie gerade durchmachen. Ich habe auch Kinder, aber die liegen jetzt daheim im Bett."

„Das hoffen Sie."

Er sah mich fragend an. „Wie bitte?"

„Sie lag auch daheim im Bett", erwiderte ich. „Wohlbehütet."

Er sah so aus, als wäre er jetzt lieber ganz woanders. „Tut mir leid."

„Können wir zu ihr?", fragte Mama Peg.

Er musterte sie mit besorgtem Blick. „Ist mit Ihrem Atem etwas nicht in Ordnung?"

Sie hustete. „Alles in Ordnung."

Da bemerkte ich, dass ihre Haut so grau war, wie ich es noch nie zuvor an ihr gesehen hatte. Ich war ganz beunruhigt. „Mama Peg, stimmt etwas nicht?"

Sie überging meine Frage und antwortete ihm: „Verleihen Sie hier auch Sauerstofftanks?"

Er beugte sich über ihren und überprüfte die Anzeige. Dann blickte er wieder hoch. „Wie lange ist er schon leer?"

Sie antwortete nicht.

Er schüttelte den Kopf und eilte aus dem Raum.

„Warum hast du denn nichts gesagt?", fragte ich. „Wir sind doch in einem Krankenhaus, verflixt nochmal."

Sie sah mich an, sagte jedoch nichts. Es war eine dumme Frage.

Eine Krankenschwester schleppte einen grünen Metallbehälter herbei. Mit Klick- und Klackgeräuschen schob sie den leeren Tank heraus und ersetzte ihn durch einen neuen.

Mama Peg tauschte die Schläuche aus, drehte an einem Knopf, sog die Luft tief ein und hustete. „Gute Luft, wie habe ich dich vermisst!"

Ich starrte sie einen Augenblick an und sah zu, wie ihre Haut wieder rosig wurde. „Mach das nicht noch einmal."

Mama Peg nickte. „Mach ich nicht. Danke."

„Können wir jetzt zu meiner Tochter?", fragte ich.

Die Krankenschwester sah auf die große runde Uhr über der Tür, dann wieder zu mir. „Gleich, aber stellen Sie sich darauf ein, dass sie etwas furchterregend aussieht. Sie hängt an einem Beatmungsgerät."

Ich hatte mich selbst schon viele Male im Geiste an lebenserhaltenden Apparaturen gesehen, aber selbst in meinen schlimmsten Träumen hatte ich mir das nicht für Isabella vorgestellt. Doch zumindest lebte sie noch, und wo Leben war, da gab es Hoffnung.

„Wie stehen ihre Chancen?" Die Frage kam von meinem Vater.

Dr. Reid kam wieder zur Tür herein. Er bedankte sich wortlos bei der Schwester, die ihm zunickte und hinausging. „Die Wiederbelebungsmaßnahmen wurden rasch eingeleitet – das erhöht ihre Chancen, doch letztlich können Sie und ich jetzt nur spekulieren."

„Könnten Sie bitte für sie beten?"

Sein Blick sagte mir, dass das nicht zu seinen Behandlungsmethoden gehörte.

Ich starrte ihn unverwandt an und versuchte, ihn mit meinem Willen zu einer Zustimmung zu bewegen. So irrational es auch war, ich hatte irgendwie das Gefühl, dass sein Gebet der Wendepunkt wäre, den Isabella brauchte. „Isabella würde auch für Sie beten."

Er betrachtete intensiv den Fußboden.

In mir stieg Ärger auf, dass dieser Mann, der noch einen Augenblick zuvor so mitfühlend gewirkt hatte, jetzt nicht einmal für ein sterbendes kleines Mädchen beten wollte.

Meine Großmutter legte mir beruhigend eine Hand auf die Schulter. „Danke für alles, Dr. Reid."

Er schob die Hände in die Kitteltaschen und blickte auf. „Ich werde beten", sagte er. „Ich werde ein Gebet sprechen, was auch immer das bewirken soll."

Als Mama Peg ihn anlächelte, fiel mir auf, dass sie ihre dritten Zähne nicht eingelegt hatte. Auch ihr schien es aufzufallen, denn sie klappte schnell ihren Mund wieder zu.

Da nur jeweils zwei von uns zu ihr durften, folgten Mama Peg und ich dem Arzt durch die pneumatisch betriebenen, automatischen Türen auf die Pädiatrische Intensivstation.

Die Station war noch heller als der Warteraum. Von allen Seiten ertönten unzählige Klingeltöne und Warnsignale. Ich fragte mich, wie die Patienten hier überhaupt schlafen konnten. Mein Blick wanderte ruhelos umher, vorbei an Glaswänden und Krankenschwestern, auf der Suche nach Isabella. Der Arzt berührte mich am Arm.

Ich fuhr zusammen.

Er hob beschwichtigend seine Hände. „Ich wollte Sie nicht erschrecken. Bevor ich gehe, habe ich noch eine Frage. Die Ärzte aus der

Ambulanz haben mich so ungefähr ins Bild gesetzt, aber ich konnte mir keinen Reim darauf machen. Warum geht ein Kind mitten in der Nacht alleine schwimmen?"

Ich versuchte, an ihm vorbei zu blicken. „Ich weiß es nicht."

Er nahm sein Stethoskop vom Hals und ließ es in der Hand baumeln. „Halten Sie es für möglich, dass sie deprimiert war?"

Seine Frage warf mich um. Ich spürte, wie Mama Pegs weiche Hand meinen Arm umfasste und drückte. „Was? Sie ist fünf Jahre alt! Glauben Sie, sie *wollte* ertrinken?"

Sein Gesicht rötete sich. „Selbstmord im Kindesalter ist selten, aber nicht ganz unbekannt. Tut mir leid. Ich hätte nicht ..."

Mehr konnte ich jetzt nicht ertragen. „Bitte", sagte ich. „Zeigen Sie uns einfach, wo sie ist."

# 26

Als ich Isabella zuletzt in einem Krankenhaus gesehen hatte, war sie noch ein Säugling gewesen. Kaum dass sie auf der Welt war, hatten die Schwestern sie anscheinend sofort zu ihrem ersten Bad weggebracht. Da ich zu ungeduldig war, darauf zu warten, bis sie sie mir wieder brachten, ging ich alleine zum Säuglingszimmer und bewunderte sie durch die Glasscheibe. Ich sah vorbei an Babybettchen, die wie Zugwaggons aufgereiht waren, bis meinen Augen der großartigste Anblick geboten wurde, den man sich vorstellen kann. Über ihr hing eine rosa Karte, auf die zwischen Fußabdrücken „Baby Lucas" eingetragen war. Sie hatte Speckröllchen an Armen und Beinen. Was war sie pummelig! Ich merkte, dass sich ein Grinsen, das die ganze Welt umspannte, auf meinem Gesicht ausbreitete. Ich dachte immerzu: *Dieses Pummelchen ist aus mir herausgekrochen*? Das kam mir fast unmöglich vor.

Als ich sie zum ersten Mal im Arm gehalten hatte, klebte ihr das schwarze Haar am Kopf. Aber wie sie da unter einer Wärmelampe lag, entsprangen prächtige Löckchen ihrem frisch gewaschenen Kopf. Mein Herz hüpfte und sank im selben Augenblick. Es waren Davids Locken.

Ich beobachtete, wie sich ihr süßes Gesicht verzog, als eine Schwester ihr ein Thermometer unter den Arm schob. Ihre Porzellanhaut wurde ärgerlich rot, als sie ihre Abneigung gegen dieses Vorgehen deutlich zu verstehen gab. Ach, war sie süß! Die Schwester sah mich am Fenster und nahm mein nacktes Baby auf den Arm. Sie hielt es vor die Scheibe, damit ich es besser sehen konnte. Vollendete Füßchen an vollendeten Beinchen. Sie hörte auf zu schreien und öffnete ihre Augen. Sie schürzte ihre süßen Lippen, als wolle sie sich aufs Trinken vorbereiten …

Aus ebendiesen Lippen ragte jetzt ein durchsichtiger Plastikschlauch, der zu einem Beatmungsgerät führte. Mit jedem unnatürlichen Keuchen wurde Luft in ihre Lunge gedrückt. Aus ihrem linken Nasenloch wand sich ein weiterer Schlauch. Ein Katheter ließ Urin aus ihrer Blase in einen durchsichtigen Beutel fließen, der am Fußende ihres Bettes hing. Eine Flüssigkeit lief über eine Infusion in ihren Arm. Sporadisch piepten Monitore mit unverständlichen Zickzacklinien.

Ich hielt mir eine Hand vor den Mund. Mein Verstand vermochte nicht zu erfassen, was meine Augen sahen. Ihr Gesicht war von Wassereinlagerungen bis zur Unkenntlichkeit angeschwollen. Wenn nicht ihre braunen Locken ausgebreitet auf dem ganz weißen Kissen gelegen hätten, hätte ich sie womöglich nicht erkannt. Etwas, das aussah wie Vaseline, schimmerte über ihren Augenlidern und Wimpern.

Ich kam mir vor, als sei ein großer Felsbrocken auf meiner Brust gelandet. Ich konnte kaum atmen. *Meine Kleine. Meine arme Kleine.*

*So muss sich die Hölle anfühlen*, dachte ich. *Das ist die Hölle.*

Mama Peg verschränkte ihren Arm mit meinem. Wie gelähmt vor Angst standen wir an der Tür zu Isabellas Krankenzimmer und hielten uns gegenseitig aufrecht. Eine Krankenschwester stand in der Ecke neben dem Beatmungsgerät und sah aus, als hielte sie Totenwache.

„Kann sie uns hören?“, fragte ich.

„Das lässt sich nicht genau sagen“, erwiderte sie. „Wir gehen davon aus, dass sie es kann, und reden mit ihr über alles, was wir hier machen. Falls sie aus dem Koma erwacht, können Sie sie fragen, ob sie sich an etwas erinnert. Nur so kann man sicher erfahren, was sie gehört hat.“

„*Wenn* sie aus dem Koma erwacht“, betonte ich, „*werden* wir sie fragen.“

Ich löste meinen Arm von dem meiner Großmutter und stellte mich neben meine Tochter. Ich nahm ihre schlaffe Hand, legte sie in meine Handfläche und küsste sie. Sie fühlte sich so fremd an, so kalt und leblos. Etwas berührte meine Kniekehlen. Ich drehte mich um und sah, dass mir die Schwester einen Stuhl hingeschoben hatte. Ich setzte mich und legte die Stirn auf die Schulter meiner Tochter.

Dort blieb ich eine ganze Zeit, strich ihr Locken aus der Stirn, fuhr die Konturen ihres Gesichts nach und jammerte über alles, was ich hätte sagen sollen, aber nicht gesagt hatte. Was wir hätten tun können, wenn ich mich nicht so sehr mit Sachen beschäftigt hätte, auf die es gar nicht ankommt. All die Träume, die ich für sie hatte und die womöglich nicht mehr umgesetzt werden würden.

Jemand berührte mich am Rücken und ich zuckte verwirrt zusammen. Grelles Licht blendete mich, kaum dass ich meine Augen öffnete, und ich hatte eine vage Ahnung, dass etwas nicht stimmte – etwas, woran ich mich nicht erinnern wollte. Ich hob den Kopf, sah meine bewusstlose Tochter und mir sank der Mut.

„Jenny, es wird Zeit, nach Hause zu gehen", sagte mein Vater, und mir ging auf, dass mich seine Berührung geweckt hatte.

Ich setzte mich und rieb mir die Augen. „Ich kann sie nicht alleine lassen."

„Schatz, lass uns wenigstens mal nach deiner Oma sehen, etwas essen und uns frisch machen. Dann bringe ich dich gleich wieder her."

Ich schüttelte den Kopf. „Ich gehe nicht von ihr weg. Was ist, wenn sie aufwacht?"

Er legte mir seine Hand auf die Schulter. Sie fühlte sich so schwer an. „Dr. Reid hat gesagt, sie hat Medikamente bekommen, damit das nicht passiert. Sie wacht nicht auf, solange du weg bist. Ich verspreche es. Außerdem ist David hier. Er will mit dir reden, bevor er zu ihr geht."

Ich schämte mich, dass ich nicht daran gedacht hatte, ihn anzurufen. „Wer hat es ihm erzählt?"

„Mama Peg."

Natürlich. Die einzig Rationale von uns allen. Ich küsste Isabellas feuchtkalte Stirn. „Bin gleich wieder da, Bells. Dein Papa will jetzt mal ein bisschen bei dir sein. Ich hab dich lieb."

David saß allein im Warteraum, schlug eine zusammengerollte Zeitschrift in seine offene Handfläche und starrte auf den schwarzen Fernsehbildschirm. Als er mich sah, stand er sofort auf.

Seine Augen liefen über und er breitete die Arme aus. „Ach Jenny."

Die Tränen, die ich an Isabellas Bett offenbar nicht frei strömen lassen konnte, liefen jetzt ungehindert, als ich in seine Arme sank. Er hielt mich fest und flüsterte wieder und wieder: „Unser kleines Mädchen." Ich sah ihn an und berührte sein raues, unrasiertes Gesicht. So viel tauschten wir ohne Worte aus, als sich unsere Blicke begegneten.

„Es tut mir leid, Jenny. Alles tut mir furchtbar leid."

Die Verteidigungsmauern, die ich in den vergangenen sechs Jahren gegen ihn errichtet hatte, stürzten mit dieser Entschuldigung in sich zusammen und ich begann zu zittern. „Mir tut es auch leid", sagte ich. „David, ich habe dir so viel weggenommen."

Erinnerungsfetzen an Isabellas erstes Lachen, ihr erstes Wort und ihren ersten Geburtstag rasten mir durch den Kopf. Er hatte keine Ahnung, welcher Schätze ich ihn beraubt hatte.

Nach einer Weile wischte er sich mit dem Arm über sein nasses Gesicht. „Hat sich ihr Zustand irgendwie geändert?"

Ich schüttelte den Kopf.

Er atmete aus und nickte. „Ich muss dich vorwarnen: Mein Vater ist unterwegs."

Ich hatte zwar Angst, Dr. Preston zu begegnen, sagte jedoch nichts. Er hatte wohl genauso viel Recht, hier zu sein, wie wir alle.

Er schaute über meine Schulter auf die Türen zur Intensivstation. „Kann ich zu ihr?"

„Natürlich. Aber David – sie sieht schlimm aus." Außer mit Isabella und meiner Mutter hatte ich mich noch nie einem Menschen so verbunden gefühlt wie David in diesem Augenblick. Niemand trug denselben Anteil der Bürde wie er. Darin lag ein seltsamer Trost. Ich legte ihm eine Hand auf die Wange und sah ihm geradewegs in die Augen. „Sie erholt sich schon wieder." Nie zuvor hatte ich etwas so dringend glauben wollen.

„Natürlich tut sie das", stimmte er zu.

Als wir, geduscht und mit vollem Magen, wieder in die Klinik fuhren, verzog sich mein Vater auf die Toilette, während ich mich mit Familie Preston abgeben musste, die sich im Warteraum der Kinder-Intensivstation breit gemacht hatte. Mein Blick landete unverzüglich auf Lindsey. Sie stand allein in der Ecke und trug einen Trainingsanzug in der Art, wie Mama Peg ihn auch tragen würde. Ohne Schminke und maßgeschneiderte Kleidung war sie nicht ganz so grazil.

Onkel Ted entdeckte mich zuerst. Er kam rasch zu mir und erdrückte mich in einer Umarmung, die nach Bratenfett stank. Als die Übelkeit gerade meinen Mageninhalt heraufbefördern wollte, ließ er mich los. „Jenny, wie geht es ihr? Wie geht es unserer Kleinen?"

Aller Augen waren jetzt auf mich gerichtet. Davids Verwandte musterten mich erwartungsvoll. „Sie befindet sich in einem Koma."

„Sagt wer?", polterte ein Mann hinter mir.

Ich zuckte beim Klang seiner Stimme zusammen, verschränkte abwehrend die Arme und drehte mich um.

Ein untersetzter, gut gekleideter Herr fixierte mich mit seinen Knopfaugen. Mit seinen nur einsachtundsechzig war es nicht ungewohnt für Dr. Alfred Preston, auf den ersten Blick unterschätzt zu werden, doch das erwies sich immer als Fehler. In meinen Augen war er ein moderner Napoleon. Der einzige Mensch in der ganzen Stadt, der ihn offenbar nicht fürchtete, war mein Vater.

Er neigte zur Begrüßung kurz den Kopf. „Genevieve."

Da ich keine Lust auf Smalltalk hatte, imitierte ich einfach seine Geste. „Dr. Preston."

„Wer hat gesagt, dass meine Enkelin im Koma liegt?"

*Wieso ist es wichtig, wer das gesagt hat,* fragte ich mich. „Dr. Reid."

„Seit wann ist er denn Neurologe?" So wie er mich anschaute, hatte ich den Eindruck, er erwartete von mir eine Antwort.

Sein Blick machte mich nervös und ich zuckte die Achseln.

„Hängt sie am Beatmungsgerät?"

„Ja", erwiderte ich.

Er sah mich stirnrunzelnd an. „Wer hat diese Anweisung geschrieben?"

Ich war nicht in der Stimmung, mich von ihm oder sonst jemandem einschüchtern zu lassen. „Können Sie bitte aufhören mit mir zu reden, als wäre ich Ihre Krankenschwester! Sie hat nicht geatmet. Was hätten sie denn tun sollen?"

Er fuhr mit seiner Befragung fort, als hätte ich gar nichts gesagt. „Hat noch ein anderer Arzt mit dir darüber gesprochen? Haben sie dir erzählt, was sie machen und warum? Haben sie einen Spezialisten zu Rate gezogen?"

Ich sah ihn lediglich an. Irgendwann würde ihm die Dummheit seiner Fragerei schon bewusst werden.

Er nahm seine Brille ab, schob sich den Bügel in den Mund und sah sehr selbstgefällig aus. „Dr. Reid ist Kinderarzt, kein Lungenarzt, Jenny."

Ich verschränkte die Arme. Merkte er wirklich nicht, wie überheblich er klang? Ich hatte große Lust, ihn mit einer Menge Fragen auf Französisch zu bombardieren. Wenn ich Französisch gekonnt hätte, hätte ich es getan.

Er starrte mich sehr lange an, genau wie David es immer tat, wenn er unmittelbar davorstand, eine Lösung zu finden. Schließlich blinzelte er. „Wie lange dauerte die Hypoxie?"

Ich versuchte, meinem Ärger Luft zu machen und stieß einen übertriebenen Seufzer aus. Warum waren Intelligenzbestien anscheinend immer zu dumm zu bemerken, dass das, was sie sagten, den Horizont der anderen überstieg?

Er hob die Augenbrauen und erwartete eine Antwort von mir.

„Entschuldigen Sie bitte, da fragen Sie wohl am besten Dr. Reid."

Mein Vater tauchte neben mir auf und starrte seinen Erzfeind unverwandt an. Aus Furcht vor der Szene, die er machen könnte, fing mein Herz an zu rasen.

„Wenn ich wieder zu Bella hineingehe, wage es bloß nicht, einen Streit vom Zaun zu brechen", ermahnte ich ihn.

Dr. Preston musterte meinen Vater abschätzig von oben bis unten, womit er ihn herausforderte, mir die Stirn zu bieten.

Mein Vater blickte finster zurück. Ich war froh, dass ich seine Gedanken nicht lesen konnte. Sehr wahrscheinlich waren sie mörderisch.

Dr. Preston löste den Blick von meinem Vater und sprach mich an. „Bleib hier, junge Dame. Ich kümmere mich …"

Mein Vater straffte seine Schultern. „Sagen Sie meiner Tochter nicht, was sie zu tun hat."

*Es ging los.* „Papa, lass es."

Sein Gesicht lief rot an. „Geh du nur zu deiner Tochter, Spatzi. Ich befasse mich mit ihm."

*Spatzi*? So hatte er mich zuletzt genannt, als er mich dafür loben wollte, dass ich meine Schuhe alleine binden konnte.

Trotzig sah Dr. Preston zu meinem Vater hoch, wobei er den Kopf so weit in den Nacken legen musste, dass es so aussah, als könne der Hals durchbrechen. „Kann sein, dass Sie mich nicht mögen, Jack, und dass ich Sie für durchgeknallt halte, aber meine Enkelin liegt im Sterben, und daran werde ich etwas ändern, selbst wenn ich dabei über Ihre Leiche gehen müsste."

In meinem Vater zerbrach etwas – ich erkannte es an seinen Augen. Ich trat zwischen die beiden. „Dr. Preston, wenn Sie Isabella helfen können, dann bitte …"

Er wandte den Blick nicht von meinem Vater ab, als er mir antwortete. „Jenny, ich weiß, du hast keinen Grund, mir zu trauen, aber in diesem Fall musst du es einfach. Ich habe bei den Koryphäen der Kinderheilkunde studiert. In der Medizin gibt es viele Bereiche, in denen ich mich nicht auskenne, aber hier – *hier* – bin ich herausragend."

„Er hat deine Mutter umgebracht", knurrte mein Vater hinter mir.

„Zum fünfhundertsten Mal: Ihre Frau war nicht meine Patientin." Dr. Preston wandte sich mir zu. „Dein Vater kapiert anscheinend nicht, dass deine Mutter nebenbei erwähnte, sie habe häufig Kopfschmerzen und sei müde. Als *Freund* schlug ich ihr Eisenpräparate und Ibuprofen vor, weil ich dachte, sie könnte an Blutarmut leiden, habe ihr aber gesagt, sie solle einen Termin bei ihrem Arzt ausmachen. Ich habe keine Diagnose gestellt und sie ganz sicher nicht umgebracht."

„Ich weiß", sagte ich einfach.

Mein Vater funkelte Dr. Preston an. „Lass ihn nicht zu meiner Enkelin."

„Zu *unserer* Enkelin", entgegnete Dr. Preston. „Deine Familie scheint nichts vom Halbe-Halbe-Prinzip der Vererbungslehre zu verstehen."

Ich drehte mich zu meinem Vater um. Seine Augen sprühten vor Zorn wie an dem Abend, als er erfuhr, dass meine Mutter Krebs hatte.

Ich warf Dr. Preston einen ernsten Blick zu und schüttelte als Vorwarnung den Kopf.

Seine Unverschämtheit schien der Angst zu weichen, denn seine Augen weiteten sich. „Dann lasst mich doch zumindest mal nach ihr sehen." Er bewegte sich schneller davon, als ich es je zuvor bei ihm gesehen hatte.

Davids Verwandte wirkten peinlich berührt und verunsichert. Sie murmelten Entschuldigungen vor sich hin und ließen uns allein.

Mein Vater fuhr sich mit der Zunge über die Lippen. „Jenny, das ist doch nicht dein Ernst, diesen Quacksalber an ihr herumdoktern zu lassen."

„Solange er helfen kann …"

Er sah mich ungläubig an. „Er hat deine Mutter umgebracht."

Fast wollte ich seine hartnäckige falsche Überzeugung noch einmal auszuräumen versuchen, doch in seiner Unvernunft würde ihn das nur noch zorniger machen. „Papi, ich weiß, dass du glaubst, er hat Mist gebaut, aber man wird nicht ohne Grund Stationsleiter. Und wenn er ihr doch helfen kann?"

Er zuckte mit den Achseln. „Ist mir egal, was er kann. Er rührt meine Enkelin nicht an."

Der Ernst seiner Worte schockierte mich. War Hass wirklich ein stärkeres Gefühl als Liebe? „Hör dir doch mal selber zu." Da ich seinen Anblick nicht länger ertragen konnte, ging ich weg.

Er blieb allein im Flur stehen und trug seine Bitterkeit wie einen verbogenen Ehrenorden.

Ich ging so weit in die andere Richtung des Flurs, dass ich gerade noch die Türen zur Kinderintensivstation sehen konnte, lehnte mich an die Wand und wartete darauf, dass Dr. Preston wieder auftauchte. Eine Putzfrau rollte einen Behälter mit trüber Flüssigkeit an mir vorbei und mir schlug der Geruch von Bleichmittel entgegen. Ich hob mir einen Arm vors Gesicht, damit ich ihn nicht riechen musste. Ich hatte mich seit fast achtundvierzig Stunden nicht übergeben und wollte es dabei belassen.

Nach über einer Stunde kam Dr. Preston in Begleitung eines anderen Mannes durch die automatischen Gleittüren. Dieser Arzt konnte kaum älter sein als ich. Sein Gesicht war fast so rot wie seine Haare. Der Ärmste sah aus, als müsse er einem Exekutionskommando gegenübertreten. Dr. Preston führte ihn mit einer Hand auf seinem Rücken zu mir. „Dr. McNeal, das ist Isabellas Mutter."

Nachdem wir uns die Hand gegeben hatten, war meine kalt und nass. Ich sah meine Handfläche an, dann zu ihm.

„Oh, tut mir leid. Ich habe sie gerade erst gewaschen."

Dr. Preston deutete auf seinen Begleiter. „Dr. McNeal ist ein Mitarbeiter von Dr. Reid."

„Sehr erfreut", sagte ich.

Dr. Preston wandte sich an den Rothaarigen. „Erklären Sie bitte der Mutter des Kindes, warum Sie ihr ein Betäubungsmittel geben."

Er warf Dr. Preston einen fragenden Blick zu. Der starrte ihn lediglich an.

„Nun ja, Ms. Preston", begann Dr. McNeal.

„Lucas."

Sein Gesicht wurde fleckig. „Oh Verzeihung, Ms. Lucas. Falls Ihre Tochter aufwacht und merkt, dass ein Beatmungsgerät Luft in ihre Lunge presst, könnte sie das sehr erschrecken, wie Sie sich vorstellen können. Sie könnte Panik bekommen und würde vielleicht versuchen, den Schlauch herauszureißen. Das wäre ganz gewiss …"

„Warten Sie mal“, unterbrach Dr. Preston. „Würden Sie das bitte wiederholen?“

„Was soll ich wiederholen?“

Er neigte seinen Kopf zur Seite wie ein verwirrter Hund. „Das mit dem *falls sie aufwacht.*“

„Falls sie aufwacht und merkt, dass ein Beatmungsgerät …“

Dr. Preston setzte sich seine Brille wieder auf. „Aber sie liegt im Koma. Das hat Dr. Reid ihrer Mutter erzählt.“

Der Mann zog die Augenbrauen zusammen. „Sie wissen so gut wie ich, dass man ohne vorherige Anzeichen daraus erwachen kann.“

Dr. Preston nickte wie ein Einfaltspinsel. „Ja, das stimmt. Das stimmt. Aber wenn sie ein Betäubungsmittel bekommt, wie können wir dann Ihrer Meinung nach erkennen, dass sie anfängt, aus dem Koma zu erwachen?“

Auf der Stirn des jungen Arztes bildeten sich Schweißperlen. „Nach einer Weile setzen wir die Medikamente ab und nehmen eine Neubewertung vor.“

„Ach, ich bin heute wohl etwas begriffsstutzig. Ich dachte, die nichtinvasive Maskenbeatmung hätte den Bedarf an paralysierenden Mitteln aufgehoben.“

„Wir wenden nicht die Masken-Beatmung an.“

Dr. Prestons Nasenflügel bebten und er reckte den Hals. „Ja, darauf bin ich aufmerksam gemacht worden. Also hängt sie dauerhaft am Beatmungsgerät und bekommt Betäubungsmittel. Wie lange lassen wir sie im künstlichen Koma?“

Ich war verwirrt und beunruhigt. Abwechselnd sah ich von einem Arzt zum anderen, aber sie konzentrierten sich aufeinander. „Künstliches Koma? Ich dachte …“

Dr. Reid kam mit einem zerknitterten Kittel aus dem Aufzug, ging mit langen Schritten zügig den Flur entlang und sah genauso gereizt aus wie Dr. Preston.

Beim Geräusch seiner Schritte drehte sich Davids Vater um. „Ah, sieh an, der große Dr. Reid.“

Dr. Reid funkelte ihn an. „Ich habe Ihren Notruf erhalten. Hätte das nicht bis morgen warten können?“

„Tut mir sehr leid, Dr. Reid. Habe ich Sie bei Ihrem Nickerchen gestört?“

„Ich hatte zwei Tage durchgehend Rufbereitschaft. Irgendwann muss ich auch mal schlafen."

„Mir ist klar, dass Sie Ihren Schönheitsschlaf dringender brauchen als die meisten anderen, aber das hier ist wichtig. Wissen Sie, irgendjemand hat dieser jungen Frau erklärt, meine Enkelin liege im Koma."

Er warf mir einen anklagenden Blick zu. „Ja."

Dr. Prestons Augen verengten sich zu Schlitzen. „In einem künstlich herbeigeführten."

Dr. Reid warf Davids Vater einen Blick zu, der ihn hätte töten können. „Wie im Protokoll festgehalten, Dr. Preston, habe ich, nachdem ich dem Kind das Leben gerettet habe, ihre Reaktionen überprüft und festgestellt, dass sie auf nichts ansprach."

Dr. Prestons Mund verzog sich andeutungsweise zu einem selbstgefälligen Grinsen. Mir kam es wie ein kleines Wunder vor, dass er sein jetziges Alter hatte erreichen können, ohne von jemandem erschlagen worden zu sein. „Wofür wir Ihnen ewig dankbar sein werden, Herr Doktor. Danke, dass Sie Ihre Arbeit gemacht haben. Mir wurde mitgeteilt, dass wir sie durch den ersten Schockstoß schon wiederbelebt hatten, aber das tut Ihrem Anspruch, ein Held zu sein, keinen Abbruch. Nachdem Ihnen nun gebührend Ehre erwiesen wurde, würden Sie mir jetzt bitte erzählen, wie Sie gedenken festzustellen, dass sie wieder anfängt zu reagieren?"

Dr. Reid fielen fast die Augen aus dem Kopf. „Wir setzen die Medikamente ab und nehmen eine Neubewertung vor."

„Genau das habe ich ihm auch schon gesagt", stimmte der rothaarige Arzt ein.

Als Dr. Preston ihm seine Aufmerksamkeit zuwandte, wirkte der junge Arzt, als werde er sich gleich in die Hosen machen. „Wann?", fragte Dr. Preston.

Dr. Reid sprach immer abgehackter. „Ich habe die Rahmenbedingungen dafür noch nicht geprüft."

„Je länger sie am Beatmungsgerät hängt, desto schwächer wird ihre Lungenfunktion und desto geringer sind ihre Chancen auf eine vollständige Heilung. Stimmen Sie mir da zu?"

Mein Blick ruckte zwischen den beiden hin und her. Die Spannung in der Luft wurde unerträglich, aber etwas in mir sagte mir, dass dieser Wortwechsel entscheidend sein könnte für Leben oder Tod meiner

Tochter. Die Diskussion verstand ich zwar nicht ganz, doch mir war klar, dass sie unterschiedlicher Meinung darüber waren, was das Beste für Isabella wäre. Ich wollte alles bis zum Schluss mitbekommen.

Dr. Reid hämmerte ungeduldig mit seinem großen Turnschuh auf den Boden. „Das ist mir schon klar, aber ein Sauerstoffmangel im Blut könnte ebenfalls schlimme Folgen haben, wenn sie nicht von sich aus atmet. Denken Sie nicht auch?"

„Ich habe angeordnet, die Medikamente abzusetzen", sagte Dr. Preston.

Sie starrten sich so lange und unverwandt an, dass ich beinahe erwartete, einer von ihnen ziehe gleich eine Pistole. Schließlich verlor Dr. Reid seine Fassung. „Dazu haben Sie nicht das Recht!"

Dr. Preston trat bedrohlich nahe an Reid heran. „Für den Fall, dass Ihr Gedächtnis genauso schlecht ist wie Ihre ärztliche Leistung, möchte ich Sie daran erinnern, dass *ich* der Vorgesetzte aller Mitarbeiter hier bin. Und es sind alles *meine* Patienten."

Dr. Reid schloss die Augen und biss sich auf die Lippen, als versuche er sich selbst zu beruhigen. „Falls sie aufwacht", sagte er schließlich, „wird sie sich sehr erschrecken. Wir versuchen, das zu verhindern. Das würde ich nicht als schlechte Behandlungsmethode bezeichnen."

„Warum wird sie nicht über eine Maske beatmet?", fragte Dr. Preston.

Dr. Reid drückte sich entnervt die Finger an die Schläfen. „Egal was ich sage, Sie halten immer dagegen."

Dr. Preston setzte eine selbstgefällige Miene auf. „Das ist die erste intelligente Äußerung von Ihrer Seite."

Dr. Reid sah zur Decke und klopfte dabei weiter mit dem Fuß auf den Boden. „Ich verstehe ja, dass Sie gerade eine schwere Zeit durchmachen, und daher werde ich …"

„Sie werden meine Enkelin extubieren."

Dr. Reids Fuß hielt inne. „Sie sind ja wahnsinnig."

„Mag ja sein, aber so gehen wir vor. Ich habe den Schwestern gesagt, sie sollen die Betäubungsmittel verdünnen. Und wissen Sie was? Isabella beginnt, auf Schmerzreize zu reagieren. Sie wackelt mit den Zehen. Sie versucht die Augen zu öffnen."

Die guten Neuigkeiten ließen mich erstaunt nach Luft schnappen. So gern ich auch gleich zu ihr gerannt wäre, wusste ich doch, dass ich hier bleiben und mir den Rest des Gesprächs anhören musste.

Vor Überraschung zuckte Dr. Reids Kopf hoch.

Dr. Prestons zuvor noch selbstgefällige Miene wurde ernst. „Ja, so ist es, Doktor. Und nachdem ich die veraltete Beatmungsmethode durch eine bessere ersetzt habe, hat ihre Spontanatmung wieder eingesetzt."

Dr. Reid rieb sich das Kinn. „Wie häufig?"

„Zehn pro Minute."

„Das reicht nicht."

„Noch nicht, aber ich glaube, dass ihre Lungentätigkeit wieder voll einsetzt, wenn die Medikamente ganz abgesetzt sind und wir ihr den Beatmungsschlauch ziehen!"

Dr. Reids Fuß fing wieder an zu klopfen. „Sie ist noch nicht bereit dazu."

Dr. Preston näherte sich ihm noch einen Schritt. „Hören Sie mal zu, Sie wehleidiger Schuljunge, sie ist meine Enkelin. Mein Fleisch und Blut. Hier geht es nicht darum, dass Sie den bösen Dr. Preston im Zweikampf besiegen müssen. Ich weiß, dass Sie, die anderen Ärzte, die Schwestern und vermutlich sogar die Aushilfen mich nicht leiden können, aber das ist mir egal. Es kommt einzig und allein darauf an, dass ich mir meine Position verdient habe und sie auch nutzen werde, um meiner Enkelin das Leben zu retten."

Dr. Reid wandte sich zu mir, als erwarte er, dass ich eingreife. Als ich nicht reagierte, drehte er sich wieder zu Dr. Preston. „Wenn wir sie extubieren, ohne einen Tag lang nach und nach die Medikamente herunterzufahren, und sie einen Herzstillstand erleidet, verlieren Sie nicht nur Ihre Stelle als Vorgesetzter, sondern ich werde bei der Ärztekammer höchstpersönlich dafür sorgen, dass Ihnen die Approbation entzogen wird."

„Wenn meiner Enkelin irgendetwas zustößt", hörte ich meinen Vater hinter mir, „verliert er mehr als nur seine ärztliche Zulassung."

# 27

Während andere Teenager gebeten und genötigt werden mussten, zu einer vernünftigen Zeit schlafen zu gehen, musste man mich nie bitten. Ich wollte früh ins Bett gehen, damit ich einfach daliegen und von einer Zukunft mit David träumen konnte. Ich starrte an die Decke und stellte mir vor, wie unser Leben eines Tages aussehen würde. Ich malte mir eine schlichte und dennoch elegante Hochzeit aus.

Meine Brautjungfern würden champagnerfarbene Seide tragen, ich hingegen wäre ein modernes Aschenputtel mit einem trägerlosen weißen Brautkleid, gesäumt von Spitzen und Perlen. David sähe in seinem maßgeschneiderten Smoking natürlich umwerfend aus. Verträumt würden wir einander in die Augen schauen, uns gegenseitig mit Kuchen und Versprechungen füttern, während unsere Familien Trinksprüche auf das wunderbare Leben, das uns bevorstand, ausbringen würden.

Oft hatte ich mir vorgestellt, David würde einen Finger auf die Lippen legen und mich zur Zimmertür unserer Tochter führen. Hand in Hand würden wir sie beim Schlafen beobachten, ihre Schönheit bewundern, die Liebe, die wir für sie empfanden – und füreinander. Irgendwie hatte ich schon immer gewusst, dass wir eine Tochter bekommen würden, wobei sich die restlichen Details nicht so verwirklichten, wie ich sie mir ausgemalt hatte.

Jetzt, Jahre später, hatte sich mein Traum in einen Albtraum verwandelt. David hielt ganz fest meine Hand, als wir an Isabellas Krankenbett standen, und wir bewunderten nicht ihre Unschuld, sondern ihre innere Stärke – die hoffentlich ausreichen würde, um sie am Leben zu erhalten. Statt für ihren späteren Beruf, Ehemann und Freundeskreis zu beten, galt meine einzige Sorge ihrem reinen Überleben.

Die Richtlinien der Kinder-Intensivstation sahen zwar vor, dass immer nur zwei Besucher gleichzeitig da sein durften, doch dank Dr. Preston wurden für uns Ausnahmen gemacht. Die Blicke, die das Personal ihm zuwarf, wenn er nicht hinschaute, sprachen Bände, doch zum Glück ließ niemand seinen Frust über seine Einmischung an uns oder Isabella aus.

David und ich versuchten, nah bei unserer Tochter zu sein, ohne im Weg zu stehen, während sich mein Vater und Mama Peg ganz platt an die Wand drückten. Mein Vater ließ die funkelnden Augen die ganze Zeit nicht von Dr. Preston, und ich glaube, allen in der Familie war klar: wenn Isabella etwas zustoßen sollte, würde es nicht nur einen Todesfall geben.

Dr. Reid nahm den Platz am Kopfende von Isabellas Bett ein. Er hatte einen durchsichtigen Beutel in der Hand, mit dem er ihr bei Bedarf Luft in den Mund pumpen konnte. An ihrem Fußende stand eine Krankenschwester und ein Beatmungsassistent. Dr. Preston erklärte, er würde ihren Beatmungsschlauch entfernen, und wenn sie nicht von alleine atmen würde, sofort wieder einführen. Wobei er sich felsenfest sicher war, dass das nicht notwendig sein würde.

Isabellas Augenlider flatterten und schlossen sich wieder. Dr. Preston beugte sich über sie. „Isabella, hier ist dein Opa. Hör mal, Schätzchen, wir ziehen jetzt den Schlauch aus deinem Hals. Das fühlt sich erst mal unangenehm an, geht aber bald vorbei."

Sie verzog ihren Mund.

Sachte zog er das weiße Heftpflaster ab, mit dem der Schlauch an ihrer Haut befestigt war. „Wenn er draußen ist, musst du ein paarmal ganz tief Luft holen, damit wir ihn nicht wieder hineinschieben müssen, okay?"

Ich hörte leise Schritte hinter mir. Als ich mich umdrehte, sah ich, wie Lindsey hereinschlich. Mit ihren dunklen Ringen unter den Augen und den losen Haarsträhnen sah sie aus, als brauche auch sie ein bisschen Schlaf und eine Dusche. Ihr besorgter Blick huschte von Isabella zu Dr. Preston und blieb schließlich an Davids Hand hängen, die mit meiner verschränkt war. Als sich ihre Blicke trafen, ließ er meine Hand los und nahm ihre.

Da mir kalt war und ich mich einsam fühlte, schlang ich meine Arme um mich.

„Es geht los", sagte Dr. Preston. Er griff nach Isabellas Beatmungsschlauch. „Wenn ich bis drei gezählt habe, Schätzchen, musst du die Luft anhalten."

Mir blieb beinahe das Herz stehen, als das Keuchen des Beatmungsgeräts verstummte.

„Eins."

*Oh Gott …*
„Zwei."
*Bitte …*
„Drei."
*Lass sie atmen. Oh bitte, lass sie atmen.*

Aller Augen ruhten auf Isabella, als ihr Dr. Preston in einer fließenden Bewegung den Schlauch aus dem Mund zog.

„Atme!", befahl er.

Als die Sekunden verstrichen, nahm ihre Haut ein unnatürliches Violett-Rot an. Sie gab ein Gurgeln von sich, doch ihre Brust hob sich nicht. Eine weitere Sekunde verstrich. Und noch eine. In mir stieg Panik auf, während ich darauf wartete, dass jemand etwas tat. Irgendetwas. Dr. Reid starrte Dr. Preston unerbittlich an.

„Na komm schon, Kind. Atme", sagte Dr. Preston.

Dr. Reid drückte ein durchsichtiges Mundstück auf Isabellas Lippen und wollte Luft aus dem daran hängenden Beutel in ihre Lunge pressen.

Dr. Preston schob ihn weg. „Noch nicht."

Ich beugte mich zu ihrem Ohr und bat inständig: „Bella, ich bin's, Mami. Du musst jetzt atmen. Bitte, Kleines, atme!"

Im Raum war es so still, dass das Ticken der Wanduhr wie eine Trommel klang.

„Das reicht", sagte Dr. Reid zu Davids Vater. „Wir intubieren wieder."

Alle regten sich, als hätte ein Regisseur „Action!" gerufen.

„Nein!", bellte Dr. Preston.

Alle erstarrten wieder.

Wie viel Zeit war vergangen?, fragte ich mich. War es eine ganze Minute? Zwei? Wie lange konnten sie noch warten?

Mir wurde ganz schwindelig. „Bitte", weinte ich. „Bitte tut doch etwas!"

Niemand rührte sich. Isabella öffnete den Mund, als wolle sie atmen, könne sich jedoch nicht mehr erinnern wie. Ich kniff fest die Augen zu. *Oh Gott, bitte, bitte, bitte …*

Ich hörte etwas, das wie das Entweichen von Luft aus einem Reifen klang. Isabellas Brust hob sich, als sie Luft einsog.

„Noch einmal, Bella. Atme noch einmal ein", sagte Lindsey. Ihre Stimme war eine Insel der Ruhe inmitten unseres Sturms.

Isabella drehte ihren Kopf zu David, sah ihn mit glasigen Augen an und nahm noch einen Atemzug.

Ich zählte die Sekunden zwischen dem Heben und Senken ihrer Brust. *Einundzwanzig, zweiundzwanzig, … fünf…*

Atemzug.

*Einundzwanzig, zweiundzwanzig, … vier…*

Atemzug.

Eine Schwester befestigte eine Nasenkanüle wie die von Mama Peg um Isabellas Ohren und schob den feinen Silikonschlauch unter ihre Nasenlöcher. Als Isabellas Atmung rhythmisch und gleichmäßig wurde, klatschten alle Beifall, während ich bloß schluchzen konnte.

Als sich Dr. Preston umdrehte, waren seine Augen rot und wässrig. Ich brauchte einen Augenblick, bis mir aufging, dass auch er geweint hatte. Solange ich ihn kannte, hatte ich nie mitbekommen, dass er je auch nur eine Träne vergossen hätte. Ich hätte es nicht für möglich gehalten, wenn ich es nicht mit eigenen Augen gesehen hätte.

Er blickte erleichtert zur Decke und atmete aus. Dann sagte er zu dem Beatmungsassistenten und der Schwester: „Ich will für eine Stunde lang alle fünfzehn Minuten über ihre Vitalzeichen informiert werden, danach alle zwei Stunden. Nehmen Sie die Blutgaswerte …“

„Wie ist ihre Atemfrequenz?“, fragte Dr. Reid.

„Vierzehn“, antwortete die Schwester.

„Sehr gut. Ihre Sauerstoffsättigung?“

Der Beatmungsassistent grinste. „Fünfundachtzig Prozent und steigend.“

Dr. Reid nahm sein Stethoskop von seinem Hals und hörte Isabellas Lunge ab. Nach einer Minute drehte er sich lächelnd zu Dr. Preston um. „Hört sich hervorragend an.“

„Natürlich“, sagte Davids Vater selbstgefällig.

Dr. Reid sah ihn an, dann verließ er wortlos das Zimmer.

Ich küsste Isabella auf die feuchte Stirn. „Bella, kannst du mich hören?“

Sie regte sich, öffnete jedoch nicht die Augen.

Dr. Preston stellte sich neben mich und zog mit seinen Fingern sachte ihre Augenlider hoch. Aus seinem Kittel holte er eine Stablampe und leuchtete ihr in die Augen. „Sie weiten sich.“ Sein Ton sagte mir, dass das gut war.

„Wann wissen wir, ob mit ihr alles in Ordnung ist?", fragte ich ihn.

Er drehte an einem kleinen schwarzen Schalter. In einem durchsichtigen Zylinder stieg eine winzige Kugel auf, während er den Sauerstoffpegel einstellte. „Das ist eine gute Frage, die ich nicht beantworten kann. Das ist das Einzige, was wir absolut nicht in der Hand haben. Wir müssen einfach abwarten und …"

Ein grässliches rasselndes Geräusch drang aus Isabellas Brust.

Bis auf ihre Atmung lag sie so ruhig da wie ein Leichnam – Augen geschlossen, Mund leicht geöffnet. Dr. Preston und ich sahen uns fragend an, dann wieder Isabella. Mein Blick verharrte auf meiner Tochter und ich wagte es nicht, zu blinzeln, damit ich keine einzige ihrer Regungen verpasste. Ihre Lippen bewegten sich so leicht, dass ich mich fragte, ob ich es mir eingebildet hatte. „Maaa…"

Ruckartig drehte ich mich zu David um, dann wieder zu ihr.

Ich beugte mich über sie. „Baby, ich bin direkt neben dir. Kannst du mich hören?"

Langsam bewegte sie ihre Augenlider, bis ihre Augen sich öffneten, dann schaute sie mich an und flüsterte etwas. Ihre Stimme war so leise und krächzte, doch ich konnte jedes einzelne wunderbare Wort verstehen. Ich drehte mich um und wiederholte, was sie gesagt hatte. „Sie hat Durst." Ich fing an zu lachen. „Isabella hat gesagt, sie hat Durst!"

„Sie hat Durst!", rief David und wirbelte Lindsey umher.

Mein Vater klopfte vor Freude Dr. Preston so fest auf den Rücken, dass das Geräusch im ganzen Raum widerhallte. Dann riss er seine Hand zurück, als sei ihm plötzlich ihre Fehde wieder eingefallen.

Eine Schwester verließ den Raum und kam mit etwas zurück, das aussah wie ein künstlicher Lutscher. Als sie es Isabella in den Mund steckte, schnappte meine Tochter so rasch und fest zu, dass die Schwester beinahe einen Finger verloren hätte.

„Was ist das denn?", fragte ich sie.

„Das ist ein feuchter Schwamm. Sie darf am Anfang noch nicht zu viel trinken."

„Ach du liebe Güte", schimpfte Mama Peg. „Hol doch mal jemand dem Kind ein Glas Wasser."

Die Schwester schob sich eine Haarsträhne hinters Ohr und sah Dr. Preston abwartend an.

Er nickte. „Wenn ich Sie wäre, würde ich tun, was Peggy sagt. Eine vom Lucas-Clan reizt man besser nicht. Sie sind so gemein wie Bulldoggen."

Mein Vater verzog den Mund und bemühte sich, ein Lächeln zu unterdrücken.

Ich hockte mich neben meine Tochter. Ich wusste, ich sollte ihr etwas Zeit lassen, sich zu erholen, aber ich musste es einfach wissen. „Süße, warum warst du im See?"

Im Raum wurde es ganz ruhig und alle warteten mit mir auf ihre Antwort.

Sie legte mir eine Hand auf die Wange. Ich führte sie zu meinem Mund und küsste sie.

Die Schwester gab mir eine Schnabeltasse mit Wasser. Ich hielt sie Isabella an die Lippen und sie trank daraus. Nach mehreren Schlucken nahm ich sie wieder fort. Sie verzog das Gesicht. „Mein Hals tut mir weh."

„Das kommt von dem Schlauch", sagte die Schwester, die etwas in Isabellas Akte eintrug und nicht aufschaute. „Du bekommst eine Medizin, und danach geht es dir besser."

Ich strich Isabella eine Locke von der Wange. „So, meine Süße, jetzt erzähl uns bitte, warum du ganz allein schwimmen gegangen bist."

Ich drückte ihr zur Ermutigung ihre kleine Hand. Sie fühlte sich wieder warm an, als sei das Leben neu in sie hinein geströmt.

Meine Tochter sah mich mit ihren goldbraunen Augen an und ihr Blick schien mir sagen zu wollen: *Weißt du es denn nicht*? „Ich habe versucht, zu dir zu kommen, Mami. Damit wir für immer zusammen sein können."

Ihre Antwort verschlug mir die Sprache. Als mir Tränen übers Gesicht rannen, gab ich ihr einen Kuss auf die Lippen und drehte mich um.

„Ich verstehe das nicht", sagte David.

Mama Peg legte sich eine Hand aufs Herz. „Ach du lieber Himmel. Sie hat versucht, den Ozean zu überqueren."

Ich nickte und wischte mir die Tränen vom Gesicht.

Mein Vater räusperte sich, wie Männer es manchmal machen, wenn sie bewegt sind. „Du hast denselben Vergleich benutzt wie deine Mutter seinerzeit."

Wieder nickte ich und brachte noch immer kein Wort heraus.

David und Lindsey tauschten einen irritierten Blick aus.

Die Schwester nahm mir die Tasse aus der Hand und ließ Isabella noch ein paar Schluck Wasser trinken, während ich den Prestons die Metapher erklärte.

Als ich fertig war, sagte David: „Jenny, es ist ganz klar, dass sie noch mehr Zeit mit dir braucht. Nehmt euch noch ein paar Tage. Es besteht keine Eile."

Lindsey riss ihre Hand aus seiner. Ihre Rehaugen blitzten ihn mit einer Intensität an, die ich nicht einordnen konnte. „Nein, David. Nicht bloß ein paar Tage."

Sein Gesichtsausdruck versteinerte sich und er verschränkte die Arme. „Lindsey …"

„Nein, hör zu", erwiderte sie. „Wir haben sie für immer, Jenny nicht. Dieses kleine Mädchen braucht genau jetzt ihre Mutter. Sie gehören zusammen."

David öffnete den Mund, doch ein kühler Blick von Lindsey ließ ihn verstummen.

„Wir haben alle Zeit der Welt", wiederholte sie leise. „Alle Zeit der Welt, David."

# 28

Als ich mit Isabella schwanger gewesen war, war mein Geruchssinn so ausgeprägt, als besäße ich eine übernatürliche Kraft – wenn auch eine nutzlose. Kaum betrat ich einen Lebensmittelladen, wusste ich, ob sie gerade einen Kuchen glasierten, Krabben dampfgarten oder drei Gänge weiter Müsliproben verteilten. Ich weiß nicht, ob es von den Hormonen verursacht wurde oder warum ich jetzt, im Angesicht des Todes, dasselbe Phänomen durchmachte – jedenfalls konnte es mein Geruchssinn mit dem eines Spürhundes aufnehmen.

Das wäre natürlich praktisch gewesen, wenn ich auf geschmuggelte Drogen oder entlaufene Strafgefangene angesetzt worden wäre, doch das Einzige, das wirklich dabei herauskam, war, dass mir dauernd übel wurde. Selbst Düfte, bei denen mir sonst das Wasser im Mund zusammenlief, bereiteten mir jetzt Übelkeit. Ich musste mich etwas Essbarem bloß auf dreißig Meter nähern, schon drehte sich mein Magen wie ein Betonmischer.

Heute war mein überempfindlicher Geruchssinn zur Abwechslung mal willkommen, denn er verkündete den belebenden Duft von Erde und Moos am Fluss. Ich sog ihn ein und empfand eine überwältigende Wertschätzung des Lebens – meines und Isabellas.

Meine Tochter und ich saßen Hüfte an Hüfte auf meinem Lieblingsfelsen, sahen kleinen silbrigen Fischen zu, die stromabwärts sausten, und wackelten im kristallklaren Wasser mit den Zehen. Sonnenschein durchbohrte das grüne Blätterdach über uns und bestrahlte ohne Unterschied unscheinbare Steine und verrottendes Laub. Isabella war zwar erst am Vortag aus dem Krankenhaus entlassen worden, doch abgesehen von ihrer krächzenden Stimme hätte man nie vermutet, dass sie ein lebensbedrohliches Trauma hinter sich hatte.

Als ihre Mutter bemerkte ich allerdings, dass etwas an ihr unverkennbar anders geworden war. Mein sonst so eigenständiges Kind war zu meinem Schatten geworden. Wenn ich ein Nickerchen machte, machte sie auch eins. Wenn ich frische Luft brauchte, brauchte sie zufälligerweise auch welche. Ich konnte nicht einmal meine Blase leeren, ohne sie als Zuhörerin zu haben. Natürlich machte mir ihre Gesellschaft nichts aus. Ich hatte sie gerne in meiner Nähe. Nach allem, was wir durchgemacht hatten, hatten wir wohl beide etwas Angst, einander zu verlieren.

Andererseits wusste ich, dass ich dieses anhängliche Verhalten nicht länger einfach so durchgehen lassen konnte. Isabella hatte zwar das Schlimmste überstanden, ich jedoch noch nicht, was bedeutete, dass ich sie weiterhin auf ein Leben ohne mich vorbereiten musste. Wie sollte ich das nur hinbekommen? Mir fiel um alles in der Welt nichts ein. Ich dachte, vielleicht würde mich dort am Fluss eine Inspiration überkommen und hatte vorgehabt, zum Nachdenken alleine hierher zu gehen. Doch als Isabella die Hintertür aufgehen hörte, war sie schneller an meiner Seite, als ich „bis gleich" sagen konnte.

Ich berührte das Plastikarmband aus dem Krankenhaus, das sie noch um ihr Handgelenk trug. „Irgendwann wirst du es abnehmen müssen, nicht wahr?"

Sie drehte ihre Hand hin und her und bewunderte den Schmuck. „Mir gefällt es."

„Sieht ziemlich cool aus", stimmte ich zu.

Sie lehnte ihren Kopf an meinen Arm. „Sarah hatte auch mal so ein Armband."

„Die supercoole Sarah aus der Vorschule?"

Ich spürte, wie sie mit dem Kopf nickte.

„Warum war sie denn im Krankenhaus?"

Sie zuckte mit den Achseln.

„Bella, du musst mir versprechen, dass du nie wieder alleine versuchst, das Meer zu überqueren. Oder den See. Oder einen Teich. Oder sonst etwas. Gott sagt, dass ich alleine gehen muss."

Mit ihrem nackten Fuß trat sie nach dem Fluss und spritzte Wasser auf den Boden. Ein Salamander sprang unter einem Blatt hervor, und bevor ich ihn ihr zeigen konnte, kletterte er blitzschnell einen Baum hoch und war außer Sichtweite.

„Ich wünschte, du müsstest nicht gehen", sagte sie.

„Ich auch. Aber Gott will, dass du hier einige Dinge lernst und erlebst – wichtige Dinge. Wenn du irgendwann zu mir in den Himmel kommst, frage ich dich danach."

Sie nahm ihre Ferse in die Hand und zog ihren Fuß so dicht an den Mund, dass ich schon dachte, sie habe vor, in ihre Zehennägel zu beißen. Sie begutachtete ihren Fuß, als habe sie so etwas noch nie gesehen, und tauchte ihn dann ohne Erklärung wieder ins Wasser. „Was für Dinge?"

Ich zog sie auf meinen Schoß und umarmte sie. „Na ja, ich weiß nicht ganz genau, aber ich nehme an, du musst wahrscheinlich aufs College gehen, Menschen mit Problemen helfen, vielleicht eine Rucksack-Tour durch Europa machen, Ärztin werden und ein Mittel gegen Krebs finden, oder womöglich die erste Präsidentin der USA werden. Ich weiß es nicht." Ich drehte ihr Gesicht zu mir her und grinste. „Und natürlich musst du dich verlieben."

Sie öffnete den Mund, steckte sich theatralisch den Finger in den Hals und gab vor, zu würgen.

„Wo hast du dir denn das abgeschaut?"

Sie hob entschuldigend ihre Handflächen und zuckte die Achseln.

Als ich lachte, hoffte ich gegen alle Regeln der Vernunft, sie möge dieses Gespräch in den tiefsten Schichten der Erinnerung bewahren. „Der Gedanke an Jungen wird dir nicht immer Übelkeit bereiten. Eines Tages kommen sie dir nicht mehr so eklig vor."

Sie fuhr mit ihrem nassen, kalten Fuß an meinem entlang. „Craig ist nicht eklig."

„Nein", stimmte ich zu. Ganz und gar nicht.

Sie pustete sich eine Locke aus dem Gesicht. „Was muss ich sonst noch machen?"

Ich lehnte mich zurück und betrachtete ein Blauhäherpaar, die abwechselnd in ein kleines Nest flogen. „Das weiß nur Gott, aber ich will auf jeden Fall ein paar Enkelkinder. Ich muss vom Himmel aus etwas Interessantes zu beobachten haben, falls es keinen Fernseher gibt."

„Von mir?"

„Du bist die Einzige, die mir welche schenken kann."

„Wie viele?"

Ich legte ihr mein Kinn auf den Kopf. „Das liegt an dir und deinem Mann."

„Ich will zweiundvierzig."

Sie konnte mein Lächeln nicht sehen. „Mensch, da bist du ja gut beschäftigt. Warum denn so viele?"

„Dann können sie für mich alle Arbeiten machen."

Ich lachte in mich hinein. „Wenn du zweiundvierzig Münder zu stopfen hast, bleibt bestimmt doch noch ein ganzes Stück Arbeit an dir hängen. Dann schlage ich vor, du heiratest einen reichen Mann mit einer großen Libido."

„Was ist eine *Lippeto*?"

Ich zog sie noch fester an mich heran. „Ach, schon gut. Versprichst du mir, dass du das mit dem See nicht noch einmal versuchst?"

Sie rutschte von meinem Schoß und steckte ihre Füße in ihre Sandalen. „Ich hatte richtig Angst."

Mein Herz wurde schwer, als ich mir wieder einmal ausmalte, wie sie verzweifelt mit den Armen ruderte und panische Angst hatte. „Das kann ich mir lebhaft vorstellen." Ich folgte ihrem Beispiel und zog auch wieder meine Sandalen an. „Versprich es mir, Bella." Ich angelte mir ihr Kinn mit meinem Finger und zwang sie, mich anzusehen.

„Ich verspreche es."

Ich kniete mich hin und drückte sie ganz fest an mich. Es war so schön, ihr Herzchen schlagen zu spüren. „Braves Mädchen. So, und wohin nun?"

„Mein Papa hätte das nicht machen dürfen." Sie hielt mir ihre Hand hin und ich verschränkte meine Finger mit ihren.

„Was denn?"

Sie führte mich den Pfad entlang, auf dem wir zu dem Baum mit Davids und meinen Initialen kommen würden und dann schließlich heim. Kieselsteinchen und Zweige knirschten unter meinen Füßen.

„Er hätte mich nicht in den See werfen dürfen."

Ich blieb stehen, woraufhin sie es mir nachtat. „Bells, dein Papa hat dich nicht in den See geworfen. Das war der Pool, weißt du noch?"

Sie schüttelte den Kopf. „Nein, er hat mich in den See geworfen. Ich wäre fast ertrunken und sie haben mir den großen Strohhalm in den Mund gesteckt und jetzt tut mir der Hals weh."

Ich betrachtete sie einen Augenblick lang und versuchte zu verstehen, warum ihre Erinnerung so durcheinandergeraten war. Ich wusste nicht, ob es kindliche Verwechslung, das Trauma des Beinahe-Ertrinkens, Sauerstoffmangel oder etwas ganz anderes war, doch ich konnte sie nicht in dem Glauben lassen, David hätte versucht, sie zu ertränken. „Bells, du verwechselst da etwas. Das hat er nicht gemacht. Du hast versucht, das Meer zu überqueren, weißt du noch?"

Sie zog die Lippen ein und dachte über meine Worte nach. „Und trotzdem will ich nicht bei ihm leben."

„Isabella, wenn ich in den Himmel komme, *wirst* du bei deinem Papa und bei Lindsey leben."

In ihren Augen spiegelte sich eine Furcht, die ich nicht verstand. „Er wirft mich bestimmt noch einmal hinein."

„Nein, Süße, dein Papi würde dir nie etwas zuleide tun. Er hat dich doch lieb."

Ihr Gesichtsausdruck verdüsterte sich.

„Das verspreche ich dir."

Sie war den Tränen nahe. „Er hat mich in den Pool geworfen."

„Das stimmt, aber der war nicht tief. Du hättest einfach nur aufstehen müssen."

Sie öffnete den Mund. Auf ihrem Gesicht zeichnete sich Erkenntnis ab. „Er hat mich gar nicht in den See geworfen. Ich bin früh aufgewacht und …" Sie erforschte meine Augen, als könne sie das fehlende Kapitel ihres Buches dort ablesen. „Ich wollte hinüber und auf dich warten."

Ich hob sie mir auf die Hüfte wie früher, als sie noch ein Baby gewesen war. Sie war mittlerweile bedeutend schwerer und ich war bedeutend schwächer. Und doch fühlte es sich so gut, so richtig an, ihr Gewicht an meiner Seite zu spüren. „Das stimmt. Aber jetzt hast du mir versprochen, dass du das nicht wieder tust. Du hast mir versprochen, dass du all die Sachen machst, die heranwachsende Mädchen tun, und wenn du alt bist und Gott dich zu sich ruft, *dann* haben wir unser ganz tolles Wiedersehen."

Sie legte ihren Kopf auf meine Schulter. „Das wird ein guter Tag."

„Ein sehr guter Tag", stimmte ich zu.

„Mami?"

„Ja, Süße?"

„Findest du Lindsey hübsch?"

Eifersucht nagte an mir. „Und du?"

„Sehr hübsch."

„Hübscher als ich?" Kaum waren die Worte heraus, wusste ich, dass ich sie nie hätte aussprechen dürfen.

„Mami?"

„Ja?"

„Hast du Papi lieb?"
Ich atmete tief ein. „Ja."
„Hat er dich lieb?"
Ein Schmerz, der mir viel zu vertraut war, stach mir ins Herz. „Er liebt Lindsey."
Sie sah mich mitleidig an und gab mir einen Kuss auf die Stirn. „*Ich* hab dich lieb, Mami."
*Ich auch*, flüsterte eine Stimme hinter uns.
Ich drehte mich um und erwartete Craig dort, aber es war niemand zu sehen.
„Hast du das gehört?", fragte ich sie.
Ihr Kopf lag schwer auf meiner Schulter und ihre Augen waren nur noch schmale Schlitze. „Was denn?"
Ich warf noch einen Blick hinter mich, sah jedoch nur ein Eichhörnchen, das um einen Baumstumpf herum flitzte.
„Ich verliere den Verstand", sagte ich zu dem Eichhörnchen.
Zum Glück antwortete es nicht.

# 29

Wenn Blicke töten könnten, wäre Isabella bald vaterlos. Mit glühenden Augen knallte sie ihre Barbie auf den Teppich und verbrannte David mit ihrem Blick. „Hör auf, mich anzustarren!“

David saß neben seiner Frau auf unserer Wohnzimmercouch und betrachtete Isabella mit einem verblüfften Gesichtsausdruck. Ich konnte zusehen, wie er das Problem in Gedanken drehte und wendete und nach einer logischen Lösung für ihre irrationalen Emotionen suchte.

Isabella sollte ihn und Lindsey zu Hause besuchen, doch als die beiden sie abholen wollten, weigerte sie sich, mitzugehen. Das überraschte mich überhaupt nicht. Ganz gleich, wie oft ich sie daran erinnert hatte, dass David nichts mit ihrem Unfall im See zu tun hatte, und ganz gleich, wie oft sie selbst wiederholte, was wirklich passiert war – ihr Herz weigerte sich zu glauben, was ihr Verstand wusste.

Da mich die Spannung im Raum aus dem Konzept brachte, hatte ich denselben Satz meines Romans schon ein Dutzend Mal gelesen und noch immer nicht seine Bedeutung verstanden. Ich gab auf, machte ein Eselsohr in die Seite, legte das Buch auf den Couchtisch und sagte zu meiner Tochter: „Bella, benimm dich.“

Mama Peg saß mir gegenüber auf ihrem Sessel und blätterte die Fernsehzeitschrift durch. Das Geräusch des Papiers wirkte in der betretenden Stille unnatürlich laut. „Da braucht wohl jemand ein Nickerchen“, sagte sie.

So wie Isabella ihr Gesicht verzog, erinnerte sie mich an einen grimmigen Wasserspeier. „Ich aber nicht!“

Ich versuchte, sie genauso anzusehen wie meine Mutter damals mich, woraufhin mir immer ein Schauer über den Rücken gelaufen war. „Nicht so vorlaut, junge Dame.“

Auf meine Tochter hatte das nicht dieselbe Wirkung. Sie tat es mit einem Schulterzucken ab.

Ich machte David ein Zeichen. „Kann ich kurz mit dir sprechen?“

Er sah Lindsey an, als brauche er ihre Zustimmung. Sie schenkte ihm einen gütigen Blick, dann beobachtete sie Isabella wieder bei ihrem Spiel. Schließlich stand er auf und folgte mir.

Die Küche duftete noch nach der Balsamico-Vinaigrette, die Mama Peg zum Essen serviert hatte, wobei der Geruch von Limonen-Spülmittel mittlerweile fast alles überdeckte. Craig, der noch seine Sonntagskleidung vom Kirchgang trug, hatte seine Hände ins Spülbecken getaucht. An seinen blonden Härchen am Arm hing Schaum. Er sah mich über die Schulter hinweg an, dann nickte er David zu. „Hallo."

David sah ihn kurz an, dann wieder mich. „Was gibt's?"

Ich stützte mich mit der Hand am Türrahmen ab. „Ich weiß, das hört sich verrückt an, aber Bella hält dich dafür verantwortlich, dass sie fast ertrunken wäre."

Er musterte mich eine Zeit und kniff die Augen zusammen. „Was genau hast du ihr denn erzählt?"

Auch ich kniff die Augen zusammen. „Wie meinst du das, was ich ihr erzählt habe?"

„Warum denkt sie das? Du musst ihr doch etwas erzählt haben."

Sein Ton war mir vollkommen gleichgültig. Genau wie mein Vater hatte er immer das Bedürfnis, einen Sündenbock zu finden. Wenn etwas verkehrt gelaufen war, musste es jemanden geben, der dafür zur Rechenschaft zu ziehen war. Das war mir an beiden zuwider. „Ich habe ihr nicht erzählt, du hättest versucht, sie zu ermorden, falls du mir das unterstellen willst."

Er verschränkte die Arme. „Und wie kommt sie dann auf diese Idee?"

Anstatt ihm in seine anklagenden Augen zu schauen, konzentrierte ich mich auf das kleine galoppierende Pferd auf seinem Hemd und versuchte zu verdauen, dass unser im Krankenhaus geschlossener Waffenstillstand nur von so kurzer Dauer gewesen war. „Sie ist doch noch ein Kind. Woher haben Kinder denn ihre Ideen? Ich habe ihr gesagt, dass du es nicht getan hast. Sie weiß, dass du es nicht warst, und doch *fühlt* sie es noch immer so."

„Das ergibt doch keinen Sinn. Sie stand unter deiner Obhut. Wenn jemand schuld ist, dann du."

Ich sah ihn an und grub meine Fingernägel in die Handfläche. Vor mir stand der einzige Mensch in der Welt – außer meinem Vater –, der mich in kürzester Zeit von Null auf Weißglut bringen konnte.

Ich merkte, dass Craig ihn beobachtete – ein sprungbereiter Löwe.

Ich wollte keine Szene, solange Isabella im Nachbarzimmer war. Ich sprach leiser. „Niemand ist schuld, David. Du nicht. Ich nicht. Mir ist klar, dass es irrational klingt, aber Mädchen fühlen manchmal etwas, das nicht logisch zu erklären ist. Mit einer mathematischen Gleichung kommt man dem Problem nicht bei. Es ist eher wie …" – ich durchforstete mein Hirn nach einem passenden Vergleich – „… abstrakte Kunst."

An seinem fassungslosen Gesichtsausdruck konnte ich ablesen, dass er weit davon entfernt war, etwas zu verstehen. Ich seufzte. „Entschuldige dich einfach bei ihr."

Er sah mich an, als habe ich den Verstand verloren. „Wofür?"

„Dass du versucht hast, sie zu ertränken."

„Du bist ja noch übergeschnappter als dein alter Herr."

Craig warf den Schwamm ins Spülbecken, wobei Wasser auf die Arbeitsplatte schwappte. Bevor er einen Schritt auf David zu machen konnte, hob ich meine Hand, um ihn aufzuhalten. Ihm entfuhr ein Knurren und er stakste zur Hintertür hinaus.

Als sie ins Schloss fiel, ging die Erschütterung mir durch Mark und Bein. „David, ich versuche doch nur, dir zu helfen." Es brachte mich zur Verzweiflung, einem Mann etwas zu erklären, das eine Frau instinktiv verstanden hätte. „Es ist so, als würdest du träumen, dass jemand, den du gern hast, dir weh tut. Du weißt zwar, dass dieser Mensch das nicht tun würde, doch im Herzen empfindest du trotzdem den Verrat. Wenn du sagst, dass es dir leid tut, gibst du keine Schuld zu, sondern …" Ich suchte nach den richtigen Worten, aber Gefühle zu definieren war gar nicht so einfach. „So empfindet sie es einfach, okay? Sag ihr, es tut dir leid, dann kommt sie schon darüber hinweg."

David schnaubte. „Der Krebs hat sich wohl schon in deinem Hirn ausgebreitet."

Ich sah zu, wie er ins Wohnzimmer stapfte, und sinnierte darüber, wie ich mich zehn Jahre lang nach ihm hatte verzehren können. Ich hätte nie gedacht, dass ich den Tag erleben würde, an dem ich über David Preston hinwegkäme, aber genau jetzt, im Kielwasser seiner Geringschätzung, war ich auf einem guten Weg. Lang gehegte Träume glühen oft in den lebhaftesten Farben, was in diesem Fall auch zutraf, aber das Fantasiebild wurde auf jeden Fall schon schwächer und farbloser.

Diese Erkenntnis war für mich durchaus nicht nur Grund zur Freude. Wie viel Zeit hatte ich verschwendet, einen Mann zu lieben, der meiner Liebe nicht wert war? Hätte ich David beizeiten losgelassen, hätte ich dann vielleicht Craig in mein Herz lassen können, als die Zeit noch reichte, etwas daraus zu machen? Der Schaum glitt von der Arbeitsplatte langsam den Küchenschrank hinunter.

Anstatt über meine verlangsamte Gefühlswelt zu brüten oder mir zu gestatten, eine Vergangenheit neu zu durchleben, die gar keine Bewandtnis mehr hatte, zwang ich mich, ins Wohnzimmer zurückzukehren, und lehnte mich an die Wand.

David und Lindsey hielten Händchen auf der Couch, Mama Peg lag in ihrem Sessel, hatte die Augen geschlossen und ein zartes Lächeln auf den Lippen. Isabella war in ihrer eigenen Welt und spielte auf dem Teppich mit ihrer Barbie. Diese Szene einer scheinbar typischen, vorbildlichen amerikanischen Familie hätte ein Gemälde von Norman Rockwell sein können. Wie man sich doch täuschen konnte.

Isabella hielt eine halb bekleidete Barbie in der einen Hand, eine Barbie im Abendkleid in der anderen und murmelte ein Gespräch vor sich hin, das nur sie hören konnte. Sie hatte den Anwesenden den Rücken zugewandt. Ich war mir nicht sicher, ob ich sie zwingen sollte, sich mit David und Lindsey zu unterhalten, oder ob das mehr Schaden anrichten als Gutes bewirken würde.

David ließ Lindseys Hand los, beugte sich vor und funkelte mich an. „Du brauchst uns nicht zu beaufsichtigen."

Lindsey drehte sich ruckartig zu ihm. „David!"

Ich ließ den Stein, den er mir entgegengeschleudert hatte, ohnmächtig gegen den neuen Schutzschild meines Herzens scheppern. Seine Worte konnten mich zwar nicht mehr so verletzen wie früher, hatten jedoch noch genügend Macht, um mich aus der Fassung zu bringen. „Das ist mein Haus, darf ich dich daran erinnern? Ich meine, ich lebe hier und du bist zu Besuch."

Sein Blick glitt an mir hinab. „Ah ja? Mir war gar nicht bewusst, dass du das Anwesen deines Vaters erworben hast."

Seine gewählte Ausdrucksweise schüchterte mich ein und ich schüttelte den Kopf. „Musst du immer zeigen, wie …"

Mama Peg schleuderte die Fernsehzeitschrift von sich. Sie rutschte über den Couchtisch und fiel zu Boden. „Ihr habt ja Nerven! Nach allem, was ihr beide gerade erst durchgemacht habt." Sie fuchtelte mit den Armen und deutete zu Isabella. „Nach allem, was die Kleine verloren hat und noch verlieren wird. Soll sie wirklich mit anhören, wie sich ihre Eltern wie die Neandertaler benehmen?" Ihr Blick wanderte von mir zu David. „Wirklich?"

Ich sah zu Isabella. Sie hatte aufgehört zu spielen und folgte dem Schlagabtausch mit unglaublich traurigen Augen. Mein Gesicht wurde schamrot.

Mama Peg senkte das Fußteil ihres Sessels ab. „Ich kann es nicht ertragen, euch Narren weiter zu beobachten. Ich mache ein Nickerchen." Mit großer Mühe erhob sie sich und nahm den Griff ihres Sauerstofftanks. „Wenn ich Glück habe, träume ich vielleicht von einer Familie, die nicht aus einem Haufen eigennütziger Trottel besteht."

Ich sah ihr nach, wie sie wegging, während ihre Missbilligung weiterhin spürbar im Raum hing. Niemand rührte sich, bis ihre Zimmertür mit einem lauten Knall geschlossen wurde.

Lindsey erhob sich vom Sofa und ging zu Isabella. „Ich habe auch immer gern mit Barbies gespielt."

*Das kann ich mir lebhaft vorstellen*, dachte ich. Die kleine Primadonna ist bestimmt nie auf einen Baum geklettert und hat nie einen Frosch angerührt – abgesehen von David.

David funkelte mich an. „Was ist denn so witzig?"

Ich schüttelte, noch immer grinsend, den Kopf.

Lindsey, deren geschmeidiges Haar ihr ins Gesicht fiel, kniete sich neben Isabella. Sie schob sich das Haar hinters Ohr, nahm eine Barbie in die Hand und ließ die Puppe fortwährend Rad schlagen. Isabella hielt inne und beobachtete die Turnübung aus dem Augenwinkel.

Jemand berührte mich am Arm. Ich drehte mich zu Craig um, der im Türrahmen stand und auf die Küche deutete. Ich kam zu ihm.

„Was ist los?", fragte ich.

Er steckte die Fingerspitzen in die Taschen der Jeans, die er zwischenzeitlich angezogen hatte. „Sollen wir uns nicht mal ein bisschen verziehen und ihnen etwas Zeit füreinander gönnen?"

Ich sah zur Tür. „Isabella würde ausflippen, wenn ich versuchen würde, einfach wegzugehen."

Er kratzte sich am Kinn. „Mag sein, aber darüber ist sie bestimmt schnell hinweg. Ich möchte dir gerne etwas zeigen."

Ich lächelte. „Solange es nicht in einem kleinen schwarzen Kästchen daherkommt."

Er lächelte nicht zurück. „Ich meine es ernst, Jenny. Ich habe eine Überraschung für dich."

Bei dem Gedanken, dass er mir noch mal einen Antrag machen würde, bekam ich eine Gänsehaut. So schmeichelhaft seine Avancen auch waren, sie zehrten doch an meinen Kräften. Ich glaubte nicht, dass ich ihn weiterhin abweisen konnte. Bei der ständig wachsenden Zuneigung ihm gegenüber würde ich schließlich nachgeben und eine ohnehin komplizierte Situation noch komplizierter machen. Außerdem war ich mir sicher, dass Isabella den größten Tobsuchtsanfall der Welt bekäme, wenn ich sie bei David ließe. „Ein anderes Mal, ja? Sie wird so unruhig, wenn ich weg bin."

„*Sie* wird unruhig?"

Ich öffnete den Mund, um mich zu verteidigen, doch seine Lippen raubten mir meine Erwiderung.

Er küsste mich und es durchzuckte mich wie ein Stromstoß, der stärker war als ein Blitzschlag. Sprachlos berührte ich meine Lippen und sah ihn an.

„Hat sich deine Meinung jetzt geändert?", fragte er und sah sehr zufrieden mit sich selbst aus.

Als ich den Kopf schüttelte, schlich sich Enttäuschung in seinen Blick. Es ärgerte mich, dass meine Antwort anscheinend immer ein Nein sein musste, doch so sehr er mich in seiner Nähe haben wollte, Isabella brauchte mich noch mehr. „Tut mir leid, Craig. Sie ist einfach noch nicht so weit." Ich drückte seinen Arm liebevoll und kehrte zurück ins Wohnzimmer.

Ich hielt mir eine Hand vor den Mund, damit ich bei dem Anblick, der sich mir bot, nicht laut nach Luft schnappen musste. Isabella saß jetzt auf Lindseys Schoß, David lag auf der Seite neben ihnen. Isabella nahm einen einarmigen Ken aus ihrer Kiste und hielt ihn auf Armeslänge von ihm entfernt. „Tut es dir *wirklich* leid, Papi?"

Von da, wo ich stand, konnte ich seinen Gesichtsausdruck nicht erkennen – jedenfalls bekam Isabella einen Kicheranfall und gab ihm die Puppe. Eifersucht stieg in mir auf – dieselbe Eifersucht, die ich empfand, wenn David Zuneigung gegenüber Lindsey zeigte. Ich wusste, es war verkehrt, doch ich konnte nichts dagegen tun.

Ich drehte mich um und stand Craig plötzlich ganz dicht gegenüber. Sein warmer Atem berührte meine Haut, als er sagte: „Ich glaube, sie kommen ohne dich zurecht.“

# 30

So grau und düster, wie der Nachmittagshimmel war, hätte er meine Stimmung nicht besser widerspiegeln können. Craig saß am Steuer, ich beobachtete die Wolken, dachte an Isabella und hatte mehr als nur ein bisschen Selbstmitleid. Die Regenwolken, die die Sonne verhüllt hatten, schoben sich nach und nach beiseite, und wie ein freigelassener Gefangener brach die Sonne durch und schien mir direkt in die Augen. Ich hielt mir eine Hand vors Gesicht und klappte die Sonnenblende herunter.

Craig legte den nächsten Gang ein und gab ordentlich Gas, wodurch meine Schultern nach hinten an den Sitz gedrückt wurden, während meine Eingeweide einen Tanz vollführten. Ich legte mir eine Hand auf den Bauch, als habe diese Geste die Macht, meinen Magen zu beruhigen.

Er sah mich besorgt an. „Alles klar? Du siehst etwas grünlich aus."

„Nur etwas." Ich drehte mich zum offenen Fenster und atmete tief ein. Die Luft war so feucht, als atmete ich puren Wasserdampf. Feuchte Locken klebten an meinem Nacken. Ich hielt mein Haar wie eine Pferdeschwanzattrappe hoch, um etwas Luft zu bekommen.

„Soll ich an die Seite fahren?", fragte er.

Da ich nicht wollte, dass er sich sorgte, schüttelte ich den Kopf. Sobald das flache Land in sanft geschwungene Hügel überging und der Gestank von Dung in der Luft lag, wusste ich, es war nicht mehr weit bis zu Lemleys Milchviehbetrieb. Ich zuckte zusammen und schloss mein Fenster.

Craig machte es ebenso und schaltete die Klimaanlage ein. Ein Lufterfrischer in Form eines Weihnachtsbaumes baumelte am Rückspiegel. Sein ursprüngliches Grün war längst zu einem schmutzigen Gelb verblasst.

Ich hielt ihn mir in der Hoffnung an die Nase, den Dunggestank zu überdecken. Er roch nach alter Pappe statt nach Tannen. „Warum hebst du den noch auf?"

Er kniff die Augen zusammen, als sähe er ihn zum ersten Mal. „Zur Dekoration?"

Ich hob fragend eine Augenbraue.

„Ich wusste nicht einmal, dass dieses Ding da ist. Vermutlich war er schon drin, als ich das Auto gekauft habe."

Eher amüsiert als verärgert schüttelte ich den Kopf. „Vielleicht arbeiten Sie mal an Ihrer Beobachtungsgabe, Sherlock." Ich blickte zum Fenster hinaus und sah grasende Kühe schemenhaft vorüberziehen. Meine Füße vibrierten auf dem Wagenboden und ließen meine dünnen Beine bei jeder Bodenwelle und jedem Schlagloch aneinanderstoßen.

Craig klopfte mir sanft auf die Schulter. „Meine Beobachtungsgabe ist vielleicht nicht gerade weltbewegend, Miss Lucas, aber es spricht doch einiges dafür, Dinge auszublenden, die nicht so wichtig sind."

Mein Kopf wurde schwer und ich lehnte ihn ans Fenster. Die vibrierende Scheibe rüttelte meinen Schädel durch. Da mir der Gedanke an eine Migräne überhaupt nicht gefiel, richtete ich mich wieder auf. „Mag ja sein, aber du wirst schon merken, dass winzige Details immer gut ankommen, falls du mal heiraten solltest."

Für den Bruchteil einer Sekunde sah er nicht auf die Straße und sein Blick schien mich zu fragen: „Wie meinst du das?"

Ich zog einen Knick in meinem Sicherheitsgurt gerade. „Stell dir vor, deine Frau hat sich Strähnchen ins Haar machen lassen und kommt heim. Jetzt steht sie strahlend und erwartungsfroh vor dir und fragt dich, ob dir an ihr etwas auffällt."

Craig verzog das Gesicht. „Sie würde doch wohl nicht erwarten, dass ich ein paar blonde Strähnen in ihrer Frisur entdecke."

„Aber sicher doch", erwiderte ich. „Oder sie hat sich die Augenbrauen zupfen lassen oder fünf Pfund abgenommen oder …"

„*Fünf* Pfund? Na komm. Das wäre ja so, als wenn ich eine Frau bitten würde, eine neue Schachtel Bohrer in meinem Werkzeugkasten zu entdecken."

„Wenn sie nachschauen würde …" Ich hauchte an die Scheibe und malte mit dem Finger ein Herz. „… würden sie ihr wahrscheinlich auffallen." Der Atemnebel auf der Scheibe löste sich auf und nahm das Herz mit.

Bestimmt anderthalb Kilometer lang sagte keiner von uns etwas, bis Craig das Schweigen brach. „*Du* würdest doch nicht von mir erwarten, dass mir solche Sachen auffallen, oder?"

Ich dachte einen Augenblick nach. „Ich würde es nicht von dir *erwarten*, aber was soll ich sagen? Ich bin eine Frau. Mir würde es *gefallen*."

Besorgt betrachtete er meine Haare.

„Schon in Ordnung, Craig. Ich habe keine Strähnchen."

„Natürlich nicht." Er grinste mich an. „Das hätte ich doch gemerkt."

„Ohne jeden Zweifel." Da die Klimaanlage eine arktische Kälte verbreitete, drehte ich sie herunter. „Sollte ich mich deswegen so warm anziehen?"

Er starrte geradeaus auf die Straße. „Nö."

„Wohin fahren wir?"

„Zum letzten Mal – das siehst du, wenn wir da sind."

„Ich muss wissen, wann ich wieder bei meiner Tochter bin. Sie braucht ..."

„Sie braucht eine Mutter, die sich nicht dauernd um sie Sorgen macht. Ihr geht es schon gut. Lindsey hat es dir doch gesagt. Sogar Isabella hat es dir gesagt. Du bist wieder daheim, bevor Ken Barbie einen Gutenachtkuss gibt."

„Sag mir, wohin wir fahren."

„Nein."

„Sag es mir."

„Hör auf damit."

„Bitte."

„Du musst lernen, ein Nein zu akzeptieren."

Ich schnaubte verärgert und verschränkte meine Arme.

Er strich mir mit dem Handrücken über meine Wange. „Na komm, Jenny, es ist doch keine Überraschung mehr, wenn ich es dir verrate."

„Ich hasse Überraschungen."

„So ein Pech aber auch."

„Wie wäre es mit einem kleinen Hinweis?"

Er grunzte. „Okay, ein einziger Hinweis. Ein Jahr nachdem du weggegangen bist, hat jemand in einer Nachbarstadt etwas ganz Besonderes entdeckt."

„In welcher Stadt?"

„Ich habe schon genug gesagt."

„Fossilien?"

Craig heftete den Blick fest auf die Straße. „Ich sage kein Wort mehr, bis wir da sind." Und das tat er auch fast eine Stunde lang.

Er verlangsamte das Tempo, fuhr auf den Seitenstreifen und legte den Leerlauf ein. Unter dem Sitz zog er eine gestreifte Krawatte hervor und hielt sie mir hin. „Wir sind fast da. Die bekommst du jetzt um."

Ich betrachtete die Krawatte und dann wieder ihn. „An welchem Ort wird denn von einer Frau verlangt, dass sie eine Krawatte trägt?"

Er beugte sich zu mir herüber und band sie mir um die Augen. Der seidige Stoff fühlte sich kühl an. Seine Finger streiften meine Ohren und sandten einen Schauer über meinen Rücken. Ich wurde ganz aufgeregt.

Einmal hatte mein Vater meiner Mutter an ihrem Geburtstag eine Augenbinde umgelegt und sie aus dem Haus geführt. Ich hatte vom Fenster aus zugesehen und vor Vergnügen gequietscht, als Mamas Kleid raschelte und mein Vater breiter grinste, als ich ihn je zuvor gesehen hatte. Ich hatte immer davon geträumt, dass David so etwas auch einmal mit mir machen würde.

„Lass sie um, bis ich es dir sage, okay?", bat Craig.

Ich konnte sie ja rein formal anbehalten und trotzdem versuchen, einen Blick zu riskieren, oder? „Okay."

„Und nicht schummeln!"

Ich sagte nichts.

„Jenny, nicht schummeln. Versprochen?"

Ich hoffte, er würde mein Schweigen als Zustimmung deuten.

Tat er aber nicht. „Jenny?"

Ich presste die Lippen zusammen und drehte mich um.

Seine Stimme wurde ernst. „Genevieve Paige Lucas?"

Es rührte mich, dass er meinen vollen Namen verwendete. „Du kennst ja meinen kompletten Namen."

„Nicht ablenken. Versprich es mir."

Ich gab mich geschlagen. „Ist ja schon gut. Ich verspreche es", grummelte ich.

Ich spürte, wie der Transporter wieder anfuhr, und schon bald bogen wir auf eine Straße ein, die ebener war als die zerklüftete Piste, auf der wir hergefahren waren.

„Wir sind da", sagte er. „Denk dran – nicht schummeln."

Ich tastete nach meinem Sicherheitsgurt und schnallte mich los. Seine Tür schlug zu. Ich hörte, wie meine geöffnet wurde, und mir schlug ein Schwall feuchter Luft entgegen.

Craig nahm meine Hand. „Ich halte dich, Baby. Steig einfach aus."

Mein Herz flatterte, als Craig dieses Kosewort benutzte. Schon immer hatte ich jemandes „Baby" sein wollen. Einmal hatte David mich so genannt, aber das Kosewort klang aus seinem Mund fremd und hölzern. Doch so, wie Craig es aussprach, hörte es sich ehrlich und gut an.

Ich stieg aus dem Wagen und ließ mich von Craig am Ellenbogen führen. Es war merkwürdig und etwas verwirrend, blind an einen Ort gebracht zu werden, von dem ich nicht den geringsten Schimmer hatte. Ich vertraute Craig natürlich, aber in meinem Magen flatterte es dennoch wie hundert Schmetterlinge. Jeder Schritt in dieser Ungewissheit fiel mir schwer. Wahrscheinlich führte er mich gerade über einen Parkplatz. Wir blieben stehen und eine Tür ging kreischend auf. Ich tastete mich hindurch, meine Fingerspitzen strichen über Holz.

Die Hitze und Helligkeit draußen wurde abgelöst von Kühle und Dunkelheit. Es roch nach Erde und Moder. „Wie viele?", fragte eine Frau. Ihre Stimme war leise und zittrig. Ich tippte auf eine schmächtige Frau über sechzig.

„Nur wir", entgegnete Craig. Sie musste ihm wohl einen fragenden Blick zugeworfen haben, denn er fügte hinzu: „Soll eine Überraschung sein."

„Na also, ist sie denn nicht das hübscheste kleine Ding, das Sie je gesehen haben?" Ihre Frage klang mehr wie ein Vorwurf als wie ein Kompliment.

„Und ob sie das ist", antwortete Craig. Ich konnte das Lächeln in seiner Stimme hören.

„Hat sie heute Geburtstag?", fragte sie.

So langsam kam ich mir vor wie eine Unperson, über die man sprach anstatt mit ihr – so als hätte ich nicht nur die Augen verbunden, sondern wäre auch noch taub. „Nein, ich habe nicht Geburtstag", sagte ich. „Er macht es nur gerne spannend."

Sie lachte. „So sind die Männer, Schätzchen. Sie werfen uns Frauen vor, wir wären gerne melodramatisch, aber wenn man einmal einen erwachsenen Mann krank und leidend erlebt hat, weiß man, dass hier ein Esel den anderen ein Langohr schilt." Sie hielt inne. „Macht genau zwanzig."

Es gab ein blechernes Geräusch, dann öffnete sich klingend das Geldfach einer Registrierkasse. Sie wurde wieder zugeknallt. „Wir warten noch fünf Minuten oder so, ob noch jemand kommt. Dann führt Harry Sie nach unten."

*Unten*? Ich fingerte am Knopf der Strickjacke, auf die Craig bestanden hatte, und überlegte, was das für ein Ort sein könnte, an dem wir nach unten gehen müssten. Ein unterirdisches Kasino? Ein Tunnel? Vielleicht war es ein alter Bunker aus dem Kalten Krieg, der zum Museum umgebaut worden war. Keine dieser Möglichkeiten schien eine Augenbinde zu rechtfertigen, doch wohin wir auch gingen, es war allemal besser, als zu Hause zu sitzen und zuzuschauen, wie Isabella eine Bindung zu ihren neuen Eltern aufbaute.

Nachdem wir uns hingesetzt hatten und warteten, lehnte ich mich an Craig. Er legte mir einen Arm um die Schulter und umhüllte mich mit seiner Wärme und Zuneigung. Ich wandte ihm mein Gesicht zu und sog seinen Duft ein.

Nach einer Zeit, die mir wesentlich länger vorkam als fünf Minuten, durchbrach eine schroffe Stimme rücksichtslos die Stille. „Sind wir soweit, Janice?"

Das musste wohl Harry sein. Kaum war seine Frage heraus, hörte ich, wie die Tür erneut aufging und mehrere Fußpaare über den Boden schlurften.

„Hallo", sagten eine weibliche und eine männliche Stimme gleichzeitig.

„Drei?", fragte Janice.

„Was hat sie denn?", wollte eine Jungenstimme wissen. Er klang etwas älter als Isabella. Ich nahm an, dass er sich mit „sie" auf mich bezog.

„Es soll eine Überraschung für sie sein", antwortete Craig.

„Du kannst ja gar nichts sehen", spottete der Junge. Er musste ziemlich dicht neben mir stehen, denn ich konnte seinen Atem riechen und den Duft von saurer Milch.

Mir war es unangenehm, dass ich seinen Abstand, seine Körpersprache oder seinen Gesichtsausdruck nicht sehen konnte.

„Weißt du denn überhaupt, wo wir sind?", fragte der Junge.

Die Kasse wurde mit einem Klingeln wieder lebendig.

Ich schüttelte den Kopf und fragte mich, ob ich ihn dazu bringen konnte, es mir zu verraten. „Ich wette, du weißt es auch nicht."

Aber anstatt mir einen Tipp zu geben, sagte der Rotzlöffel: „Netter Versuch!"

Craig lachte. „Das Kind gefällt mir."

Immerhin gefiel er einem von uns.

„Dann wollen wir mal", sagte Harry.

Craig nahm meine kalte Hand in seine warme und half mir aufzustehen. Hinter den anderen Schritten und Stimmen her führte er mich etwa dreißig Meter, bevor wir stehen blieben.

„Wie lange soll die junge Dame das Ding noch tragen?", wollte Harry wissen.

„Bis wir ganz unten sind", antwortete Craig.

„Hm", meinte Harry, „dann passen Sie aber gut auf, dass Sie sie festhalten. Die Stufen sind ganz schön steil."

Craig packte mich noch fester. „Keine Sorge. Da müsste schon höhere Gewalt im Spiel sein, damit ich sie loslasse." Er legte meine Hand um ein kaltes Metallgeländer und umklammerte meine Taille. „Jenny, mach ganz langsam. Du hast ja gehört – die Stufen sind steil."

Er schob mich sachte vorwärts und mir wurde etwas bange zumute. Ich wollte wissen, wo ich war und was mich unten erwartete. Ich war mir sicher, dass dort keine Gefahr lauerte, und doch machte ich mir Sorgen.

Ganz langsam stieg ich Stufe um Stufe mit Craig an meiner Seite hinab ins Unbekannte. Mit jeder Stufe wurde die Luft kühler und feuchter und in meinen Ohren hallte ein langsames, stetiges Tropfen wider.

Ganz gleich, wie oft ich mir gut zuredete, mein Herz schlug doch schneller.

„Ich kann mir vorstellen, dass es dir Angst macht, ans Sterben zu denken, aber es wird nicht für immer dunkel bleiben", flüsterte mir Craig ins Ohr. Er verstärkte den Griff um meine Taille. „Jetzt kommt die letzte Stufe und dann wird es eben."

„Nehmen Sie den Kleinen jetzt mal besser an die Hand." In Harrys Stimme war etwas so dunkel Drohendes, dass sich mir der Magen zusammenzog.

Ich hörte ein lautes Klicken – dann einen Schrei.

„Mach die Lampen wieder an! Mach sie an!", kreischte der Junge.

„Alles in Ordnung", gurrte seine Mutter. „Ich halte dich fest. Ich halte dich fest."

Ich wurde von Schrecken gepackt. Versprechen hin oder her – ich riss mir die Krawatte von den Augen. Das dunkelste Schwarz, das ich mir ausmalen konnte, tat sich vor meinen Augen auf – kaltes, ungewisses Nichts. Der Junge kreischte weiter. So sehr ich mich auch bemühte, ich konnte nicht Atem holen. Hätte Craigs Hand mich nicht gehalten, wäre ich gewiss vor Angst gestorben. Ich war schon kurz davor, selbst zu schreien, als Craig mir ins Ohr flüsterte: „Alles ändert sich in einem einzigen Augenblick."

Noch ein Klicken – dann gingen plötzlich ringsum kleine Strahler an.

Meine Augen erblickten ein unterirdisches Paradies. In einer Höhle strahlten von Menschenhand geschaffene Lichter von Gott geschaffene Wunder an.

Von der domartigen Decke hingen Kristalle, die sich zu einem Gebilde vereint hatten, das wie ein Schloss aus Diamanten wirkte. Darunter lag ein glatter Teich aus glänzendem Gold, unberührt bis auf einen Tropfen, der von der Kristallformation hineintropfte.

Überall um uns herum wurde das Licht von den Kristallgebilden in sanften Farben glitzernd widergespiegelt. Ich kam mir vor, als stünde ich inmitten einer riesigen, juwelenbesetzten Krone.

Als ich die Pracht bestaunte, die kein Ende zu nehmen schien, blieb mir der Mund offen stehen. Alle standen mit offenem Mund da, sogar Harry – der zu meiner Überraschung ein untersetzter, gepflegter Mann mit einem freundlichen Gesicht war. Der kleine Junge, der sich noch immer an seine Mutter klammerte und noch vor wenigen Sekunden wie verrückt geschrien hatte, sah mit seinen weit aufgerissenen Augen und seinen roten Pausbäckchen jetzt vollkommen zufrieden aus.

„Das ist ja unglaublich!", sagte ich zu Craig.

Alle konzentrierten sich ganz auf die Höhle. Doch er nahm mich in den Arm und sah mir direkt in die Augen. „Siehst du, Jenny? Erst Dunkel und Ungewissheit, dann ändert sich alles ganz schlagartig."

Ich hätte fast würgen müssen, als ich über Craigs Vergleich nachdachte. Verstandesmäßig war mir schon klar gewesen, dass der Augenblick des Sterbens, der Schmerz und die Angst ganz kurz wären im Angesicht der unfassbaren Dimension der Ewigkeit. Ich wusste, dass die beängstigenden Augenblicke meines Todes nichts wären im Vergleich zum Glanz der Ewigkeit, der mich auf der anderen Seite erwartete. Ich würde im Himmel aufwachen – mit Toren aus Perlen, Straßen aus Gold, Häusern und allem. Selbst wenn ich es mit dem Verstand zu erfassen versuchte, hatte ich es bis zu diesem Augenblick nie richtig in meinem Innersten begriffen. Als mich nun die Erkenntnis traf, tat sie es mit solcher Größe und Wucht, dass ich aufpassen musste, nicht auf die Knie zu sinken.

Craig zog mich noch fester an sich. „Ich liebe dich, Jenny."

In diesem Augenblick der Unvergänglichkeit vergaß mein Herz alle Gründe, die dagegen sprachen, ihn zu lieben – und tat es einfach.

# 31

Der übrige Sommer verging ereignislos. Isabella verbrachte immer mehr Zeit bei den Prestons, während Craig und ich treue Gefährten wurden. Als der September ging und der Oktober kam, verließ mich auch noch der Rest meiner Gesundheit.

Für mich war es schon immer schwierig gewesen, die Schönheit des Herbstes aus vollem Herzen zu genießen. Die Bäume in ihren leuchtenden Farben waren prächtig anzuschauen, aber für mich waren die Tupfer aus Gold und Purpur, die zu Boden flatterten, kaum mehr als ein hübscher Vorhang, der auf eine Bühne fiel, die bald leer und öde sein würde. Mir war der Gedanke an die Ankunft des Winters schon immer zuwider gewesen, was dieses Jahr umso stärker zutraf.

Wie fast jeden Morgen hatte ich mir eine Decke um meine dünnen Beine gewickelt und winkte meiner Tochter nach, die Hand in Hand mit ihrem Cowpa zur Schule marschierte.

Als Lindsey ein paar Wochen zuvor angeboten hatte, sie in der Grundschule von Tullytown anzumelden, musste ich mich sehr beherrschen, nicht loszuheulen. Nicht nur, weil meine Tochter kein Kleinkind mehr war oder weil ich sie nicht selber anmelden konnte, sondern weil es mir nicht einmal in den Sinn gekommen war.

Während ich so zusah, wie mein Vater Hand in Hand mit ihr davonging, erinnerte ich mich an den Vater, den ich als kleines Mädchen gekannt hatte – den Papi, der mir mein Pausenbrot eingepackt, mich zum Schulbus gebracht und mich auf der Schaukel so fest angeschubst hatte, dass meine Mutter vor Schreck aufschrie. Zum ersten Mal ertappte ich mich bei dem Gedanken, er könnte mich genauso geliebt haben, wie ich Isabella liebte. Irgendwie erschien mir das zugleich wahrscheinlich und unmöglich.

„Bells, hast du dein Pausenbrot?“, rief ich ihnen nach.

Sie drehte sich um und schwenkte eine kleine braune Tüte über ihrem Kopf. Jeden Tag fragte ich sie und jeden Tag antwortete sie auf dieselbe Weise. Ich denke, die Frage war nur mein schwacher Vorwand, ihr hübsches Gesicht noch einmal zu sehen … für alle Fälle. Ich schaukelte mit meinem Stuhl vor und zurück und sah den beiden nach, wie sie genau an dieselbe Ecke gingen, an der ich als Kind auf den Bus gewartet hatte.

Als sie um die Kurve verschwanden, wandte ich meine Aufmerksamkeit dem Rasen zu. Wenn sie meinen Sarg in die Erde hinabließen, würde dieses Gras strohfarben sein. Dabei zuzusehen, wie die Strahlkraft des Grüns mit jedem Tag nachließ, war so, als würde ich eine Sanduhr beobachten – die Zeit rann mir durch die Finger.

Ein Windstoß brachte das Glockenspiel, das mein Vater letzte Woche aufgehängt hatte, zum Läuten. Mama Peg erinnerte es an Kirchenglocken, doch in meinen Ohren klang es wie das Schaben von Krallen über eine Kreidetafel. Ich zog meinen Pulli fester um mich und strich mir eine Haarsträhne aus den Augen. Kaum war das Läuten verklungen, spürte ich eine weitere, diesmal allerdings wärmere Brise. Seltsamerweise blieb das Glockenspiel ruhig. Stattdessen hörte ich eine vertraute Stimme flüstern: *Der Herbst bringt den Winter hervor, und der Winter den Frühling.*

Ich schaukelte schneller und versuchte die Stimme zu ignorieren. Immer häufiger vernahm ich etwas, das sich anhörte wie jemand, der kryptische Botschaften in den Wind seufzte. Statt dieser merkwürdigen kleinen Mitteilungen, die zu entziffern ich überdrüssig geworden war, hätte ich mir etwas Nützlicheres gewünscht wie: „Du hast noch kein Wasser in den Teekessel gefüllt“ oder „Hey, dein Reißverschluss steht offen“.

Gelegentlich streichelten Hände, die ich nicht sehen konnte, mein Gesicht oder meinen Arm, wodurch ich Gänsehaut bekam. Manchmal roch ich sogar seltsame Düfte wie Weihrauch oder Gewürze, wofür ich keine Erklärung finden konnte.

Ich malte mir gerne aus, dass das Himmelreich, je näher ich dem Tod kam, sich mir öffnete und mir Einblick in das Leben nach dem Tod gewährte. Zumindest wollte ich das so glauben. Aber ein wenig Nachforschen brachte zum Vorschein, dass David wahrscheinlich den Nagel auf den Kopf getroffen hatte, als er meinte, der Krebs habe sich wohl schon in meinem Hirn ausgebreitet.

Ich erwog, einen CT-Termin auszumachen, um ganz sicher zu sein, beschloss dann aber, dass es zu nichts führen würde. Ob da ein Tumor war oder nicht – es änderte nichts. Mein Körper war in einer weit schlimmeren Verfassung als mein Verstand.

Nach etwa einer Viertelstunde kam mein Vater zurückgeschlendert und gab mir, wie jeden Morgen, einen Kuss auf die Wange. An meiner fiebrigen Haut fühlten sich seine Lippen kühl an. „Bis nachher, Spätzchen."

„Wohin willst du denn in diesen flotten Kniehosen?"

Er sah auf seine karierte Hose, dann wieder zu mir. „Ich wollte Miss Rachael mal zeigen, wie man einen kurzen Golfschläger hält. Bei ihrem Schlag ...", er kicherte, „... oder sollte ich besser sagen *Putt*, braucht sie etwas Nachhilfe."

„Du triffst dich ja ziemlich oft mit ihr."

Er zuckte mit den Achseln. „Sie ist nicht deine Mutter, aber wir haben Spaß." Er sah so aus, als wolle er noch etwas sagen, überlegte es sich aber anders. „Sag deiner Oma, dass ich zum Abendessen nicht da bin."

Ich hatte den Verdacht, dass sein neues Liebesleben weniger mit seiner Zuneigung zu Rachael oder dem Golfen zu tun hatte, als dass es eine Ausrede war, nicht in meiner Nähe sein zu müssen. Er konnte es offenbar nicht ertragen, ständig mit anzusehen, wie ein Mensch, den er liebte, dahinsiechte – schon wieder. Seine wachsende Distanzierung machte mir zwar etwas aus, aber wenn mein Sterben sein Leben neu in Fahrt brachte, hätte es wenigstens etwas Gutes.

„Es ist wohl etwas Ernstes. Ist schon das dritte Mal diese Woche."

Sein Gesicht rötete sich. „Ach komm, Jenny, ich will nur jemanden haben, mit der ich etwas unternehmen kann. Es ist nicht ernster als bei dir und Craig."

Bei diesen Worten hätte ich mich fast verschluckt. Er hatte offenbar nicht mitbekommen, was Craig und ich einander bedeuteten.

„Kannst du Isabella heute Nachmittag vom Bus abholen?", fragte er.

„Natürlich."

Er ging neben mir in die Hocke und nahm meine Hände in seine. Diese Geste und sein übertrieben besorgter Gesichtsausdruck ließen ihn wie einen Schauspieler aus einer Vorabendserie aussehen. „Bist du dir sicher, dass du es schaffst?"

Ich entzog ihm meine Hände. „Meine Güte, Papa. Ich bin doch noch nicht tot!"

Er sah aus, als hätte ich ihm eine Ohrfeige verpasst. „Ich wünschte, du würdest nicht so reden."

„Ich bin es nur leid, dass alle mich wie eine Porzellanpuppe behandeln. Ich bin nicht so zerbrechlich."

Irgendetwas landete auf dem Fußweg. Eine Eichel war heruntergefallen, und oben an der Dachrinne huschte ein Eichhörnchen umher.

„Tut mir leid", sagte ich und wandte meine Aufmerksamkeit wieder meinem Vater zu. „Geh nur. Ich komme schon zurecht. Viel Spaß, Kinder."

Er stand auf und sah mich an. „Jenny, iss doch heute mal was."

Ich musste mich sehr beherrschen, um nicht sarkastisch zu reagieren, doch ich versuchte mich daran zu erinnern, dass er es aus Zuneigung heraus sagte. „Ich versuche es."

Er musterte mich einen Augenblick und nickte dann.

Ich sah zu, wie sein Wagen rückwärts aus der Einfahrt fuhr, nahm meine Decke und ging ins Haus.

In der Küche roch es nach Mama Peg und nach Ahornsirup. Meine Großmutter saß mit einem halb aufgegessenen Stapel Pfannkuchen am Küchentisch. Ihre Atmung klang mühsam, ihre Haut war aschfahl. Mit anderen Worten: Sie sah aus wie immer.

Ich nahm ihren Teller. „Fertig?"

Sie blickte von ihrem Kreuzworträtsel auf. Ein Essensrest hing ihr wie ein Leberfleck genau über ihrer Lippe. „Stell ihn wieder hin. Ich kümmere mich darum."

Ich hängte meine Decke über eine Stuhllehne. „Ich habe ihn schon in der Hand."

Sie stand auf und nahm mir den Teller ab. „Das brauchst du nicht zu machen."

„Macht mir nichts aus." Ich griff wieder nach dem Teller.

Sie zog ihn zurück. „Jenny, du brauchst doch deine Kräfte."

Ich merkte, wie meine Wangen glühend heiß wurden und wie ich kurz vor dem Explodieren stand. „Hör auf damit!"

Sie zuckte zusammen. „Schatz …"

„Nix da *Schatz*. Falls du es noch nicht wusstest: Du siehst auch nicht aus wie das blühende Leben! Soll ich *dich* mal wie eine Invalide behandeln?"

Ich riss ihr den Teller wieder aus der Hand und marschierte zum Spülbecken. Nachdem ich die Pfannkuchen in den Müll gekippt hatte, schrubbte ich den Teller, als hafte eine zentimeterdicke Schicht Fett daran, und versuchte mich dadurch abzureagieren. Anscheinend konnte kein Tag vergehen, an dem mich niemand daran erinnerte, dass ich bald sterben würde – als könnte ich das vergessen!

Ich schrubbte und schrubbte, bis mein Zorn mit der letzten Seifenlauge im Ausguss verschwunden war. Ich wrang den Schwamm aus, stand da und versuchte, mich zu fassen.

Ich sah zum Fenster hinaus auf den See, atmete tief ein und machte mich auf die Strafe gefasst – die kalte Schulter, eine Moralpredigt oder zumindest ein missbilligendes Stirnrunzeln. Als ich mich umdrehte, tat Mama Peg nichts von alledem. Ihre Reaktion war eine weitaus größere Strafe – sie weinte.

Ich glaube nicht, dass ich mich je zuvor so mies gefühlt hatte wie in diesem Augenblick. Ich lief zu ihr und nahm sie in den Arm. „Es tut mir so leid, Mama Peg."

Sie nahm ihre Hände herunter und ihre wässrig schimmernden Augen und die triefende Nase kamen zum Vorschein. „Ist schon gut, Jenny. Wir verlieren alle mal die Beherrschung, und du hattest ja recht."

Ich gab ihr einen Kuss auf die Stirn. „Ich hätte nicht so mit dir reden dürfen."

Sie nahm sich eine Serviette vom Tisch und wischte sich das Gesicht ab. „Nein, das stimmt, aber ich hätte wahrscheinlich genauso reagiert, wenn ihr mich so behandeln würdet, wie wir dich behandeln. Außerdem habe ich gar nicht deswegen geweint."

Ich erwartete eine Erklärung, aber sie tupfte sich bloß über das Gesicht. Aus Angst, dass sie einen weiteren Weinkrampf bekäme, wenn ich daran rührte, fragte ich lieber nicht nach. Meine Großmutter war immer die tragende Säule unserer Familie gewesen. Sie so zusammenbrechen zu sehen, erschütterte mein Wohlbefinden, das sowieso schon auf wackligem Boden stand, noch mehr.

Als die Tränen versiegt waren und wir uns wieder normal unterhielten, konnte ich mich guten Gewissens zu meinem Nickerchen zurückziehen.

„Alles klar, Kindchen." Sie schnäuzte sich. „Ich will hier noch ein bisschen herumwerkeln. Dann werde ich mich auch etwas hinlegen."

Ich machte Anstalten zu gehen.

„Jenny?"

Ich drehte mich um.

„Weißt du“, sagte sie, „manchmal neige ich so sehr dazu, mich auf die Zukunft zu konzentrieren, dass ich das Heute vergesse.“

„Ich auch“, erwiderte ich.

„Du bist sterbenskrank, Jenny, das ist wohl wahr, aber noch lebst du ja.“

Als ich im Bett lag, summte etwas Seltsames an mir vorüber. Ich sah mich um und entdeckte keine Bewegung bis auf die Staubteilchen, die auf einem Sonnenstrahl schwebten. Ich schloss die Augen. Nicht mal eine Minute später war es schon wieder da.

Ich stützte mich auf die Ellenbogen und sah mich in meinem Zimmer um. Auf der Kommode stand Isabellas Koala. Ich blinzelte ihm zu und er starrte mit seinen kohlschwarzen Augen zurück. Plötzlich flog eins der Augen auf. Das Summen wurde lauter, als das Auge wie ein Kamikaze-Pilot auf mich zu schoss. Bevor ich es noch begreifen oder darauf reagieren konnte, knallte es an meine Wange und fiel aufs Bett. Ich rieb mir das Gesicht, schaute nach unten und war dankbar, kein Koala-Auge vorzufinden, sondern nur eine Stinkwanze. Sie lag verkehrt herum auf meiner Bettdecke und strampelte mit ihren fadendünnen Beinchen.

Ich drehte sie vorsichtig um und schon surrte sie wieder durchs Zimmer. Ich legte meinen Kopf aufs Kissen zurück und war schon fast eingeschlafen, als ich es wieder hörte: *Ssst, ssssst, sssssssssst.* Ich stöhnte frustriert auf und setzte mich hin. Das Geräusch hielt an. Oben in der Lampe sah ich, wie etwas verschwommen Dunkles von innen gegen den Lampenschirm knallte.

„Wie bist du bloß da hinein gekommen?“

David hatte sich immer über mich lustig gemacht, weil ich nicht zuließ, dass er Fliegen tötete. Ich zwang ihn dazu, sie zu fangen und draußen wieder freizulassen. Nachdem ich meine Mutter sterben gesehen hatte, konnte ich es nicht ertragen, etwas leiden zu sehen – nicht einmal ein Insekt. Ich wälzte mich aus dem Bett, während die Wanze in ihrem Lampenschirm-Gefängnis immer hysterischer wurde. „Beruhige dich doch. Ich lasse dich hinaus.“

Neben dem Fenster stand ein Sessel. Ich versuchte ihn anzuheben, doch er war zu schwer und ich war zu schwach. Ich gab auf und schob ihn in die Mitte des Zimmers genau unter die Lampe. Vorsichtig kletterte ich auf das Kissen, reckte mich zu den winzigen Schrauben, die den Lampenschirm hielten, drehte sie auf und wieder zu. Kaum hatte das Tier die Freiheit geschmeckt, knallte das undankbare Geschöpf geradewegs in mein Gesicht.

Als ich die Wanze wegschlug, merkte ich, wie ich den Halt verlor. Ich riss meine Hände gerade noch rechtzeitig hoch, damit mein Gesicht nicht auf den Fußboden aufschlug. Meine Schulter fing den Hauptstoß ab, doch meinen Fuß durchzuckte ein stechender Schmerz. Ich hielt ihn fest und stöhnte.

„Jenny! Alles in Ordnung?“, rief Mama Peg von unten.

Ich brauchte eine Minute, bis ich überhaupt antworten konnte. Wieder rief sie, jetzt schon mit Panik in der Stimme. „Jenny, antworte doch!“

„Alles in Ordnung!“, rief ich zurück, denn ich hatte Angst, sie würde versuchen, sich keuchend und prustend, mit ihrem Tank im Schlepptau, hier hoch zu begeben. „Ich stehe schon auf.“ Ich stützte mich ab und zuckte bei den Schmerzen in den Handgelenken zusammen.

In letzter Zeit hatte ich überall immerzu Schmerzen, doch dies hier war schlimmer als üblich. Langsam schaffte ich es auf meine Knie und stand auf. Kaum war mein Gewicht auf meinen Füßen, durchzuckte mich erneut ein Schmerz von den Zehen bis zum Knöchel und ließ mich wieder zu Boden gehen. Dieser Sturz war nicht annähernd so schlimm wie der erste, aber als ich versuchte, wieder aufzustehen, drehte sich das Zimmer, mir stieg das Blut in den Kopf … und alles verschwamm um mich herum.

Ich weiß nicht, wie lange ich bewusstlos gewesen war, aber als ich die Augen aufschlug, blinzelten mich zwei klebrig-weiße Kugeln an. Schwerer Atem, der nach Sirup roch, wurde mir stoßweise ins Gesicht gepustet. Verwirrt nahm ich meinen Kopf zurück und zwinkerte. Mama Peg lag neben mir auf dem Boden. Flach daneben lag ihr Sauerstofftank. Widerspenstige Haarsträhnen sprangen aus ihrem verrutschten Haarknoten wie Sprungfedern aus einer alten Matratze. „Jenny?“

Ich war mir nicht sicher, ob ich noch träumte. „Warum liegen wir denn auf dem Boden?“

„Du bist hingefallen“, antwortete sie. „Zwei Mal, glaube ich, dem Geräusch nach zu urteilen.“

Ich lag seltsam verrenkt da und mein Bein war hinter mir so gebeugt, als wolle ich einen Ball schießen. Ich streckte es aus und zuckte vor Schmerz zusammen. Mein rechter Fuß war doppelt so dick wie mein linker. Ich brauchte einen Moment, bis ich mich wieder erinnerte. „Wenn *ich* hingefallen bin, warum liegst *du* dann auf dem Boden?“

„Niemand ist mit seinem Schmerz gern allein“, keuchte sie.

„Du hörst dich grässlich an.“

Sie hustete. „Danke.“

Ich deutete auf ihren Tank. „Du hast dich mit diesem Ding hierher geschleppt?“

„Was man nicht alles aus Liebe macht“, erwiderte sie.

Ich versuchte mich aufzustützen, doch mein Kopf hämmerte vor Schmerzen. Ich legte ihn wieder ab.

„Ich gebe es auch auf“, sagte Mama Peg stirnrunzelnd. „Sieht so aus, als müssten wir eine Weile hier bleiben.“

„Wann warst du das letzte Mal hier oben?“, fragte ich.

„Ich bin seit fünf Jahren keine Stufen mehr hoch gegangen.“ Sie sah sich im Zimmer um. „Schön, wie du dich hier eingerichtet hast.“

Ich folgte ihrem Blick. Es sah wirklich toll aus. Ich legte meinen Kopf zurück und betrachtete die blau gestreiften Volants, die ich aufgehängt hatte.

Sie musterte sie. „Sie sehen hier viel besser aus als damals im Wohnbereich.“

„Danke“, erwiderte ich.

Wir lagen eine Weile da und starrten uns einfach an, bis ich schließlich sagte: „Ich habe Angst, dass ich wieder ohnmächtig werde, wenn ich versuche aufzustehen.“

Ihre buschigen Augenbrauen sahen noch widerspenstiger aus als sonst. „Ich bräuchte wohl einen Gabelstapler, um mich selbst aufzuheben.“

„Wir werden wohl jemanden zu Hilfe rufen müssen“, meinte ich.

Sie verzog nachdenklich den Mund. „Ich finde es furchtbar, anderen zur Last zu fallen.“

Darüber musste ich lachen.
„Freut mich, dass du das amüsant findest.“
„Das ist richtig lustig.“
Sie lächelte zahnlos. Sie hatte wohl ihr Gebiss herausgenommen, um ein Nickerchen zu machen. „Das habe ich mir gedacht.“
„Was meinst du damit?“
„Du findest an den seltsamsten Stellen etwas lustig“, entgegnete sie.
„Fragt sich bloß, von wem ich das habe.“ Wenn ich überhaupt etwas von Mama Peg geerbt hatte, dann ihren Sinn für Humor, und das wusste sie.
Ich schob mich mit dem Ellenbogen hoch und stützte meinen Kopf auf meine Hand. Er pochte, allerdings etwas weniger als beim ersten Versuch, mich zu erheben. Wenn ich noch ein, zwei Minuten so liegen bleiben würde, würde es vielleicht abklingen. „Sag mal, warum hast du denn vorhin geweint?“
Sie betrachtete die Decke anstatt mich.
Ich bedauerte die Frage. „Schon okay, du musst mir nicht antworten.“
„Nein“, erwiderte sie, „ist schon in Ordnung. Es war mir bloß aufgegangen, dass du wirklich nicht mehr lange lebst.“ Sie fuhr mit dem Finger über einen Fleck auf dem Sauerstofftank, wo die Farbe abgeblättert war. „Und dass ich auch bald sterbe.“
Am liebsten hätte ich etwas Einfühlsames oder Tröstliches gesagt, aber was gab es da? Unsere Tage waren ja wirklich gezählt. Das musste ihr früher oder später wahrscheinlich sowieso aufgehen.
Ihr zahnloser Kiefer wirkte eher grau als rosa. Ich konnte den Blick nicht davon abwenden. „Wann kommt Bellas Bus?“, fragte sie.
Mich durchfuhr ein großer Schrecken. „Verflixt! Wie lang liegen wir schon hier?“
„Ich weiß es ehrlich gesagt nicht. Wir haben beide eine Zeit lang das Bewusstsein verloren.“
Ich schaute auf den Wecker auf meiner Kommode. Die Angst, Isabellas Bus zu verpassen, war viel schlimmer als das Hämmern in meinen Schläfen. „Vor zwanzig Minuten.“
Unter größtem Aufwand, wie es schien, setzte Mama Peg sich auf. „Tut mir leid, Kind, aber ich glaube, ich kann nicht selber aufstehen.“
Unten klingelte mein Handy und ich wusste, ich schaffte es auf kei-

nen Fall, rechtzeitig abzunehmen. Vermutlich war es die Schule. Dort galt der Grundsatz, dass sie kein Kind aus dem Bus aussteigen ließen, wenn es nicht von einem befugten Erwachsenen abgeholt wurde. Das bedeutete, Isabella saß jetzt wahrscheinlich im Büro der Schulleitung, fragte sich, wo ihre Mutter blieb, und kam sich einsam und verlassen vor. So wäre es im besten Falle. Ich hatte keine Lust, mir den schlimmsten Fall auszumalen.

Langsam stand ich auf und sah auf meine Großmutter hinab. Da mir nichts anderes einfiel, bot ich ihr eine Hand an.

Sie schlug sie weg. „Sobald du versuchst, meinen fetten Hintern hochzuziehen, liegst du gleich wieder hier neben mir. Geh, ruf Craig an, er soll Bella abholen. Ich kann warten."

Es kostete mich mehr Energie, als ich eigentlich zur Verfügung hatte, nach und nach die Stufen herunterzuhumpeln. Als ich endlich mein Handy erreicht hatte, um Craig anzurufen, konnte ich ihn nicht erreichen. Ich hinterließ eine Nachricht und seufzte. Mein Vater hatte kein Handy dabei, blieb also nur noch David. Wenn es nicht um meine Tochter gegangen wäre, hätte ich niemals erwogen, Kontakt mit ihm aufzunehmen.

In letzter Zeit war er ganz brav gewesen und wartete geduldig auf meinen Tod, damit er Anspruch auf seine Tochter erheben konnte. Trotzdem ließ er hier und da einen kleinen Seitenhieb los, wenn Lindsey nicht in der Nähe war, um ihn dafür zu schelten.

Als ich gerade Davids Nummer eintippte, klopfte jemand wie verrückt an die Haustür. Ich musste nicht aufmachen gehen, um zu wissen, wer da war. Die Schule musste David angerufen haben, als sie mich nicht erreichen konnte. Bis ich mich zur Tür geschleppt hatte, war ich so erschöpft, dass ich beinahe in seinen Armen zusammenbrach.

# 32

Die Ärztin sagte mir, mein Fuß sei gebrochen und müsse gerichtet und gegipst werden. „Ja ... ich meine nein", erwiderte ich.

Sie verschränkte die Arme und klärte mich darüber auf, was irgendwann alles passieren könne, wenn er nicht richtig verheilte. Wollte ich wirklich, dass mein Fuß in sechs Monaten noch einmal gebrochen werden müsste? Ich entgegnete, dass ich es darauf ankommen lassen wolle. Über ihr missbilligendes Stirnrunzeln musste ich lachen. Ich war zwar so dünn wie jemand aus der Dritten Welt und so blass wie ihr Laborkittel, doch der Witz kam nicht bei ihr an.

Auf gar keinen Fall würde ich meine letzten Wochen in einem harten, juckenden Gipsverband zubringen. Als ich ihr erklärte, dass ich ohnehin bald an die Himmelspforte klopfen würde, wurde ihre Verärgerung durch Mitleid ersetzt. Sie umwickelte meinen Fuß mit elastischen Binden und entließ mich mit ihren besten Wünschen sowie zwei Krücken.

Und so saß ich auf der vorderen Veranda und belegte zwei Schaukelstühle – einen für mich und einen für meinen Fuß. Die Abendluft kündete unverkennbar vom Herbst – frisch, aber nicht kalt. Vergangen waren die Blütendüfte des Sommers. Stattdessen strömte der Duft von Zimt und Äpfeln durch das gekippte Fenster, weil Mama Peg einen Kuchen mit der allerersten Apfelernte von Mamas Baum backte. Meine süße Großmutter backte und kochte dauernd meine Lieblingsspeisen, damit ich mehr aß. Doch trotzdem schaffte ich nie mehr als ein paar Bissen, bis mein Magen in Aufruhr geriet.

Ich trug den einzigen Flanellschlafanzug, der mir nicht von den fleischlosen Hüften rutschte, wenn ich aufstand. Ich lehnte mich an die Holzsprossen des Schaukelstuhls und sah in die Nacht hinaus. Im Mondschein kam Craigs Schatten über den Rasen auf mich zu. Unsere Blicke trafen sich und mein Herz flatterte wie auf ein Kommando.

Ich fuhr mir mit den Fingern durch die Haarspitzen. Auch ohne Chemotherapie wurde es zusehends dünner. „Hallo Fremdling, wo warst du denn den ganzen Tag?"

Er setzte sich neben mich auf den leeren Stuhl. „Arbeiten."

„Ich dachte, du arbeitest nicht mehr an Wochenenden?"

„Ich habe an etwas anderem gearbeitet." Er grinste wie ein Honigkuchenpferd, was mir verriet, dass es etwas mit mir zu tun hatte.

„Ach ja?"

„Soll ich Isabella heute zu David bringen?"

Das Fenster hinter mir wurde geschlossen. Ich drehte mich um und sah, dass Mama Peg wieder in die Küche ging. „Hat mein Vater schon gemacht."

Craig schob seine Hand unter meine und ich streichelte die vertrauten Schwielen.

„Glaubst du, sie hält diese Nacht mal durch?", fragte er.

Ich seufzte und hielt die Angst in Schach, die jedes Mal aufstieg, wenn ich daran dachte, wie Isabella zurechtkäme, wenn ich nicht mehr da wäre. „Ich hoffe es. Uns läuft die Zeit davon."

Er nickte betrübt, führte meine Hand an seine Lippen und küsste sie. „Selbst wenn sie wieder panisch wird, ist es diesmal vielleicht zwei Uhr früh anstatt Mitternacht. Und das Schluchzen vielleicht nur ein Wimmern."

Ich lachte. „Du bist ja genauso schräg wie Mama Peg."

Sweet Pea tauchte aus dem Nichts heraus auf und rieb sich an Craigs Hosenbein. Als Craig ihn streicheln wollte, fuhr der Kater erwartungsgemäß die Krallen aus. Craig zog gerade noch rechtzeitig die Hand zurück. Sweet Pea fauchte und schlenderte ans andere Ende der Veranda.

Craig sah dem Kater nach, bis er im Schatten verschwunden war. „Ich habe eine Überraschung für dich", sagte er.

Ein Lächeln umspielte meine Lippen, als ich den Kragen seines Pullis zwischen meinen Fingern rieb. „Sag mir bitte, dass sie nichts mit Stufen zu tun hat."

„Vielleicht ein paar."

Ich blinzelte ihn durch die Wimpern an. „Oder mit einer Augenbinde."

Er schaute zum Dach hoch, als müsse er das überdenken, und schüttelte dann den Kopf. „Besser nicht mit deinem gebrochenen Fuß."

Als er den Kopf zum Garten drehte, bemerkte ich einen weißen Streifen auf seiner Wange. Ich wischte ihm das raue Zeug ab und schnüffelte prüfend an meinen Fingerspitzen. Es roch nach Putzmittel. „Hast du geputzt?"

Er sah aus wie ein Junge, der mit einer Hand in der Keksdose erwischt wurde. „Kann sein."

Ich wischte das Pulver von meinen Fingern an seiner Jeans ab und wurde mit einem strafenden Blick bedacht. „Und was ist die Überraschung?"

Er klopfte sich das Hosenbein ab und stand auf. „Sie ist in der Scheune."

„Du lässt eine Gehbehinderte so weit zu irgendwelchen Kinkerlitzchen hoppeln?"

„Es sind keine Kinkerlitzchen, vielen Dank auch, und es besteht keine Möglichkeit, die Überraschung zu dir zu bringen. Du musst schon hingehen."

Ich versuchte, ein Stirnrunzeln aufzusetzen, aber mein Lächeln gewann die Oberhand. „Tja, wenn es keine andere Möglichkeit gibt … Kannst du mir die eben mal reichen?" Ich deutete auf die Krücken, die an der Hauswand lehnten.

Craig sah hinüber, machte aber keine Anstalten, sie zu holen. „Ich habe eine bessere Idee."

Er beugte sich über mich, schob eine Hand unter meine Oberschenkel, die andere um meinen Rücken, und hob mich auf seine Arme. Vor einem Jahr wäre ich peinlich berührt gewesen und hätte mich gefragt, ob ich zu schwer dafür wäre. Jetzt machte ich mir Sorgen, weil ich zu wenig wog. Etwas wie Entsetzen flammte kurz in seinen Augen auf, doch wenn er sich Gedanken um mein Fliegengewicht machte, war er so nett, es nicht zu sagen.

Seine Ritterlichkeit ließ mich sogleich meine Unsicherheiten vergessen. Ich klammerte mich an ihn und genoss den Frieden und die Wärme in seiner Umarmung. Meine Besuche bei ihm gehörten zu den wenigen Gelegenheiten, in denen ich meine Sorgen um Isabella, Papa und Mama Peg hinter mir lassen konnte. Ich hatte nie den Eindruck, ich müsse mir Sorgen um ihn machen. Er kam mir stark genug für uns beide vor.

Als ich ihn auf die Wange küsste, kratzte mich sein sprießender Bart. „Du musst dich mal wieder rasieren", sagte ich.

Er trug mich die Treppe hinunter und antwortete, als wir auf dem Rasen waren: „Ich dachte, du magst mich mit ein paar Stoppeln."

„Ein paar ja, aber allmählich siehst du aus wie Leif Eriksson."

„Ich kann mir ja noch so einen Wikingerhut kaufen. Würde dir das gefallen?“

Das würde es durchaus, aber ich hielt es für besser, das nicht zu sagen. „Würde mich nicht stören“, sagte ich. „Bei uns gibt es nichts zu plündern.“

Er küsste mich auf den Kopf. „Da bin ich anderer Ansicht.“

In seinen starken Armen schaukelnd, legte ich meinen Kopf an seine Brust.

„Magst du die Stoppeln wirklich nicht?“, fragte er und klang etwas verletzlich.

„Nein, Schatz, ich habe mich nur lustig gemacht. An deinem Aussehen ist nichts verkehrt. Du bist mein Traummann, innerlich wie äußerlich.“ Ich küsste ihn auf den Hals, um das Gesagte zu unterstreichen.

Endlich waren wir an der Scheune. Sie war ein bescheidenes Gebäude, größer als ein Schuppen, aber kleiner als ein richtiger Stall. Sie hat immer sehr rustikal ausgesehen, als die Holzverkleidung noch in einem Rostrot gestrichen war. Doch seit seinem Ruhestand hatte mein Vater es sich zu seinem Projekt gemacht, die Außenansicht so zu gestalten wie eine kleinere Ausgabe des Haupthauses – mit weißem Anstrich und schwarzen Fensterläden.

Er veredelte das Ganze sogar noch durch Elemente wie Blumenkästen, in die Mama Peg jedes Frühjahr Geranien pflanzte, eingerahmt von Efeu. Die Geranien waren mittlerweile eingegangen, doch der Efeu würde mich noch überleben.

Die Innenarbeiten hatten begonnen, als ich schon fortgezogen war. Mama Peg erzählte, mein Vater hätte die Wohnung eingerichtet in der Hoffnung, dass ich zurückkehre. Als ich es nicht tat, beschloss er, sie zu vermieten, um den Kredit, den er für die Verschönerungsarbeiten aufgenommen hatte, abzuzahlen. Mein Glück, dass Craig das Schild „Zu Vermieten“ zufällig gelesen hatte, bevor es jemand anderes tat. Ich konnte mir nicht vorstellen, was ich ohne ihn gemacht hätte.

Als wir zur Haustür kamen, erwartete ich, dass Craig mich absetzte. Stattdessen schaffte er es, den Türknauf zu drehen, ohne mich fallen zu lassen. Ich war schwer beeindruckt.

„Ich kann die Stufen hinauf hopsen“, bot ich an. „Du brauchst mich nicht …“

Streng sah er mich an. „Ich trage dich, und dabei bleibt es.“

Ich grinste ihn an. „Du gibst einen tollen Wikinger ab."

Er trug mich über die Schwelle wie ein Bräutigam seine Braut. Er knipste den Lichtschalter am Fuße der Treppe mit seiner Hüfte an und dann ging es hoch. Es war schon aufregend genug, einfach in der Scheune zu sein. Ich sah zum ersten Mal, was sich hier alles verändert hatte.

Craig hatte mich noch nie hierher eingeladen, weil er sagte, dass wir der Versuchung, wenn wir allein und zurückgezogen hier wären, nicht widerstehen könnten. Dagegen konnte ich nichts einwenden. Ich hatte zwar nicht mehr lange zu leben, doch es wurde immer schwieriger, unsere Hände bei uns zu behalten. Wenn einer von uns schwach war, war der andere zum Glück stark.

Als wir oben ankamen, stellte er mich behutsam ab. Ich sah nichts als Dunkelheit und die Schatten einiger Möbelstücke, bis er die Lampe einschaltete und das Zimmer in weiches Licht getaucht wurde.

Nichts hätte mich auf das vorbereiten können, was sich vor meinen Augen ausbreitete. „Wow." Ich sah mich um. „Das ist ja ..."

Ich kam nicht auf das passende Wort, war mir nicht einmal sicher, ob es ein Wort dafür gab. Oder doch, Moment mal, da war es. „Megastark!"

Stolz lächelte er. „Siebziger Jahre Retro."

„Allerdings."

„Ich habe den orangefarbenen Zottelteppich selbst verlegt. Du kannst dir gar nicht vorstellen, wie schwer es war, den zu finden."

Ich schloss die Augen und öffnete sie wieder. Der Teppich war immer noch da. „Kann ich mir vorstellen", erwiderte ich.

„Was hältst du davon?" Seine Augen leuchteten vor freudiger Erwartung. „Ich weiß, es ist total out, aber das soll es ja auch sein. Ist doch unheimlich cool, oder?"

Ich nahm mir Zeit, um die avocadofarbene Couch, die Batik-Kissen und das Poster mit dem Friedenssymbol gebührend zu bewundern. Ich überlegte, was ich Ermutigendes sagen sollte. Schließlich deutete ich mit dem Kinn auf eine alte Musiktruhe und brachte ein „Wo hast du die denn gefunden?" heraus.

Schnell war er an dem Gerät und schaltete es ein. „Kaum zu glauben, aber so ein Blödmann wollte sie doch tatsächlich entsorgen. Sie funktioniert noch." Er kniete sich hin, öffnete den Schrank darunter und holte eine wahrhaftige Single-Schallplatte heraus. Er zog sie aus der Hülle und legte sie auf den Plattenteller. Als er die Nadel auf das schwarze Vinyl setzte, sangen die Bee Gees „How Deep Is Your Love".

„Du hast ja an alles gedacht", sagte ich.

Er wirkte so aufgeregt wie ein kleiner Junge an Weihnachten. Rasch war er wieder bei mir. „Das Beste habe ich dir noch nicht gezeigt." Ich hatte mehr als nur ein wenig Angst, was das wohl sein könnte. Eine lebensgroße Wachsfigur von Elvis vielleicht?

Er schlang seine Arme um mich und half mir, in sein Schlafzimmer zu hüpfen. An der Tür blieben wir stehen. Ich spähte hinein und war überhaupt nicht überrascht, eine Discokugel von der Decke hängen zu sehen. Sie warf glitzernde Streifen an die Wände. „Wow" war alles, was ich sagen konnte.

Er grinste übers ganze Gesicht. „Das ist doch wohl das Coolste, was du je gesehen hast, oder?"

Ich musste kurz überlegen, ob ich sie toll oder doch eher abartig finden sollte. Schließlich erschien mir die Einzigartigkeit von Craig und seiner Wohnung charmant und unwiderstehlich. „Also, auf jeden Fall besser als das beige Nullachtfünfzehn-Zeug, mit dem sich unsere Altersgenossen umgeben."

Als mein Blick von der Diskokugel auf sein leeres Bett wanderte, stockte mir der Atem. Auf einer glatten Decke lagen drei passende Kissen. Auf dem linken standen seine Initialen *CA*, auf dem rechten *GA*, und auf einem kleinen quadratischen Kissen in der Mitte stand einfach *Bella*.

Tränen stiegen mir in die Augen und ich konnte nicht lange genug den Blick abwenden, um Craig anzuschauen. Nichts hatte mich je so gerührt wie diese drei Kissen und was sie bedeuteten. Seine Fingerspitzen glitten an meinem Arm hinab und er kniete sich vor mich hin.

Ich atmete abgehackt und sah ihm in die aufgewühlten Augen.

„Jenny, ich habe deinen Vater bereits um sein Einverständnis gebeten, und er hat bereits nein gesagt."

Ich lachte unter Tränen.

Craig brachte nicht einmal ein Lächeln zustande. Er fuhr einfach mit dem Daumen über meinen Ringfinger und sah so nervös aus wie ein Ferkel bei einem Grillfest. „Aber er hat versprochen, mich weder umzubringen noch hinauszuwerfen. Also wage ich einen neuen Vorstoß.

Ich weiß, diese Wohnung ist keine große Sache, aber im Moment habe ich nichts anderes. Ich würde uns ja ein Haus kaufen, wenn deine Zeit nicht so kurz wäre. Bellas Zimmer ist nicht viel größer als ein Wandschrank, aber ihr Bett passt hinein und eine Kommode …"

Er griff unter seinen Pulli, zog ein kleines Samtkästchen aus der Hemdtasche und öffnete es. Ein Goldring mit einem eingefassten Diamanten glänzte auf schwarzem Grund. „Jenny, liebst du mich?"

Ich stützte mich mit den Händen auf seinen Schultern ab, während meine Augen zu Niagarafällen wurden. „Das weißt du doch."

„Dann verbringe deine letzten Tage mit mir – hier."

Seine Liebe nahm mich ganz ein und ich war mir nicht mehr sicher, was ich sagen oder tun sollte.

„Sag, dass du mich heiratest. Wir haben doch nur noch so kurze Zeit."

Ich starrte auf das Symbol seiner Liebe und konnte nicht mehr richtig denken. „Ich weiß nicht, Baby."

„Es wird immer schwieriger für dich, dich selbst zu versorgen, ganz zu schweigen von Bella. Mama Peg schafft es nicht. Dein Vater wird es nicht zugeben, aber er hat aufgehört Golf zu spielen und auszugehen, weil er Angst hat, dich allein zu lassen."

Ich wischte mir Tränen aus den Augen, aber es kamen gleich welche nach. „Das soll er doch nicht."

Craig holte den Ring aus dem Kästchen. „Bitte lass mich für dich sorgen. Du ziehst mit Bella hier ein und wir spielen Vater-Mutter-Kind, bis ich dich gehen lassen muss. Ich habe Jimmy zum Geschäftsführer befördert und er schmeißt den Laden, bis …"

„Das sollst du doch nicht für mich machen."

„Hab ich schon. Ich habe doch einen Urlaub verdient, oder?"

Der Gedanke daran, dass wir wie eine richtige Familie hier zusammen leben könnten, war überwältigend – die beste Art, meine letzten Tage zu verbringen. Und wenn wir heirateten, konnte ich mich ihm endlich so hingeben, wie ich es schon seit langem wollte. Ich liebte ihn mit allen Sinnen und wusste, er tat es auch.

Ich beugte mich zu ihm und drückte ihm einen Kuss auf die Lippen, der sich beinahe heilig anfühlte. Er schien eine Ewigkeit zu dauern, doch als er schließlich endete, merkte ich, dass er nicht annähernd lange genug gedauert hatte.

Ich wollte ja sagen. Ich wollte das mehr als alles, was ich mir je gewünscht hatte – aber ich war in erster Linie Mutter, in zweiter Linie Frau. Mir blieb nur noch wenig Zeit, zu wenig, um sie zu verschwenden.

War es möglich, dass das, was Isabella brauchte, genau das sein konnte, was ich mir wünschte? Warum konnte ich nicht von hier aus zu David gebracht werden? Ja wirklich, was war denn der Unterschied, außer ein paar Metern mehr?

Craigs Augen erforschten meine nach dem kleinen Wörtchen, das er hören wollte. Ich schenkte es ihm nicht. Ich lächelte bloß und hielt ihm die linke Hand entgegen.

# 33

Ich lag im Bett und berührte den Verlobungsring, den ich an einer Kette um den Hals trug. Wie alles andere, was mir gehörte, war auch er zu groß für meine abgemagerten Gliedmaßen. Als Craig ihn mir an den Finger gesteckt hatte, war er sogleich wieder abgerutscht. Der Symbolgehalt entging uns beiden nicht, doch wir schafften es, dem Augenblick etwas Lustiges abzugewinnen. Oder zumindest taten wir so.

Ich stützte meinen Ellenbogen auf dem Kissen ab, damit ich besser aus dem Fenster schauen konnte. Der Nachthimmel war marineblau, gesprenkelt von funkelndem Sternenlicht. Lächelnd fragte ich mich, ob Craig denselben Himmel betrachtete und an mich dachte. Hatte es je zwei Menschen gegeben, die verliebter gewesen wären? Kaum möglich.

Ich schob den Ring an der Kette hin und her und genoss das Gefühl des glatten Goldes an meinen Fingerspitzen. Wir würden natürlich so schnell wie möglich heiraten müssen, doch das musste keine triste Zeremonie auf dem Standesamt bedeuten. Wenn das Wetter mitspielte, könnten wir uns vor dem See das Ja-Wort geben – das wäre hübsch. Ich kaute auf meiner Lippe und dachte darüber nach.

Was sollte ich bloß anziehen? So dünn, wie ich war, waren meine Möglichkeiten auf etwas Weißes, das meine Magerkeit vertuschte, begrenzt. Ich würde zwar nicht das trägerlose Prinzessinnenkleid tragen können, von dem ich immer geträumt hatte, doch wenn Craigs Augen an unserem Hochzeitstag genauso glänzten wie zu jeder anderen Zeit, wenn sein Blick auf mich fiel, würde ich mich auch in einem altbackenen weißen Kittel hübsch fühlen.

Ich legte mich wieder hin, verschränkte die Arme hinter meinem Kopf und betrachtete die Spiegelung des schimmernden Mondscheins an der Decke.

Gleich morgen früh würde ich in der Gemeinde anrufen und alles absprechen, dann im Rathaus oder wo auch immer man eine amtliche Heiratserlaubnis bekam. Mir stockte der Atem, als ich darüber nachdachte, dass ich in wenigen Tagen Genevieve Paige Allen sein würde … Jenny Allen … Mrs. Genevieve Allen … Mrs. Craig Thomas Allen …

Als mir die möglichen Varianten meines Namens ausgingen, ebbte auch meine Hochstimmung ab. An mir nagten Schuldgefühle – ich verurteilte den Mann, den ich liebte, zu seinem Schicksal als Witwer. War das so eigennützig, wie es sich anfühlte? Zweifel keimte wie Unkraut auf, bis mir wieder einfiel, was Craig mir eines Abends zugeflüstert hatte, als wir gemeinsam auf der Verandaschaukel gesessen, dem Krachen des Donners gelauscht und den Blitzen zugeschaut hatten, die wie Feuerwerkskörper am Himmel explodiert waren.

Er hatte meine Hand gehalten und mir gesagt, ich sei sein Schicksal und er könne genauso wenig aufhören, sich in mich zu verlieben, wie der Nil beschließen konnte, nicht mehr ins Mittelmeer zu fließen. Meine Schuldgefühle glitten auf einem Mondstrahl dahin und ich schlief ein.

Mir kam es so vor, dass ich kaum ins Reich der Träume abgetaucht war, als mich das Telefon wachrüttelte. Mit dem dritten Klingeln hatte ich meine schläfrige Orientierungslosigkeit abgeschüttelt und war so weit Herrin meiner Sinne, um zu wissen, was der Anruf bedeutete. Isabella schaffte es – wieder einmal – nicht, die ganze Nacht im Haus ihres Vaters zu verbringen.

Diese nächtlichen Anrufe waren so zur Gewohnheit geworden, dass ich wusste, David – nicht Lindsey – war am Telefon und erzählte meinem Vater, Isabella weinte, weil sie nach Hause wollte. Bald schon würde er sie herbringen, den Kopf schütteln und so verzweifelt aussehen, wie ich mich fühlte.

Isabella würde in mein Bett krabbeln, ihren Kopf auf mein Kissen legen und wimmernd versprechen, dass sie es nächstes Mal ernster versuchen werde. Meine Antwort lautete immer gleich: „Du musst es wirklich versuchen. Ganz bald kannst du nicht mehr zu mir zurückkehren, denn dann bin ich nicht mehr da." Der Blick in ihren hübschen Augen würde mir das Herz brechen. Ein Gefühl der Ohnmacht würde mich überwältigen, während wir uns aneinanderkuschelten und ich ihr das nasse Gesicht küsste.

Es klopfte und mein Vater rief meinen Namen.

Ich bedeckte meine Beine und setzte mich hin. „Herein."

Er öffnete die Tür und blieb im Rahmen stehen. Sein normalerweise glattes Haar stand ab wie bei einem Struwwelpeter.

„Lass mich raten", sagte ich.

Er lehnte sich an den Türrahmen. „Vielleicht sind sie ja jetzt bereit, sie dauerhaft hier leben zu lassen, und …"

„Bitte nicht, Papa. Es geht Bella nicht um das Haus. Es geht um mich, und ich bin bald nicht mehr da."

Sein ausdrucksloses Gesicht verriet mir, dass er dem nichts entgegenhalten konnte.

„Bringt David sie her?"

„Das liegt an dir."

„Wie meinst du das?"

„Sie bitten dich, *zu ihnen* zu kommen", erläuterte er.

Ich sah auf die Uhr. „Es ist ein Uhr nachts."

Er betrachtete die Uhr, dann wieder mich.

„Vielleicht kann ich versuchen, mit ihr zu telefonieren."

Er schüttelte den Kopf. „Das habe ich auch schon vorgeschlagen."

„Und?"

„Sie hört nicht lange genug auf zu kreischen, um den Hörer in die Hand zu nehmen."

Mir schnürte sich der Magen zusammen bei dem Gedanken, dass meine Kleine so aufgebracht war.

„Soll er sie zurückbringen", fragte er, „oder soll ich dich zu ihnen fahren?"

Mir gefiel der Gedanke, in Davids Haus zu gehen, zu gar keiner Tageszeit, aber schon gar nicht mitten in der Nacht. Noch weniger jedoch gefiel mir der Gedanke, nicht da zu sein, wenn meine Tochter mich brauchte. „Dann fahre ich wohl mal hin. Wir müssen ja alles probieren."

„Ich bin im Auto."

Mein Vater wartete in seinem Buick, während ich mich mit meinen Krücken zu Davids Haustür bewegte. Noch bevor ich anklopfen konnte, wurde sie aufgerissen. David nickte mir zu und schaute über meine Schulter zum Wagen meines Vaters. „Danke, dass du gekommen bist."

„Bist du dir sicher, dass ich sie nicht mit nach Hause nehmen soll?", fragte ich.

Er zog am Kragen seines T-Shirts. „Wir können nicht andauernd dasselbe machen und eine andere Reaktion erwarten. Wir haben nicht mehr viel Zeit, Jenny. Ich sage es äußerst ungern, aber ..."

„Ist schon okay", erwiderte ich. „Es stimmt ja."

Drinnen kreischte Isabella. David blickte sich nervös um, trat einen Schritt zurück und ließ mich eintreten. „Ich hoffe, du kannst sie ein bisschen beruhigen, dich vielleicht ein wenig zu ihr legen. Nur bis sie eingeschlafen ist."

Ich drehte mich zu meinem Vater um, der den Motor seines Wagens noch nicht ausgestellt hatte, und reckte einen Finger hoch. Als ich das Haus betrat, ließ Isabella gerade markerschütternde Schreie los. „Ich will nach Hause! Ich will zu meiner Mami! Ich will zu meiner Maaamiiiii!"

Rasch ging ich immer ihrer Stimme nach und kam an eine angelehnte Tür. „Schhhht, ist doch alles gut, Süße", gurrte Lindsey. „Sie ist schon unterwegs."

Isabella saß zitternd auf dem Boden. Ihre Augen waren rot und geschwollen von den Tränen, die sie zu lange und zu heftig geweint hatte. Als Lindsey sie hochheben wollte, verbarg sie ihr Gesicht in der Armbeuge und wimmerte: „Ich will zu meiner Mami."

Die Tür quietschte, als ich sie ganz aufschob. Als Lindsey mich sah, schloss sie vor Erleichterung die Augen. Isabella rannte mit ihrem Koala im Arm auf mich zu. Ich stützte mich gerade rechtzeitig auf die Krücken. Sie warf sich gegen mich und ich zuckte vor Schmerz zusammen. Sie hielt meine Beine umklammert, sah gequält zu mir auf und hob ihre Arme, damit ich sie hochhob.

„Warte mal, Bells, lass mich erst mal hinsetzen." Ich arbeitete mich zu ihrem Bett vor und setzte mich. Noch bevor ich die Krücken ablegen konnte, kletterte sie auf meinen Schoß und barg ihren Kopf in meinem Arm.

„Tut mir leid, dass es so spät ist", sagte Lindsey. „Wir wussten nicht, was wir sonst hätten tun sollen."

Ich rieb Isabellas Rücken und schaukelte sie. „Ist schon okay. David hat recht. Wir müssen uns etwas ausdenken."

Ich sah Isabella an, die jetzt ihre Augen geschlossen hatte und am

Daumen lutschte – was sie nicht mehr gemacht hatte, seit sie ein Baby war. Ich schaukelte sie weiter, bis das Schluchzen aufhörte. Lindsey lehnte sich an die Heizung, hielt ihren seidenen Morgenmantel zu und betrachtete uns, als schaue sie sich einen Dokumentarfilm an. Da ging mir auf, dass sie vermutlich versuchte, von mir zu lernen, meine Tochter zu bemuttern. Ich bezweifelte, dass ihr klar war, dass das, was bei mir funktionierte, nicht unbedingt bei ihr funktionieren musste. Sie und Isabella würden sich ihren eigenen Weg suchen müssen.

Nach ein paar Minuten Stille flüsterte Lindsey: „Glauben Sie, Sie können jetzt gehen?"

Isabella sah mich mit schreckgeweiteten Augen an.

„Ich habe eine andere Idee", sagte ich. „Soll ich mich ein bisschen zu dir legen?"

Die Angst wich aus ihren Augen und sie zog ihren Daumen aus dem Mund. Sie starrte mich einen Augenblick an, dann nickte sie. Ich betrachtete das Bett, dessen Kopfende angemalt war wie ein riesiges Diadem. Selbst die schmale Matratze bot noch reichlich Platz für uns beide.

Lindsey legte ihre Hand auf den Türknauf und drehte sich um. „Braucht ihr noch etwas – Decken, Extrakissen …"

„Wasser", platzte Isabella heraus.

Ich schüttelte den Kopf. „Bella weiß ganz genau, dass sie nach sieben nichts mehr trinken darf."

Lindsey runzelte die Stirn. „Wir geben ihr abends immer ein Glas Wasser."

„Aber sie nässt sich dann ein", entgegnete ich.

„Hat sie nie gemacht."

„Nur weil sie noch nie lange genug hier geblieben ist. Gegen vier in der Nacht wäre es dann soweit." Ich dachte an die letzten paar Male, als mein Vater Isabella mitten in der Nacht abgeholt hatte. Kein Wunder, dass sie immer schnurstracks ins Bad gegangen war.

Mir wurde bewusst, wie viele dieser kleinen Details über Isabella Lindsey nicht kannte. Ihr waren die Fragen nicht eingefallen und ich hatte nicht daran gedacht, es ihr zu erzählen. Ich zog das Kissen ans Kopfende und klopfte einladend darauf. Isabella krabbelte von meinem Schoß und legte sich darauf.

Plötzlich fiel mir ein, dass mein Vater noch immer draußen auf mich wartete. Bevor Lindsey die Tür schloss, rief ich ihr hinterher: „Könnten Sie oder David mich später nach Hause fahren? Ich will meinen Vater nicht noch länger auf mich warten lassen."

Im Schatten der Flurlampe drehte sie sich zu mir um. „Das ist doch das Mindeste, was wir tun können. Ich sage ihm, dass er heimfahren kann." Sie zog die Tür hinter sich zu.

Ich legte mich neben meiner Tochter aufs Kissen und zog die Daunendecke über uns. Als sie schläfrig lächelte und sich ganz eng an mich schmiegte, tat mir mein Herz weh. Bald wäre ich nicht mehr da, um das für sie zu machen.

Cocoa fiel ihr aus den Fingern und ich hörte seine harte Nase auf dem Boden aufprallen. Bella umarmte mich. Ich rückte noch näher an sie heran, küsste sie auf die Stirn und gab mir Mühe, meine Traurigkeit zu überspielen. „Weißt du, Bella, du musst dich daran gewöhnen, ohne mich hier zu schlafen."

„Ich weiß."

„Du musst ein tapferes Mädchen sein."

Ihre Augen sahen mich flehend an. „Ich versuche es, Mami."

Ich streichelte ihre weiche Wange. „Warum hast du dich denn so aufgeregt?"

Ihr Daumen wanderte wieder in den Mund. Undeutlich sagte sie: „Ich wollte dich, und Papa hat andauernd gesagt, ich sollte ein großes Mädchen sein und einschlafen."

*Natürlich hat er das gesagt.* „Und Lindsey?"

„Sie kam, als ich ganz doll anfing zu weinen."

„War sie nett zu dir?"

„Glaub schon."

„Hat sie auch gesagt, du sollst ein großes Mädchen sein?"

Isabella rieb mit ihrer freien Hand mein Ohrläppchen. „Nein, sie sagte, ich dürfte dich anrufen."

„Und warum hast du das nicht gemacht?"

Eine Weile sagte sie gar nichts. Ihre Unterlippe schob sich vor, als müsse sie bald weitere Tränen vergießen. Sie rieb weiter mein Ohrläppchen und stieß einen tiefen Seufzer aus, der nach Kaugummi-Zahnpasta roch. „Ich habe schlecht geträumt", antwortete sie schließlich und barg ihr Gesicht an meinem Hals.

Ich hörte ein leises Wimmern. „Was ist los, Süße? Was ist passiert?"

Als sie mich anblickte, sah sie genauso traurig aus wie am Strand während unseres Gesprächs. „Ich habe geträumt, du wärest ertrunken. Du hast dauernd um Hilfe gerufen." In ihre Augen traten Tränen. „Du bist untergegangen – und ich konnte dich nicht finden. Papi hat mich nicht mehr suchen lassen."

Ihre Worte bohrten sich tief in mein Herz. Ihr Traum war – auf seltsame Art – Erinnerung und Vorahnung zugleich. Außer dass sie gerade unterging, nicht ich. „Schhh." Ich küsste ihre Tränen fort. „Ich bin hier. Ich bin doch bei dir." Ich legte meine Wange an ihre und wünschte, ich hätte den Vergleich mit der untergehenden Sonne gewählt anstatt den mit dem Ozean. „Bella. Baby. Mami geht doch nicht unter."

Sie schnüffelte. „Doch. Du bist nicht mehr so stark. Du kannst nicht bis auf die andere Seite schwimmen."

Ich entfernte mich etwas und sah ihr in die Augen. „Ich muss nicht durch den Ozean schwimmen. Jesus wird mich tragen."

Sie rieb ihr nasses Gesicht an meinem T-Shirt. „Ist er ein guter Schwimmer?"

Ich hielt sie ganz fest. „Das muss er gar nicht. Er kann auf Wasser gehen, weißt du noch?"

„Aber du nicht."

Ich lachte. „Früher hast du gedacht, ich könnte es. Bitte mach dir keine Sorgen. Er lässt mich nicht ertrinken, das verspreche ich. Er trägt mich bis auf die andere Seite."

Misstrauisch betrachtete sie die Wand, als wäge sie alles ab. Schließlich begannen ihre Augenlider zu flattern und gingen schließlich zu. Ich war auch schon unmittelbar vorm Einschlafen, als sie plötzlich fragte: „Mami, warum hat Jesus *mich* nicht getragen, als ich fast ertrunken wäre?"

Ich versuchte, die Augenlider zu öffnen, doch sie waren zu schwer. „Weil er wollte, dass Craig es macht."

Ich hatte vorgehabt, nur so lange zu bleiben, bis Isabella eingeschlafen war. Stattdessen wachte ich Stunden später auf, in einem Prinzessinnenbett, eng an meine Tochter gedrückt, während die Morgensonne durch den Barbie-Fensterschmuck in meine Augen schien.

Ich schirmte mein Gesicht mit der Hand ab und sah Lindseys fröhliches, perfekt geschminktes Gesicht im Türrahmen. „Guten Morgen, meine Damen!" Sie klang abscheulich munter. Natürlich war sie ein Morgenmensch. Vermutlich wachte sie pfeifend auf, sprang aus dem Bett und wurde von Rotkehlchen und Häschen begleitet. Ich grunzte, drehte mich um und kehrte ihr den Rücken zu.

„Okay", flüsterte sie. „Ich lasse Sie noch etwas schlafen. Aber sobald Sie wach sind, müssen David und ich mit Ihnen reden." Sie schwieg kurz, als erwarte sie eine Antwort von mir. „Wir haben einen Plan, der Ihnen sicher gefallen wird." Sie hörte sich begeisterter an, als man es um diese Uhrzeit – wie spät war es eigentlich? – sein dürfte.

Ich starrte die rosa Wand an und verdrehte die Augen. Na prima, noch ein Gespräch. Mit den Prestons machte das besonderen Spaß. „Ich kann es kaum abwarten", murmelte ich.

# 34

Als ich Isabella einen Kuss auf die Wange gab, ächzte sie nur und drehte sich um. Leise hob ich meine Krücken vom Boden auf und begab mich in den Flur. Die Krücken scheuerten an meinen sowieso schon wunden Achseln. Ich hoppelte an Gemälden europäischer Landschaften an edlen Goldtapeten vorbei, auf das raue Geräusch von Davids Stimme und Lindseys Lachen zu.

Mir zog sich der Magen zusammen, als ich mich dem Zimmer näherte, in dem sie sich aufhielten. Ich konnte mir nicht vorstellen, was ich jetzt noch weniger gern täte, als mich bei meinem Ex-Freund und seiner verehrten Gattin niederzulassen. Doch je eher wir unsere kleine Unterredung hatten, desto eher käme ich wieder hier weg und wäre bald wieder in meinem eigenen bequemen, vertrauten Zuhause. Ich berührte den Diamantring an meinem Hals, holte mir mit dem nächsten Atemzug neue Kraft und trat durch die Tür.

Lindsey saß neben David an einem ovalen Tisch, hielt einen glänzenden Becher in ihren feingliedrigen Händen und lachte. David grinste und war wohl angetan von ihrer Reaktion. Als sie ihm den Kopf auf die Schulter legte, räusperte ich mich.

Beide wandten sich mir zu. Davids Lächeln verschwand, während Lindseys noch breiter wurde.

Sie errötete und stand auf. „Jenny, ich hatte nicht gemeint, Sie müssten jetzt gleich aufstehen."

„Schon gut", erwiderte ich. „Ich musste sowieso aufstehen. Heute habe ich noch viel zu erledigen." Ich fuhr mir mit der Zunge über die Zähne und wünschte mir, ich wäre kurz ins Bad gegangen, um zumindest meinen Mund auszuspülen.

Lindsey trug ein Anzughemd über ihrer Designerjeans. Es war genau das Hemd, das David getragen hatte, als er Isabella das letzte Mal abgeliefert hatte. Obwohl ich jetzt Craig liebte und nicht David, nagte doch Eifersucht an mir.

„Haben Sie Hunger?", fragte sie.

„Nein, danke schön."

„Durst? Wir haben Kaffee, Orangensaft …"

„Ich esse später, wenn ich daheim bin", entgegnete ich und hoffte, das klang in ihren Ohren nicht so abweisend wie in meinen. „Trotzdem danke."

„Bitte …", sie deutete auf einen leeren Stuhl, „setzen Sie sich doch."

Das tat ich. In dem Zimmer gab es viel Holzverkleidung und klare Linien. Ein Dutzend roter Rosen stand in einer Vase mitten auf dem Tisch. Sie sahen so vollendet aus, dass man nicht sagen konnte, ob sie echt oder künstlich waren. Hinter David stand ein Kabinettschrank, und darauf drei Schwarz-Weiß-Fotos in passenden silbernen Rahmen. Das erste war das Hochzeitsbild von David und Lindsey. Auf dem zweiten saß Isabella auf einer Schaukel und trug einen Kordoverall, den ich nicht kannte. Das dritte war eine Momentaufnahme von den dreien, wie sie vor dem Haus in zusammengerechtem Laub tobten.

Ich lehnte meine Krücken an den Tisch und dachte an das Fotoalbum, das ich für Isabella zusammengestellt hatte. Ich musste daran denken, es ihr zu geben, solange ich es noch konnte.

Sie würde neue Erinnerungen sammeln, und mir missfiel der Gedanke, dass sie diejenigen vergessen würde, die wir gemeinsam gesammelt hatten. Mir missfiel, dass sie mich vergessen würde.

Lindsey starrte David erwartungsvoll an. Als er seine Aufmerksamkeit auf den Fußboden richtete, war mir augenblicklich klar, dass ihre Idee eine harte Nuss sein musste. Ich schlenkerte mein gesundes Bein vor und zurück, während ich darauf wartete, dass einer von ihnen anfing. Als dies nicht geschah, beschloss ich, die Sache voranzutreiben. „Sagt mir bitte, ob ihr euch Gedanken darüber gemacht habt, was wir mit Isabella machen können."

Davids Blick wanderte zu Lindsey und wieder nach unten.

„Wenn ja, bin ich ganz Ohr."

Lindsey wartete ab, doch als David nicht aufsah, um Blickkontakt herzustellen, ergriff sie das Wort. „Erinnern Sie sich an den Tag, an dem Sie sich den Fuß gebrochen haben?"

Noch bevor ich antworten konnte, kicherte sie nervös. „Natürlich. Was für eine blöde Frage."

Schon jetzt gefiel mir nicht, worauf dieses Gespräch hinauslaufen würde. Mich überlief ein Schauer und ich rieb mir gedankenverloren die Arme.

„Es tat uns sehr leid, weil Ihr Vater nun für zwei kranke Frauen und ein kleines Mädchen sorgen muss. Das ist ganz schön viel für ihn. Zu viel womöglich."

Meine Augen verengten sich zu Schlitzen. „Noch bin ich nicht vollinvalide. Ebenso wenig wie Mama Peg übrigens. Außerdem ist da nicht nur mein Vater. Auch Craig ist da."

Sie sah mich an, als habe ich etwas Rätselhaftes gesagt. „Ihr Mieter?"

„Mein Verlobter."

Lindsey sah aus, als habe ich sie mit einem Glas Eiswasser übergossen. „Das wusste ich nicht." Stirnrunzelnd sah sie David an. „Schatz, wusstest du das?"

„Ist noch nicht so lange her", sagte ich. „Gestern."

David ließ seinen Blick langsam an mir auf und ab gleiten. Sicherlich war er drauf und dran, das Offensichtliche auszusprechen: die Frage nämlich, was das Ganze solle, da es ja nicht von langer Dauer sein könne. Vielleicht würde er Craig für verrückt erklären, weil er eine Sterbende heiraten wolle, und mich, weil ich es zuließ. Doch nie zuvor war es mir so egal gewesen, was David Preston dachte.

Beide betrachteten meine linke Hand und sahen sich dann an. Ich beschloss, ihnen nicht zu sagen, wo ich meinen Ring trug. Die Einzelheiten meiner Verlobung waren mir heilig und etwas ganz Besonderes. Ich verspürte nicht das Verlangen, es ihnen mitzuteilen.

„Interessantes Timing", sagte David rundheraus.

Lindsey hielt die Finger vor den Mund und betrachtete sein Profil. Ihren Reaktionen nach zu urteilen hatte ich ihre wie auch immer gearteten Pläne durchkreuzt.

David rieb sich den Nacken.

„Spuck's schon aus", sagte ich. „Wie sieht der Plan aus?"

Er nickte Lindsey zu. Ihre sorgfältig manikürten Fingernägel klackten nervös an das Porzellan. „Wir dachten – David und ich dachten –, wir haben eine für alle vorteilhafte Lösung gefunden, wie Isabella sich bei uns einleben kann und Sie versorgt werden. Wenn Sie zu uns ziehen, würde Isabella sich daran gewöhnen, hier zu leben. Sie würde sich an uns gewöhnen. Und Sie hätten eine Pflegerin im Haus. Für alles, was ich nicht bewerkstelligen kann, würde jemand vom Hospizdienst kommen."

Ich war so verblüfft von der Lachhaftigkeit ihres Angebots, dass ich einen Moment brauchte, bis ich mich gesammelt hatte. „Soll das ein Scherz sein? Soll ich meine letzten Tage damit verbringen, euch zuzuschauen, wie ihr Romeo und Julia spielt? Wenn ich Hospizpflege wollte, könnte ich sie mir selbst bestellen. Ich habe den Rest meines Lebens bereits verplant, und dazu gehört, euch so selten zu sehen wie nur irgend möglich."

Lindseys Finger hielten still. „Jenny, wir haben diese Idee nicht aus der Luft gegriffen. Wir haben mit einer Therapeutin gesprochen und sie hat gesagt …"

Sie erklärte mir, warum die Kinderpsychologin dachte, mein Umzug zu ihnen wäre die einzige Möglichkeit, wie sich meine Tochter an ihr zukünftiges Zuhause und ihre neuen Eltern gewöhnen könnte. Während sie sprach, wanderte mein Blick von Lindseys rosigen Wangen zu ihrem gesund schimmernden Haar, ihrer Hand, die auf Davids Hand lag, und schließlich zu dem goldenen Ring, der genau an ihre linke Hand passte.

Ich unterbrach sie mitten im Satz. „Ihr könnt es drehen und wenden, wie ihr wollt – aber ich heirate Craig." Ich stand auf und schnappte mir schnell meine Krücken aus Angst, noch länger hier zu sitzen und ihrer verrückten Idee Nahrung zu bieten. Ich konnte nicht bei ihnen leben. Ich würde es nicht. „Diese Woche." Ich schob mir die Krücken unter die Achseln.

Lindsey streckte die Hand aus, als wolle sie mich aufhalten. „Lassen Sie sich Zeit. Wir brauchen nicht sofort eine Antwort. Ich weiß, es ist so viel auf einmal. Denken Sie einfach darüber nach. Wir haben schon ein Gästezimmer für Sie hergerichtet." Ihr Lächeln stand im Widerspruch zu ihrem besorgten Blick. „Möchten Sie es sehen? Es ist wirklich hübsch."

Ich verzog vor Abscheu das Gesicht. „Glaubt ihr wirklich, ich gebe etwas darauf, ob mein Zimmer hübsch ist?"

David legte die Handflächen auf den Tisch. „Setz dich, Jenny."

Ich funkelte ihn an. „Ich nehme keine Befehle von dir entgegen."

Als Lindsey ihn an der Schulter berührte, fügte er etwas sanfter hinzu: „Bitte. Setz dich und lass uns ausreden."

Ich wollte mich nicht wieder hinsetzen. Ich wusste, wenn ich noch länger blieb und ihren Argumenten lauschte, würde ich womöglich noch zustimmen, meine letzte Chance auf Glück zu opfern. David wollte meinen Arm berühren. Ich wich zurück und griff nach meinem Ring, als hätten sie vor, ihn mir vom Hals zu reißen.

„Jenny, ich weiß, zwischen uns sind harte Worte gefallen und ich habe dir damals wehgetan, aber wir haben nur noch wenig Zeit. Zu Isabellas Wohl müssen wir – du, Lindsey und ich – zusammenkommen, damit sie sich umgewöhnen kann."

In meinem Magen tobte ein Säuremeer. „Das versuche ich ja."

„Ich weiß", sagte er. „Das weiß ich doch. Wir versuchen es alle, aber es reicht noch nicht. Wenn sie so anfängt zu schreien wie letzte Nacht" – er drehte sich zum Flur um, als würde sie gerade wieder schreien –, „gerät sie absolut in Panik. Jetzt bist du da, um sie zu trösten, aber wie lange noch?"

Ich schluckte den Kloß in meinem Hals hinunter. „Trotzdem – nein", entgegnete ich. „Egal, was ihr sagt, ich mache es nicht. Bittet mich nicht noch einmal darum."

David starrte mich ungerührt an. „Was sollen wir denn tun, wenn du nicht hier bist, um sie zu beruhigen? Was soll *sie* denn machen? Ich blicke in die Zukunft, und die ist nicht gut, Jenny. Lass uns nicht mit einem kleinen Mädchen zurück, das Angst vor uns hat." Er barg sein Gesicht in den Händen.

Meine Seele schrie, dass das verkehrt war. Ich gehörte zu Craig. Hatte David mir nicht schon genug genommen? Ich hatte meine ganze Jugend damit verschwendet, ihn zu lieben. Er erbte mein einziges Kind, zum Donnerwetter nochmal. Jetzt schwenkte er die letzten Tropfen meines Lebens in seinem Glas und bat um Erlaubnis, es austrinken zu dürfen?

„Ich habe Krebs. Meine Tage sind gezählt. Ich bin mit einem Mann verlobt, den ich innig liebe und mit dem ich meine letzten Wochen verleben möchte, und ihr bittet mich, das alles aufzugeben? Ist das fair?"

David bekam vor Ärger rote Flecken im Gesicht. „Du willst mir sagen, was fair ist? Wenn du mir meine Tochter nicht all die Jahre verheimlicht hättest, hätte sie jetzt keine Angst vor mir. Sie wäre ebenso gerne bei mir wie bei dir. Ich würde nicht zu dir kommen und dich um einen kleinen Gefallen anbetteln müssen. Das schuldest du mir. Du schuldest es ihr!"

„Warum schreist du denn so, Papi?" Isabella stand in der Tür, rieb sich den Schlaf aus dem Gesicht und hielt mit der anderen Hand ihren Koala am Ohr.

Ich sah, wie sich die Last der Welt in ihren müden Augen spiegelte und wusste, dass wir schon wieder an ihr schuldig geworden waren. „Wir haben uns bloß unterhalten, Süße. Tut mir leid, dass wir dich aufgeweckt haben."

Ihr Gesichtsausdruck ließ keinen Zweifel daran, dass sie mir nicht ein einziges Wort glaubte. Sie drückte Cocoa an ihre Brust. „Mami, fahren wir jetzt nach Hause?"

# 35

Als ich zu der Tanne kam, die den Beginn des Wäldchens markierte, klebte Isabella mir wie ein Magnet an der Seite. „Du bist weggegangen!"

„Ich dachte, du liest mit Cowpa Äpfel auf", sagte ich.

Sie sah mich strafend an. „Geh nicht wieder von mir weg." Da ich ihre Hand nicht nehmen konnte, weil ich beide Hände für die Krücken brauchte, trottete sie mit einem Stirnrunzeln neben mir her.

Als wir zum Fluss kamen, war ich ziemlich erschöpft. Kaum war ich auf meinen Sitzstein gesunken, drang die Kälte des Felsbrockens auch schon durch meine Trainingshose. Ich ignorierte diese zusätzliche Unannehmlichkeit und legte meine Krücken auf das Bett aus Tannennadeln rechts von mir. Neben dem ständigen Geruch nach feuchtem Laub, Tannen und Erde lag in der kühlen Luft auch der deutliche Duft von Schnee, der bald fallen würde.

Ich schaute hoch, vorbei an den welkenden Blättern, die noch immer hoffnungsvoll an den Zweigen hingen, hin zu den Wolken, die die Sonne grau verschleierten. Noch war es nicht kalt genug für andere Niederschläge außer Regen, doch die Temperatur konnte über Nacht ganz einfach sinken und uns vom Herbst geradewegs in den Winter befördern. Der Gedanke, dass ich immerhin noch den ersten Schnee erleben würde, machte mich nicht fröhlich. In meinem Kopf verarbeitete ich schon zu viele Ängste und Phantasiegebilde.

Isabella saß neben mir und zog den Reißverschluss ihrer violetten Fleece-Jacke auf und zu. Wir sagten nichts, während ich die Steine, die zu meinen Füßen verstreut lagen, einen nach dem anderen in den Fluss warf. Jedes Mal spritzten Tropfen auf und fielen wieder ins Wasser. Als es meinem Arm zu viel wurde, stützte ich mich auf meine Hände und wandte mich meiner Tochter zu. „Ich denke, wir ziehen um. Was hältst du davon?"

Ihre Augen leuchteten auf. Sie hüpfte vor mir umher und flatterte mit den Händen wie ein Kolibri, der gleich losfliegen will. „In unsere Wohnung zurück?"

Ich schüttelte den Kopf. „Nein, Bells, wir ziehen nie wieder in die Stadt. Tullytown ist jetzt unser Zuhause."

Ihre Hände blieben ruhig und aus ihrem Blick verschwand das Funkeln.

Ich legte mein überzeugendstes Lächeln auf. „Schau doch nicht so traurig. Wir ziehen in eine schönere Wohnung – in die Scheune zu Craig!"

Ihre Augenbrauen schoben sich zusammen. Sie brauchte kein Wort zu sagen. Ihr Gesichtsausdruck ließ keinen Zweifel daran, dass sie nicht beeindruckt war.

„Du solltest mal dein Zimmer sehen", versuchte ich es. „Das ist vielleicht schön!"

Ihr Blick war wahrscheinlich ähnlich wie der, den ich Lindsey zuwarf, als sie mir etwas Ähnliches angeboten hatte. „Ich will nicht dahin ziehen. Sein Haus ist zu klein."

„Es ist größer, als es aussieht", erwiderte ich.

„Warum kann Craig nicht zu Cowpa ins Haus ziehen?"

„Weil er in der Scheune wohnt."

„Na ja, und ich wohne bei dir und Mama Pig und Cowpa." Sie verschränkte ihre Arme.

Ich seufzte. „Die Wohnung ist doch nur wenige Schritte über den Hof."

Sie wandte mir den Rücken zu.

Ich berührte sie an der Schulter und sie zuckte vor mir zurück. „Was ist los, Süße?"

„Ich will nicht mehr umziehen."

„Weißt du was, Bella?"

Sie schielte abweisend über die Schulter.

„Mami wird Craig heiraten."

Sie starrte mich einen Augenblick mit einem Ausdruck an, den ich nicht deuten konnte, und wandte sich wieder ab. „Du kannst Craig nicht heiraten."

„Warum denn nicht?"

„Weil du meinen Papi heiratest."

„Bells, dein Papi ist schon mit Lindsey verheiratet."

„Ich habe Gott gebeten, dass er sie über den Ozean trägt anstatt dich. Dann kannst du meinen Papi heiraten und wir können alle miteinander bei Cowpa leben."

*Wow*, dachte ich und lehnte mich zurück, *wie lange baut sie schon an diesem Luftschloss*? „Das darfst du Gott nicht bitten! Jesus nimmt *mich* mit, nicht Lindsey. Danach lebst du bei deinem Papa und Lindsey. Daran hat sich nichts geändert."

Sie trat traurig gegen einen verrotteten Baumstumpf. Braune Rindenteile sprenkelten den Boden. Sie sah mich an. „Mami, wenn ich gewachsen bin, darf ich doch leben, wo ich will, oder?"

Ich streichelte ihr mit dem Handrücken über die kühle Wange. „Ja, Baby, wenn du erwachsen bist, darfst du leben, wo du willst."

„Dann will ich mit dir wieder in die Stadt ziehen, und ich *bin* gewachsen, und deshalb musst du das auch machen!"

„Du bist noch nicht erwachsen, junge Dame."

„Doch." Sie zog ihren Reißverschluss auf, stützte ihre Hände in die Hüften und streckte ihren Oberkörper heraus, als wäre sie ein Supermodel. „Siehst du?" Zwei Beulen ragten unter ihrem T-Shirt hervor. Meine Tochter hatte sich wundersamerweise von einem kleinen Mädchen, das noch Jahre entfernt vom ersten Bustier war, in eine junge Dame mit Körbchengröße B verwandelt.

Ich bemühte mich sehr, ihr neuentdecktes Frausein nicht abzuwerten, blieb ganz ernst, zog an dem Halsbündchen ihres T-Shirts und wagte einen Blick. Auf links gedreht und seltsam um ihre Schultern verknotet, erkannte ich meinen schwarzen BH. Ich zog an dem seidigen Stoff, um zu sehen, was sie als Brüste verwendet hatte. Sie errötete und trat einen Schritt zurück. Dabei fiel ein Apfel auf den Waldboden. Sie riss die Augen auf. „Siehst du, was du angerichtet hast! Jetzt bin ich nicht mehr gewachsen!"

Ich hob die zerschrammte Frucht vom Boden auf. An der blassen Farbe und den grünen Blättern, die noch am Stiel hingen, erkannte ich, dass er vom Apfelbaum meiner Mutter stammte.

Isabellas bebende Unterlippe verriet mir, dass ihr gleich die Tränen kommen würden. Ich musste mich beeilen, wenn ich sie ablenken wollte. „Wenn du erwachsen wärest, würdest du dann wirklich wieder in die Stadt ziehen wollen?"

Die Ablenkung funktionierte, denn ihre Lippe hörte auf zu zittern. Sie nickte.

„Warum in die Stadt?", fragte ich sie.

„Weil du dort nicht sterben wirst."

Mir wurde das Herz schwer. Ich hielt Mamas Apfel fest in meiner Hand, legte ihr das Kinn auf den Kopf und drückte sie so fest an mich, wie ich es mit meinen schwachen Armen konnte. „Ach Süße. Ich werde sterben, egal wo wir wohnen."

Isabella zog sich los und hielt fordernd ihre Hand auf. „Ich will meine Mimi wiederhaben."

Ich schaute von dem Apfel, den ich noch in der Hand hatte, zu ihr. *Mimi* war seit ihrer Stillzeit ihr persönliches Wort für Brüste. Ich wusste gar nicht, dass sie sich daran erinnerte. Ich reichte ihr den zerschrammten Apfel und dachte an meine Mutter. Isabella schnappte sich ihn und biss hinein. Der Saft lief ihr übers Kinn, worüber ich lachen musste. „Du bist wirklich eine Marke!"

Sie kicherte und aß weiter.

„Weißt du", begann ich, „deine Oma, meine Mutter, hat diesen Apfelbaum unmittelbar vor ihrem Tod gepflanzt."

Isabella schluckte. „Ja?"

„Ja. Und weißt du auch, warum?"

Sie sah mich aufmerksam an und schüttelte den Kopf.

„Ich glaube, es war ein Geschenk, das immer für ihre Familie da sein sollte, auch nachdem sie schon in den Himmel gegangen war."

In Isabellas Locken hing eine Tannennadel, genau wie an dem Tag, als wir zum ersten Mal hierher gekommen waren. Und genau wie damals wurde ich von Liebe zu meiner kleinen Tochter überflutet. Ich zog ihr die Nadel aus dem Haar und dachte daran, mit welcher Absicht ich das erste Mal hierher gekommen war. Ich war nicht heimgekehrt, um mich zu verlieben oder mein Glück zu finden, sondern um meinem Töchterchen die Zukunft zu sichern. Um sie zu beschützen – denn nichts war wichtiger als das.

Ein Kloß stieg mir in den Hals, als mir aufging, was ich zu tun hatte. Ich nahm meine Goldkette ab. Isabella aß ihre Brustattrappe auf, während ich mir den Ring an den Finger steckte. Der Diamant war fast so schön wie die Liebe, die er verkörperte, doch ich konnte nicht verleugnen, dass der Ring mir nicht passte – egal, wie sehr ich mir das wünschte.

Ich nahm ihn wieder ab. „Dein Papa hat gefragt, ob du heute Abend wieder bei ihm übernachten kannst."

In ihre Augen trat die Angst. „Ich will aber nicht."

Ich dachte an Craigs blonde Augenwimpern, die ich so gerne küsste, seinen wunderbaren Duft, und wie tröstlich es gewesen wäre, mein Leben in seinen starken Armen auszuhauchen.

Mein Blick wanderte an Isabellas Arm entlang zu dem halb aufgegessenen Apfel in ihrer Hand. Ich dachte an meine Mutter, als sie, dünn wie eine Bohnenstange, mit ihrem letzten Restchen Kraft ein Loch in die Erde schaufelte, um einen Baum zu pflanzen, dessen Früchte sie niemals essen würde. Ich dachte an meine Tochter, die zitternd auf dem Boden lag und nach mir schrie, während Lindsey versuchte sie zu trösten, und ich dachte an Mama Peg, die gesagt hatte, im Leben ginge es darum, einen Baum zu pflanzen, unter dessen Schatten man nicht selbst zu sitzen gedenke.

Ich konnte mir nichts Schlimmeres ausmalen, als mit David und Lindsey meinen Lebensabend zu verbringen, doch eine bis auf die Knochen abgemagerte Frau konnte keine Wunder mehr vollbringen und die Welt retten. Ich hatte kaum noch die Energie, morgens überhaupt aufzustehen.

Isabella jedoch konnte ich retten.

Dies war meine letzte Chance, eine Heldin zu sein, selbst wenn ich die Einzige wäre, die das je wüsste. Ich konnte ihr etwas viel Besseres schenken als einen Apfelbaum. Ich konnte ihr Frieden schenken. Ich bezweifelte, dass sie je das Opfer begreifen würde, auf das ich mich gerade vorbereitete, oder wie viel es mich kostete.

„Und wenn ich mitkomme?", fragte ich.

Als die Angst aus ihren Augen wich, wusste ich, dass ich die richtige Entscheidung traf.

Der Wind rauschte durch die Baumwipfel. Ich lauschte aufmerksam nach einer Bestätigung vom Himmel, dass ich auf dem richtigen Weg war. Doch der Wind legte sich ohne ein Wort. Das Einzige, was ich jetzt hörte, war das Klopfen meines Herzens.

„Komm, Bella. Es wird Zeit." Ich hob ein braunes Blatt vom Boden auf, zerbröselte es und verstreute die unzähligen Teilchen über dem Wasser. Isabella und ich schauten zu, wie die Teilchen flussabwärts getrieben wurden, weggetragen, wohin auch immer, um schließlich als Dünger zu dienen, für was auch immer.

# 36

Isabella und ich standen mit all unseren Habseligkeiten auf der Veranda. Als David vorfuhr und seine Reifen Kies aufschleuderten, murmelte Craig ein Schimpfwort, das Isabella hoffentlich nicht gehört hatte. Unter den gegebenen Umständen wollte ich ihn dafür nicht rügen. Ihm ging es schon schlecht genug, und außerdem war David wirklich so etwas, wie Craig ihn gerade genannt hatte.

Als David zweimal kurz hintereinander hupte, blähten sich die Nasenflügel meines Vaters wie die Flügel eines Kampfflugzeugs. Mit großen Schritten und zu Fäusten geballten Händchen marschierte er auf das Auto zu. Was auch immer er ins Fahrerfenster grummelte – es bewirkte, dass David große Augen, rote Wangen und einen betretenen Gesichtsausdruck bekam. Rasch stieg er aus und kam zur Veranda.

Craig, mein Vater und David beluden gemeinsam den Kofferraum, während Mama Peg, Isabella und ich schweigend zusahen. Ich wusste zwar, dass meine Großmutter so traurig war wie wir alle, doch sie schaffte es, so unerschütterlich zu wirken wie an dem Tag, als ich mit Isabella im Schlepptau nach Hause gekommen war.

Craig war ein anderer Fall. Während er vor sich hin arbeitete, atmete er ein ums andere Mal ganz tief ein. Ich wusste, er hatte Mühe, die Fassung nicht zu verlieren, doch zum Glück schaffte er es.

Mama Peg zog mich an ihre ausladende Brust und drückte mich, bis ich keine Luft mehr bekam. Da mein Ohr auf ihrer Lunge lag, klang das Rasseln und Keuchen, als würde es durch einen Lautsprecher verstärkt. Schließlich ließ sie mich los. „Genevieve Paige Lucas, ich hab dich lieb", sagte sie.

„Ich weiß, Mama Peg. Ich hab dich auch lieb. Du kümmerst dich um Papa, ja?"

„Habe ich denn eine andere Wahl?" Der Hauch eines Lächelns umspielte ihre blassen Lippen.

Während ich abwartete, bis der ganze restliche Kram – Kissen, Decken und Kuscheltiere – im Auto verstaut war, betrachtete ich Isabellas Profil. Sie beobachtete wiederum, wie ihr Vater mit den anderen beiden Männern in ihrem Leben umging. Ich stellte mir vor, wie anders sich diese Szene gestaltet hätte, wenn ich sie nicht begleiten würde. Sie drehte sich um und schenkte mir ein überraschendes Lächeln. Sie hopste auf ihren Fußballen und wirkte aufgeregt und voller Vorfreude – aber überhaupt nicht ängstlich.

Nachdem David den Kofferraum geschlossen hatte, wollte er schon einsteigen, als mein Vater ihn mit einem ernsten Blick auf die Veranda zurückbeorderte. David sah ihn an, ließ den Kopf hängen und gesellte sich wieder zu uns. Schweigend standen wir da, starrten uns gegenseitig an wie Teenager am ersten Tanzball und warteten darauf, dass jemand die Initiative ergriff.

Mama Peg zog ihren Sauerstoffschlauch herunter, ordnete etwas daran und schob sich die winzigen Stecker wieder in die Nase. „Wo ist denn Lindsey?“, fragte sie David.

David zwinkerte Isabella zu, die daraufhin anfing zu kichern, als sei diese Geste wahnsinnig komisch. „Zu Hause, das Kinderzimmer fertig einrichten. Ihr solltet mal sehen, wie aufgeregt sie ist. Seit Tagen ist sie ununterbrochen am Streichen, Putzen und Ordnen.“

„Das nennt man Nestbau“, sagte ich.

David warf mir einen Blick zu, der mir sagte, dass es ihm vollkommen egal war, wie man das nannte.

„Sie haben eine gute Frau gefunden“, sagte Mama Peg. Ihr Blick verließ David und wanderte zu mir. „Nicht wahr, Jenny?“

Wenn jemand anderes mich so in Verlegenheit gebracht hätte, hätte ich mir eine scharfe Erwiderung einfallen lassen, aber ich wusste, was meine Großmutter hier bezwecken wollte. Auf ihre unverwechselbare Art versuchte sie, mich an mein Vorhaben zu erinnern.

„Sie ist besser, als du es verdient hast“, erwiderte ich und versuchte, ironischer zu klingen, als mir zumute war. Wir alle wussten, dass es stimmte – vermutlich sogar David.

„Ja, ich kann mich glücklich schätzen“, erwiderte er lächelnd und zeigte dabei seine strahlenden Zähne.

Ich räusperte mich und wollte dieses Geplänkel endlich beenden. „Ich glaube, wir sind jetzt fertig.“

Ohne Vorwarnung schob mir Craig eine Hand sanft in den Nacken, beugte mich etwas zurück und gab mir einen leidenschaftlichen Kuss, der nach Malzbier schmeckte. Es war ein Kuss, den ich so schnell nicht vergessen würde. Als ich meine Augen wieder öffnete, hatten alle diskret ihre Blicke gesenkt. Alle außer David. Er musterte Craig, als hätte er ihn auf frischer Tat dabei ertappt, wie er seinen Wagen kurzschließen wollte. So verkehrt es auch war, die Eifersucht in seinen Augen genoss ich fast so sehr wie Craigs Kuss.

Als wir die Treppe hinuntergingen, tauchte von irgendwoher eine fette Kugel aus orangefarbenem Fell auf. Sweet Pea hatte den Schwanz gen Himmel gereckt und schlenderte auf Isabella zu. Er scheuerte sich an ihrem Bein, schnurrte wie ein Motorrad und hinterließ eine Fellspur auf ihrer Hose. Sie wollte ihn gerade streicheln, doch ich schnappte mir noch rechtzeitig ihre Hand. Sie war zwar der einzige Mensch, der ihn berühren durfte, ohne dass er Vergeltung übte, doch ich wollte es nicht herausfordern. Sie sah mich an. „Wir hätten Sweet Pea ja fast vergessen!"

Ich schüttelte den Kopf. „Wir können ihn nicht mitnehmen, Bells."

„Warum … denn … nicht?", fragte Mama Peg hustend.

Ich drehte mich um. Sie grinste verschmitzt.

Wäre ich ein netterer Mensch gewesen, hätte ich David aus der Patsche geholfen, indem ich Isabella ein eindeutiges Nein gesagt hätte. Dummerweise – aus Davids Sicht – war ich nicht nett. Wenn je zwei Lebewesen einander verdient hatten, dann waren es Sweet Pea und David Preston. Wenn sie nicht zu unterschiedlichen Arten gehören würden, hätte ich geschworen, sie wären bei der Geburt getrennte Zwillinge gewesen. „Ich habe nichts dagegen", sagte ich und fühlte mich nicht halb so schuldig, wie es sich gehört hätte, „aber ich denke, du fragst doch besser noch deinen Vater."

Isabellas Mund verzog sich zu einem breiten Grinsen, bevor ihr Lächeln plötzlich schwand – und sie ihre schönste Schmollschnute zog. Sie klimperte David mit ihren langen Wimpern an. „Ach bitte, Papi! Darf Sweet Pea mitkommen? Er würde mir helfen, dass ich mich nicht so fürchte. Bitte. Bitte. Bittebitte, Papi!"

Davids Gesicht färbte sich rot. Er funkelte erst mich an, dann den Kater, dann wandte er sich wieder unserer Tochter zu. „Ich wünschte, wir könnten es, Engelchen, doch wir können deiner Oma nicht einfach so das Kätzchen wegnehmen. Sie hat es schon seit Ewigkeiten. Ich nehme ihr bereits ihre beiden braven Mädchen weg. Wir wollen doch nicht, dass sie einsam ist!"

„Ich habe doch noch Jack und Craig", konterte Mama Peg rasch. „Ich werde schon nicht einsam sein. Wirklich, David, ich bestehe darauf. Der Kater ist mein Abschiedsgeschenk."

David drehte sich um und sah sie müde an. Dann seufzte er übertrieben. „Dankeschön, wie freundlich." Er hatte noch immer eine Narbe an der linken Hand, wo Sweet Pea ihn in unserem letzten Jahr an der High School ganz hinterhältig erwischt hatte. „Schön, aber ich stecke dieses Ding nicht in die Transportkiste. Ihr wisst ganz genau, dass er mich hasst."

„Ach du liebe Güte", entgegnete Mama Peg. „Er hasst jeden außer Bella."

Craig beobachtete den Wortwechsel und hatte lässig seine Finger in die hinteren Taschen seiner Jeans gesteckt. Er sah so aus, als verliere er seinen besten Freund, was er ja auch tat. „Ich mach's. Ich bringe ihn morgen mit, wenn ich zu Besuch komme."

David verdrehte die Augen. „Toll."

Mama Peg zwinkerte mir zu. „Bis bald, Kindchen." Für den oberflächlichen Zuhörer klangen ihre Worte sicherlich wie eine kleine Notlüge, die uns vor der Härte der Realität bewahren sollte. Schließlich wagte sie sich dieser Tage selten weiter hinaus als bis in den Hof, und ich würde demnächst bettlägerig sein. Doch wir beide wussten, selbst wenn wir uns vielleicht aufgrund der Begrenzungen unserer kranken Körper nicht mehr sehen würden, so wäre unsere Wiedervereinigung im Himmel nicht mehr weit entfernt.

Meine Krücken rieben unter meinen Achseln, als wir uns zu Davids Auto begaben. Als er Isabella und mir die Tür aufhielt, drehte ich mich ein letztes Mal um. Craig, Mama Peg und mein Vater standen winkend auf der Veranda wie an einem Bahnsteig und verabschiedeten mich fröhlich. Da mir keine andere Reaktion einfiel, winkte ich zurück. Ich wusste genau, kaum wäre der Wagen außer Sichtweite, würden sie alle zusammenbrechen.

Mir jedoch war dieser Luxus nicht vergönnt.

Durch die Heckscheibe sah ich, wie Craig mir eine Kusshand zuwarf. Ich tat es ihm gleich und bemühte mich, nicht zu weinen. Isabella drehte sich um, winkte den Zurückbleibenden mit beiden Händen zu und quietschte vor Vergnügen über ihr aufmerksames Publikum.

Für meine Tochter war es nicht der traurige Abschied, der es für mich war. Gemäß unserer rechtskräftigen Vereinbarung würde sie meine Familie nach meinem Tod jedes Wochenende besuchen, bis sie erwachsen wäre. Dieser Umzug mit ihrer Mami war für sie nur eins von vielen Abenteuern. Für mich wäre es das letzte.

Craigs Schultern sackten ab, als er den Wagen davonfahren sah, und ich konnte regelrecht mitfühlen, wie ihm das Herz brach. Ich rief mir ins Gedächtnis, dass er mich ja täglich besuchen würde, selbst wenn das bedeutete, freundlich zu David zu sein.

Mein Vater hingegen sagte, er könne nicht dasselbe Versprechen abgeben. Er hatte Davids Vater weitgehend vergeben, doch David stand für ihn immer noch auf einem ganz anderen Blatt.

Als wir um die Ecke bogen, atmete ich tief ein und drehte mich um.

# 37

David saß an seinem Schreibtisch an dem einen Ende des Wohnzimmers und tippte Zahlen in einen Rechner, während ich in meinem Rollstuhl am Erkerfenster saß und beobachtete, wie der Wind durch die kahlen Baumwipfel fegte. Wenn er sich meiner Anwesenheit in diesem Haus bewusst war, ließ er es sich nicht anmerken. Wie Lindsey es mit ihm aushielt, war mir zu hoch.

Er merkte kaum, wenn jemand oder etwas in seiner Nähe war, bis auf seine geliebte Lindsey, seine Aktienbestände und der Fernseher, wenn seine Lieblingsmannschaft Baseball spielte. Offenbar war ich die Einzige im Haus, die das zu stören schien. Also behielt ich meine Meinung für mich.

Sweet Pea miaute zu seinen Füßen. David sah ihn mürrisch an und schob ihn sachte mit seinem Fuß beiseite. Sweet Pea richtete sein Fell auf und bleckte fauchend seine Zähne. David zuckte zusammen und zog seine Beine zurück. Als der Kater davonstolzierte und seine Drohung nicht wahr machte, murmelte David etwas von einem Geschenk, das eine schöne Bescherung war, und tauchte wieder in sein Datenblatt ab.

Ich hörte ein Auto vorfahren. Davids Mundwinkel verzog sich nach oben und ich wusste, er war erleichtert, dass seine Frau wieder daheim war. Er brauchte sie fast so sehr, wie Isabella mich brauchte. Nach ein paar Minuten flatterte Lindsey herein. Sie hatte Einkaufstüten in der einen Hand, meine Tochter an der anderen.

„Schau mal, Mami!" Isabella rannte zu mir. Sie klopfte auf die knallpinken Ohrwärmer, die sie auf hatte, und grinste.

„Wow", sagte ich und versuchte, meine schweren Augen offen zu halten. Ich war doch erst seit einer halben Stunde wach – eigentlich dürfte ich nicht so müde sein.

„Mami Lindsey hat sie mir gekauft."

Mein Herz stolperte über dieses neue Kosewort. Lindseys Blick, den sie mir rasch zuwarf, hätte nicht schuldbewusster sein können.

Wenn ich nicht sterbenskrank gewesen wäre, hätte mir der Gedanke, dass meine Kleine eine andere Frau Mami oder Mama nannte, das Herz gebrochen. Aber das hier, erinnerte ich mich selbst, war das Ziel meines Hierseins. Das hier war gut.

Lindsey wollte gerade eine Erklärung stammeln, aber ich schnitt ihr das Wort ab. „Schon in Ordnung“, sagte ich. „Genau das wollen wir doch.“ Mich überkam ein Augenblick der Panik. „Wann können wir den Baum pflanzen? Das müssen wir bald machen, bevor es zu spät ist.“

Lindseys Lächeln sah traurig aus. „Das hast du doch schon gemacht. Dein Vater hat dir dabei geholfen, weißt du noch?“

„Stimmt ja“, sagte ich und entspannte mich. „Stimmt.“

Isabellas Blick wanderte zwischen uns hin und her und blieb dann an mir hängen. „Mami, kommst du mit uns Barbie spielen?“

Ich streckte meine Hand aus, um sie zu streicheln, doch mein Arm war so schwach, dass er wieder herabsank. „Vielleicht nach meinem Nickerchen, Süße.“

Isabella verschränkte trotzig die Arme. „Du schläfst ja nur noch!“

Lindsey stellte ihre Tüten ab und kam rasch zu mir. „Spatz, deine Mami ist krank, das weißt du doch. Ist es nicht schön, dass sie so lange wach geblieben ist, um deine neuen Ohrwärmer zu bewundern?“

Isabellas Stirnrunzeln löste sich auf. „Du bist wach geblieben, nur um meine Ohrwärmer zu sehen?“

„Natürlich“, erwiderte ich. „Und sie waren es wert.“

„Gefallen sie dir wirklich?“, fragte sie und tätschelte sie erneut.

„Sie stehen dir richtig gut“, antwortete ich mit einem Gähnen.

„Na komm, Bells, wir helfen deiner Mami ins Bett, damit sie heute Abend genug Energie hat, dir deine Gutenachtgeschichte vorzulesen.“

Ich formte mit den Lippen ein Dankeschön. Sie war so ein Geschenk des Himmels geworden. Ich weiß nicht, wie ich ohne sie und meine Hospizschwester die vergangenen Wochen überlebt hätte. Mama Peg war nicht stark genug, um mich zu baden oder mir auf die Toilette zu helfen, und ich war sehr dankbar, nicht darauf angewiesen zu sein, dass mein Vater oder Craig mich in solch unschmeichelhaften Situationen sahen. Doch Lindsey ging taktvoll damit um und gewährte mir eine Würde, die ich gewiss nicht hätte wahren können, wenn ich im Haus meines Vaters oder bei Craig in der Scheune geblieben wäre.

Lindsey schob mich in meinem Rollstuhl in mein Zimmer, half mir ins Bett und deckte mich zu. Isabella beugte sich über mich und gab mir einen Kuss auf die Wange. Lindsey überraschte mich damit, dass sie es ihr nachtat. Ich hätte es nie für möglich gehalten, aber in den letzten Wochen hatte ich diese Frau ins Herz geschlossen – und ich wusste, sie mich auch. Ich sah die beiden an und mir ging das Herz über.

Ich musterte Lindsey mit ihren sanften Rehaugen und ihrer gutmütigen Art und verstand schließlich, weshalb David sich für sie entschieden hatte. Das hätte ich auch, dachte ich ohne den leisesten Anflug von Eifersucht.

Lindsey legte sich einen Finger auf den Mund, damit Isabella leise mit ihr aus dem Zimmer ging.

„Wartet mal", bat ich.

Sie drehten sich beide um.

„Lindsey, weck mich bitte unbedingt, bevor Isabella schlafen geht."

„Mache ich immer", erwiderte sie ruhig.

„Ich möchte, dass du diesmal dabei bist."

Sie sah mich fragend an.

„In der Gutenachtgeschichte heute geht es um den Tag, an dem ich mit Isabella aus dem Krankenhaus gekommen bin. Ich dachte, du willst sie vielleicht hören. Ich erzähle ihr die Geschichte jedes Jahr an ihrem Geburtstag. Und da du für mich einspringen wirst …"

Sie legte sich eine Hand aufs Herz und bekam feuchte Augen. Ich konnte an der Form ihrer Lippen erkennen, dass sie versuchte, mir zu danken, aber die Worte wollten nicht herauskommen.

„Ich hab euch lieb", sagte ich und suchte absichtlich Augenkontakt zu beiden.

„Ich hab dich auch lieb, Mami", erwiderte Isabella.

Über die Hand, die Lindsey sich vor den Mund hielt, rannen Tränen. Sie schloss die Tür.

# 38

Drei Wochen später bekam ich rasende Schmerzen in der rechten Seite. Ich versuchte, den Kopf zu heben, doch er pochte so schlimm, dass ich nicht anders konnte, als ihn wieder abzulegen. Ich hatte wohl vergessen, vor dem Einschlafen meine Schmerztablette zu nehmen. Lindsey erinnerte mich sonst immer, aber vielleicht war sie von Isabella abgelenkt worden und hatte es vergessen.

Ich schlug die Augen auf und war überrascht, dass der Kopf meines Vaters neben mir auf der Matratze ruhte. „Papi“, flüsterte ich. „Kannst du mir helfen?“

Er riss seine Augen auf, setzte sich auf seinem Stuhl wieder aufrecht hin und sah mitgenommen und durcheinander aus. „Was ist denn, Spatzi? Was ist los?“

Mein Hals war rau wie Schmirgelpapier, aber das war noch mein geringstes Problem. Jeder Nerv meines Körpers fühlte sich an, als stünde er in Flammen. „Es tut so weh.“

„Schon in Ordnung, Mr. Lucas. Ich habe ihre Medikamente dabei.“

Eine Frau mit schwarzen Locken und einem runden, schokoladenbraunen Gesicht beugte sich zu mir. Sie roch nach Zuckerwatte. „He Süßes. Lange nicht gesehen.“

„Hi Darlene“, wimmerte ich. „Wie lange?“

„Diesmal waren Sie etwa zwei Tage abwesend. Tut wohl sehr weh, was?“

„Sind keine Freudentränen“, erwiderte ich.

Voller Mitgefühl in ihren dunklen Augen strich sie mir das feuchte, verklebte Haar aus der Stirn. „Ich habe Ihnen die Medikamente als Spritzen gegeben, aber da Sie jetzt wach sind, wollen Sie vielleicht etwas zum Schlucken haben?“

Ich fuhr mit der Zunge über meine Zähne und schmeckte Minze. Ich fragte mich, ob meine Hospizschwester Darlene oder Lindsey mir diesmal die Zähne geputzt hatte. „Ich kann mich an keine Spritzen erinnern.“

Darlene lächelte. „Das nehme ich als Kompliment. Was wollen Sie also lieber – Injektion oder Tablette?“

Ich stöhnte vor Schmerzen. „Was schneller wirkt."

Sie war wohl schon darauf vorbereitet, mir eine Spritze zu geben, denn sie zog eine aus ihrer Kitteltasche. „Ich gebe Ihnen nur die Hälfte von dem, was Sie sonst bekommen, denn Sie haben Besuch und ich will Sie nicht schon wieder außer Gefecht setzen. Es müsste aber reichen, um dem Schmerz zumindest die Spitze zu nehmen. Okay?"

Ich versuchte, mich im Zimmer umzusehen, doch der Schmerz war so schlimm, dass mein Sehvermögen beeinträchtigt war. Bevor ich fragen konnte, wer zu Besuch da war, spürte ich, wie mein Arm kühl abgewischt wurde, und dann einen scharfen Stich wie von einer Biene. Der Schmerz war nichts verglichen mit dem, der ansonsten in meinem Körper wütete.

Innerhalb weniger Minuten kühlte sich das Feuer ab und das Pochen ließ nach. Schließlich konnte ich den Kopf heben. Als ich nach unten schaute, sah ich eine Luftmatratze neben meinem Bett. In der Mitte lag eine zusammengeknüllte Decke. Ich erkannte, dass es genau die Decke war, die Mama Peg meinem Vater in dem Jahr gemacht hatte, als meine Mutter starb. „Wie lang bist du schon hier?", wandte ich mich an ihn.

Er rieb sich das stachelige Kinn. „Eine ganze Weile. Wir dachten alle …"

„Wow", entfuhr es mir. „Mein Vater schläft im Haus eines Preston."

Er zuckte die Achseln und schwankte zwischen einem Lächeln und Tränen. „Ich dachte mir, wenn *du* es bei ihm aushältst, schaffe ich doch auch ein paar Nächte. Außerdem kann jemand, von dem Bella die Hälfte ihrer Gene hat, nicht *nur* schlecht sein."

Ich traute meinen Ohren kaum.

Er beugte sich vor und flüsterte: „Aber ich muss sagen, ich bin immer noch froh, dass du den Blödmann nicht geheiratet hast."

„Ist das meins?" Ich zeigte auf ein Glas Wasser auf dem Nachttisch.

„Meins, deins, wo ist denn da der Unterschied? Wenn du Durst hast, trink ruhig." Er nahm erst das Glas und hob dann das Kissen hinter meinem Kopf an.

Das Wasser rann wunderbar kühl meine ausgedörrte Kehle hinab. „Wo ist Bella?"

„Im Wohnzimmer, Kindchen", antwortete Mama Peg.

Ich richtete meinen Blick auf das andere Ende meines Zimmers und lächelte, als ich meine Großmutter mit ihrem Sauerstofftank zu ihren Füßen auf einem Sessel sitzen sah. „Mama Peg – du bist ja da!"

Darlene legte mir einen feuchten Waschlappen auf die Stirn. „Alle sind hier, Jenny. Ich habe sie gebeten zu kommen."

Kurz darauf erschien Lindsey mit meiner Tochter im Schlepptau. Isabella kam mit einer Behutsamkeit an mein Bett, die ich bei ihr noch nie zuvor wahrgenommen hatte.

„Hallo Süße." Als ich sie streicheln wollte, wich sie zurück. Mein Herz spürte die Zurückweisung wie ein Stich, bis mir aufging, dass meine Hand dieselbe Senffarbe angenommen hatte wie die meiner Mutter, unmittelbar bevor sie starb.

Ich führte meine Hand an meine Nase und erschauerte. Sie roch nach verfaultem Obst. „Ist schon okay, Bells. Ich mag ja schrecklich aussehen und riechen, aber ich bin immer noch ich."

Isabella kniff fest ihre Augen zu, spitzte ihre Lippen und beugte sich herunter, als habe man sie gezwungen, einen Frosch zu küssen. Das hätte wahrscheinlich meine Gefühle verletzt, hätte ich nicht damals bei meiner Mutter dasselbe durchgemacht. Unter den gegebenen Umständen nahm ich nicht Anstoß daran.

Als Isabella sich wieder zurückzog, fiel ihr Blick aus dem Fenster. „Es schneit, Mami!"

„Gehst du im Schnee spielen?", fragte ich sie.

„Ich habe schon eine Schneeballschlacht gemacht, mit Craig und Mami Lindsey."

„Craig ist da?" Mein Herz setzte einen Schlag aus. „Wo denn?"

Mein Vater tauschte einen besorgten Blick mit meiner Pflegerin aus. Ich war ganz verwirrt, als Craig meine Hand an seine Lippen führte und sie küsste. „Ich bin hier bei dir, Baby."

Bevor ich fragen konnte, wo er hergekommen war, rollte sich die Decke an beiden Seiten auf wie eine riesengroße Schriftrolle und machte mir den Blick frei in ein anderes Reich. Eine Wand wie aus reinem Opal öffnete sich. Aus dem Inneren hörte ich so wunderschöne, fröhliche Musik, dass mir die Tränen kamen.

Ich wusste nicht, hatte das Morphium, der Krebs oder Gott selbst mit dieser Vision zu tun, aber das war mir auch egal. Es war überwältigend.

Alle meine Lieben waren bei mir, als nähmen sie an meiner Beerdigung teil. Ich wollte sie fragen, ob sie die Vision auch sehen konnten, und ihnen sagen, sie sollten nicht so traurig aussehen, doch mein Blick wollte sich nicht von der Szene über mir lösen. Meine Augen waren starr nach oben gerichtet und mein Mund stand vor Bewunderung offen.

Aus dem schimmernden Tor tauchte eine Frau auf, die wie eine hübschere Ausgabe von mir aussah. Sie trug einen Umhang aus fein gesponnener lavendelfarbener Seide und ein strahlendes Lächeln. Meine Mutter war nicht mehr das kränkliche, bemitleidenswerte Wesen meiner letzten Erinnerungen, sondern liebreizender, als sie in ihrer Jugend je gewesen war.

Mein Herz füllte sich mit Freude, dann mit Traurigkeit, als mir aufging, dass es beinahe Zeit war, zu ihr zu gehen.

„Bist du bereit?", fragte sie mich.

*Fast.*

Die Musik verklang. Meine Mutter schloss die Augen und hob ihr Gesicht einem leuchtendweißen Licht entgegen.

Da ich der Strahlkraft nicht standhalten konnte, drehte ich mich um zu dem attraktiven blonden Mann, der neben meinem Bett kniete. „Lass uns im Schnee tanzen", bat ich ihn.

Seine Augenbrauen schnellten überrascht nach oben. „Du kannst doch nicht einmal stehen."

„Trag mich."

„Baby, es ist doch kalt. Du holst …"

„Was denn – ich hole mir den Tod?"

„Jenny", sagte mein Vater. Ich erwartete schon, er würde mich gleich wieder belehren, dass ich mich doch ausruhen müsse. Stattdessen überraschte er mich. „Viel Spaß!"

Craig sah mich unsicher an.

Meine Großmutter hustete. „Ach du meine Güte, diese Frau stirbt bald. Craig Allen, wenn Sie nicht mit meiner Enkelin tanzen, bekommen Sie von mir eine Ohrfeige!"

„Man sollte die Sonne genießen, solange sie scheint", sagte ich.

Er lächelte unter Tränen.

Lindsey und meine Pflegerin packten mich in eine dicke, weiche Decke. Craig wartete, bis sie fertig waren, und nahm mich dann auf seine starken Arme. Merkwürdigerweise hatte ich zum ersten Mal seit

Wochen keine Schmerzen, sondern ein unbändiges Glücksgefühl. Ich legte ihm den Kopf an die Brust und er trug mich hinaus. Ich versuchte zwar, ein letztes Mal seinen wunderbaren Duft einzusaugen, doch ich roch nicht ihn, sondern den süßen Duft von Weihrauch.

Craig trug mich hinaus in die Kälte. Eine zentimeterdicke weiße Schicht bedeckte den Boden und die Zweige der Bäume. Große Schneeflocken fielen sanft auf uns herab.

Weich und kalt trafen sie auf mein Gesicht und schmolzen. Ich spürte etwas an meinem Hals entlanggleiten. Ich griff danach und ertastete meinen Verlobungsring, der noch immer an der Kette befestigt war. Ich berührte ihn und sah in Craigs Gesicht. „Ich dachte, ich gebe ihn dir wieder zurück."

Eine große Traurigkeit erfüllte seine leidenschaftlichen braunen Augen. Ich betete, dass sie nur vorübergehend wäre und sich nicht dort festsetzte. Er verdiente es, glücklich zu sein. Ich legte ihm eine Hand auf die Wange. „Ich liebe dich."

Unter großer Anstrengung öffnete ich die Kette, ließ den Verlobungsring herunterrutschen und hielt ihn Craig hin. „Er soll nicht mit mir begraben werden. Es ist nicht meiner …"

Er legte seine Stirn an meine. Seine kurzen, warmen Atemzüge bildeten in der Kälte einen weißen Schleier vor meinen Lippen. „Doch, das ist er, Baby."

Als ich merkte, dass mir die Tränen kommen wollten, atmete ich tief aus, um mich zu beruhigen. Ich ließ Ring und Kette in seine Brusttasche gleiten. „Er gehört einer Frau, die dich fast so sehr lieben wird wie ich."

„Es wird keine andere geben." Er verbarg seine Nase in meinen Haaren. „Du bist die Liebe meines Lebens."

„Die Liebe deines bisherigen Lebens. Es gibt irgendwo eine Frau für dich, aber du wirst dich ihr nicht hingeben können, wenn du mit einer Toten verlobt bist."

Seine Augen schimmerten feucht, während er mir leise ins Ohr summte und sich mit mir hierhin und dorthin drehte. Ich lächelte ihn an und er grinste zurück. Seine blonden Wimpern verwandelten sich so nahe vor meinen Augen in Weiß.

Vom Fenster aus sahen voller Freude die Menschen zu, die ich über alles in der Welt liebte. Unter ihnen war auch Isabella, auf dem Arm ihrer neuen Mutter. Mit meinem letzten bisschen Kraft wackelte ich zum Abschied mit den Fingern und sie winkten alle zurück.

„Es wird Zeit“, hörte ich meine Mutter sagen.

Als ich aufsah, war es nicht sie, die vor mir auftauchte, sondern ein Mann, der viel mehr war als ein Mensch. Je näher ich ihm kam, desto vertrauter schien er mir. Er nahm mich in seine Arme und sagte mir wunderschöne, unaussprechliche Dinge. Ich wurde von vollkommener, tiefer Freude und Wärme überwältigt.

In diesem Moment, in seiner Nähe, wurde mir klar, dass er es gewesen war, nach dem mein Herz verlangt hatte – nicht David und nicht einmal Craig. Ich wollte ihn gerade fragen, ob er derjenige gewesen war, der mir im Wind und in meinen Träumen etwas zugeflüstert hatte. Er antwortete, bevor ich die Frage aussprechen konnte.

*Ich bin es.*

# Epilog

Frieden breitete sich wie eine Decke über mich, als ich das Notizbuch meiner Mutter in die Schreibtischschublade legte und aus dem Fenster nach den lavendelfarbenen Tulpen sah, die sich durch den leichten Pulverschnee himmelwärts reckten.

Heute war offizieller Frühlingsanfang, doch wie ein Gast, der nicht gehen will, weigerte sich Väterchen Winter zu glauben, dass seine Zeit vorüber war. Dennoch versicherte mir der Wetterbericht, dass wir um die Mittagszeit einundzwanzig Grad erreichen würden. Als eine orangene Kugel am blauen Himmel aufging und Meisen vor meinem Arbeitszimmerfenster zwitscherten, begann ich, der Vorhersage zu vertrauen.

Diese Verheißung des neu erwachenden Lebens brachte mich zum Lächeln ... dass ich endlich mit dem Tagebuch meiner Mutter fertig geworden war.

Das Lesen hatte mich tiefer getroffen, als ich es vermutet hätte. Mein normalerweise so sonniges Gemüt hielt Winterschlaf, während ich in die melancholischen Grübeleien meiner Mutter eintauchte. Ben, mein Mann, hatte schon Angst, ich würde in Depression versinken, doch ich versicherte ihm, es waren ihre Tränen, nicht meine eigenen, die mir beim Blättern die Wangen hinabliefen. Er verstand überhaupt nicht, warum ich gerade jetzt die Aufzeichnungen lesen musste, die ich so lange mit mir herumgeschleppt hatte.

Ich erklärte ihm, dass der plötzliche Wunsch, sie zu verstehen, irgendwie damit zu tun haben müsste, dass ich selbst bald Mutter würde.

Ich drehte eine Locke um meinen Finger und fragte mich, ob sie wohl wusste, dass ich Lehrerin geworden war und einen Mann geheiratet hatte, der mir die Liebe schenkte, die sie sich immer so von David erhofft hatte. Oder ob sie wusste, dass ich ihr erstes Enkelkind erwartete und dass es, wenn es wirklich ein Mädchen würde, wie der Ultraschall verhieß, Genevieve Peg Wilkinson heißen würde.

Ich nahm den Opalring meiner Mutter und betastete die filigrane Einfassung, die den Stein hielt. Ab heute würde er mit allen anderen

Erinnerungsstücken meiner Mutter sorgfältig weggepackt und vor den Händchen eines Kindes, das bald auf die Welt käme, in Sicherheit gebracht.

Dampf kitzelte meine Lippe, als ich von meinem Becher Kamillentee nippte. Durch die Scheibe sah ich ein Rotkehlchen den kleinen grauen Kopf aus dem Vogelhaus recken, das an unserer von Schnee überpuderten Weide hing.

Ja, der Frühling war auf jeden Fall gekommen, trotz der vergeblichen Versuche des Winters, sich noch an das Land zu klammern. Der Schnee würde innerhalb der nächsten Stunden wegschmelzen und kaum vor Dezember zurückkehren. Ich fragte mich, ob der Hornstrauch, den ich letztes Jahr gepflanzt hatte, blühen würde. Ich fragte mich eine ganze Menge, während ich so dasaß. Hätte ich für mein Kind das tun können, was meine Mutter für mich getan hatte? Würde ich meinem eigenen Tod mit derselben Anmut entgegentreten, wie sie es getan hatte?

Ich stellte meinen Becher ab und schob das Fenster hoch. Frische Luft schlug mir entgegen, und im selben Augenblick klingelte das Telefon.

Auf der Nummernanzeige leuchtete eine vertraute Ziffernfolge auf. Ich nahm ab. „Hallo Mama." Ein Schuldgefühl stieg in mir auf, wie immer, wenn ich Lindsey *Mama* nannte, doch ich wusste, dass es zu Unrecht da war, und schob es schnell beiseite. Schließlich hatte Lindsey mich großgezogen. Sie hatte die Bezeichnung durch und durch verdient.

„Wie geht es Papa?", fragte ich und zwang mich, zumindest interessiert zu klingen. In dieser Hinsicht hatte meine Mutter recht gehabt. David war nie der Vater geworden, den wir uns alle erhofft hätten. Er war gleichgültig und launisch und kümmerte sich mehr darum, mit seinen Zahlen zu balancieren, als mich auf der Schaukel anzustoßen. Doch Lindsey liebte ihn mit Haut und Haar, und was ihm in Sachen Erziehung abging, konnte sie mehr als ausgleichen.

Bei Onkel Craig und seiner Frau, Cowpa, Onkel Ted und meiner verstorbenen Urgroßmutter Mama Peg hatte es mir nie an Liebe oder Zuwendung gemangelt.

„Sein Rücken macht ihm wieder zu schaffen", erwiderte sie.

Ich versuchte mich auf den Rest des Gesprächs zu konzentrieren, doch meine Gedanken schweiften ab zu der Bordüre mit dem Arche-

Noah-Motiv, die ich noch für das Kinderzimmer brauchte. Nach einem Zeitraum von vielleicht Sekunden, möglicherweise aber auch Minuten hörte ich meinen Namen und wurde wieder ins Gespräch zurückgeholt.

„Du machst es schon wieder, Bella."

„Ich habe zugehört."

*„Isabella Rose."*

„Sprich meinen Namen nicht so aus."

Sie lachte. „Dann biete mir keinen Anlass dafür. Hast du ihr Tagebuch jetzt durchgelesen?"

„Ja", sagte ich. „Gerade, als du anriefst."

„Ich nehme an, du hast es mit einem lachenden und einem weinenden Auge gelesen." Mir fiel ein kleiner eifersüchtiger Unterton auf. Ich wusste es zu schätzen, dass sie ihn zu verbergen versuchte, doch als werdende Mutter verstand ich sie. Obwohl Lindsey mich seit dem sechsten Lebensjahr großgezogen hatte und sie die Frau war, die ich über alles liebte, war sie niemals Mami gewesen. Diese Rolle war der Frau vorbehalten, die mich geboren, gewiegt und gestillt hatte – Genevieve Paige Lucas, meine Mutter.

Als Lindsey und ich uns schließlich verabschiedeten, legte ich auf und blickte auf eben jenen See, den ich vor so vielen Jahren hatte durchqueren wollen. An seinem Ufer wuchsen drei Apfelbäume – einer von meiner Großmutter, einer von Mama Peg, und den anderen hatte meine Mutter unmittelbar vor ihrem Tod gepflanzt. Eines Tages würde dort ein vierter wachsen.

Aber noch nicht. Ich rieb über meinen stetig wachsenden Bauch. Ich würde zu Lebzeiten noch einige Flüsse durchwaten, bevor ich auch nur daran denken konnte, einen Ozean zu durchqueren.

Ein weiterer Buchtipp

Jenny B. Jones
**Ein Sommer am See**
978-3-86827-222-2
320 Seiten, Paperback

Maggie Montgomery ist lebenslustig, mutig und unkonventionell. Ihr Job als Kamerafrau führt sie rund um den Globus. Doch ihre perfekte Welt steht Kopf, als sie wegen eines Notfalls in ihre alte Heimat zurückkehren muss. Nichts scheut die furchtlose Maggie so sehr wie Ivy, das Städtchen ihrer Kindheit, die Begegnung mit ihrem Vater und … den See.
Ihre 10-jährige Nichte Riley, ein unbändiger kleiner Wildfang, treibt Maggie bald an die Grenzen ihrer Belastbarkeit. Doch damit nicht genug, reißt sie die Freundschaft zu dem attraktiven Tierarzt Connor Blake in einen Strudel von Gefühlen, der ihr Angst macht. Denn die echte Maggie hat Angst vor der Liebe, Angst vor dem Leben und Angst vor sich selbst. Aber am meisten fürchtet sie die Erinnerung an den Abend, an dem ihre Mutter im See ertrank …

*Ein tiefgründiger, aber auch humorvoller und temporeicher Roman, der zeigt, dass die herausforderndste und befreiendste Reise nicht auf den Meeren oder über den Wolken stattfindet, sondern in uns selbst – hin zu dem Menschen, als den Gott uns geschaffen hat.*